Mortel enjeu

DU MÊME AUTEUR

AUX EDITIONS HARLEQUIN

DANS LA COLLECTION BEST-SELLERS

Enlèvement (N° 237)

TARA TAYLOR QUINN

Mortel enjeu

BEST SELLERS

éditions Harlequin

Cet ouvrage a été publié en langue anglaise
sous le titre :
HIDDEN

Traduction française de
CLAIRE POUTIERS-STEPHAN

HARLEQUIN®

est une marque déposée du Groupe Harlequin
et Best-Sellers® est une marque déposée d'Harlequin S.A.

Photos de couverture

Rue : © PETE TURNER / GETTY IMAGES
Rue et regard féminin : © ANDREW KOLB / MASTERFILE

83-85, boulevard Vincent-Auriol, 75013 PARIS — Tél. : 01 42 16 63 63
Service Lectrices — Tél. : 01 45 82 47 47
ISBN 2-280-08716-2 — ISSN 1248-511X

1.

Gazette de San Francisco,
mardi 5 avril 2005, p. 1

DISPARITION D'UNE DE NOS CÉLIBATAIRES LES PLUS EN VUE

Leah Montgomery, célèbre héritière dont on ne compte plus les prétendants, a été portée disparue hier soir par son frère et sa sœur, maître Adam Montgomery et Mme Carley Winchester. La jeune femme devait présider un dîner de charité au profit des orphelins démunis réunissant le gratin de San Francisco — une soirée de gala qu'elle avait passé les six derniers mois à organiser dans les moindres détails. La disparue, âgée de trente et un ans, a été aperçue pour la dernière fois hier vers 15 h 30 à la porte de son salon de beauté favori. Selon Mme Samantha Ramirez, la directrice de l'établissement, Mme Montgomery venait de se faire masser, manucurer, couper les cheveux et coiffer en prévision de la grande réception du soir.

Toujours selon Mme Ramirez, Mme Montgomery aurait prévu de porter une robe longue de satin noir agrémentée de dentelle rouge. Lors de la perquisition de cette nuit au domicile de la disparue, les forces de police ont déclaré avoir découvert une tenue correspondant à cette description, pendue dans la salle de bains. Quant au coupé Mercedes blanc ivoire de Mme Montgomery, il demeure introuvable.

Aucune piste sérieuse n'est envisagée pour le moment. La seule personne susceptible de subir un interrogatoire se trouve être le tout nouveau sénateur de Californie, M. Thomas Whitehead, avocat de profession, qui devait accompagner Mme Montgomery au dîner de charité. M. Whitehead a été nommé sénateur en automne 2004, un peu plus de un an après la disparition de sa femme enceinte de six mois, la célèbre styliste Kate Whitehead. Hasard ou coïncidence, Mme Whitehead était très liée à Mme Montgomery, qu'elle avait souvent désignée publiquement comme sa meilleure et plus fidèle amie — avant leur disparition à toutes les deux, bien entendu.

— Maamaan ! Maaamaaan !

Le cœur battant à toute allure, Tricia Campbell jeta un coup d'œil à son fils de un an et demi. Assis dans sa chaise haute, le petit garçon était encore en pyjama, le visage et les mains tout barbouillés de confiture de prunes, témoins visibles du délicieux petit déjeuner qu'il avait englouti voracement. Pour le moment, il n'avait plus faim, mais semblait s'impatienter face au manque d'attention évident de sa mère.

— Maamaan ! Pa' terre, maman ! clamait le petit bonhomme dans son langage bien à lui, tout en tambourinant du poing sur la tablette de sa chaise.

Lentement, Tricia laissa glisser la *Gazette de San Francisco* sur ses genoux. D'habitude, elle accordait chaque minute de son temps à son fils chéri, autour duquel sa vie tournait depuis deux ans. Mais, aujourd'hui, elle se sentait incapable de s'occuper de lui sérieusement. Elle était trop choquée pour réagir.

— Mamaaaan ?

Sans pouvoir prononcer le moindre mot, Tricia examina d'un œil morne la petite photo de mauvaise qualité qui accompagnait l'article. Visiblement, le journaliste avait exhumé une image en quatrième vitesse : le cliché qui représentait Leah datait de plus de deux ans. Tricia s'en souvenait parfaitement, et pour cause : lors du gala de charité — encore un — où son amie avait été photographiée, à Monte Carlo, elle-même se tenait tout près. Si seulement elles avaient pu rester ensemble et ne jamais se quitter…

Sur la photo, Leah arborait une robe du soir de la collection d'été Kate Whitehead. Tricia aussi en portait une ; elle se rappelait l'excitation des reporters qui les avaient mitraillées, toutes les deux. Deux femmes riches et célèbres portant des tenues exclusives créées par l'une d'entre elles : quelle meilleure publicité pour le journal qui en diffuserait l'image ?

— Maaamaaaan ! Pa' terre, mamaaan ! Pa' terre !

Les cris rageurs de son fils, soulignés par le bruit sourd de ses petits pieds cognant sur le bois de sa chaise, finirent par ramener Tricia à la réalité.

D'une main tremblante, elle repoussa une mèche de ses cheveux couleur brun terne rassemblés en une queue-de-cheval approximative, avant de se tourner vers son petit garçon. A voir la façon dont il se contorsionnait pour descendre de son perchoir et les grimaces qui déformaient son visage rond et poupin, elle sut qu'il n'allait pas tarder à manifester franchement son mécontentement. Pourtant, elle restait comme anesthésiée par le choc.

Leah avait disparu. Leah, sa meilleure amie, son double

affectif, sa confidente et son soutien le plus fidèle… Si Leah n'était plus là, à quoi se raccrocherait-elle désormais, au milieu du chaos mensonger de son existence ?

Leah…

— Pa' teeeerre !

Au son presque hystérique de la petite voix stridente, Tricia se leva brusquement de son siège, comme électrisée par la note d'affolement qu'elle percevait dans les appels de son fils. En un tournemain, elle le détacha de sa chaise et le souleva bien haut pour le serrer convulsivement contre son cœur. Fermant les yeux, elle huma le parfum de talc et de lait qui émanait du petit corps nerveux blotti dans ses bras.

Au bout de quelques secondes, elle s'aperçut qu'elle pleurait à chaudes larmes.

— … Voiture 11, répondez, voiture 11. Accident à l'embranchement numéro 15, autoroute de l'ouest…

— On y va, les gars ! s'exclama le capitaine Scott McCall, tout en abandonnant l'éponge et le seau rempli d'eau savonneuse qu'il avait utilisés pour nettoyer les vitres crasseuses de la caserne.

Un accident au beau milieu de l'autoroute à une heure de pointe ne présageait jamais rien de bon, se dit-il en s'élançant vers le camion qui les attendait, lui et ses coéquipiers.

Des pas précipités résonnaient autour de lui, signe que son appel avait été entendu. D'un geste précis, il enleva ses chaussures de ville pour enfiler son pantalon ignifugé et ses bottes de travail.

Avant de sauter à bord du véhicule, dont le moteur grondait déjà, il attrapa son blouson, ignifugé lui aussi, ainsi que son casque, encore noirci par la fumée de leur intervention matinale. Un feu à la décharge, c'était nettement moins dangereux que ce qui les attendait maintenant.

A peine Scott eut-il fermé la portière passager que Cliff Ralen, installé au volant, démarra en trombe. Pendant tout le trajet, ils n'échangèrent pas un mot. Scott avait beau être le capitaine de la petite équipe de quatre qu'ils formaient avec les autres pompiers de la voiture 11, il ne donnait que rarement des ordres à ses subordonnés. Ses hommes étaient parfaitement rompus au dur métier qu'ils avaient choisi d'exercer, et il pouvait compter sur leur efficacité et leur dévouement en toutes circonstances. Il se trouvait même plutôt chanceux : faire partie d'un groupe aussi soudé et professionnel représentait un avantage non négligeable, surtout en cas d'urgence, comme aujourd'hui.

Pourtant, Scott avait un mauvais pressentiment. Le camion progressait trop lentement à son goût vers le lieu de l'accident, alors qu'il aurait voulu en avoir tout de suite le cœur net. S'il s'agissait d'un carambolage, ils risquaient de trouver une ou plusieurs personnes coincées à l'intérieur de leur véhicule. Rien qu'à imaginer le bruit affreux de la tôle froissée, il savait que le résultat pouvait être effrayant. Certes, une autre caserne avait dû être appelée, pour doubler leurs chances d'arriver rapidement sur le site. Et la police avait sûrement été prévenue.

Mais c'était un accident sur autoroute. Ce qui voulait dire : risque d'explosion de moteur. Donc, blessures graves — ou décès.

Scott serra nerveusement les poings, impuissant à faire accélérer les choses. L'attente était vraiment la partie qu'il détestait dans ce métier. Il avait du mal à ne pas perdre patience dans ces cas-là. Pour lui, le délai d'intervention des pompiers était toujours trop long. D'autant qu'il connaissait d'expérience l'horreur que l'on pouvait éprouver quand on était de l'autre côté de la barrière et que l'on attendait les secours en comptant désespérément les secondes, sans pouvoir rien faire d'autre…

Jetant un coup d'œil à sa montre, il tapota impatiemment le sol du camion de son pied droit, miné par l'inactivité forcée que lui imposait le temps de trajet jusqu'au lieu de l'accident. Les secours, c'était lui et ses hommes — et on comptait sur eux pour être là le plus rapidement possible. Il laisserait ses coéquipiers sécuriser les environs, vérifier qu'il n'y avait pas de risques d'incendie, arracher les portières de leurs gonds et défoncer les vitres arrière à la hache pour en extirper les éventuels passagers coincés à l'intérieur.

Quant à lui, en sa qualité d'officier paramédical, il serait le seul habilité à constater…

Il se corrigea mentalement. Il serait le seul habilité à faire ce qu'il fallait, en fonction de l'état dans lequel se trouveraient les victimes. *Faire ce qu'il fallait,* c'était ce pour quoi il s'était engagé dans cette voie. Il éviterait de s'apitoyer sur le sort des personnes impliquées dans l'accident, comme il le faisait toujours. Il s'interdirait de trop réfléchir. On ne le payait pas pour ça. Ce qu'on lui demandait, c'était d'agir vite et bien, sans sensiblerie ni perte d'énergie.

Oui, surtout, il ne se laisserait pas aller au sentimentalisme : cela ne ferait que l'affaiblir, et il devait garder toute sa concentration s'il voulait être efficace et éviter de gaspiller les précieuses secondes qui séparaient la vie de la mort.

Scott avait pour mission de sauver des vies, coûte que

coûte. Et, pour cela, il mettait en œuvre tous les moyens humains qu'il avait à sa disposition. Au risque d'y perdre sa propre vie.

Tout plutôt que d'assister, une fois de plus, à une agonie.

Avant même que Cliff eût stoppé le camion, Scott avait sauté à bas du véhicule. En un éclair, il comprit la gravité de la situation. Dans la seconde qui suivit, ses hommes descendirent eux aussi de voiture et écartèrent la foule de badauds qui entourait le lieu de l'accident. Il fallait parer au plus pressé, vérifier qu'il n'y avait pas d'essence répandue autour des véhicules endommagés, sortir les passagers qui pouvaient encore être manipulés sans risque.

Ils étaient les premiers sur le site, et il fallait agir vite en attendant les autres secours. Scott réprima un mouvement de désespoir devant l'étendue des dégâts. Un pick-up gisait sur le côté, le toit de son habitacle arraché comme un vulgaire fétu de paille et projeté à plusieurs centaines de mètres. Sur le bas-côté, un utilitaire remorquant une Corvette dernier modèle avait été renversé, et son armature métallique était pliée en deux. Visiblement, le conducteur avait dû rouler à une allure folle, perdre le contrôle du véhicule et effectuer plusieurs tonneaux après avoir percuté le pick-up. Il devait être en piteux état — s'il n'avait pas été éjecté dans l'aventure.

Il… *ou elle*, se dit Scott avec un serrement de cœur.

Il secoua la tête. Il fallait qu'il soit fort, concentré, efficace.

Juste à ce moment, Joe Valentine, son coéquipier depuis six ans, lui lança au passage :

— Vite ! Elle est coincée à l'intérieur !

Elle… c'était donc une femme, comme il le craignait.

Il y avait peut-être une chance qu'elle ne soit pas encore morte, et Scott s'y accrocha de toutes ses forces, pendant qu'il saisissait sa trousse de secours et se dirigeait vers le véhicule sévèrement endommagé. Avec les airbags et la ceinture de sécurité, la conductrice pouvait avoir échappé à la mort — du moins, pour le moment. Mais encore fallait-il pouvoir la rejoindre, ce qui n'allait pas être évident, étant donné l'état de la portière.

Pendant que Cliff se munissait d'une lourde barre de fer pour faire levier sur la porte toute cabossée, Scott tenta de se rassurer. Avec un peu de chance, il n'aurait qu'à administrer un peu d'oxygène à l'imprudente pour qu'elle se remette du choc. Il ne manquerait pas de lui faire la leçon, après coup : les limitations de vitesse n'étaient pas faites pour les chiens ! Il lui expliquerait aussi qu'elle aurait pu encourir de graves traumatismes, voire des blessures mortelles, à l'allure où elle roulait... Tout cela en supposant qu'elle fût suffisamment consciente pour prendre en compte ses avertissements, bien sûr...

Plus tard, Scott finit par émerger de l'état d'hébétude où il était plongé depuis près de une demi-heure — depuis la fin de son intervention, en fait. Il avait rempli la main courante sans vraiment comprendre ce que ses doigts écrivaient, presque contre sa volonté anesthésiée :

« Mardi 5 avril 2005, 11 h 45 : appel du centre signalant un accident sur l'autoroute de l'ouest... »

Il appuya ses mains tremblantes sur ses yeux, comme pour effacer l'image terrible qui s'y était imprimée. Kelsey Stuart, la jeune femme impliquée dans l'accident, avait emprunté le véhicule utilitaire de son petit ami pour remorquer la voiture de son père défunt jusqu'à son appartement de San

Diego. Elle ne savait pas qu'elle roulait vers la mort — et qu'elle succomberait à ses blessures avant que l'équipe de Scott ait pu faire quoi que ce soit pour elle.

On était déjà mercredi matin, et Tricia sortait à peine de l'apathie profonde où l'avait jetée l'article de la *Gazette de San Francisco*. Lorsqu'elle entendit le pick-up noir de Scott s'arrêter dans l'allée devant leur demeure, elle arborait un air calme et détaché, alors que, au fond d'elle-même, elle n'en menait pas large. Etrange comme son éducation reprenait le dessus de temps à autre. Elle avait passé la plus grande partie de son enfance et de son adolescence choyées à apprendre des choses parfaitement inutiles pour la vie de tous les jours. Mais elle avait au moins retenu un enseignement fondamental : ne pas montrer ce qu'elle ressentait en public — ni même en privé, d'ailleurs. Cela, elle s'en servait à peu près chaque jour, depuis deux ans. Jamais elle n'aurait cru que le milieu fortuné d'où elle était issue lui permettrait de mener une double vie avec autant de facilité.

— Salut, mon cœur ! lança Scott en pénétrant dans la cuisine où Tricia s'activait pour s'occuper l'esprit.

Cela faisait deux ans qu'elle vivait avec cet homme, qu'elle partageait son lit et son quotidien ; mais la routine ne s'était guère installée entre eux. Chaque fois qu'elle le voyait ou l'entendait rentrer de mission, elle ressentait ce petit élan de joie au creux de ses reins, comme s'ils se rencontraient pour la toute première fois.

Il n'était pourtant pas question pour elle de lui montrer à quel point elle se sentait soulagée de le retrouver après les vingt-quatre heures pénibles qui s'étaient écoulées. Il n'était pas habitué à des effusions de sa part. Pour résister au désir de se jeter à son cou, elle enfonça résolument les mains dans l'eau de vaisselle qui emplissait l'évier.

— Salut, toi ! fit-elle en retour.

Quatre nuits — ça faisait quatre nuits et quatre jours qu'elle ne l'avait pas vu. Ce genre d'emploi du temps n'était pas rare dans son métier ; c'était même la règle.

En tout cas, ça faisait suffisamment longtemps qu'ils ne s'étaient pas trouvés dans la même pièce pour que Tricia puisse serrer Scott dans ses bras sans qu'il s'étonne outre mesure. Mais elle ne se faisait pas confiance. Si elle se laissait aller à des démonstrations de tendresse, sa belle assurance risquait de voler en éclats.

— Paaapaaa ! s'exclama Taylor en agitant ses petits bras potelés.

— Bonjour, mon poussin ! fit Scott en ébouriffant les jolies boucles noires du petit garçon avant de se pencher pour déposer un baiser sur sa joue rebondie. Tu as été bien sage avec maman ?

— Sage ! affirma Taylor d'un air sérieux. Pa' terre, papa !

Et il tendit de nouveau les bras en direction de l'homme qu'il appelait papa. Un jour, il faudrait lui apprendre que Scott n'était pas son père biologique. Mais, d'ici là, peut-être que Scott l'aurait adopté officiellement, et dans ce cas…

D'un geste brusque, Tricia ôta la bonde dans le fond de l'évier et resta immobile à contempler l'eau grisâtre et la mousse s'écouler lentement. Elle n'avait pas le droit de songer à l'avenir, de faire des plans, alors qu'elle n'était même pas sûre du lendemain. C'était l'une des règles qu'elle s'était fixées, et il n'était pas question de revenir dessus. Sinon, elle risquait de devenir folle.

Sauf un nouveau revirement de situation, elle était condamnée à vivre au jour le jour. Sans plus. Profiter du moment présent n'était déjà pas si mal. Surtout qu'elle, au moins, avait la chance d'avoir un semblant de famille.

Les gloussements joyeux de son fils lui firent jeter un coup d'œil par-dessus son épaule. Pas parce qu'ils l'étonnaient, mais plutôt parce que Scott n'y répondait pas. Normalement, quand il retrouvait le petit garçon, il prenait un immense plaisir à jouer avec lui. Mais, cette fois, il ne réagissait pas.

— Scott ? fit-elle en se tournant vers l'homme auquel elle mentait depuis deux longues années.

Oui, elle lui avait menti dès le départ. Elle avait prétendu être une pauvre femme sans ressources et sans domicile, alors que c'était tout le contraire. Mais ce qu'elle n'avait pas prévu, c'était qu'elle s'éprendrait profondément de l'homme qui l'avait recueillie malgré sa grossesse avancée. Elle avait cru son cœur fermé à tout autre amour que celui qu'elle éprouvait pour son fils. Mais elle s'était trompée.

Pour le moment, elle regardait Scott serrer Taylor contre lui, le visage enfoui dans le repli de son petit cou soyeux, comme s'il cherchait dans son odeur de bébé un réconfort contre quelque chose de terrible. Tout comme elle, la veille, lorsqu'elle avait appris la disparition de Leah…

— Quelque chose ne va pas ? chuchota-t-elle, la gorge serrée par l'angoisse.

Et s'il en avait assez d'elle et de son fils ? Allait-il les renvoyer d'où ils venaient, sans autre forme de procès ? Les priver du seul foyer qu'ils aient connu depuis la naissance de Taylor ? Elle n'était pas certaine de parvenir à supporter une perte de plus…

Scott ne réagissait pas, et Tricia fut saisie d'un terrible

pressentiment. Elle se concentra sur sa respiration, dans un effort pour lutter contre la panique. Elle devait faire table rase, ne penser à rien d'autre qu'à survivre, aussi longtemps qu'elle ignorerait ce qui allait lui arriver.

Après quelques secondes de silence tendu, elle osa enfin demander d'une voix neutre :

— Tu veux qu'on s'en aille, c'est ça ?

Son « arrangement » avec Scott n'était pas définitif ; il n'avait jamais été question d'engagement sérieux entre eux. C'était même elle qui avait tenu à mettre les choses au point dès le début de leur relation : elle avait accepté de s'installer avec lui seulement à la condition qu'ils restent libres de leurs décisions et de leurs actes. Mais, à présent qu'elle se trouvait devant le fait accompli, elle ressentait un déchirement dont la violence la surprenait.

Pour ne pas trahir son désarroi, elle fourra ses mains dans les poches arrière de son jean bon marché. Ainsi, elle avait l'air d'attendre nonchalamment la réponse de Scott, alors que, en réalité, elle tremblait d'inquiétude.

— On peut mettre Taylor dans son parc avec Petit Ours Brun ? Ça nous permettrait de discuter calmement de certaines choses, suggéra Scott.

Taylor adorait les histoires de Petit Ours Brun. Lorsqu'ils voulaient un moment de tranquillité dans la journée, Tricia et Scott lui mettaient une vidéo de son héros, et cela l'occupait généralement pendant une bonne demi-heure.

Mais, si Scott avait un besoin urgent de « discuter de certaines choses » après quatre jours d'absence, cela ne présageait rien de très agréable. D'autant qu'il n'avait pas regardé sa compagne en face depuis son retour. Pas plus qu'il n'avait répondu par la négative à sa question faussement détachée.

Il était visiblement préoccupé. Ses épaisses boucles brunes étaient tout en désordre, ce qui voulait dire qu'il avait dû y passer ses grandes mains calleuses une bonne vingtaine de fois avant d'arriver chez eux. Signe évident que quelque chose le perturbait — quelque chose de grave.

Tricia ouvrit la bouche pour lui dire qu'elle allait installer Taylor devant son programme favori, et qu'elle voulait bien lui passer la vidéo en boucle si ça permettait à Scott de lui dire le fond de sa pensée. Mais les mots lui manquaient. Elle n'avait pour ainsi dire pas dormi de la nuit, et elle avait du mal à rester concentrée plus de quelques minutes sur une tâche ou un sujet, tant elle était nerveuse. Le moindre souffle d'air, le moindre petit bruit la faisaient sursauter violemment, depuis la veille. Pendant le petit déjeuner de Taylor, elle avait même lâché la cuillère pleine de yaourt qu'elle était sur le point de lui mettre dans la bouche, uniquement à cause du clic discret qu'avait fait le moteur du réfrigérateur en se déclenchant.

Elle se contenta donc de hocher brièvement la tête avant de suivre Scott dans la salle à manger qui servait aussi de salle de jeux à Taylor. Tout un coin de la pièce était réservé au parc et aux jouets du petit garçon, ainsi qu'à sa table à langer. Tricia aurait volontiers remisé cet appareil encombrant ailleurs, surtout que, maintenant, Taylor avait suffisamment grandi pour monter sur le canapé quand elle voulait lui changer sa couche. Mais la maison de Scott ne possédait pas de garage, comme la plupart des habitations de South Park, le vieux quartier de San Diego où ils logeaient.

Impossible donc de ranger la table à langer où que ce fût. Il y avait bien la chambre de Taylor, mais elle était déjà suffisamment remplie par son lit et l'armoire où Tricia rangeait les vêtements, les chaussures, les affaires de toilette et les paquets de couches de son fils. Leur maison n'était vraiment pas grande — mais c'était un lieu accueillant, où la jeune femme se sentait bien. Du moins, jusqu'à cet instant où elle risquait de tout perdre.

— Alors, qu'est-ce qui se passe ? demanda Tricia lorsqu'ils furent dans leur chambre.

Comme Scott gardait les yeux obstinément fixés sur le plancher, elle se laissa tomber dans le vieux fauteuil à bascule qu'elle aimait particulièrement. Le cœur battant, un coussin moelleux serré contre son ventre contracté, elle attendit que son compagnon daigne lui faire part de ses soucis.

Scott leva enfin les yeux vers elle. Il s'assit sur le lit, et coinça ses mains entre ses genoux dans un geste qui lui était familier.

— Je n'ai pas été totalement honnête avec toi, finit-il par lâcher d'une voix sourde.

Terrifiée par son air sombre, elle s'arrêta un instant de respirer.

Il parut vouloir ajouter quelque chose, mais secoua la tête et se tut, prolongeant son supplice.

— Que… qu'est-ce que tu veux dire ? reprit-elle à voix basse, impressionnée par le combat intérieur que Scott semblait livrer et qu'elle pouvait lire sur son visage tendu.

Elle reconnaissait fort bien l'expression tourmentée qui altérait ses traits réguliers. Elle savait. Pas ce qu'il lui cachait, bien sûr. Mais ce qu'il éprouvait. Parce qu'elle aussi connaissait la même souffrance — cette douleur sourde qui vous tenaillait sans cesse quand on dissimulait des secrets terribles.

— Je n'aurais pas dû te mentir ; je m'en veux à un point…, poursuivit Scott sur le même ton inquiétant.

Tricia eut envie de hurler, de secouer son compagnon pour qu'il en vienne au fait. Elle en avait assez des mensonges — mais elle était bien mal placée pour lui reprocher quoi que ce fût dans ce domaine. Après tout, elle aussi lui mentait depuis le début. Même son nom, Tricia Campbell, était faux : elle l'avait forgé de toutes pièces, le lendemain de leur première nuit, lorsqu'il lui avait demandé comment elle s'appelait. Avisant une conserve de soupe de la marque Campbell sur le passe-plat de sa cuisine, elle s'était décidée pour ce nom de famille banal en une fraction de seconde. Quant à son prénom, elle l'avait trouvé au bar où ils s'étaient rencontrés.

— Pourquoi tu ne me dis pas tout de suite de quoi il s'agit ?

S'il lui annonçait qu'il ne voulait plus d'elle chez lui, elle n'aurait pas trop de la journée complète pour trouver un nouvel endroit où habiter avec Taylor. Si possible avant 19 heures — le moment où elle couchait le petit garçon. Autant le perturber le moins possible dans son rythme journalier. Son existence risquait d'être déjà assez bouleversée si Scott les jetait dehors.

Voyant que ce dernier tardait à répondre, Tricia se pelotonna plus étroitement contre le coussin qu'elle pétrissait inconsciemment. Décidément, la vie ne lui faisait pas de cadeau. A peine commençait-elle à se sentir en sécurité qu'on menaçait de lui retirer le seul lieu et le seul homme auxquels elle se fût attachée depuis longtemps !

Pour ne pas céder à la terreur obscure qu'elle sentait

monter en elle, la jeune femme s'obligea à penser à des choses positives. Comme le beau ciel bleu qu'elle voyait dehors. Ou la plage de Coronado où elle pouvait se promener à loisir, le jour comme la nuit. Ou encore la respiration apaisée de son fils lorsqu'elle le prenait contre elle pour une grande sieste réparatrice, les après-midi où elle ne travaillait pas.

— Je..., commença soudain Scott, l'arrachant brusquement à ses méditations. Je n'ai pas toujours vécu comme... enfin, comme ça...

Il esquissa un large geste pour englober la chambre exiguë où ils se trouvaient.

— Tu... C'est à cause de moi ? demanda Tricia d'un ton précipité. Parce que j'ai tendance à trop ranger, c'est ça ? Je suis désolée, je ne voulais pas que ça te perturbe, que tu aies l'impression d'être envahi. C'est juste que...

— Non, non, ce n'est pas du tout ça ! l'interrompit Scott avec un sourire qui allégea considérablement le poids qui pesait sur la poitrine de la jeune femme.

Un sourire, une parole douce ou un baiser de Scott lui faisaient toujours cet effet-là. C'était d'ailleurs pour cela qu'elle s'était sentie irrésistiblement attirée vers lui dès que leurs regards s'étaient croisés, deux ans auparavant. Il y avait quelque chose de très spécial, quelque chose de précieux chez cet homme. Elle n'aurait su dire exactement ce dont il s'agissait, mais elle le ressentait au plus profond de son être.

— Au contraire, poursuivit-il, j'adore ce que tu as fait de cet endroit. Les rideaux, les coussins, les tapis — tout ce que tu as ajouté dans la déco me plaît infiniment. Et j'aime aussi rentrer pour goûter ta délicieuse cuisine et t'aider à faire la vaisselle au lieu de me retrouver en tête à tête avec moi-même. Tout comme j'apprécie le rangement méthodique que tu as introduit dans cette maison : au moins, quand je cherche quelque chose, je sais où le trouver, maintenant que tu es là.

Ouf ! se dit Tricia. Finalement, il trouvait un certain avantage à sa présence. Elle avait moins l'impression de l'avoir utilisé pendant tout ce temps.

— Tu as déjà entendu parler de la robinetterie McCall ?

La question la prit au dépourvu.

— Euh… oui, oui, bien sûr ! Ils sont célèbres pour leurs produits de grande qualité, non ? Ils font des robinets design pour les habitations de luxe : douches, lavabos, éviers…

— Plus toutes les fournitures de salle de bains qui vont avec, termina Scott.

— Et alors ? fit Tricia en se balançant doucement sur son fauteuil, les sourcils froncés dans son effort pour comprendre pourquoi son compagnon lui parlait soudain de cela. Tu voudrais un évier plus chic pour la cuisine, c'est ça ?

Il secoua la tête de droite à gauche.

— Ou une nouvelle douche ? proposa-t-elle sans trop y croire.

— Non, non, Trish. Ce que j'essaie de te faire comprendre, c'est que la robinetterie McCall, c'est moi.

Abasourdie par cette nouvelle qui tombait sur elle comme une bombe, Tricia s'immobilisa brusquement. Elle allait se réveiller. Ce n'était pas possible ; c'était un de ces rêves bizarres qui la hantaient parfois, la nuit. Clignant des yeux, elle fixa Scott sans rien dire.

— Dis quelque chose ! l'implora-t-il.

Elle le trouvait beau comme un astre dans ses vêtements de travail, qu'il n'avait pas encore eu le temps de quitter.

Ce n'était pas un mauvais rêve. C'était la réalité.

Tricia frissonna longuement avant de bredouiller d'une voix hésitante :

— Je suis… Je ne sais plus quoi penser, Scott…

— En fait, mon grand-père est le créateur de la société qui porte notre nom. C'est lui qui est à l'origine du succès familial. A sa mort, mes parents ont repris la compagnie et lui ont donné une nouvelle impulsion. Mon jeune frère, Jason, vient de terminer un master en droit des affaires. C'est probablement lui qui succédera à mon oncle au poste de vice-président, d'ici quelques années.

Si seulement elle pouvait se réveiller… Ce fut presque comme dans un rêve qu'elle s'entendit demander :

— Tu viens d'une famille nombreuse ?

Autant se concentrer sur des détails insignifiants, le temps d'absorber la nouvelle. Dire que Scott faisait partie de cette catégorie de gens qu'elle avait fuis ! Il n'y avait pas si longtemps, elle appartenait à cette classe privilégiée, celle des individus qui, comme son mari, possédaient tellement d'argent et de pouvoir qu'ils se croyaient au-dessus des lois, intouchables, invulnérables, même lorsqu'ils commettaient les pires erreurs.

Pourquoi Scott avait-il décidé d'être honnête avec elle, alors qu'elle avait besoin, plus que jamais, de continuer à lui cacher la vérité ? Ce n'était pas juste… Egoïstement, elle aurait préféré qu'il ne lui dise rien ; elle se serait sentie moins minable, moins lâche.

Il avait dû lui dire quelque chose, sûrement à propos de sa famille, en réponse à la question qu'elle venait de lui poser. Mais elle n'avait rien entendu, trop absorbée par ses propres réflexions.

— Je… je suis désolée, je n'ai pas suivi, bafouilla-t-elle. Je guettais la voix de Taylor…

Encore un mensonge ! Décidément, ça devenait une habitude.

Un demi-sourire éclaira le visage sombre de Scott. Cette expression lui manquerait quand elle le quitterait. Ce qui ne saurait tarder s'il faisait vraiment partie de la caste d'où elle s'était échappée.

— J'étais en train de te dire que j'ai plein de tantes, d'oncles et de cousins du côté paternel comme du côté maternel. Mais je n'ai qu'un seul frère : Jason.

— Pas de sœur, alors ?

C'était tout à fait incongru comme question après ce qu'il venait de lui annoncer… Décidément, elle devait rêver.

— Non, pas de sœur. Juste un nombre incalculable de cousines plus ou moins éloignées.

Un instant, elle fut piquée par la curiosité. Elle aurait aimé connaître la famille de Scott. Elle aurait sûrement apprécié toutes ces cousines dont il parlait avec une lueur de fierté et d'affection dans le regard. Seulement, pour ça, il aurait fallu qu'ils se rencontrent beaucoup plus tôt, tous les deux. Au lycée, par exemple, ou à la fac. Avant qu'elle ne fasse le choix désastreux qui lui avait gâché l'existence à jamais.

Les yeux fixés sur les dessins du tapis qui couvrait le sol de la chambre, Tricia ne se rendit pas compte que Scott s'était levé. Elle tressaillit lorsqu'il enleva gentiment le coussin de ses mains crispées, mais ne protesta pas quand il la fit se lever pour l'étreindre avec douceur. Dans ses bras, elle se sentait si bien…

A cet instant précis, elle sut que tout ce qu'il lui avait raconté était vrai, et qu'elle ne pouvait rien y changer.

Chez Scott, il n'y avait pas de place pour le mensonge. Alors que, chez elle, tout était faux, depuis la couleur de ses cheveux jusqu'à sa situation de mère célibataire.

2.

D'habitude, Tricia éprouvait un sentiment d'apaisement intense lorsqu'elle se retrouvait pelotonnée dans les bras puissants de Scott. Mais, cette fois, elle eut beau se serrer contre lui, sentir sa chaleur réconfortante, humer le parfum musqué qui émanait de son torse viril, elle ne parvint pas à trouver le calme.

Pourtant, elle aimait le contact de cet homme, la senteur épicée de l'eau de toilette bon marché qu'elle lui avait offerte pour les fêtes de fin d'année… Quelle ironie ! Elle lui avait fait un cadeau d'à peine vingt dollars, alors qu'il devait être habitué aux parfums de luxe depuis sa plus tendre enfance !

Ravalant sa fierté humiliée, elle se serra plus étroitement contre Scott, goûtant du bout de la langue la saveur légèrement salée de sa peau, dans le creux de son cou. Il s'était rasé de près avant de rentrer — pour elle.

Si seulement elle pouvait oublier tout ce qui n'était pas cet instant de tendresse !

Sans une parole, Scott lui caressa doucement le dos, l'attirant encore plus près de lui. Mais elle savait qu'il ne lui avait pas tout dit ; certaines chose restaient en suspens, l'empêchant de savourer pleinement le bonheur de leurs retrouvailles.

Mais, pour être tout à fait honnête, Tricia devait reconnaître que le problème ne venait pas seulement de Scott. Elle avait la tête ailleurs. Elle cherchait un prétexte pour s'éclipser et aller acheter la *Gazette de San Francisco.* Dans l'édition de ce mercredi, elle apprendrait sûrement que Leah allait bien, qu'on l'avait retrouvée et que tout était rentré dans l'ordre. Leah avait tendance à agir sans réfléchir et, après coup, elle refaisait surface, vaguement embarrassée d'avoir cédé à l'une de ces impulsions qui lui faisaient faire un peu n'importe quoi. Après ça, l'incident était clos.

C'était certainement ce qui s'était passé, le soir du gala au profit des orphelins. Du moins, c'est ce dont Tricia avait réussi à se convaincre, au cours de la longue nuit solitaire qu'elle avait passée à se ronger les sangs pour son amie.

— Taylor va réclamer sa promenade, murmura-t-elle tout contre l'épaule de son compagnon.

Elle se servait de cette excuse pour passer un moment loin de la maison ; elle mettait généralement ce temps à profit pour dévorer le quotidien de son ancienne ville, à la recherche d'informations sur les gens qu'elle connaissait bien et qu'elle avait laissés derrière elle.

Elle s'asseyait toujours au même endroit, dans le parc de Grape Street, et personne ne prêtait attention à elle. C'était exactement ce qu'elle voulait. Même si elle regrettait de temps en temps son ancienne vie. Surtout pour Taylor, qui aurait pu bénéficier d'un train de vie princier, au lieu d'être confiné dans une petite maison sans grand confort. Mais, dans ce cas…

— Je ne crois pas qu'il protestera si on remplace sa balade

par un autre épisode de Petit Ours Brun, répondit Scott, ses lèvres tout contre la peau de la jeune femme.

Comme toujours, elle se sentit frémir sous le souffle tiède de son amant. Un picotement agréable — mêlé toutefois d'un pressentiment inquiétant. Elle n'arrivait pas à profiter pleinement de ce câlin, tant elle était préoccupée par les conséquences que pouvaient entraîner les aveux de Scott.

Elle ne pouvait se permettre de se laisser aller au plaisir que lui procurait ce grand corps d'homme serré tout contre le sien. Taylor devait passer avant tout. Il fallait qu'elle réagisse, qu'elle reprenne le contrôle des événements. Sinon, elle ne pourrait plus faire face aux obstacles inévitables qui se dressaient quotidiennement sur sa route.

Tricia leva la main pour défaire la queue-de-cheval qui l'encombrait plus qu'autre chose. S'écartant de Scott, elle secoua la tête pour laisser ses longues mèches brunes se remettre en place autour de son joli visage ovale. Elle n'était pas allée chez le coiffeur depuis deux ans, et elle ne s'en trouvait pas plus mal.

— Ça lui fait pourtant du bien de se promener ! fit-elle sur un ton de léger reproche.

— Tu es fâchée ?

Elle se détourna pour lancer l'élastique de sa queue-de-cheval sur le haut d'une commode en formica blanc.

— Non, pas du tout, répondit-elle.

Elle laissa son regard errer distraitement sur l'ameublement modeste de la chambre. Sous le dessus-de-lit bleu marine, il y avait des draps de si mauvaise qualité qu'elle avait dû les relaver plusieurs fois et les inonder d'assouplissant pour les rendre un peu moins rêches. Quant aux oreillers de patchwork coloré, c'était elle qui les avait fabriqués avec des chutes de tissu récupérées à son travail. Elle avait trouvé un emploi comme retoucheuse dans un pressing de Coronado, ce qui lui permettait d'échapper en partie au sentiment de dépendance qu'elle éprouvait envers Scott.

Elle se tourna de nouveau vers son compagnon dont le corps parfait l'attirait inéluctablement. Mais il n'était pas question de cela pour l'instant. Elle le regarda bien en face et déclara d'un air accablé :

— J'avoue que je ne comprends pas.

Il haussa les épaules.

— C'est une longue histoire, Trish.

— Prends ton temps, lui dit-elle.

Si Scott éprouvait brusquement le besoin de lui faire des confidences, ce n'était sans doute pas anodin. C'était une marque de confiance qui aurait dû la remplir de joie. N'était-ce pas la preuve qu'il partageait son amour, même s'il n'avait jamais prononcé les trois petits mots qu'elle espérait et redoutait à la fois ?

Les bras croisés sur sa poitrine ferme et généreuse, elle se percha comme un oiseau craintif sur le bord du matelas, prête à se relever instantanément si le tour de la conversation déviait.

Les yeux fermés, Scott commença d'une voix qu'elle avait du mal à reconnaître :

— Il y a longtemps, j'ai eu tout ce dont on peut rêver…

Il laissa son récit en suspens, juste assez longtemps pour que Tricia s'inquiète de la note d'amertume qui perçait sous ces simples paroles. Scott n'avait pas l'habitude de se plaindre ni de regretter le passé. D'un caractère égal et pragmatique, il avait plutôt tendance à se concentrer sur les bons côtés de l'existence… Encore une raison de s'attacher à lui.

Elle prêta l'oreille au joyeux babil qui lui parvenait depuis l'autre pièce : Taylor chantait à sa façon le générique de Petit Ours Brun — signe qu'un nouvel épisode venait de commencer.

— Oui, j'ai eu tout, reprit Scott en rouvrant les yeux. Tout ce qu'on fait de mieux, dans tous les domaines. La plus somptueuse des demeures. Les vêtements les plus coûteux. La meilleure éducation possible. Les études les plus prestigieuses.

Sous son regard perçant, Tricia se tortilla, saisie d'une terreur soudaine. Bien sûr, il ignorait ce que ces mots signifiaient pour elle. Mais elle ne pouvait s'empêcher de remarquer que le hasard avait un sens de l'humour bien particulier en ce qui les concernait tous les deux…

— J'avais même des domestiques à mes ordres, ajouta Scott d'un air dégoûté, comme s'il venait de confesser l'un des sept péchés capitaux.

La jeune femme se sentit elle-même rougir de honte. S'il savait à quel point sa description correspondait à l'existence qu'elle avait connue !

— Pour mes dix-sept ans, mon père m'avait offert une Porsche flambant neuve, reprit-il, sur le même ton.

Une Porsche… Pas mal, comme voiture, se dit Tricia avec un brin de cynisme. Quoique… elle préférait de loin les Jaguar. Bleu marine. Avec un intérieur cuir couleur beige et des sièges chauffants.

— Alicia adorait cette voiture…

Quoi ?

— Alicia ? répéta la jeune femme d'une voix étranglée.

Il déglutit avec peine, comme si le simple fait de prononcer ce nom lui avait coûté terriblement.

Hochant la tête en signe d'acquiescement, il précisa :

— Je l'avais rencontrée au lycée.

— C'était ta petite amie ? demanda Tricia en prenant bien soin de ne pas avoir l'air jaloux.

Elle n'avait aucune raison d'éprouver ce genre de sentiment puisque Scott n'était plus avec cette mystérieuse Alicia. Aujourd'hui, il était avec elle… Mais elle ne put se défendre d'une certaine tristesse.

— Alicia était plus qu'une simple petite amie, corrigea-t-il, confirmant ainsi ses soupçons.

Le regard perdu dans le vague, il semblait parler comme en rêve. Tricia avait l'impression d'être de nouveau seule dans la pièce. Et, pourtant, Scott tenait à partager ses souvenirs avec elle. Ce qui avait certainement un sens précis…

— Comment ça ? lui demanda-t-elle d'une voix douce.

Il soupira, comme s'il éprouvait une certaine réticence à poursuivre cette conversation qu'il avait pourtant initiée.

— Ça va te sembler complètement dingue, finit-il par répondre, mais Alicia était vraiment spéciale. Différente. Dans le bon sens du terme… Dès notre première rencontre, j'ai senti une sorte de courant passer entre nous. D'un seul coup, j'ai eu l'impression que le monde entier prenait un sens nouveau. Comme si j'étais brusquement propulsé au sommet d'un arc-en-ciel.

Etrange comme ces paroles presque lyriques s'appliquaient précisément à ce que Tricia avait ressenti lorsqu'elle avait rencontré Scott. Elle sentit une boule de tristesse lui serrer la gorge : si elle éprouvait ce genre de sentiments pour Scott, lui en avait fait l'expérience avec une autre femme.

— Je ne trouve pas ça *dingue,* au contraire ! déclara-t-elle en s'efforçant de masquer sa déception.

Elle savait déjà que cette belle histoire d'amour s'était mal terminée. Mais comment ? Et pourquoi ? Alicia avait-elle quitté Scott pour un autre homme plus… plus quoi ? Sûrement pas plus riche ou plus influent, d'après ce qu'il venait de lui apprendre. Alors quoi ? Un homme plus ambitieux, peut-être ? Quelqu'un de plus retors, de plus âpre au gain ? Ou alors, c'était une histoire du style Roméo et Juliette : leurs familles avaient-elles désapprouvé leur liaison et fait pression sur eux pour qu'ils cessent de se fréquenter ?

A bien y réfléchir, c'était sûrement ça le bon scénario. Alicia devait être issue d'un milieu trop modeste pour faire honneur à la famille McCall…

— Est-ce que tes parents appréciaient cette jeune fille ?

— Tout le monde adorait Alicia. Et pas seulement parce qu'elle était la fille unique d'un des banquiers les plus influents de Californie. Contrairement aux adolescentes de son milieu, elle n'agissait pas comme si son argent et sa popularité lui donnaient tous les droits. Elle était jolie comme un cœur, blonde et mutine, souriante, affable. Elle aimait les belles choses, et elle pouvait se les offrir. Mais elle passait son temps à écrire des poèmes et à chercher le meilleur moyen d'aider ceux qui avaient moins de chance qu'elle.

« Contrairement à moi », songea Tricia. Quoique… elle aussi avait cherché à se rendre utile. Grâce à Leah, elle avait travaillé comme bénévole à la SPA tous les dimanches, et même pendant un mois complet, l'été. Dans les grands yeux mouillés des chiens et des chats errants qu'elle soignait, elle avait trouvé un moyen de se sentir moins égoïste, plus compatissante…

— Qu'est-ce qui s'est passé, alors ? Je ne peux même pas imaginer qu'elle n'ait pas partagé tes sentiments.

Le demi-sourire qu'elle aimait tant refit son apparition

sur le visage tendu de Scott. Mais seulement pour un court instant.

— Nous étions devenus inséparables pendant les deux dernières années de lycée. Nous avons passé notre bac en même temps et fêté nos dix-huit ans ensemble, cet été-là.

En juillet, précisa Tricia pour elle-même. Une vague d'émotion l'envahit au souvenir de la joie qu'avait manifestée Scott lorsqu'elle lui avait fait un cadeau pour son anniversaire, l'année précédente. Pourtant, ce n'était pas grand-chose : juste une chemise et un gros gâteau au chocolat qu'elle avait confectionné elle-même. Mais il avait eu l'air d'apprécier ces modestes présents plus qu'une voiture dernier modèle ou une chaîne hi-fi ultramoderne.

— Vers la fin du mois d'août, juste avant de partir pour la fac, on est allés faire une balade en Porsche sur l'autoroute de la côte.

Tricia connaissait bien cet itinéraire. Elle l'avait emprunté avec Leah, lors d'une escapade estivale quand elles étaient étudiantes, et elle se rappelait parfaitement l'émotion qui l'avait saisie devant la beauté des paysages qui défilaient le long de cette route mythique, tracée au bord de l'océan Pacifique. Les vagues mugissantes, les énormes blocs de rochers qui émergeaient des flots bleus, les collines escarpées de l'autre côté, tout avait contribué à faire de leur voyage une expérience inoubliable. Tricia s'était même promis de le refaire un jour avec un amoureux.

Mais elle n'en avait jamais eu l'occasion.

— Quelque part dans les environs de Santa Monica, j'ai arrêté la voiture sur une aire déserte et j'ai demandé à Alicia de m'épouser, reprit Scott, avec un air si désolé que Tricia eut envie de lui passer les bras autour du cou pour le consoler.

C'était sûrement là que la belle histoire basculait dans le drame. Elle en aurait mis sa main à couper.

— Et elle a refusé ?

— Non, fit Scott avec un pâle sourire. Elle m'a dit oui. Elle s'est même mise à pleurer de joie quand je lui ai maladroitement passé une bague au doigt. Un solitaire qui lui allait à la perfection et que j'avais fait faire en cachette, avec la complicité de sa mère.

Tant de délicatesse, tant de gentillesse n'avaient rien d'étonnant si on connaissait le personnage. Tricia aurait pu se douter qu'il avait toujours été comme ça. C'était de naissance, apparemment. Et le fait qu'il fût toujours aussi attentionné n'en était que plus admirable.

— Une heure plus tard, emporté par l'euphorie de notre engagement tout neuf, j'ai pris un virage à vingt kilomètres heure au-dessus de la limite de vitesse. J'ai perdu le contrôle de la Porsche : elle est allée s'écraser dans la falaise qui bordait la route.

Gazette de San Francisco,
mercredi 6 avril 2005, p. 1

TOUJOURS PAS DE NOUVELLES DE MME MONTGOMERY

Quarante-huit heures après que sa disparition a été signalée, la célèbre et richissime Leah Montgomery n'a toujours pas été retrouvée. Selon la police, à part la robe de satin noir qu'elle aurait dû porter lors du gala qu'elle était censée présider, il n'existe aucune autre pièce à conviction permettant d'aiguiller les recherches dans une direction précise. Par ailleurs, un examen approfondi du domicile de la disparue et de son système de sécurité n'a pas permis de relever la moindre trace de lutte ou d'effraction. Quant au coupé Mercedes blanc ivoire de la jeune femme, il reste pour le moment introuvable.

Plantée devant la caisse du petit supermarché où elle attendait de payer les quelques légumes frais qu'elle s'était procurés pour le dîner, Tricia relut pour la troisième fois l'article à la une de la *Gazette de San Francisco.* Les mains tremblantes, les yeux emplis de larmes, elle avait du mal à déchiffrer les lettres qui semblaient onduler devant elle, comme douées d'une volonté propre.

Dire qu'elle s'était persuadée que la disparition de Leah allait être éclaircie en un rien de temps ! Mais c'était tout le contraire : au lieu d'une brève explication assortie d'une photo réconfortante de son amie souriant aux journalistes et se moquant gentiment de leur inquiétude, elle tombait sur cet article qui ne faisait qu'augmenter sa terreur… Deux jours entiers s'étaient écoulés, et Leah n'avait toujours pas refait surface — ce qui voulait dire que le pire était à craindre.

— Bon sang, Leah ! marmonna-t-elle à voix basse. Dans quelle galère es-tu allée te fourrer, cette fois ? Et, sans moi, qui vas-tu bien pouvoir trouver pour te tirer d'affaire ?

Sous le regard interloqué de la cliente qui la suivait, Tricia se sentit rougir. Heureusement, elle n'avait pas prononcé ces paroles assez fort pour que l'on pût en saisir le sens.

D'ailleurs, il ne servait à rien de s'énerver. Il était 1 heure de l'après-midi, et le journal avait paru en tout début de matinée, peu après 6 heures. Dans le laps de temps qui s'était écoulé depuis, Leah avait sûrement été retrouvée. Seulement, le quotidien ne pouvait pas le signaler, bien entendu.

Oui, c'était certainement cette version des faits qui était la bonne. D'un geste net et précis, Tricia plia le journal pour le poser sur le dessus de son panier. Demain, elle n'aurait qu'à se procurer la nouvelle édition de la *Gazette* pour y trouver le dénouement de cette histoire abracadabrante. Et elle aurait peut-être même envie de rire en lisant les explications embrouillées et comiques de Leah. En effet, chaque fois que son amie se tirait d'un pétrin invraisemblable, elle avait une façon bien à elle de le raconter, qui finissait par détendre son auditoire.

Inspirant profondément pour achever de se calmer, la jeune femme repoussa une mèche de cheveux rebelles derrière son oreille et déposa le contenu de son panier sur le tapis roulant de la caisse enregistreuse. A la vue du beau chou-fleur, des fleurettes de brocolis et du sac de carottes naines qu'elle avait sélectionnés au rayon frais, elle se sentit étrangement rassérénée. Le train-train quotidien avait quelque chose de réconfortant. Presque autant que la première page du journal de San Diego, où aucune mention de Leah ni de sa disparition n'apparaissait.

— Où est votre bout d'chou ? lui demanda aimablement Gabriella, la jeune et jolie caissière hispano-américaine qu'elle connaissait bien.

Cette question innocente acheva de ramener Tricia à la réalité. Avec un sourire, elle répondit :

— Je l'ai laissé à la maison. Il préférait faire la sieste avec son papa plutôt que de venir acheter des légumes !

Elle n'ajouta pas qu'elle avait sauté sur cette occasion inespérée pour courir acheter la *Gazette de San Francisco.* Ce sursis avait été le bienvenu. Il était très rare qu'elle rapporte le journal à la maison quand Scott était là. La plupart du temps, elle le lisait en dehors de son quartier et s'en débarrassait avant de rentrer chez elle. Sauf la veille : elle avait fait une exception tant elle était angoissée.

— Eh bien, reprit Gabriella, vous en avez de la chance ! Non seulement vous avez réussi à dénicher un super beau mec, mais, en plus, il a l'air d'être un père génial !

— Et encore, vous ne savez pas tout : il est aussi bon cuisinier ! ajouta Tricia avec un clin d'œil complice à la charmante caissière qui ne manquait jamais de les saluer, Taylor et elle, quand ils venaient chercher des provisions tous les trois jours environ.

— Evidemment, vous n'êtes pas mal non plus, poursuivit Gabriella. Je donnerais plusieurs semaines de salaire pour vos longues jambes minces, moi qui suis petite et rondelette !

— Et bien, moi, je donnerais au moins autant pour avoir vos magnifiques cheveux noirs, rétorqua Tricia, tout en sortant de la monnaie du sac de cuir noir que Scott lui avait offert pour Noël.

— Vous savez, vous devriez utiliser une carte de crédit, fit remarquer la caissière après avoir observé d'un air désapprobateur la liasse de billets fourrés à même le sac de sa cliente. Ce serait moins dangereux que de trimbaler tout cet argent liquide sur vous. Surtout que vous êtes souvent seule dans le coin. Le quartier n'est pas très sûr…

Peut-être, mais c'était le seul moyen pour Tricia de rester dans l'anonymat le plus longtemps possible.

Pour donner le change, elle hocha la tête d'un air contrit, tout en ramassant le sac plastique chargé de légumes.

— Je sais, je sais. Il va falloir que je m'y mette un jour…

Elle donnait toujours la même réponse évasive. Et Gabriella ne semblait pas s'en formaliser. Du moins, jusqu'ici.

— Où étiez-vous, lundi dernier ?

La question émanait d'un inspecteur de la police de San Francisco. Le sénateur Thomas Whitehead, vêtu d'un costume bleu marine impeccable, d'une chemise crème et d'une cravate rouge, garda un instant les yeux baissés sur ses chaussures de cuir parfaitement cirées. Il était venu au poste de son plein gré, sans avocat, et ne tenait pas à détruire, par une réponse trop rapide ou quelque peu hautaine, la bonne impression qu'il avait produite en arrivant.

D'ailleurs, il n'avait rien à cacher, et il entendait bien le faire comprendre à ses interlocuteurs.

— Je suis resté à mon bureau jusqu'à 19 heures, fit-il d'un ton neutre mais poli. Ensuite, je me suis arrêté sur le chemin de mon domicile pour prendre un dîner rapide au restaurant McGruber, avant de déposer un roman chez ma mère. Elle est sujette aux insomnies depuis quelque temps, et je m'étais dit que ça la distrairait agréablement. Je suis resté chez elle jusqu'à environ minuit, après quoi je suis rentré chez moi.

Les inspecteurs Gregory et Stanton formaient une équipe de choc. C'étaient les mêmes qui l'avaient interrogé après la disparition de Kate. Dans la pièce triste où ils l'avaient fait asseoir, ils faisaient figure de gardes-chiourmes. Gregory était particulièrement sinistre. La trentaine, grand et mince, il portait sur son visage un bon nombre de petites cicatrices rondes, témoins de l'acné qui avait dû lui causer bien des désagréments pendant l'adolescence. C'était le plus jeune des deux, et Thomas avait presque envie de le plaindre tant il était évident que la nature l'avait peu avantagé.

Whitehead se sentait très nettement en situation de supériorité par rapport à ces deux hommes. Il avait de l'argent, un physique superbe, une position enviable, des appuis solides : comment se sentir menacé dans ce cas ?

— Existe-t-il quelqu'un à votre bureau qui puisse appuyer vos dires en ce qui concerne la première partie de votre soirée ? intervint Gregory.

La tête légèrement penchée sur le côté, les yeux braqués sur Thomas, il essayait visiblement de décider si oui ou non il devait croire ses déclarations. Il n'était pas encore convaincu de son innocence, mais il ne le considérait pas encore comme un coupable.

— Oui, bien entendu, répondit le sénateur. Ma secrétaire était avec moi, tout comme mes collègues, les sénateurs Logenstein et Bryer. Nous travaillons actuellement à l'élaboration d'une législation visant à instaurer des peines plus lourdes à l'encontre des revendeurs de drogue surpris à l'intérieur du périmètre de sécurité des écoles publiques.

Voilà, c'était dit. Et c'était la vérité. Il avait tout intérêt à produire une excellente impression sur ses interlocuteurs, lors de ce premier entretien informel, qu'il avait initié de son plein gré. Pour sa mère, mais aussi pour lui. Surtout s'il voulait présenter à l'opinion publique une image irréprochable : celle d'un homme que deux disparitions successives, celle de son épouse et celle de la meilleure amie de cette dernière, deux ans après, avaient durement secoué.

D'autre part, se rendre au commissariat pour faire une déposition sans y être contraint présentait l'avantage de ne pas empiéter sur son emploi du temps serré. Il était très occupé, et ne pouvait pas se permettre de perdre des jours et des jours à se défendre contre les accusations qui risquaient de pleuvoir sur lui. La meilleure défense, c'était encore de s'expliquer avant même qu'on le lui demande. Il mettait ainsi toutes les chances de son côté, sans pour autant abandonner ce qu'il aimait souligner comme son « sens du devoir ».

D'un point de vue politique, il était également essentiel que le nom de Thomas Whitehead ne fût pas souillé par des soupçons ou des comparutions multiples devant la justice. Ses concitoyens et électeurs comptaient sur sa droiture et sa fermeté, et il aurait été cruel et irréfléchi de sa part de troubler la belle image d'Epinal qu'ils avaient de lui.

L'inspecteur Stanton, stylo en main, acquiesça de la tête, comme pour approuver les dires du sénateur.

— Votre secrétaire, c'est toujours Amanda Livingston ? fit-il d'un ton empreint de respect, qui rasséréna Thomas encore un peu plus.

— Absolument, répondit-il avec courtoisie. Elle occupe cette fonction depuis que je me suis établi à mon compte.

Mme Livingston était parfaite en tout point : la cinquantaine grisonnante, l'esprit vif et l'œil acéré, elle possédait toutes les qualités requises pour que son patron lui fît entièrement confiance, y compris sur les dossiers les plus brûlants. Le fait qu'elle fût grand-mère depuis peu et très appréciée des commerçants comme des associations municipales ajoutait à son côté irremplaçable : elle attirait la sympathie, ce qui rejaillissait inévitablement sur son patron et lui assurait des votes supplémentaires aux prochaines élections.

— Elle est donc avec vous depuis une quinzaine d'années, si je ne me trompe pas ? reprit Stanton, en passant une main dans ses cheveux gris tout emmêlés.

Thomas posa sur lui un regard indulgent, prenant bien garde à ne pas lui laisser deviner qu'il trouvait son costume chiffonné et sa coupe de cheveux totalement pitoyables.

— Depuis seize ans, pour être exact, corrigea-t-il avec un sourire affable. J'ai obtenu mon doctorat à vingt-quatre ans tout juste.

— Quand avez-vous parlé pour la dernière fois à Leah

Montgomery ? coupa l'inspecteur Gregory, visiblement impatienté par les méandres de l'interrogatoire.

Brusquement rappelé à l'ordre, Thomas prit soin de laisser la tristesse qui l'étreignait depuis deux jours envahir son visage habituellement impassible. Il avait toujours éprouvé une affection sincère pour Leah, pour sa spontanéité désarmante et son côté enfantin.

— Lundi après-midi, répondit-il enfin d'une voix grave où transparaissait un peu de ce chagrin réel. Nous nous sommes parlé au téléphone.

— A quelle heure ?

— Vers 16 heures.

16 h 11, pour être précis. Il s'en souvenait parfaitement, et pour cause : son téléphone portable enregistrait les dates et heures de tous les appels reçus ou passés.

Comme son père le lui avait enseigné, avant de venir à cet entretien, il avait prévu les questions qu'il risquait de se voir poser, et avait soigneusement préparé les réponses.

— C'est vous qui l'aviez appelée ?

— Non, c'est elle qui m'a contacté.

Gregory se pencha en avant. Visiblement, il était très intéressé. Devant son expression avide, Thomas pensa à un chien de chasse en arrêt devant un terrier.

— Et pourquoi vous a-t-elle appelé ? fit le jeune inspecteur.

— Pour me dire qu'elle ne se sentait pas bien, répondit Thomas, tout en croisant tranquillement les doigts sur la table qui le séparait des policiers. J'avais accepté de l'accompagner à un gala de charité au profit des orphelins démunis, ce soir-là, et elle voulait annuler notre rendez-vous.

Tout ce qu'il avait à faire, c'était dire la vérité. Le reste se réglerait tout seul.

— Quelle était la nature de vos relations avec Mme Montgomery ? reprit Gregory d'un ton pincé qui alerta aussitôt Thomas.

Il fallait jouer serré avec ce jeune blanc-bec. Ce fut donc d'une voix d'autant plus courtoise qu'il répondit :

— Nous nous connaissons très bien, et depuis des années. C'était la meilleure amie de ma femme. Kate et elle ont grandi ensemble, et, même après notre mariage, elles continuaient à se voir très régulièrement.

— Ce qui vous posait problème, je suppose ?

La réplique de Gregory était moins une question qu'une affirmation. Mais Thomas n'allait pas céder à la provocation si facilement. La ficelle était trop grossière pour un homme de loi averti comme lui.

— Non, pas le moins du monde, fit-il en arborant une expression innocente soigneusement calculée. Je suis un homme très occupé, vous savez. J'étais donc plutôt content que ma femme ait de la compagnie.

— Qu'en est-il aujourd'hui ?

— Leah et moi nous sommes considérablement rapprochés après la disparition de Kate, reprit le sénateur avec un soupir involontaire.

Chaque fois qu'il pensait à sa femme, il éprouvait le même sentiment de colère mêlée de frustration douloureuse.

— Mon épouse était une personne dynamique et attachante, inspecteur. Son absence a laissé un grand vide, à la fois dans la vie de sa meilleure amie et dans la mienne. Nos liens se sont donc tout naturellement resserrés. Leah est devenue mon accompagnatrice attitrée lors de nombreuses apparitions en public, et j'ai accepté de remplir le même rôle auprès d'elle. C'est tout ce que je peux vous dire à ce sujet.

Ce fut au tour de Stanton de prendre la parole. Après avoir discrètement toussoté, il s'adressa à Thomas d'un ton nettement plus courtois que son coéquipier :

— Où étiez-vous, ces deux derniers jours, sénateur ?

— A la pêche, sur un bateau, avec un couple d'amis de feu mon père, comme tous les ans à cette période.

Thomas attendit la question suivante sans le moindre signe d'énervement ni de malaise. Il y répondit posément, et fit de même avec toutes celles qui vinrent ensuite. Il se savait capable de faire face à cet entretien : l'enjeu en était suffisamment important. De sa constance et de sa force de conviction dépendait la tranquillité de son existence. Il serait bientôt libre de repartir chez lui, la tête haute, la conscience en paix.

Même si cela voulait dire continuer à habiter dans une demeure vide et silencieuse. Dîner en solitaire. Se coucher dans un lit trop grand et chercher le sommeil la plus grande partie de la nuit.

Dieu merci, il n'avait jamais eu besoin de beaucoup de repos.

3.

Taylor ne protesta pas quand sa mère le coucha, mercredi soir après le dîner. Le petit garçon était vraiment facile à vivre : du moment qu'il pouvait jouer et manger tout son soûl, il ne rechignait jamais à aller au lit quand c'était l'heure. Tricia pouvait être fière de lui.

Avec la douceur précautionneuse qui la caractérisait quand elle s'occupait de son fils, elle referma la porte de la chambre avant de se diriger vers la cuisine pour se servir un Coca light. Scott l'attendait dans la salle à manger. Comme la plupart des fois où ils passaient la soirée ensemble, la télévision était éteinte. Seule une douce musique de jazz troublait le silence paisible de la pièce plongée dans une lumière tamisée. Vêtu en tout et pour tout d'un caleçon de soie usé et d'un vieux T-shirt de travail au bleu fané, Scott s'était confortablement adossé aux coussins rebondis du canapé d'angle qui égayait la salle de sa couleur chaude.

— Tu es sûr que tu ne veux rien ? lança la jeune femme d'une voix qui lui parut normale.

— Non, merci, répondit-il.

Il mentait. En fait, il avait terriblement envie d'une bière glacée. Mais, s'il voulait profiter au maximum de ces quatre jours de repos, ce n'était pas la peine de s'exposer à la tentation. Une canette ne lui suffirait pas, et, s'il enchaînait les bières, il risquait de s'en tirer avec une belle gueule de bois. Ce n'était certainement pas comme ça qu'il voulait apparaître à Tricia ou, pire, à Taylor.

Etrangement, il regrettait presque que le petit garçon n'eût pas manifesté plus de mauvaise volonté à s'endormir. Cela aurait retardé le moment où il allait se retrouver en tête à tête avec sa mère. Pourtant, d'habitude, il attendait avec impatience l'instant où il pouvait avoir cette jeune femme ardente et fascinante toute à lui…

— Je t'ai quand même apporté une bière, au cas où tu changerais d'avis, fit la voix familière de Tricia.

Elle déposa la bouteille embuée sur la table basse devant lui avant de s'asseoir à l'autre bout du canapé, une jambe repliée sous elle, l'autre servant de reposoir au verre plein de bulles et de glaçons qu'elle tenait d'une main.

Elle n'avait pas quitté son jean, remarqua-t-il distraitement. D'habitude, dès que Taylor était au lit, elle optait pour une tenue plus légère — plus affriolante aussi…

— Merci, marmonna Scott, en prenant la canette pour avaler une gorgée de liquide frais.

Puisque Tricia s'était donné la peine de l'ouvrir pour lui, il était difficile de résister.

— Il m'a semblé que tu avais besoin d'un petit remontant, ajouta-t-elle.

Il ne put qu'acquiescer de la tête.

— Alors, tu me racontes le reste de ton histoire ? reprit la jeune femme d'une voix presque noyée par la musique de fond.

Il savait bien qu'elle ne s'en tiendrait pas là. La journée s'était écoulée sans qu'il pût terminer son récit, entre les courses, le déjeuner familial et l'attention constante que nécessitait Taylor. Mais il avait vu dans l'attitude à la fois timide et compréhensive de Tricia qu'elle ne demandait qu'à entendre la fin de sa confession.

— Rien ne dure éternellement, hein ? lança-t-il d'un ton désabusé.

Avec un haussement d'épaules, la jeune femme répondit :

— Si, parfois. Certaines choses, du moins.

— Comme quoi, par exemple ? rétorqua Scott d'un ton plus sec qu'il ne l'aurait souhaité.

Il était sur les nerfs depuis leur discussion matinale. Il avait passé la plus grande partie de sa première journée de congé à revivre l'horreur qu'il croyait avoir reléguée au plus profond de son inconscient.

— L'amour, fit Tricia d'un ton rêveur.

Peut-être… Mais il n'avait pas envie de risquer le fragile équilibre qu'il avait atteint pour découvrir si c'était vrai. S'exposer de nouveau, après le drame qui l'avait laissé si désemparé, était trop dangereux. Même pour un pompier aguerri.

— Tu veux un exemple concret ? continua la jeune femme. Prends Alicia. Quoi qu'il vous soit arrivé à tous les deux depuis l'accident dont tu m'as parlé, l'amour que tu éprouvais pour elle n'a pas complètement disparu. Loin de là !

Il resta silencieux. Que répondre à cette affirmation si péremptoire ? Qu'il ne savait pas si ce qu'il ressentait pour elle, Tricia, n'égalait pas ce qu'il croyait éprouver pour Alicia ?

— Alors, insista-t-elle doucement, qu'est-ce qui s'est passé ?

La compassion qui perçait dans sa voix le toucha profondément. Il ne lui restait plus qu'à s'incliner, si forte que fût son envie de fuir la curiosité bien naturelle de sa compagne.

Avec effort, il parvint à articuler les trois petits mots qui le hantaient :

— Elle est morte.

Comme des millions de femmes avant et après elle. Comme Kelsey Stuart, pas plus tard que la veille.

Il entendit plus qu'il ne vit Tricia reposer son verre sur la table et s'enfoncer dans le canapé. Dans le silence qui suivit, il crut entendre battre un tambour nocturne — celui de son cœur meurtri.

— J'ai fait tout ce que j'ai pu, poursuivit-il d'une voix éteinte qui lui semblait venir de très loin. Mais ce n'était pas suffisant.

Il s'interrompit, les yeux fixés sur une goutte de condensation qui descendait lentement le long de sa bouteille. Il n'eut pas le courage de l'essuyer ni de reprendre une gorgée de bière. Pourtant, il avait la gorge atrocement sèche.

— A l'époque, je n'étais capable que de décrocher le téléphone de la voiture pour appeler les secours. C'est ce que j'ai fait. Et, ensuite, je suis resté là à attendre, comme un imbécile. Je n'étais même pas fichu d'administrer les premiers soins à Alicia.

— Tu avais réussi à la sortir de la Porsche ? demanda Tricia d'une voix douce, retournant sans le savoir le couteau dans la plaie encore étonnamment vive.

— L'impact avait eu lieu de son côté. Sous le choc, elle a été projetée sur mes genoux. J'avais peur que la voiture n'explose, alors je l'ai tirée à l'extérieur du mieux que j'ai pu.

Ce qu'il ne disait pas, c'est que, en agissant de la sorte, il avait commis une erreur énorme. Le moteur n'était pas touché, et le véhicule ne risquait donc pas d'exploser comme il l'avait craint. En déplaçant maladroitement le corps inerte de sa fiancée, il n'avait fait qu'aggraver la fracture qu'elle s'était faite au niveau des cervicales. Si elle avait survécu à l'accident, elle aurait, de toute façon, été paralysée à vie, à cause de son inexpérience coupable.

Assailli par le remords et la souffrance, Scott prit une longue gorgée de bière. Mais il n'y trouva aucun réconfort. Pas plus qu'il n'avait trouvé de réconfort dans les paroles que lui avaient adressées les pompiers, après l'accident. Il s'en était terriblement voulu — et il s'en voulait encore.

Tricia n'esquissa pas le moindre geste dans sa direction, comme si elle avait senti qu'il préférait rester seul avec ses souvenirs. Il lui en fut reconnaissant, mais, en même temps, il eut l'impression d'être encore plus isolé. A quelques centimètres de sa main tremblante se trouvait la plus jolie femme qu'il eût contemplée depuis des années, et il était incapable de s'en rapprocher.

— Et toi, tu étais blessé ?

— Quelques égratignures, un bras cassé… pas grand-chose en comparaison de ce qu'elle avait subi, fit Scott d'une voix chargée d'ironie amère.

Il n'avait même pas eu mal, sur le moment, tant il était hébété par le choc. C'était seulement plus tard, beaucoup plus tard, qu'il avait éprouvé de la douleur — mais pas seulement physique. Il avait cru mourir de chagrin, ce jour-là.

D'un seul mouvement, il engloutit le reste de sa bière, se leva brusquement et partit en chercher une autre.

Quand il revint dans la salle à manger, Tricia n'avait pas bougé. Avec un sentiment de déception mêlée de soulagement, il se rassit à ses côtés.

— Pendant trois interminables quarts d'heure, je suis

resté sans bouger, Alicia serrée contre moi. Je l'ai regardée mourir, ses longs cheveux blonds souillés de sang étalés sous elle comme un suaire doré.

— Ce n'était pas ta faute…

Il reposa sa bière sur la table avec un bruit sourd, et se tourna vers Tricia, une expression de rage contenue sur son visage crispé. On lui avait tellement répété cette formule qu'elle ne signifiait plus rien pour lui — si elle avait un jour signifié quelque chose.

— Si, c'était ma faute, répliqua-t-il en serrant les dents à s'en faire mal. J'étais stupide, immature, tellement sûr de moi au volant de cette voiture trop puissante pour un idiot de mon âge. Je croyais que l'argent et le prestige me permettaient de triompher de la loi — ou même de la mort…

— Tu as fait une bêtise d'adolescent, comme ça peut arriver à tout le monde, rectifia Tricia d'un ton apaisant.

Peut-être était-ce un travers de jeunesse que de dépasser les limites de vitesse autorisées. Mais c'était une faute autrement grave que de tuer sa fiancée.

Scott laissa échapper un rire de dérision avant de constater d'un ton lugubre :

— J'avais entendu tant de gens, y compris mes amis les plus proches, m'envier parce que j'avais tout ce dont on peut rêver… Mais j'ai été bien puni, en fin de compte : après cet accident, je n'ai plus trouvé le moindre goût à la vie. Rien ne pouvait me ramener Alicia.

Il lança un regard pénétrant à Tricia, dont il sentait l'attention compatissante. Que pouvait-elle bien penser ? Se félicitait-elle de ne pas l'avoir rencontré à l'époque où il était jeune et inconscient ? De ne pas avoir été sa passagère, ce samedi-là ? Se promettait-elle de ne jamais confier la vie de son fils à un irresponsable dans son genre ?

Il glissa sur le canapé, les yeux levés vers le plafond, et soupira à fendre l'âme. Puis il reprit d'une voix presque inaudible :

— Tu comprends, tout l'argent que je possédais ne m'avait pas permis de lui venir en aide. Et quand les secours ont fini par arriver, j'aurais pu leur verser le triple, le centuple de ce qu'ils touchaient comme salaire : ils n'auraient pas pu sauver Alicia pour autant.

Il tourna de nouveau le regard vers sa compagne silencieuse, comme s'il s'était trouvé face à un jury lors d'un procès.

— Ce jour-là, j'ai compris que tout l'argent du monde ne pouvait apaiser la souffrance et la honte que j'éprouvais face à ma terrible faute. J'ai dû regarder sa mère en face, ainsi que les autres membres de sa famille. J'ai dû assister à son enterrement alors que, moi, j'étais toujours de ce monde. J'ai dû réapprendre à vivre sans elle, avec ce poids atroce qui m'oppresse encore chaque jour, avec cette petite voix qui me répète que je suis coupable, affreusement coupable…

Tricia était désespérée par le sentiment d'impuissance qui l'envahissait. Elle savait qu'aucune parole, aucun geste de sa part n'aurait pu consoler Scott. Il était le seul à pouvoir surmonter la désolation et le regret qu'il pensait avoir mérités.

Quelle ironie du sort ! A une période de sa vie, elle aussi avait cru contrôler parfaitement chaque parcelle de son quotidien, chaque acte de son existence. Se trouver face à un homme qui avait adopté la même attitude et en avait durement payé le prix ne faisait qu'amplifier son angoisse. Mais que faire ? Elle n'allait tout de même pas se lever, l'abandonner à ses problèmes de conscience et se mettre au lit !

D'autant que le seul lit disponible dans cette maison était celui de Scott.

Faute de mieux, elle resta simplement assise. Si Scott voulait qu'elle fût là, elle ne le décevrait pas. Ce qu'il désirait, elle le désirait aussi.

Si seulement elle pouvait se confier comme il venait de le faire ! Cela la soulagerait sûrement… Il suffisait qu'elle lui révèle ses craintes à propos de Leah, qu'elle lui parle de son ancienne existence, et il la rassurerait aussitôt. Elle avait confiance en son opinion. Scott était un homme profondément bon et juste, quoi qu'il pût penser de lui-même en cet instant.

Mais elle ne pouvait pas — ne *devait* pas — choisir la solution de facilité. Si elle commençait à parler d'elle, elle tomberait dans des territoires obscurs qu'elle s'était soigneusement empêchée d'explorer depuis deux ans, par peur de devenir folle. Taylor avait besoin d'au moins un parent sain d'esprit.

— Tu ne dois plus me prendre pour un héros après ce que tu viens d'entendre, hein ? lança Scott d'une voix qui lui fit mal tant elle était chargée d'amertume.

Elle aurait voulu lui dire que le passé était mort et qu'il fallait songer à l'avenir, mais elle se contenta d'un commentaire pitoyable de banalité :

— Je n'ai jamais cru aux contes de fées, tu sais…

Sur ce, elle alla vérifier que Taylor dormait bien pour échapper à l'atmosphère étouffante de la pièce. Après avoir bordé son fils, elle caressa pensivement ses boucles emmêlées avec un long soupir.

Une seule personne ici avait vraiment besoin de son attention exclusive et aimante, et c'était Taylor. Pas Scott.

— Je prendrai soin de toi, mon chéri, murmura-t-elle à l'enfant endormi. A n'importe quel prix. Je te le promets.

Un calme apaisant l'envahit alors, et ce fut d'un pas tranquille qu'elle retourna dans la salle à manger pour se rasseoir aux côtés de Scott. Il n'avait pas bougé d'un pouce : il était comme figé.

Sans réfléchir, elle lui dit avec douceur et conviction :

— Tu es toujours le même homme pour moi, Scott. Celui que j'aime et que je chéris depuis bientôt deux ans. Rien n'a changé en ce qui me concerne.

Là, au moins, elle disait la vérité. Et ça faisait un bien fou.

Il lui prit la main, et se mit à parler comme s'il ne pouvait plus s'arrêter. Du soutien que sa famille avait essayé, en vain, de lui apporter. De la compréhension que lui avaient manifesté les parents d'Alicia. De son désespoir, mais aussi de sa détermination à poursuivre la voie qu'il avait choisie pour ses études, malgré sa douleur au quotidien et son dégoût de la vie.

Et Tricia comprenait parfaitement. Tout comme elle comprenait la difficulté qu'il avait rencontrée face à l'attitude de ses parents, pour qui les apparences devaient être sauvegardées, même quand la réalité n'était plus constituée que de remords et d'une tristesse infinie.

— Mes études terminées, j'ai voulu travailler dans l'entreprise de mon père, mais je me suis vite rendu compte que je ne supporterais pas d'évoluer dans un milieu aussi futile, où seul l'argent apporte de la considération, et où l'on se retrouve bien souvent seul face à soi-même. J'en avais tellement assez de lutter contre tout — mes souvenirs, ma culpabilité, ma famille…

D'un geste instinctif, Tricia dégagea doucement sa main pour nouer ses doigts effilés dans les cheveux bouclés de Scott, le plaignant et l'enviant à la fois. Lui, au moins, avait su faire face avec courage au tournant inévitable de sa vie. Contrairement à elle, qui n'en avait pas eu la force au moment voulu.

— Et ensuite ? l'encouragea-t-elle à mi-voix. Qu'est-ce que tu as décidé de faire ?

— Dans un premier temps, j'ai cédé aux pressions de ma famille. J'ai accepté de rencontrer une jeune femme qu'ils avaient sélectionnée comme « très bon parti », une certaine Diana Grove, héritière d'une grande firme bancaire de la Nouvelle-Angleterre. Elle était jolie, douce, pleine de qualités…

Et foncièrement honnête, Tricia l'aurait parié. Un vrai parangon de vertu ! Surtout comparé à elle — ou, du moins, à la Tricia Campbell que Scott connaissait. Rien de bien remarquable dans la mère célibataire éternellement vêtue de jeans délavés, aux cheveux brun terne, qui exerçait l'humble métier de retoucheuse dans un pressing et qui tenait à être payée en liquide…

Mais tous ces mensonges ne valaient-ils pas mieux que la honteuse vérité ?

Elle dut faire un effort pour se concentrer de nouveau sur l'instant présent. C'était de Scott qu'il s'agissait. Pas d'elle.

— Et dans un deuxième temps ? fit-elle en massant tendrement les muscles crispés de son cou, tout en tentant de résister à l'impulsion qui la poussait vers lui.

Impossible de se confier corps et âme à Scott, pas plus

qu'à quiconque. Si elle voulait préserver sa liberté chèrement acquise, elle ne devait plus compter que sur elle-même.

— Hein ? balbutia Scott, l'air complètement perdu. Qu'est-ce que tu as dit ?

— J'ai dit : « Et dans un deuxième temps ? » C'est juste parce que tu avais mentionné un *premier temps*. Je voulais savoir ce qui s'était passé après.

Il attira sa main libre contre son torse, comme pour en retirer un peu de réconfort. Bizarrement, ce fut sa chaleur à lui qui rasséréna Tricia.

— Dans un deuxième temps, donc, j'ai décidé d'apprendre à être utile autant que je le pouvais. Je ne voulais plus jamais me retrouver dans la situation horrible qui m'avait valu la plus grosse perte de mon existence. Mon diplôme en science pyrotechnique ne me suffisait plus : je voulais acquérir une formation paramédicale pour être capable d'intervenir en cas d'urgence.

— Comment a réagi Diana ?

— Elle a été très compréhensive. Elle m'a même encouragé dans cette voie quand elle a vu à quel point c'était essentiel pour moi.

— Et ta famille ?

Il haussa les épaules, tout en caressant machinalement la main qu'il retenait toujours captive. Puis il reprit d'un ton faussement détaché :

— Ils m'ont fait la leçon.

— Ils attendaient que ça te passe ?

— Quelque chose comme ça, oui.

— Mais ça n'a pas été le cas.

— Non. Contre toute attente, j'ai décidé de passer le reste de ma vie à utiliser mes compétences de secouriste chez les pompiers. Au début, mes parents n'y ont pas cru. Pas plus que Diana, d'ailleurs.

— Mais quand ils se sont rendu compte que tu ne plaisantais pas..., commença-t-elle.

— Les choses ont évolué différemment, termina Scott avec un petit sourire triste. Diana a accepté mon choix de vie pour un temps. Jusqu'à ce que...

— Jusqu'à ce que quoi ?

Tricia hésitait à formuler ce qui lui était venu instantanément à l'esprit. Elle connaissait bien les femmes de la haute société, toujours prêtes à accorder leur temps aux « bonnes œuvres », du moment qu'elles ne s'y trouvaient pas mêlées de manière trop réaliste.

— Jusqu'à ce que je lui déclare que je ne voulais pas habiter le somptueux manoir que mes parents avaient prévu de nous offrir en cadeau de mariage. A ce moment-là, elle est sortie de ma vie en claquant la porte.

Ils avaient donc été suffisamment proches pour penser au mariage... Encore une chose à laquelle elle n'aurait jamais l'honneur de prétendre.

— Pourquoi as-tu refusé cette maison ?

— Parce qu'un tel luxe était incompatible avec la carrière que j'avais choisie, répondit Scott, tout en promenant sa main sur le cou de Tricia. Un pompier est sur le qui-vive vingt-quatre heures sur vingt-quatre. Je ne voulais pas m'encroûter dans une existence trop confortable, trop protégée, au risque de perdre mon enthousiasme.

Noyée dans les sensations délicieuses que lui procuraient les caresses de Scott, Tricia soupira. Dire que des hommes comme lui existaient ! Si elle l'avait rencontré plus tôt, elle aurait continué à croire aux contes de fées...

Après un silence de quelques instants, Scott reprit une

gorgée de bière, fit la grimace et laissa tomber d'une voix désabusée :

— Je ne veux plus rien avoir en commun avec l'espèce de mauviette que j'ai été ce jour-là, prostré à côté de l'épave de ma voiture.

— Tu n'as plus rien à voir avec ce garçon, Scott, déclara la jeune femme avec douceur et fermeté, tout en appuyant la tête sur l'épaule de son compagnon. Mais il y a une chose que je voudrais savoir…

— Quoi donc ?

Elle hésita un instant, puis se lança :

— Pourquoi as-tu décidé de me parler de tout ça aujourd'hui ? Tes parents vont venir nous rendre visite ? Qu'est-ce qui t'a poussé aux confidences ?

La main de Scott se figea brusquement. Il ne la retira pas, et, pourtant, Tricia eut l'impression qu'il était soudain à cent lieues de là.

— Mes parents ? Ça fait six mois qu'ils sont en croisière autour du monde. On se parle de temps en temps, mais il n'a jamais été question qu'ils arrivent avant le mois prochain.

— Tu restes quand même en contact avec eux ?

— Oui. Quand ils ne sont pas en déplacement, on se téléphone toutes les semaines. Quand ils ont compris que j'avais fait mes choix, ils m'ont accordé leur soutien inconditionnel.

Une pointe de jalousie aiguillonna Tricia : Scott parlait à ses parents régulièrement, et il ne lui en avait jamais rien dit. Pourtant, sa position ne lui donnait aucunement le droit de protester. Pas de questions, pas de scènes, pas de promesses, étaient-ils convenus ensemble.

— Si ce n'est pas à cause de tes parents, alors, je réitère

ma question, dit-elle d'un ton neutre. Pourquoi me racontes-tu tout cela aujourd'hui ?

Il courba légèrement le dos, comme pour encaisser un choc. Et ce fut d'une voix éteinte qu'il déclara :

— Je suis intervenu sur un accident d'autoroute, hier. Un véhicule renversé, dans un état… abominable. La conductrice avait à peu près l'âge d'Alicia, lors de… enfin, quand elle…

Tricia eut envie de se boucher les oreilles pour ne pas entendre l'inévitable. Mais elle n'avait plus le choix. C'était elle qui avait insisté pour qu'il lui donne des explications.

— Quand nous avons réussi à sortir la jeune femme, j'ai fait tout ce que j'ai pu pour la sauver. Mais ça n'a pas suffi. Je l'ai regardée mourir, Tricia. Je n'ai rien pu faire.

Instinctivement, elle posa une main apaisante sur les muscles tendus de sa cuisse.

— Tu sais, même les médecins les plus performants perdent des patients. Parfois, ce n'est tout simplement pas de notre ressort…

— Je sais, fit-il avec un pauvre sourire.

— Alors, qu'est-ce que…

— La vérité, c'est que je ne me remettrai jamais de la disparition d'Alicia.

— Je comprends, murmura Tricia, sans voir exactement où il voulait en venir.

— Mais, moi, je ne l'avais pas compris ! s'exclama Scott avec une violence qui la surprit. Il a fallu qu'hier je revive toute l'horreur de cet accident pour m'apercevoir que je ne m'en sortirai jamais. Et je ne veux surtout pas risquer d'éprouver de nouveau la même chose — la même déchirure atroce. Même pour toi, Trish. Je ne m'en sens pas capable.

Elle comprenait, bien sûr. Il n'avait pas besoin de le lui répéter. Il ne voulait plus s'attacher à personne pour ne pas souffrir comme il avait déjà souffert une fois. En somme, ils n'étaient pas si différents l'un de l'autre.

— Je n'ai jamais exigé d'engagement sérieux de ta part, mon cœur, fit la jeune femme d'une voix qui sonna de façon étrangement normale, malgré l'émotion qui lui étreignait le cœur. Alors, ne te mets pas martel en tête en ce qui me concerne. Tu te rappelles notre accord ? Pas de serments éternels, pas de projets. On profite juste du moment présent. D'accord ?

Elle n'en pensait pas un mot. Mais c'était à cette condition qu'elle pouvait se permettre de rester.

Le visage impassible, Scott l'étudia attentivement pendant de longues secondes avant de hocher la tête en signe d'acquiescement.

— D'accord. C'était juste pour que tu ne sois pas déçue, le cas échéant. Je voulais être honnête avec toi, c'est tout.

— O.K., chef, c'est noté, fit-elle avec un petit salut comique destiné à dissimuler son désarroi.

Honnête ? Il tenait à être *honnête* avec elle alors qu'elle ne cessait de lui mentir, pour tout, à tout moment. Comment ne pas se sentir désarçonnée dans de telles conditions ?

Elle fit donc la seule chose qu'elle savait pouvoir faire avec sincérité : elle attira le beau visage de Scott vers elle pour l'embrasser à perdre haleine. Cela, au moins, elle savait que c'était vrai, authentique. Tout comme le désir brûlant qu'elle sentait naître en eux.

Oui, même si tout en elle était faux, sa passion pour Scott demeurait authentique. Et elle le lui prouva plus ardemment que jamais.

4.

Le jeudi matin, de nouveaux problèmes surgirent. Assis à son bureau d'acajou, les mains croisées sous son menton, le sénateur Whitehead écoutait le meilleur avocat de son équipe, Kilgore Douglas, lui exposer la situation avec le sérieux et l'efficacité qui le caractérisaient. Thomas avait beau ne plus exercer comme avocat depuis sa nomination au Sénat, il avait conservé un bureau dans les locaux de la firme qu'il avait fondée.

— Kassar a réuni suffisamment d'éléments pour fournir des mandats de perquisition, aux inspecteurs Stanton et Gregory, déclara Kilgore d'un air grave.

Le juge Henry Kassar, démocrate avéré, était l'opposant politique le plus farouche de Whitehead. Rien qu'à l'idée de se trouver dans la ligne de mire de ce costaud, Thomas en avait l'estomac retourné.

Il prit sur lui pour demander calmement :

— Des mandats de perquisition ? Pour quoi faire ?

— Pour fouiller tout ce qui t'appartient. Domicile, voitures, bureaux… Rien ne lui échappera.

— De toute façon, je n'ai rien à cacher, fit Thomas d'un ton assuré.

Le seul problème, c'était l'image que tout ce remue-ménage

risquait de donner de lui. Pour la réussite de sa carrière politique, il valait mieux ne pas avoir maille à partir avec les forces de l'ordre. L'opinion publique était si facilement impressionnable…

Quelle plaie, ce Kassar ! Dire que Thomas croyait l'avoir écarté une fois pour toutes, l'année dernière, lors de sa victoire écrasante aux élections ! Visiblement, le juge avait bien l'intention de prendre sa revanche sur son ennemi juré.

Il avisa soudain entre les mains de son vis-à-vis un dossier bleu qu'il reconnut immédiatement. Dans cette chemise cartonnée à l'allure innocente se trouvaient toutes les informations concernant les contacts qu'il avait eus avec la justice de San Francisco. Le plus ancien remontait à ses seize ans, quand il avait écopé d'une contravention pour excès de vitesse. Les plus récents concernaient la disparition de Kate — sa femme bien-aimée.

— Je n'aime pas tellement cette agitation autour de ton cas, reprit Kilgore. Tu as un alibi en béton. Je ne vois pas sur quoi ils se fondent pour fourrer leur nez dans tes affaires. Si tu veux mon avis, il faut faire appel.

C'était un excellent conseil. Mais Thomas refusa d'un signe de tête.

— Faire appel par rapport à un permis de perquisition, c'est une attitude peu courante qui ne manquerait pas d'éveiller la suspicion. Ce serait faire le jeu de Kassar. Et ça laisserait supposer que j'ai quelque chose à cacher.

— Tu sais aussi bien que moi que ta bonne volonté ne servira à rien s'ils s'obstinent à chercher la petite bête. S'ils veulent des preuves, ils en trouveront, avec ou sans ta collaboration.

— Mais ils n'ont pas la possibilité de pousser trop loin.

Ils n'ont pas de motif pour ça, et ils le savent parfaitement. D'autre part, s'ils font trop de raffut et qu'ils n'en tirent rien, ils se ridiculiseront. Si l'on excepte Kassar, les gens en place considèrent la perquisition comme une simple formalité. Il suffit que le procureur général puisse attester publiquement, en passant par le relais des services municipaux, que mes différentes possessions ont bien été passées au peigne fin, et c'en sera terminé. Après tout, c'est la deuxième disparition d'une des plus jolies fortunes de San Francisco en peu de temps. Il est absolument normal que les forces de l'ordre mettent tout en œuvre pour retrouver la disparue.

Tout ce qu'il venait d'énoncer, Thomas en était persuadé. Mais il lui restait une chose à demander à son avocat, par simple curiosité.

— Qu'est-ce qu'ils ont contre moi, au juste ?

— Les deux jeunes femmes qui ont disparu faisaient partie de ton entourage proche.

— Absurde ! Je connais toute la haute société de San Francisco.

Depuis dix ans, il avait assisté à tellement de galas, orchestré tellement de campagnes, présidé tellement de manifestations, serré tellement de mains et distribué tellement de sourires à la ronde qu'il avait eu des contacts avec pratiquement tous ceux qui comptaient dans la région. En fait, il était presque plus connu à San Francisco que le président des Etats-Unis !

— C'est juste, mais, en ce qui concerne Kate Whitehead et Leah Montgomery, votre association était d'une tout autre nature. L'une a été ton épouse, et l'autre ta cavalière attitrée.

Heureusement, c'était tout ce que la partie adverse savait. Il était innocent dans les deux cas, mais, si le procureur connaissait l'intégralité des faits, il risquait fort d'arriver à une conclusion différente.

— Bien, reprit Thomas d'une voix égale. On va donc chercher à établir un lien entre les deux disparitions — un lien qui passerait par moi. Ce qui veut dire qu'on va examiner en détail mes coups de téléphone, mes relevés bancaires, mes factures, et jusqu'au contenu de mon réfrigérateur.

Dix-sept ans d'exercice dans le domaine juridique lui permettaient au moins d'être préparé à ce qui allait suivre. Ce qui représentait un avantage non négligeable s'il voulait éviter les pièges que lui tendraient immanquablement ses opposants, Kassar en tête.

— Leah et Kate étaient les meilleures amies du monde, fit remarquer Kilgore d'un air sombre.

— C'est peut-être ça l'explication : elles ont fait une fugue ensemble, comme quand elles étaient plus jeunes ! s'exclama Thomas sur le ton de la plaisanterie, sans parvenir à dérider son interlocuteur.

— Tu ne penses pas ce que tu dis, sénateur.

Contre son habitude, Thomas passa une main sur son visage, trahissant ainsi son anxiété. Normalement, il ne se laissait jamais aller à la moindre démonstration de faiblesse. Un Whitehead digne de ce nom devait préserver les apparences à tout prix. C'était la règle numéro un si l'on voulait survivre dans les hautes sphères où il évoluait depuis sa plus tendre enfance.

— Non, bien entendu, fit-il, les yeux plantés dans ceux de son avocat et ami. Kate et moi, nous… enfin…

— Je sais bien, Thomas, affirma Kilgore en posant une main apaisante sur son épaule.

— Je… désolé, balbutia le sénateur Whitehead.

Puis il se redressa brusquement, bien décidé à recouvrer son sang-froid après cette fêlure inattendue.

Sa capacité à se détacher des événements l'avait toujours servi au mieux, dans les salles d'audience comme dans sa vie privée. Il n'allait pas y renoncer maintenant.

— Hé, Thomas, c'est moi ! Pas la peine de t'excuser pour si peu, fit Kilgore, tout en ramassant ses affaires. Franchement, poursuivit-il sur le ton de la confidence, je dois avouer que je t'admire. Je ne sais pas où tu trouves la force de tenir le coup. Personnellement, si j'avais perdu ma femme enceinte de six mois, je te jure qu'on m'aurait retrouvé au fond d'une rivière… Et, en plus de cette épreuve, voilà que tu te trouves confronté à la disparition de Leah… C'est plus qu'il n'en faudrait pour déstabiliser un homme de ta trempe, tu ne crois pas ?

— Tu as raison, rétorqua Thomas en croisant les bras avec détermination.

Kilgore lui jeta un long regard pensif avant de soupirer :

— Je sais bien. Ecoute, ça te dit de sortir ce soir ? J'ai besoin d'un verre, et si tu m'accompagnais…

— Peut-être, fit Thomas, laconique. Enfin, si ma mère n'a pas besoin de moi.

— Ça fait combien de temps, déjà, que ton père est décédé ? Six mois, non ?

Thomas acquiesça silencieusement.

— Comment elle va ?

— Comme le reste de la famille. Il y a des hauts et des bas. Mais c'est surtout le soir qu'elle a du mal.

Tout en se dirigeant vers la porte, Kilgore secoua la tête.

— Décidément, vous avez accumulé les ennuis, ces derniers temps. Mais tu sais bien ce qu'on dit dans ces cas-là.

— Non. Quoi ?

— Après la pluie, le beau temps.

C'était ce que le sénateur Whitehead se répétait continuellement.

Pendant les quatre jours que Scott passa à la maison, Tricia eut du mal à trouver des prétextes pour se procurer discrètement chaque nouvelle édition de la *Gazette de San Francisco*. Le journal lui était devenu presque vital, mais il lui répugnait d'avoir à mentir à son compagnon. Elle s'en voulait de réagir ainsi. Scott prenait très à cœur son rôle de père et de compagnon, et elle devait se creuser les méninges pour trouver un moyen d'échapper à sa présence. Ce qui n'était pas facile : il tenait à les accompagner, Taylor et elle, lors de leur promenade matinale, tout comme il insistait pour prolonger le parcours habituel jusqu'au parc de Grape Street afin que le petit garçon puisse courir et jouer avec tous les chiens qu'il rencontrait.

C'était plutôt drôle, dans un sens, de voir à quel point Taylor adorait les chiens, alors que sa mère n'aurait jamais eu l'idée d'en avoir un à la maison, pas plus maintenant que lorsqu'elle était jeune. Mais, en regardant ses deux hommes s'en donner à cœur joie au parc, elle ne pouvait s'empêcher de sourire. Et aussi de regretter que sa situation ne lui permît pas d'offrir un chiot à son fils.

Chaque jour, elle devait donc trouver d'autres occasions de s'éclipser seule pour aller compulser le journal. Une fois, c'était du fil spécial qu'il lui fallait absolument acheter pour une réparation délicate. Une autre fois, un besoin urgent de légumes frais pour le plat du soir. Ou alors, une commande très pressée qu'elle avait prétendument complètement oublié de déposer au pressing.

A chaque nouvelle excuse, Scott prenait un air étonné et vaguement suspicieux. Mais il ne disait rien.

Pas plus que la *Gazette de San Francisco*, d'ailleurs. Tricia avait beau la lire de long en large, elle n'avait pas trouvé d'autres informations au sujet de Leah. Tout ce qui avait été signalé, c'était le retour de vacances du sénateur Thomas Whitehead. Apparemment, à peine débarqué du bateau de ses amis, il était allé au commissariat faire une déposition de son plein gré. Depuis, rien. Ni arrestation ni comparution. Comme d'habitude.

Encore une fois, il s'en tirait à bon compte.

On était déjà samedi, et le congé de Scott touchait à sa fin. Demain, il aurait regagné la caserne. Pour l'instant, il regardait Tricia, tandis qu'elle cousait en affichant un air songeur.

Il n'osait pas lui demander à quoi elle pensait. Question de principe : après tout, lui aussi était d'accord, au début, pour ne pas empiéter sur la vie privée de sa compagne temporaire.

Mais, cette fois, il ne put résister, vaguement ennuyé de la savoir partie dans des sphères où il ne pouvait la suivre.

— Tu as bientôt terminé ? demanda-t-il d'une voix claire qui fit sursauter violemment la jeune femme.

Avec un sourire de convenance, elle se tourna vers lui :

— Bientôt, oui. Pourquoi ?

Elle avait l'art d'éluder les questions indiscrètes. Et il

ne l'en blâmait pas. Après tout, le passé de son amante du moment ne le regardait pas.

Elle s'était installée chez lui peu de temps après qu'ils s'étaient rencontrés dans un bar. Elle était enceinte de six mois, à l'époque, et l'idée de travailler à domicile s'était imposée tout naturellement. Scott lui avait donc laissé une petite pièce de l'appartement qui ne lui servait guère. Petit à petit, la machine à coudre prêtée par le pressing avait été rejointe par une collection toujours plus impressionnante d'échantillons de tissu, de bobines de fil, de ciseaux de toutes tailles, de mètres à ruban, de boutons et de fermetures Eclair. Ils avaient même déniché aux puces un meuble de couturière où elle avait pu ranger tout son matériel. Pour parfaire l'ensemble, elle avait repeint les murs ternes en jaune clair et agrémenté le tout d'une discrète frise blanche. Pas vraiment le style de Scott, mais ça donnait un cachet indéniable à cette nouvelle salle de couture.

— Notre petit bonhomme va bientôt avoir terminé sa sieste, dit-il. Qu'est-ce que tu dirais d'une balade à Coronado ?

Il ne proposait pas cela au hasard : apparemment, c'était l'endroit préféré de Tricia.

— On ira marcher sur la plage, alors ? demanda-t-elle avec un sourire nettement moins crispé que celui qui avait précédé.

— Bien sûr ! Et après, on pourrait s'arrêter dans un fast-food pour un casse-croûte bien mérité. J'ai promis à Taylor de lui acheter des frites et, à mon avis, c'est la première chose qu'il va réclamer en se réveillant !

— Tu me laisses un quart d'heure pour que je termine ? reprit Tricia, tout en soulevant le vêtement qu'elle tenait à la main. Ça me permettrait de déposer ça en passant au pressing.

Elle était jolie comme un cœur, avec son visage fin, sa peau sans défaut que n'alourdissait aucun maquillage et ses longs cheveux soyeux dont les boucles dénouées pendaient très naturellement sur son chemisier sagement boutonné. Son jean bleu rappelait la couleur de ses yeux magnifiques — une couleur peu commune pour une brune.

Scott eut soudain terriblement envie d'elle. Deux ans de vie commune n'avaient aucunement diminué l'attirance hors du commun qu'il avait ressentie la première fois qu'il l'avait rencontrée. Il ne pouvait se rassasier de sa présence, de ses caresses, de ses sourires lumineux…

Il se rappela brusquement qu'elle attendait une réponse. Avec difficulté, il bredouilla un vague « Ça me va » avant de se pencher sur le visage levé vers lui pour l'embrasser avec délice. Goûtant la douceur presque innocente de ses lèvres pleines, savourant la passion qu'il sentait poindre dans sa réponse sensuelle, il laissa échapper un gémissement d'impatience.

— Bon sang, Tricia ! J'ai tellement envie de toi…, balbutia-t-il tout contre sa bouche avant de se laisser tomber à genoux pour mieux la serrer contre lui.

Elle passa les bras autour de son cou, et ce simple contact l'électrisa davantage.

— Combien de temps il nous reste avant que Taylor se réveille ? chuchota-t-elle d'une voix assourdie par le désir.

— Dix minutes. Peut-être vingt si on a de la chance.

— On dit qu'on a de la chance, alors…, reprit la jeune femme, tout en enlevant prestement son jean et ses sous-vêtements, avec un sourire coquin qui le fit littéralement fondre.

De ses mains tremblant d'impatience, elle s'attaqua

ensuite à la fermeture Eclair de son partenaire. Avant Tricia, il n'avait jamais rencontré une femme dont l'appétit sexuel fût à la hauteur du sien, et cela l'émerveillait chaque fois. Ni lui ni elle ne semblaient jamais rassasiés de leurs étreintes torrides. C'était l'un des côtés fabuleux de leur relation.

— Viens… Vite ! lui murmura-t-elle à l'oreille.

D'un geste, il se débarrassa des derniers remparts qui les séparaient. Tendu à l'extrême, il se glissa en elle d'un seul mouvement avant d'entamer la danse rapide qui les mènerait ensemble jusqu'à l'extase.

Au moment d'atteindre le point culminant du plaisir, il ouvrit les yeux, contempla le visage débordant de passion de son amante, et se perdit en elle avec un râle dont elle se fit l'écho.

Ils ne formaient qu'un. Et, pour cela, il rendait grâce au ciel d'avoir bien voulu le maintenir sur terre. Ça en valait mille fois la peine.

— Pa'terre, maman !

Avec un petit rire attendri, Tricia se pencha pour déposer son fils sur le sable fin de la plage, sans lui lâcher la main. Puis elle leva les yeux vers Scott, et vit sa silhouette se refléter en miniature dans les verres de ses lunettes de soleil. Il faisait beau, ils étaient ensemble, tous les trois, et elle ne pouvait se défendre d'un sentiment de plénitude bien rare, ces derniers temps.

— On dirait qu'il n'a que ces mots-là à la bouche depuis quelques jours ! dit-elle.

Scott sourit sans répondre, et prit l'autre main du petit garçon qui babillait joyeusement. Pieds nus, jeans remontés au-dessus des mollets, ils avancèrent tranquillement le long de la plage de Coronado. Une famille comme les autres, en somme.

Au bout de quelques instants, Taylor commença à se tortiller pour échapper au contrôle de ses parents. Voyant qu'il s'impatientait, Scott le prit dans ses bras pour lui faire faire l'avion, lui arrachant des cris d'allégresse et des éclats de rire à chaque nouveau tour. Ensuite, il le reposa à terre pour entamer une partie de football avec un coquillage.

Assise sur le sable tiède, Tricia regardait les deux hommes de sa vie se livrer à une parodie de match. En fait, c'était plus une course-poursuite : Scott se débrouillait pour que Taylor attrape le coquillage avant de lui courir après en esquissant de grands gestes faussement menaçants. Au bout de un ou deux mètres, le petit se prenait les pieds dans le sable, et tout se terminait dans une partie de chatouilles qui le laissait rouge d'excitation, prêt à recommencer encore et encore.

Les gloussements de Taylor étaient contagieux. La preuve : Tricia restait là à le regarder s'amuser, un sourire imbécile aux lèvres, au lieu de trouver une excuse pour s'éclipser quelques instants, le temps de dénicher la nouvelle édition du journal…

Rappelée à ses préoccupations, elle jeta un coup d'œil alentour pour repérer un kiosque ouvert, et eut un coup au cœur en voyant la haute silhouette masculine qui les observait de loin.

Pourquoi l'avait-elle remarqué si facilement ? Sans doute parce qu'il portait une tenue bien trop formelle pour un simple promeneur. Ou peut-être parce que, contrairement aux autres personnes qu'ils avaient croisées, il n'avait pas l'air de s'attendrir sur la joie bruyante manifestée par Taylor…

En tout cas, il n'y avait pas de doute : l'inconnu les regardait avec insistance. Et cela n'avait rien de rassurant.

Oubliant d'un seul coup son journal, son amusement et son envie de participer aux jeux de son fils et de son amant, la jeune femme se leva, les tempes bourdonnantes, et se mit lentement en marche vers l'autre côté de la plage, dans le sens opposé à celui qu'avaient pris Taylor et Scott.

Depuis combien de temps l'inconnu les observait-il ? L'avait-il vue seule en compagnie du petit garçon ?

Avec un peu de chance, il n'avait pas compris qui elle était par rapport à Taylor. Il fallait qu'elle mise tout là-dessus, et qu'elle continue à s'éloigner de son fils, pour le soustraire à la surveillance du mystérieux espion. Si quelqu'un voulait la retrouver, il rechercherait forcément une femme accompagnée d'un enfant de dix-huit mois — pas une femme seule, en train de regarder jouer les enfants des autres.

Malgré la terreur qui lui nouait le ventre et la douleur sourde qu'elle éprouvait à l'idée de s'écarter de son fils, ne fût-ce qu'un instant, elle poursuivit sa route sans regarder en arrière. S'il lui arrivait quelque chose, Taylor serait en sécurité avec Scott.

Elle s'obligea à étouffer tout sentiment pour ne pas courir retrouver le petit garçon. Il fallait qu'elle continue. Après tout, elle jouait un personnage inventé de toutes pièces depuis deux ans — celui d'une mince jeune femme brune, insignifiante et banale, sans grandes perspectives de carrière ni d'avenir. Elle n'avait qu'à pousser la comédie un peu plus loin pour convaincre son corps de lui obéir, quoi qu'il lui en coûtât.

A la sortie de la plage, il y avait une rue qui serpentait vers le lointain. Elle se força à marcher toujours au même rythme, espérant de toutes ses forces que l'inconnu la suivait, elle, et ne s'intéressait plus à Taylor ni à Scott.

— Mon Dieu, marmonna-t-elle d'une voix basse et fébrile, faites que Taylor ne me voie pas partir ! Faites qu'il ne se mette pas à pleurer en criant « Maman » ! Faites que Scott ne remarque rien avant que j'aie réussi à attirer ce type loin d'ici…

Elle ne respira à fond que lorsqu'elle eut atteint la rue. Comme dans un état second, elle poursuivit mécaniquement son chemin, sans rien voir des palmiers ni des massifs fleuris qui bordaient la route. Tout ce qu'elle savait, c'est qu'elle devait continuer à marcher — marcher sans réfléchir, sans se poser de questions. Sans regret, non plus.

Surtout, il ne fallait pas qu'elle eût l'air de fuir. Elle ralentit imperceptiblement son allure, cherchant à donner l'impression qu'elle était — mais qui, au juste ? Une touriste ? Une résidente locale ?

Non, se dit-elle avec force, elle ne devait pas céder à la panique qui lui nouait l'estomac. Elle était une jeune femme en visite chez ses parents. Voilà, c'était ça…

Sans sa capacité à jouer un rôle, elle et Taylor seraient sans doute morts à l'heure qu'il était.

Une voiture bleue passa près d'elle à vive allure. Pas de trace de l'homme mystérieux. Mais ce n'était pas parce qu'elle n'entendait aucun pas derrière elle qu'il ne la suivait plus. Il fallait jouer serré, plus que jamais.

Le cœur battant à cent à l'heure, Tricia fouilla dans son sac pour en extirper un paquet de Kleenex. Elle en prit un et, avec une maladresse feinte, laissa tomber l'emballage par terre. L'excuse rêvée pour regarder discrètement derrière elle pendant qu'elle se baissait pour le ramasser.

Il était là. Elle vit distinctement deux longues jambes, une silhouette un peu trop ronde, négligemment appuyée contre un réverbère. Il avait des cheveux blonds, mal coiffés, une barbe de trois jours. Et elle était sûre de ne l'avoir encore jamais vu.

La bouche sèche, Tricia sentit des gouttes de sueur froide lui couler le long du dos.

A l'heure qu'il était, Scott et Taylor avaient sûrement remarqué sa disparition. Le plus grand de ses deux « hommes » devait se faire un sang d'encre. Elle allait devoir trouver une sacrée bonne excuse pour expliquer son comportement. Elle dirait qu'elle avait éprouvé le besoin urgent d'aller aux toilettes…

Elle se releva, indécise sur la direction à suivre.

Le mystérieux espion avait-il pour mission de la ramener avec lui, de gré ou de force ? Dans ce cas, il pouvait très bien décider d'agir maintenant. Il n'y avait pas grand monde dans la rue, et il lui suffirait de quelques instants pour la forcer à monter dans une voiture aux vitres teintées — comme dans les mauvais films policiers qu'elle regardait parfois.

Elle se remit en marche, sentant plus qu'elle ne la voyait la présence de l'homme derrière elle. Elle se faisait peut-être des idées ? Et s'il n'était qu'un simple promeneur qui la trouvait à son goût ?

Mais elle écarta cette solution de facilité : cela faisait un nombre incalculable de fois qu'elle se promenait sur la plage de Coronado, et jamais encore elle n'avait vu de vacanciers en costume de ville.

La prudence la plus élémentaire exigeait qu'elle se méfie de tout et de tous, dans la situation instable qui était la sienne. Tant pis si elle réagissait avec excès, aujourd'hui. Si elle cessait d'être sur le qui-vive, elle risquait de se faire reprendre. Et elle ne le voulait à aucun prix.

Elle s'engagea dans une rue adjacente, sans accélérer le pas. Si jamais on la rattrapait, elle s'en tiendrait coûte que coûte à l'histoire qu'elle s'était inventée tout à l'heure. Parce qu'il y avait plus important qu'elle : Taylor. Taylor, son fils unique, sa seule joie véritable. Il fallait absolument qu'il échappe au cauchemar qu'elle-même vivait depuis deux ans. Même si, pour cela, elle devait mentir au monde entier.

5.

— Allô, Scott ? C'est moi.

— Trish ? fit la voix paniquée de Scott au bout du fil. Oh, mon Dieu ! J'ai eu si peur ! Où es-tu, ma chérie ? Qu'est-ce qui s'est passé ? Tout va bien ? Réponds-moi, Trish !

Visiblement, il s'était plus inquiété qu'elle ne l'aurait cru. D'un certain côté, ça lui mettait du baume au cœur. Mais, d'un autre, c'était ennuyeux. Ils étaient convenus d'une relation sans attaches... Elle n'avait disparu que depuis une demi-heure, et il devait bien se douter qu'elle reviendrait pour son fils. Alors, son inquiétude avait quelque chose de perturbant. Il était plus attaché à elle qu'elle ne le souhaitait — ou, plutôt, qu'elle ne *voulait* le souhaiter.

— Tout va bien, prétendit-elle, tout en jetant des coups d'œil inquisiteurs autour de la cabine téléphonique où elle s'était glissée, dans le patio de l'un des plus luxueux complexes hôteliers de Coronado.

— Mais où es-tu ? reprit Scott avec une pointe d'impatience couverte par le joyeux babil de Taylor.

— A l'hôtel Del, fit-elle un peu vite. J'avais mal au ventre et j'avais besoin d'aller aux toilettes de toute urgence.

— Enfin, Trish, j'aurais pu t'emmener en voiture !

— Je sais, je sais. Mais Taylor s'amusait tellement bien

avec toi que je n'ai pas voulu vous interrompre. Et je pensais qu'on était tout près de cet hôtel…

Nulle, elle était vraiment nulle avec ses excuses bidon ! Scott n'était pas stupide ; jamais il n'allait gober cette énormité.

— Tout près ? Tu plaisantes, Trish ?

Elle frissonna au ton sec qu'il employait. Il se prenait pour son mari, ma parole !

— Désolée, Scott, dit-elle. Je ne pensais pas être si longue, sincèrement.

Elle entendit Scott soupirer longuement à l'autre bout du fil. Puis la petite voix pointue de Taylor s'éleva.

— Maman ? Maaman ! fit-il d'un ton impatient.

— T'inquiète pas, mon gars, maman arrive ! répliqua Scott avec gentillesse, avant de s'adresser de nouveau à Tricia. Bon, on t'attend. Tout ce qui compte, c'est qu'il ne te soit rien arrivé de fâcheux.

S'adossant avec soulagement à la porte de la cabine, la jeune femme examina encore les environs, par acquit de conscience. Mais il n'y avait plus trace de son mystérieux poursuivant depuis qu'elle avait pénétré dans le complexe du Del.

Elle respira plus à son aise avant de répondre avec humilité :

— Mais oui, ne t'inquiète pas. Et, Scott… je suis vraiment désolée.

— Ce n'est rien, mon cœur, dit-il avec une sincérité touchante. Je me suis un peu emballé, c'est tout. Tu n'as plus mal au ventre, au moins ?

— Non, ça va nettement mieux.

— Bon, alors, tu n'as qu'à nous attendre devant l'hôtel.

On vient te chercher. J'ai déjà installé Taylor dans la voiture, et il s'impatiente ! Tu nous as manqué, tu sais…

Et, sur ces mots, il raccrocha.

Les larmes aux yeux, Tricia sortit de la cabine et traversa la cour de l'hôtel sans accorder d'attention aux regards curieux qui la suivaient. Si elle avait encore pu croire aux contes de fées, nul doute que Scott aurait été son prince charmant.

« Bon sang, qu'est-ce qu'il fait chaud ce soir ! » songea Scott en repoussant les couvertures loin de son corps nu. Il étouffait. Mais peut-être n'était-ce pas seulement une question de température extérieure. Peut-être était-ce le contrecoup de la peur qu'il avait éprouvée cet après-midi, quand il avait cru avoir perdu Tricia…

Il s'était pourtant raisonné pendant les quelques minutes qu'avait duré le trajet jusqu'à l'hôtel Del. Après tout, elle ne lui devait rien. Elle avait le droit de vivre sa vie comme elle l'entendait, sans devoir lui rendre des comptes en permanence ! Et pourtant… quelque chose clochait.

Allongé sur le dos, les bras croisés sous la nuque, il ferma les yeux. Il fallait qu'il se repose pour sa dernière nuit avant le retour à la caserne. D'habitude, il n'avait aucun mal à s'endormir. Mais ce samedi soir était différent des autres. Il n'arrêtait pas de voir Tricia étendue sur la plage, en sang, inconsciente, comme dans les scénarios catastrophe qu'il s'était imaginés pendant son absence qui lui avait paru durer une éternité.

Il s'était dit qu'elle avait peut-être été agressée — pire, violée. Il s'était vu la chercher, son équipe de pompiers à ses côtés pour lui prêter main-forte. Il avait failli devenir fou à l'idée qu'il pourrait la retrouver morte.

Qu'aurait-il fait dans un cas pareil ? Que serait devenu Taylor ? Et lui ? Si jamais il était arrivé malheur à Tricia, il ne se le serait jamais pardonné. Il savait trop ce que les hommes pouvaient faire à des femmes seules et sans défense — il avait vu tant d'atrocités dans le dur métier qu'il exerçait. Mais si une chose pareille était arrivée à la femme qui partageait ses joies et ses peines depuis deux ans, il ne l'aurait pas supporté.

Sentant la détresse monter en lui, Scott rouvrit les yeux et se mit à regarder fixement le plafond.

Il entendait la respiration paisible de Tricia à ses côtés. Il fallait qu'il arrête de se torturer avec des horreurs imaginaires. Qu'il se raccroche à la réalité. Au bonheur de se trouver dans la même pièce, le même lit que la jeune femme.

Mais c'était plus facile à dire qu'à faire.

Au bout de quelques minutes, il se tourna sur le côté, incapable de trouver le sommeil. Contre le mur se dressait le placard où la maigre collection de vêtements de Tricia était soigneusement rangée, à côté de ses pantalons d'uniforme et de ses chemises.

Ils partageaient le même espace, et pourtant, il sentait qu'elle lui cachait quelque chose. Il l'avait toujours su, d'ailleurs. Alors, pourquoi cela le perturbait-il maintenant ?

Il s'agita, cherchant une position adéquate pour détendre ses membres crispés par l'inquiétude. Le petit épisode d'aujourd'hui n'était rien, comparé à ce qu'il avait pu voir pendant les onze dernières années au cours desquelles il avait exercé son métier. Il s'en était toujours tiré à peu près indemne. Après tout, c'était ça qui faisait sa force…

— Qu'est-ce qui ne va pas, Scott ?

La voix douce de Tricia le fit sursauter. Il ne pouvait pas lui confier ses craintes s'il voulait la garder près de lui. Et, pourtant, cela l'aurait profondément soulagé…

— Rien du tout, s'entendit-il répondre d'une voix qui manquait de conviction.

— Tu ne dors pas ?

— Il fait trop chaud…

— Ça ne prend pas, Scott McCall. Il peut faire trente-cinq degrés, la clim peut être cassée, ça ne t'empêche pas de dormir. D'habitude, dès que tu poses la tête sur l'oreiller, tu t'endors comme une masse. Alors, ne me raconte pas d'histoires !

Il se tourna vers elle, et se mit à étudier les ombres qui jouaient sur son visage lisse.

— Quand tu t'es installée ici, on a dit : pas de questions indiscrètes.

Il s'en voulut de la peine qu'il lut dans ses yeux.

— Je sais. Désolée. C'est juste que je t'ai senti distant, aujourd'hui. Je me suis dit que j'allais te faciliter les choses.

— Comment ça, me faciliter les choses ?

— Je suppose que tu vas m'annoncer bientôt que tu en as assez de moi, fit-elle d'une voix neutre. Que notre relation touche à sa fin. Et je te comprends. D'ailleurs, tu as sans doute raison. Dès demain matin, je vais commencer à chercher un endroit où m'installer avec Taylor. Tu n'auras pas à t'en occuper, ne t'inquiète pas.

Si elle pouvait sortir de sa vie aussi simplement, alors, Scott s'était lourdement trompé. Il avait cru qu'elle appréciait sa compagnie autant que lui aimait la sienne. Que, lorsqu'ils se sépareraient, ce serait aussi difficile pour l'un que pour l'autre. Qu'elle exprimerait au moins un semblant de regret. Mais un tel détachement semait le doute dans son esprit tourmenté.

— Je suis vraiment désolée pour aujourd'hui, reprit-elle après un instant de silence gêné. Je n'aurais jamais dû m'en aller comme ça, sans rien dire, et te laisser la charge de Taylor. Tu n'as pas à endosser la responsabilité de père…

— Arrête, Trish ! Tu sais très bien que ça ne me gêne pas de m'occuper de Taylor. Tant qu'il habite sous mon toit, je suis responsable de lui. Et ça me plaît.

— Eh bien…, reprit la jeune femme d'une voix enrouée par l'émotion. Je… je ne peux que te dire merci…

Un silence épais retomba entre eux. Il aurait voulu lui dire des milliers de choses, pourtant. Lui faire part des questions qui le troublaient. Des raisons pour lesquelles il avait besoin d'elle. Des émotions qui le secouaient et qu'il avait du mal à déterminer avec précision. Mais quelque chose l'en empêchait. Il valait mieux attendre qu'elle se rendorme pour examiner tout ça tranquillement. Après tout, il avait encore un peu de temps devant lui avant de partir pour la caserne.

Quelques minutes plus tard, Tricia remonta les couvertures sur ses épaules et se tourna de l'autre côté. Au bruit inégal de sa respiration, il sut qu'elle non plus n'arrivait pas à s'endormir.

Prenant son courage à deux mains, il lui dit d'un ton solennel :

— Je n'ai jamais envisagé une seule seconde de te demander de partir. Je n'en ai pas la moindre envie.

Il se tut, attendant une réponse qui ne vint pas. Un peu inquiet, il poursuivit :

— Mais si tu tiens à t'en aller, bien sûr, tu peux compter

sur moi pour t'aider. Mon pick-up est à ta disposition, ainsi que mes bras, si tu veux déménager.

— Je suis libre, Scott. Et je tiens à le rester.

— Je sais.

— Si tu attends trop de moi, tu seras forcément déçu.

— Mais je n'attends rien de plus que ce que tu me donnes déjà.

— Je ne peux pas rester si je sens que ma présence te blesse, ajouta la jeune femme en prenant bien garde de ne pas le toucher.

C'était peut-être ça le plus triste : leurs corps étaient tout proches et pourtant, un immense fossé semblait les séparer. Un fossé infranchissable pour l'instant.

— Ce n'est pas ta présence qui me fait mal, Trish, répondit Scott d'une voix assourdie.

Il n'était plus censé avoir mal depuis longtemps. C'était la condition qu'il s'était fixée pour avancer dans l'existence : ne plus s'attacher pour ne plus souffrir. Jusqu'ici, il s'était tenu à ce principe. Mais maintenant…

— Si ce n'est pas moi, alors, qu'est-ce qui te fait souffrir ?

Dans le mouvement qu'elle fit pour se retourner vers lui, Scott sentit une bouffée de son parfum. Presque aussitôt, il eut follement envie de serrer son corps tiède et souple contre le sien, de se perdre en elle pour oublier les différends qui les séparaient. Mais cela ne résoudrait pas leurs problèmes — du moins, pas à long terme.

— Souffrir est un bien grand mot…

— Qu'est-ce qui te blesse, alors ? Qu'est-ce qui t'ennuie, Scott ? Qu'est-ce qui t'empêche de dormir ?

Autant être honnête avec elle. Après tout, il n'avait rien à perdre : de toute façon, un jour, elle s'en irait. Elle avait toujours été claire avec lui sur ce point, et il ne s'en était pas plaint — du moins, au début.

— Je… je voudrais savoir…, murmura-t-il après une dernière hésitation.

— Savoir quoi ?

— Savoir qui tu es. Ce que tu penses vraiment. Pour mieux te comprendre. Parfois, j'ai l'impression que tu as deux visages. Et ça m'inquiète.

Voilà, c'était dit. Si elle prenait mal les choses, elle se lèverait sans un mot pour plier bagages et sortir de sa vie, en emmenant son fils avec elle.

Il attendit sa réponse, le cœur battant, les yeux fixés au plafond.

— Je ne vois pas ce que tu veux dire, fit-elle enfin d'une voix froide et distante.

— Je veux parler des choses qui clochent dans ton comportement, Trish.

— Du genre ?

— D'après ce que tu m'as raconté, tu as toujours connu le style de vie modeste que nous partageons aujourd'hui. Alors, pourquoi choisir l'hôtel le plus chic de Coronado pour te rendre aux toilettes ? Ça, pour moi, c'est un détail qui cloche.

— L'hôtel Del était l'endroit le plus proche.

— Non, Trish, ce n'est pas vrai, coupa Scott en la regardant bien en face. Il y avait un motel à cinq minutes à pied de la plage. Mais tu n'as même pas dû y prêter attention. Généralement, ce genre de comportement trahit une éducation protégée, un train de vie élevé. Les gens qui ont toujours connu le meilleur apprennent très tôt à ne même pas remarquer ce qui est un peu au-dessous de leurs standards. Je le sais, puisque j'ai été élevé de cette façon.

— Enfin, Scott, je…

— Il n'y a pas que ça, l'interrompit-il de nouveau, bien décidé à ne pas s'arrêter, maintenant qu'il avait commencé. Quand je t'ai vue sortir de l'hôtel pour venir nous retrouver, ton allure était celle d'une reine en terrain conquis. Tu occupais l'espace, comme si tu avais toujours fait partie de ce milieu privilégié.

— Tu délires, Scott ! lança-t-elle d'un ton fâché. Je n'ai fait que traverser le hall pour gagner la sortie !

— Je te répète que je sais de quoi je parle : je viens d'un monde où l'on vous enseigne ce genre de choses avec une telle conviction que ça devient comme une seconde nature. Quand tu te déplaces, où que ce soit, tu arbores cette attitude bien reconnaissable. Il y a comme une aura autour de toi — quelque chose qui clame bien fort que tu te sens supérieure au commun des mortels.

Le visage fermé, la jeune femme se redressa dans le lit, adoptant instinctivement une attitude rigide.

— Bon, d'accord, je suis snob. Et alors ?

— Ça n'a rien à voir avec le snobisme, Trish. C'est plutôt… c'est difficile à définir. Tu donnes l'impression de connaître ta vraie valeur, d'être persuadée que tu vaux mieux que le reste du monde. Seule une enfance dorée peut procurer ce sentiment. Et on ne peut pas s'en défaire si facilement. Mais, pour quelqu'un qui a connu ce milieu, c'est évident : ça se voit dans tout — dans la façon dont on bouge, dans le port de tête, dans les mots que l'on emploie…

— Bon, puisque tu es si curieux, je vais te dire d'où ça me vient. J'avais une tante très à cheval sur les principes — très vieux jeu, aussi. Elle m'a envoyée passer un été entier dans une institution où l'on transformait les garçons manqués en filles de bonne famille, voilà !

C'était sans doute vrai. Mais Scott restait persuadé qu'elle venait d'un milieu social au moins aussi élevé que le sien. Un milieu où l'argent coulait à flots. Seule la certitude de pouvoir obtenir tout ce que l'on désirait vous donnait cette assurance naturelle en toutes circonstances.

— Je t'ai raconté ma vie, Trish, fit-il sur un ton désabusé où perçait le reproche.

— Peut-être, mais je ne t'avais rien demandé.

Elle avait raison sur ce point. Mais il aurait tellement voulu qu'elle lui rende la pareille. Qu'elle se sente suffisamment en confiance pour l'éclairer sur son passé…

— Tu ne me fais pas confiance, Tricia, constata-t-il simplement.

— Je ne fais confiance à personne.

En entendant cette remarque amère, Scott se redressa à son tour pour se retrouver assis, au même niveau que la jeune femme. Il hésita brièvement avant de reprendre :

— Visiblement, quelqu'un t'a fait du mal. Beaucoup de mal. Tu ne veux pas me le dire, mais je le sens.

Il dépassait les limites qu'ils s'étaient fixées, mais c'était plus fort que lui. Il avait trop besoin de savoir. Ne serait-ce que pour ne pas trembler d'inquiétude, comme il l'avait fait aujourd'hui lorsqu'il avait cru l'avoir perdue pour de bon. S'il savait un peu plus de choses la concernant, il aurait sans doute davantage de chances de la retrouver, la prochaine fois qu'elle disparaîtrait.

— Je suppose que ça a quelque chose à voir avec le père biologique de Taylor, hasarda-t-il.

Seul un silence buté lui répondit. Il avait peut-être touché un point sensible. Mais il n'en savait rien. Alors, autant continuer.

— En tout cas, je suis sûr que ça n'a rien à voir avec

moi, reprit-il. Tu dois quand même me faire un tout petit peu confiance, sinon, tu ne serais pas restée deux ans avec moi. Quand tu m'as fait comprendre que tu avais besoin de soutien, ce soir-là, au bar, je t'ai ramenée chez moi, sans te poser de questions sur le bébé que tu portais. Je t'ai offert un toit sans rien exiger en échange. Et, quand tu m'as dit que tu voulais faire l'amour avec moi pour oublier la façon dont ton bébé avait été conçu, je t'ai traitée avec toute la douceur que tu réclamais. Bon sang, Trish, on a quand même vécu pas mal de choses ensemble, à commencer par la naissance de Taylor ! Après tout ce temps, tu devrais savoir que tu peux me faire confiance, tu ne crois pas ?

Dans les yeux de la jeune femme, il vit briller des larmes à la lumière de la lune.

— Ce n'est pas de toi que je doute, chuchota-t-elle. C'est de moi. De moi seule.

Sans comprendre, Scott chercha à déchiffrer le regard énigmatique qu'elle posait sur lui. Mais il n'y lut rien d'autre qu'une tristesse infinie.

— Je… j'ai fait des mauvais choix. Des choix terribles. Les pires qu'on puisse faire. Des choix qui ont changé non seulement ma vie, mais celle de mon entourage. Et, le plus ironique, c'est que je n'ai rien vu venir. J'étais tellement persuadée de savoir ce que je faisais que je me suis égarée, et qu'il m'est devenu impossible de faire marche arrière. J'ai failli en mourir. Et, aujourd'hui, je me demande même si je n'ai pas causé la mort de quelqu'un d'autre — quelqu'un de très proche, qui ne méritait pas ça.

Immobile, Scott la regarda refouler ses sanglots avec difficulté. Il ne pouvait rien dire pour la soulager, et il en était douloureusement conscient. La détresse qui emplissait sa voix lui faisait mal, mais tant qu'elle se refusait à lui dire ce qu'il lui était arrivé, il ne pouvait pas l'aider.

— C'est comme si j'avais commis un meurtre, Scott, reprit-elle, la voix brisée. Tout ça parce que je me croyais infaillible. La vie m'a prouvé que j'avais tort — terriblement tort. C'est pour cette raison que je ne peux plus faire confiance à personne — et surtout pas à moi-même.

Il ne la contredit pas. Mais il n'en pensait pas moins. Même si elle refusait de l'admettre, elle devait lui faire un peu confiance, malgré tout. Sinon, elle ne serait pas là. Et Taylor non plus.

Tricia ferma les yeux et essaya de se détendre après cette conversation qui avait réveillé en elle tant de peurs et de remords. L'image d'un pré verdoyant se dessina lentement derrière ses paupières douloureuses, et elle s'imagina qu'elle s'y étendait avec délice pour y trouver le repos qui la fuyait depuis trop longtemps.

C'était toujours la même vision idyllique qui lui venait à l'esprit lorsqu'elle cherchait à se réconforter. Une immense prairie fraîche et douce, caressée par la brise et les rayons du soleil. Le murmure d'un ruisseau et le gazouillis des oiseaux se mêlaient harmonieusement à une musique céleste dont le bercement l'apaisait. Des libellules passaient de temps à autre, le vrombissement de leurs ailes s'intégrant parfaitement au doux frémissement des brins d'herbe sous le vent léger… Un petit coin de paradis, en somme.

Mais, ce soir, elle ne parvenait pas à rester concentrée sur son rêve. La présence de Scott à ses côtés était trop forte, trop réelle, pour qu'elle réussisse à échapper au moment présent. Scott, qui aurait pu être son prince charmant dans un monde idéal, mais qui représentait aujourd'hui une menace.

Elle ne pouvait pas se permettre de désirer des choses qu'elle n'aurait jamais. Comme une nouvelle famille. Ou un compagnon sincère et stable. Elle n'avait pas le droit de s'attendrir ni d'accorder sa confiance. C'était trop dangereux pour elle et pour son fils.

En cavale, il ne fallait pas s'attacher. Ni se croire à l'abri. Sinon, on se faisait prendre. Inévitablement.

Pourtant, il y avait une chose qu'elle pouvait s'autoriser à désirer : une nuit d'amour de plus avec Scott. Elle savait que ce n'était qu'un sursis, mais elle en éprouvait le besoin impérieux. Même si c'était la dernière fois qu'elle se donnait à lui.

Elle se retourna à demi. Scott était toujours éveillé, elle en était certaine. C'était l'occasion rêvée pour solliciter silencieusement une réconciliation sur l'oreiller.

D'une main tremblante, elle s'aventura sous les couvertures à la rencontre de sa main rendue calleuse par les aléas du métier de pompier. Avec une timidité inhabituelle, elle glissa les doigts entre les siens, comme pour lui demander pardon. Elle aimait s'endormir en lui tenant la main.

— Je veux rester avec toi, murmura-t-elle humblement, espérant contre toute attente qu'il suffirait de ces quelques mots pour qu'il oublie leur différend.

Quelques secondes s'écoulèrent avant qu'il ne réagisse. D'un mouvement tendre et passionné, il se coula contre elle pour l'étreindre avec force.

— Je veux que tu restes, fit-il en écho, tout contre sa bouche.

Et, aussi incroyable que cela puisse paraître, ces simples paroles scellèrent leurs retrouvailles. Après, ce fut au tour de leurs corps d'exprimer la joie qu'ils éprouvaient à être ensemble. La nuit qui avait si mal commencé s'acheva dans un soupir d'extase, dans une communion parfaite. Malgré leurs fautes, leurs faiblesses et leur peine, ils étaient encore capables de se rejoindre dans l'amour. Sans rancœur et sans peur.

Un moment de grâce éphémère dans un monde déchu.

6.

Gazette de San Francisco,
dimanche 10 avril 2005

Debout devant le kiosque à l'angle de la rue Redwood et de la 30e Avenue, Tricia vérifia rapidement la date du journal qui l'intéressait avant de tendre sa monnaie au vendeur. Elle allait pouvoir lire l'édition spéciale du week-end sans être dérangée : Scott était retourné au travail, et Taylor somnolait dans sa poussette.

Il faisait un temps magnifique. Le parfum des roses et des œillets provenant du stand de fleurs tout proche l'accompagna jusqu'à la route qui menait vers le parc de Balboa. Si elle n'avait pas éprouvé autant d'angoisse à l'idée de découvrir quelque chose de terrible sur Leah, Tricia aurait trouvé cette journée de repos absolument parfaite. Elle décida d'attendre un peu pour déplier les pages couvertes de caractères serrés. Une demi-heure de plus ou de moins, quelle différence ? Ça lui laisserait peut-être le temps de se calmer… La marche avait en général un effet apaisant sur elle. Et Taylor ne semblait pas se plaindre du balancement rythmé de la poussette dans laquelle il était confortablement installé.

Au bout d'un long moment, elle pénétra dans le parc verdoyant qui faisait l'orgueil des habitants de San Diego, avec ses pelouses impeccables, ses plates-bandes pleines de fleurs colorées, son musée d'Histoire naturelle et son zoo. Mais c'était surtout sa superficie qui était intéressante : dans un endroit aussi grand et aussi fréquenté, personne ne trouverait bizarre qu'une jeune mère s'arrête sur un banc et attende d'avoir fini son journal pour défaire la ceinture qui maintenait son fils assis dans sa poussette. Dès que Taylor se réveillerait, elle l'emmènerait faire un tour de balançoire. Il adorait ça, et elle aussi, car c'était un moment où elle pouvait l'avoir tout contre elle sans qu'il manifeste le moindre signe d'impatience.

Cherchant du regard un banc un peu à l'écart, elle traversa une allée bordée d'hibiscus rose fuchsia et de pins bruissant dans la brise d'avril. Elle avait besoin de calme pour réfléchir à la situation et aborder plus sereinement la lecture de son journal. Hier, elle avait eu tellement d'émotions ! Pas seulement à cause de l'inconnu qui l'avait suivie, mais aussi à cause de sa propre réaction. Dire qu'elle avait été capable de partir sans un mot, de laisser son fils unique et son amant derrière elle sans se retourner ! Avait-elle changé à ce point ? S'était-elle endurcie jusqu'à devenir l'une de ces femmes inconstantes et détachées de tout, pour lesquelles rien ne comptait vraiment ? Elle en avait bien peur…

L'autre solution, c'était qu'elle se fût aguerrie suffisamment pour se sacrifier si Taylor était en danger. Après tout, en quittant la plage, elle avait cherché à éloigner son mystérieux observateur de l'endroit où son fils jouait avec insouciance. Sans doute était-elle mieux préparée aux aléas du sort, après deux ans de mensonges et de faux-semblants…

Une troisième possibilité s'offrait à elle : la moins

rassurante de toutes. A bien y réfléchir, elle n'avait pas la moindre preuve d'avoir été espionnée. Elle était peut-être en train de devenir paranoïaque, après tout ce temps passé à se terrer pour qu'*il* ne la retrouve pas…

Elle avisa enfin un banc libre abrité du soleil, non loin d'un portique où grinçaient doucement deux balançoires aménagées pour les tout-petits. D'un geste maternel, elle repoussa les mèches humides de sueur qui collaient au front de son fils avant de rajuster le toit de sa poussette pour qu'il ne soit pas gêné par la lumière. Puis elle desserra légèrement le harnais de sécurité pour lui ôter son pull. Nullement perturbé par cette opération, Taylor ne cilla même pas, et poursuivit tranquillement sa sieste.

Un sourire aux lèvres, Tricia resta là à le contempler, attendrie par sa respiration innocente et l'abandon confiant de son petit corps alangui. La joie que lui procurait Taylor à chaque instant valait toutes les peines, toutes les épreuves, toutes les difficultés que lui faisait endurer la vie.

Avec un soupir de contentement, la jeune femme se laissa glisser sur le banc, profondément rassérénée par la vision de son fils endormi. Quoi qu'il arrive, désormais, elle aurait toujours ces moments précieux à chérir. Et elle se battrait pour que rien ne vienne les perturber.

Ouvrant la *Gazette de San Francisco* sur ses genoux, elle hésita encore quelques secondes avant d'en commencer la lecture. Il n'y avait personne pour venir la déranger. Pour une fois, elle pouvait goûter pleinement au bonheur d'être ici, libre, seule au milieu d'une nature qui semblait l'accepter sans la juger. Oui, elle pouvait se considérer comme immensément privilégiée, tout simplement parce qu'elle était en vie…

Rappelée à des considérations moins réjouissantes, Tricia

posa les yeux sur la une du journal : il n'y avait rien. Pas la moindre ligne au sujet de Leah. Rien non plus dans les articles de fond. Ce qui ne signifiait pas forcément qu'il n'y avait rien de nouveau. Thomas Whitehead était assez influent pour parvenir à soudoyer les éditorialistes — lui ou quelqu'un de son entourage. Il suffisait souvent d'un joli chèque pour faire taire les médias les plus virulents. Bien sûr, la liberté de la presse était un droit inaliénable, mais on trouvait des arrangements quand on possédait de l'argent. De quoi se racheter une réputation.

Tournant les pages l'une après l'autre, Tricia parcourut avidement les grandes lignes des différentes colonnes, toujours sans succès. Ce n'était pas possible : il devait bien y avoir une petite information dissimulée quelque part.

S'il n'y avait vraiment rien, c'était très inquiétant. Plus l'enquête piétinait, plus les chances de retrouver Leah vivante s'amenuisaient.

Sauf si son amie avait choisi de disparaître, comme elle. Pour échapper aux mêmes dangers…

P. 25, section E

Du sang sur un siège

Samedi, grâce à un mandat de perquisition délivré par le juge Henry Kassar, les forces de l'ordre ont découvert des traces de sang sur le siège passager d'une décapotable Miata appartenant au sénateur Thomas Whitehead. Un rapport de laboratoire rendu public hier soir a confirmé que les échantillons prélevés correspondaient à l'ADN de Mme Leah Montgomery, disparue depuis presque une semaine, maintenant.

Le sénateur a été convoqué hier soir, peu avant 19 heures, pour être interrogé. Il était au domicile de sa mère, où il regardait la télévision en sa compagnie. Selon la déclaration qu'il a faite au commissariat, il n'avait pas remarqué de trace de sang dans sa voiture. Il a cependant indiqué que Mme Montgomery était en période menstruelle le lundi d'avant, jour de sa disparition. Elle le lui avait confié lors du petit déjeuner qu'ils avaient partagé avant qu'il ne la conduise à son bureau. Aux questions de nos journalistes qui voulaient savoir pourquoi M. Whitehead n'avait pas mentionné ce rendez-vous lors de sa première déposition, ce dernier a répondu qu'on ne lui avait pas demandé quand il avait **vu** *la disparue pour la dernière fois, mais seulement quand il avait* **parlé** *avec elle. Pour expliquer cet oubli malencontreux, le sénateur a allégué l'état d'émotivité extrême où l'avait plongé la disparition de Leah Montgomery, à peine deux ans après la perte de sa femme, dont elle était la meilleure amie.*

Selon les dires de M. Whitehead, Mme Montgomery portait un tailleur-pantalon jaune, lors de leur petit déjeuner en tête à tête. Une information confirmée par Tina Bellows, la serveuse du restaurant où le couple avait effectivement déjeuné le lundi 4 avril au matin. Mlle Bellows a ajouté que le sénateur et sa compagne étaient restés plongés dans une conversation intense pendant toute la durée de leur repas.

Selon le rapport du médecin légiste, le sang trouvé sur le siège passager de la voiture du sénateur Whitehead pourrait correspondre à un écoulement menstruel. Il n'existe en effet aucun moyen de différencier ce type de saignement d'un autre. Toujours d'après le même expert, les traces de sang, à en juger par leur état de coagulation, remontent vraisemblablement à plusieurs jours, même si la date exacte demeure incertaine. Rappelons que Mme Montgomery a disparu depuis lundi dernier, et qu'on est toujours sans nouvelles d'elle.

La perquisition du domicile, des bureaux et des deux autres véhicules appartenant au sénateur Whitehead n'a débouché sur aucune découverte susceptible de faire avancer l'enquête. Les inspecteurs chargés de l'affaire, MM. Kyle Gregory et Warren Stanton, se sont refusés à toute déclaration. Cependant, selon une source interne, l'examen de la décapotable Miata n'a pu avoir lieu que très récemment, le sénateur ayant prêté le véhicule à son collègue et ami Ronald Atler pour que ce dernier puisse aller se marier dans la plus grande discrétion, mercredi dernier. Après examen des registres régionaux, il semble que cette information soit exacte. Cependant, M. Atler n'a pas confirmé de vive voix cette version des faits.

Les yeux baissés, serrant son fils contre elle, Tricia gardait les yeux fixés sur l'herbe bien tondue et les buissons pleins de boutons de fleurs jaunes qui entouraient le portique supportant les balançoires. Il y avait quelque chose de rassurant dans le retour des bourgeons au printemps : un signe que la vie continuait, malgré tout. Du moins, en ce qui concernait les plantes…

Taylor sur ses genoux, elle se balançait doucement, ses deux bras servant de protection au petit garçon dont les rires fusaient. Elle sentait à peine la pression des petites mains sur les manches de son sweater blanc. Elle avait l'impression d'être à cent lieues de là, perdue dans ses pensées.

Leah s'en tirerait, comme toujours, lui dit une petite voix intérieure. Son amie était forte et résistante — déterminée, aussi. Beaucoup plus qu'elle.

— Est-ce que maman t'a déjà raconté la fois où elle est partie avec son amie Leah sur le même cheval et que la selle s'est cassée au plein milieu, mon cœur ? fit-elle à l'oreille de son fils, dévorant des yeux le petit visage levé vers elle qui sentait bon le talc et le savon pour bébé.

— Dada, maman ? répliqua Taylor, ses petites jambes serrées autour de la taille de la jeune femme. A dada, à dada !

— Oui, mon chéri, tu es à dada…

Comme elle aimait cet enfant ! Son fils unique, la seule personne dont elle se sentît entièrement responsable…

Elle n'avait jamais éprouvé un sentiment aussi fort pour quelqu'un. Même si son amitié pour Leah avait été de la même veine.

Oui, elle avait toujours adoré Leah. Elles avaient des tas de souvenirs communs, comme cette fois où elles avaient chevauché ensemble Cacao, le cheval préféré de Leah.

Ce jour-là, l'été de leurs dix-sept ans, elles s'étaient senties invincibles, comme la plupart des adolescentes à un moment ou à un autre. Elles avaient poussé leur monture au grand galop, grisées par le vent qui sifflait à leurs oreilles et par le sentiment de liberté que leur procurait la course effrénée dans laquelle elles s'étaient lancées. Elles se prenaient pour des cow-girls à la recherche d'un endroit secret et isolé, une cachette connue d'elles seules où elles pourraient se donner rendez-vous sans risquer d'être dérangées. Une sorte de repaire mystérieux, que personne d'autre ne pourrait découvrir.

Après environ deux heures de cavalcade dans les collines entourant San Francisco, la selle de cuir poli du cheval avait lâché sans signe avant-coureur. Assise en croupe, les bras serrés autour de la taille de son amie, Tricia avait senti les sangles se rompre et avait poussé un grand cri d'épouvante, craignant le pire, à l'allure folle où elles galopaient.

Mais Leah possédait des ressources insoupçonnées de courage et d'adresse. Accrochée aux rênes de Cacao, elle avait dégagé ses bottes des étriers et, d'un seul mouvement, s'était débarrassée de la selle désormais inutile. Sans même ralentir, elle avait réussi à conserver son équilibre sur le dos de l'animal et à le diriger sans encombre sur le chemin escarpé qu'elles avaient emprunté pour redescendre dans la vallée. Comme si de rien n'était.

Entre elles deux, c'était Leah qui avait toujours eu le plus de cran. Elle regardait le danger en face et savait le combattre. La peur ne pouvait venir à bout de sa force de caractère…

Posant son front moite contre la poitrine de sa mère, Taylor ferma les yeux de plaisir, ses petits poings toujours fermement accrochés aux bras qui l'entouraient.

Machinalement, Tricia continua de se balancer, sans pouvoir écarter le sentiment de culpabilité qui la rongeait depuis près de une semaine.

Elle aurait dû tout dire à Leah.

Mais à quel prix ? lui souffla la petite voix qu'elle avait entendue l'instant d'avant. Aurait-elle eu le droit de risquer sa vie contre la vérité ? Pire, la vie de son fils ?

Taylor lui faisait confiance, lui. Et elle pouvait le chérir sans craindre d'être déçue, trahie, abandonnée. Comment envisager de mettre son existence en danger, même pour sauver celle de sa meilleure amie ?

C'était un dilemme insoluble. Pas plus hier qu'aujourd'hui, elle n'aurait pu choisir entre la sécurité de Taylor et celle de Leah.

Mais si quelque chose de grave était arrivé à son amie

et que Thomas en était responsable, elle ne se le pardonnerait jamais.

— Comment s'est passée ta journée ? demanda Scott, tout en déboutonnant sa chemise dans la petite salle de bains de la caserne, son portable coincé entre l'oreille et l'épaule.

C'était à peu près le seul endroit où il pouvait avoir un peu d'intimité. Et, même s'il ne pouvait pas passer trop de temps au téléphone avec Tricia parce que les autres l'attendaient, il tenait à lui souhaiter une bonne nuit sans avoir à subir les commentaires ou les sifflets appréciateurs de ses collègues.

Il eut le temps de faire mousser le savon entre ses mains avant que la jeune femme ne réponde d'une voix flûtée :

— Bien.

Instantanément, Scott sentit les muscles de son cou se crisper. Quand cesserait-il d'avoir peur pour Tricia ?

— Qu'est-ce qui ne va pas, Trish ? Tu as dit ça comme si tu pensais exactement le contraire !

— Oh, ce n'est rien… C'est juste que… enfin, je me sens seule sans toi.

Il respira plus aisément. Si ce n'était que ça, c'était plutôt positif, en somme. Lui aussi se sentait seul, malgré la présence de toute son équipe.

— Il faut dire qu'on a eu un week-end plutôt chargé en émotions, hein ? reprit-il d'un ton plus léger.

— Ça, tu peux le dire…

— Attends une seconde, tu veux ?

— Pas de problème.

Il posa le téléphone, rattrapa de justesse le savon qui lui glissait des mains, et fit une toilette de chat. Trois minutes plus tard, le visage propre, les dents brossées, il reprenait sa conversation interrompue.

— Alors, tu ne m'as pas raconté ce que vous aviez fait aujourd'hui, Taylor et toi.

— On est allés faire de la balançoire au parc. Après, on a mangé du poulet et des frites au fast-food juste à côté. Et pour finir, on est rentrés à la maison et on a regardé des vieux épisodes de *Lassie*.

Décidément, Taylor avait un faible pour les représentants de la race canine, en ce moment. Et pas seulement les colleys intelligents comme cette bonne vieille Lassie. Il n'y avait qu'à le voir courir après les chiens, au parc : gros ou petits, pure race ou bâtards. Il avait vraiment besoin d'un compagnon à quatre pattes.

Scott posa une main sur la poignée de la porte, sans pouvoir se résoudre à raccrocher tout de suite.

— Et qu'est-ce que vous avez mangé pour le dîner ?

— Il y avait un reste de pâtes. Je les ai faites en gratin. Taylor en a redemandé !

Scott ne put s'empêcher de sourire en imaginant l'expression gourmande qu'avait dû prendre le petit garçon devant son plat favori. Il aurait tellement aimé partager cet instant banal et pourtant merveilleux avec Taylor et Tricia…

Le brouhaha de l'autre côté de la cloison le rappela à la réalité : ses collègues s'impatientaient, et s'il s'éternisait dans l'unique salle d'eau de la caserne, ils risquaient d'être de très mauvaise humeur.

Il sortit de la pièce, traversa le bâtiment bruyant et ne s'arrêta qu'une fois dehors. Les autres allaient sûrement le chambrer, tout à l'heure, mais pour le moment, il s'en fichait comme de l'an quarante. Tout ce qu'il voulait, c'était pouvoir terminer calmement son coup de téléphone avec la femme qui occupait ses pensées depuis près de deux ans.

— J'espère que tu ne t'es pas posé trop de questions, fit-il d'une voix où perçait une pointe d'inquiétude. Je veux dire, au sujet de notre conversation d'hier soir. Tu n'as pas changé d'avis ? Tu es toujours d'accord pour rester ?

Il poussait peut-être un peu. De son côté, il n'avait pas arrêté de se poser des questions. Quelque chose l'effrayait dans l'attitude fermée de Tricia, et il n'était pas sûr de pouvoir y faire face bien longtemps. Tant qu'elle ne lui faisait pas suffisamment confiance pour lui parler honnêtement de son passé, il savait qu'il se sentirait inquiet.

Ce fut avec un soulagement intense qu'il l'entendit répondre :

— Oui.

Il y eut un silence, comme si chacun d'eux mesurait l'importance de ce simple mot. Puis elle reprit la parole :

— Je… Il y a quelque chose que j'ai envie de te raconter, quelque chose qui n'a aucun rapport avec nous ni avec ce qui s'est passé ce week-end. Mais je ne veux pas que tu me poses de questions. Ni qu'on revienne là-dessus, par la suite. Tu crois que c'est trop demander ?

— D'après notre contrat, non, répondit-il en riant pour tenter de cacher le vif intérêt que cette timide requête éveillait en lui.

Du moment qu'elle acceptait de lui parler, il se sentait prêt à accepter toutes ses conditions, même les plus invraisemblables.

— Bon, eh bien, voilà… Quand j'étais plus jeune, j'avais une amie qui s'appelait Leah, commença Tricia d'une voix hésitante où pointait une note d'émotion. Nous nous sommes connues quand nous avions trois ans, et nous sommes devenues les meilleures amies du monde. Nous étions inséparables.

— Et vous ne vous êtes jamais lassées l'une de l'autre ?

— Non, jamais. On était tellement proches… Tu comprends ce que je veux dire ?

Il ne comprenait que trop bien. Lui aussi avait éprouvé un attachement de cette force pour quelqu'un — sauf que l'amitié qui le liait à Alicia s'était vite muée en un sentiment plus puissant.

— Oui, je crois, murmura-t-il, tout en s'asseyant par terre.

Il savait qu'il ne devait pas lui poser de questions trop pressantes s'il voulait avoir une chance de réunir les pièces du puzzle incomplet de sa véritable personnalité.

— Bref, j'ai pensé à elle aujourd'hui, reprit la jeune femme. Je me suis rappelé l'été juste avant notre dernière année au lycée. On avait trouvé un endroit à l'écart, sur une colline, au-dessus d'une ancienne voie ferrée utilisée par les mineurs au temps de la ruée vers l'or.

Plutôt imprécis, comme description, se dit Scott avec dépit. Il y avait des millions d'endroits de ce genre en Californie !

— On l'avait baptisé « Le Sanctuaire ». Chaque fois qu'on avait un problème ou qu'on éprouvait le besoin d'être seule, c'était là qu'on se réfugiait. Et quand l'une de nous s'y trouvait, l'autre le sentait aussitôt et courait la rejoindre. C'était assez bizarre…

— Tu veux parler d'une sorte de télépathie entre vous ?

— Peut-être, je ne sais pas trop. Je n'ai jamais vraiment

cru à ce genre de truc. N'empêche que, entre nous, ça fonctionnait.

— Et pourquoi as-tu pensé à ça aujourd'hui ? demanda Scott, tout en réfléchissant à toute vitesse aux différentes raisons qui avaient pu réveiller ce souvenir.

Tricia avait peut-être reçu des nouvelles de son amie ? Ou alors, elle avait éprouvé le besoin de se retrouver seule quelque part, d'échapper aux problèmes qui la minaient depuis trop longtemps… Mais quel genre de problèmes, au fait ?

— Pour rien, répondit-elle d'un ton un peu trop insouciant.

Comme chaque fois qu'elle était sur la défensive, elle prenait une voix détachée, qui sonnait faux.

— Quand es-tu allée dans votre « sanctuaire » pour la dernière fois ? insista Scott.

Il se mordit la lèvre. Elle allait finir par lui raccrocher au nez, c'était certain… Mais, à sa grande surprise, elle lui répondit d'une voix étrangement douce :

— Je ne sais plus… En tout cas, ça fait un bon bout de temps. On ne pouvait s'y rendre qu'à cheval. Mais on avait découvert que le chemin de fer abandonné qui faisait le tour de notre colline menait chez un vieil ermite. Un type un peu bizarre, mais plutôt gentil.

D'instinct, Scott retint cette information. Quelque chose lui disait que c'était important. Pourquoi ? Il ne le savait pas. Mais ça pouvait sûrement lui servir à éclaircir le mystère du passé de Tricia.

— Un ermite, tu dis ? Et vous lui parliez, quelquefois ?

— Oui, quand on faisait une pause devant chez lui. Il avait une grande barbe grise et il racontait des drôles d'histoires.

On aurait dit un mélange entre un grand-père et un gnome de conte de fées. Je crois qu'il nous avait adoptées, en quelque sorte. Et qu'il nous aimait bien. C'était un sacré personnage — un de ceux dont on entend parler dans les légendes de l'Ouest, mais qu'on ne rencontre que rarement.

Décidément, elle était lancée, ce soir. En quelques minutes, elle venait de lui dire plus de choses sur son passé qu'en deux ans de vie commune. Ce n'était pas le moment de faire dévier la conversation…

— Et il vit là-haut, tout seul ?

— Oui, absolument ! répondit Tricia avec animation, arrachant un sourire à Scott, comme chaque fois qu'elle s'enthousiasmait pour un petit rien. Tu te rends compte ? Il est né là, et il n'a jamais changé d'endroit de toute sa vie ! D'après ce qu'il nous avait raconté, son arrière-grand-père tenait une quincaillerie à San Francisco. Mais il s'est fait doubler par Sam Brannan.

— Sam Brannan ? Le type qui est devenu millionnaire grâce à la ruée vers l'or ?

— Exactement ! Et tout ça en vendant des pelles et des pioches ! s'exclama Tricia.

— Je me rappelle avoir lu son incroyable histoire au lycée. Ce vieux malin de Brannan a acheté pour une bouchée de pain tout le matériel de quincaillerie qu'il a pu trouver, puis il s'est arrangé pour que tout San Francisco sache qu'on avait trouvé de l'or, pas loin. Et, bien entendu, il s'est empressé de revendre son matériel jusqu'à cent fois le prix qu'il l'avait payé, à cause de la demande toujours croissante. Il n'a jamais creusé de sa vie, mais il est ressorti de l'aventure plus riche que la plupart des chercheurs d'or. Un entrepreneur génial, ce Sam Brannan…

Scott n'avait pas pu s'empêcher de mettre une note de

mépris dans cette dernière remarque. Les histoires d'argent facile ne l'amusaient pas tellement.

— Ça te rappelle quelqu'un de ta connaissance ? lui demanda Tricia, comme si elle avait parfaitement senti son énervement.

— Pas quelqu'un — plusieurs personnes, à vrai dire.

— L'argent peut faire faire des drôles de choses aux gens, n'est-ce pas ?

— Tu parles d'expérience ? fit Scott avec une pointe d'agressivité qu'il regretta aussitôt.

— Tu m'as déjà vue claquer de l'argent ? répliqua la jeune femme du tac au tac.

Elle avait de nouveau employé ce ton distant qu'il redoutait. Craignant qu'elle ne mette fin à ses confidences, il s'empressa de reprendre :

— Cet ermite, c'était donc l'arrière-petit-fils d'un concurrent de Sam Brannan, c'est bien ça ?

— Oui. Comme Sam s'était taillé la part du lion dans le secteur de la quincaillerie, l'arrière-grand-père de notre ermite s'est retrouvé sur la paille. Du coup, il est allé s'installer avec sa femme sur le trajet d'une des lignes ferroviaires qui desservaient les mines d'or, pas très loin de ce qui est maintenant devenu l'autoroute 49. Il a fondé un petit dépôt de matériel, et il a réussi à faire vivre sa famille, malgré tout.

Repris par l'impatience, Scott eut du mal à ne pas demander de plus amples informations. Mais, visiblement, Tricia faisait bien attention à ne pas divulguer le moindre nom de famille qui la touche de trop près. Pourquoi ? Il n'en avait pas la moindre idée. Après tout, mieux valait la laisser continuer sans la brusquer.

— Le grand-père, le père, puis les six frères et sœurs

de notre ami l'ermite sont nés à cet endroit, continuait la jeune femme. Après la fin de la ruée vers l'or, les rails sont lentement retournés à l'abandon, mais ça n'a pas empêché toute la petite famille de vivre en autarcie : ils avaient suffisamment d'espace disponible pour cultiver la terre et élever quelques bêtes, et c'étaient les parents qui se chargeaient d'enseigner les rudiments de la lecture et de l'écriture aux plus jeunes. Mais, à la dernière génération, l'attrait de la ville est devenu trop grand. Tout le monde a quitté les lieux, sauf le petit dernier, qui a choisi de continuer son existence retirée du monde.

— Il n'a jamais eu envie de se marier ? De fonder une famille à son tour ?

— Pas que je sache. Il ne nous en a jamais parlé, et nous ne lui avons posé aucune question.

C'était pour le moins ironique : ainsi, même avant de le rencontrer, Tricia ne cherchait pas à obtenir d'informations sur les gens qui l'entouraient… C'était peut-être dans son caractère. Ou alors, c'était un moyen de prévenir les velléités de curiosité de tous ceux qu'elle était amenée à côtoyer. En tout cas, au début, il avait considéré cela comme une qualité. En général, les femmes posaient trop de questions — mais pas Tricia.

Alerté par le grincement de la porte derrière lui, Scott se retourna d'un bloc pour découvrir la silhouette de Cliff en contre-jour. Au regard interrogateur de ce dernier, il répondit par un bref hochement de tête signifiant que tout allait bien. Sur un geste tout aussi rapide, celui qui était devenu son ami depuis le temps qu'ils opéraient ensemble disparut de nouveau à l'intérieur de la caserne, le laissant seul dans l'obscurité.

— Et comment est-ce qu'il arrive à se nourrir, ton ermite ? reprit-il.

— Il mange surtout des légumes de son potager, tu sais ? fit Tricia d'une voix un peu plus forte pour couvrir le bruit de l'eau qui coulait près d'elle.

Elle se préparait sûrement un bon bain chaud. C'était un des luxes qu'elle s'offrait régulièrement, pour le plus grand plaisir de Scott, qui adorait la voir ressortir de la baignoire toute alanguie après une demi-heure passée dans l'eau savonneuse et parfumée. Dès qu'il pourrait se le permettre, il ferait abattre le mur qui séparait leur chambre de la salle de bains pour installer une grande baignoire-Jacuzzi — assez spacieuse pour les accueillir tous les deux ensemble. Et, comme robinetterie, il prendrait les derniers modèles McCall…

— Pour le reste, je ne sais pas trop comment il se débrouille, poursuivit la jeune femme. Il connaît peut-être quelqu'un à Reno qui lui apporte des protéines animales de temps en temps.

A ces mots, Scott se redressa brusquement, le cœur battant. Elle avait enfin mentionné le nom d'une agglomération ! Cela voulait-il dire que la mystérieuse colline de ses souvenirs se trouvait juste à côté de la grande ville ? Que Tricia était de Reno ?

Bon sang, quel casse-tête !

Il passa encore cinq bonnes minutes à souhaiter bonne nuit à la jeune femme, cherchant à chasser de son esprit les milliers de questions qui s'y bousculaient. Il fallait qu'il arrête de s'inquiéter pour Tricia, sinon il y perdrait son latin. Après tout, ce qu'elle avait fait avant de le rencontrer ne le regardait pas. Et puisqu'elle ne semblait pas vouloir lui en parler, il n'avait qu'à se faire une raison.

Pourtant, malgré toutes ces bonnes résolutions, il y pensait toujours à 3 heures du matin. Incapable de trouver le sommeil, il tenta de se régler sur la respiration paisible de son compagnon de chambre. Peine perdue. Il savait déjà qu'il ne pourrait oublier l'expression de Tricia lorsqu'elle lui avait déclaré ne plus pouvoir faire confiance à personne. Il avait fallu quelque chose de terrible pour miner une femme aussi belle et talentueuse. Et il n'aurait de cesse de le découvrir, qu'elle le veuille ou non. Pour la protéger, envers et contre tout. Il avait déjà assez de mal à supporter sa responsabilité dans la mort d'une femme qu'il avait aimée. Alors, pas question de rester sans rien faire en ce qui concernait Tricia. Parce que, s'il lui arrivait malheur, son cœur déjà meurtri n'y résisterait pas.

7.

Assise derrière sa machine à coudre, en ce lundi matin, Tricia tentait de se concentrer. Elle avait très mal dormi, à cause des cauchemars qui la harcelaient dès qu'elle fermait les yeux. Scott n'était pas là pour la réconforter, cette nuit, et elle avait doublement regretté son absence.

Résultat : elle se sentait épuisée. Et pourtant, il lui restait beaucoup de couture à faire d'ici le lendemain après-midi, date à laquelle elle devait remettre son travail au pressing de Coronado. C'était son seul emploi, et l'argent liquide qu'elle gagnait ainsi lui permettait de nourrir et d'habiller Taylor correctement. Scott lui avait plusieurs fois proposé de l'aider financièrement, mais elle avait toujours refusé…

Où était donc passé ce fil de métal doré dont elle avait besoin ? Elle était certaine de l'avoir vu quelques minutes auparavant… Elle parcourut du regard son grand écheveau de fils multicolores, mais elle était si fatiguée, si désemparée aussi, que tout se brouilla devant ses yeux.

Bientôt, les vives nuances des bobines firent place à des images de Leah et Thomas enlacés. Rien que d'y penser, ça lui donnait la nausée. Ce n'était pas possible — pas elle, pas sa meilleure amie…

Mais si son ex-mari et Leah n'étaient pas liés de façon

intime, pourquoi la jeune femme se serait-elle trouvée dans la voiture de Whitehead à cette heure matinale, le jour même de sa disparition ? Comment expliquer leur petit déjeuner en tête à tête ? La « conversation intense » dans laquelle ils étaient plongés ? L'évidence s'imposait d'elle-même.

Avec un soupir, Tricia reposa la robe du soir qu'elle était en train de reprendre entièrement pour qu'elle convienne mieux aux formes rondelettes de la riche Mme Gainhurst, l'une des habituées du pressing de Coronado. Sans allumer la lumière pour ne pas réveiller Taylor, elle gagna la cuisine plongée dans l'obscurité. Le jour ne se lèverait pas avant au moins une heure.

Elle aurait pu se recoucher, mais elle savait qu'elle ne trouverait pas le repos. Non, ce dont elle avait besoin, c'était d'une bonne tasse de café avec un nuage de brandy…

Mais il n'y avait pas d'alcool fort dans cette maison. D'ailleurs, elle n'en avait pas bu une seule goutte depuis le jour où elle avait appris qu'elle attendait un enfant. Elle n'avait même pas touché aux bières de Scott.

Pourtant, avant de tomber enceinte, elle buvait sans complexe…

Il ne fallait pas penser au passé. Si elle se laissait envahir par les souvenirs, ils risquaient de lui gâcher la vie.

Elle se planta résolument devant la cafetière électrique, sortit un paquet de café et se prépara un breuvage bien tassé. Puis elle appuya sa tête lasse sur ses mains.

Inéluctablement, les mêmes questions lui revenaient à l'esprit. Leah et Thomas… Thomas et Leah… Mais pourquoi ? Comment ? Il devait y avoir une explication logique à cette association étrange. Leah avait-elle besoin de conseils juridiques ? Ou de fonds pour une nouvelle association caritative ? Etait-ce pour cette raison qu'elle avait cherché à se rapprocher de Thomas, toujours prêt à augmenter sa popularité auprès de ses électeurs par des dons médiatisés ou un entourage respectable ?

Plus elle y réfléchissait, plus cette réponse lui semblait plausible. Leah n'avait pas pu tomber sous le charme artificiel de Thomas : elle était trop futée pour ça.

Avec un soupir de soulagement, Tricia remplit sa tasse, savourant à l'avance le réconfort qu'allait lui procurer son breuvage matinal. Soudain, l'avenir lui parut plus rose — mais son répit ne fut que de courte durée.

Elle avait oublié un détail crucial dans sa belle théorie : que faire du sang découvert dans la voiture de Thomas ?

Sans faire attention à ce qu'elle faisait, la jeune femme reposa violemment sa tasse pleine à ras bord sur le comptoir de la cuisine, qui fut aussitôt maculé de grosses taches brunes. Les jambes flageolantes, les tempes bourdonnantes, elle se laissa glisser à terre et enfouit sa tête dans ses mains.

Il n'y avait que deux possibilités : soit Thomas et Leah étaient amants, soit Thomas avait récupéré la jeune femme en piteux état et, pour une raison mystérieuse, il ne voulait pas ébruiter cette affaire. Des deux scénarios, Tricia ne savait pas lequel était le pire.

Le mardi matin, au beau milieu d'un discours à l'intention des élèves de son ancien internat, Thomas Whitehead fut interrompu par un coup de téléphone intempestif. Il jeta un coup d'œil à l'écran de son portable, et cessa de sourire pendant une seconde avant de reprendre contenance. Ce n'était pas le moment de trahir l'inquiétude que venait de lui causer le message de Kilgore Douglas. Il lui répondrait tout à l'heure, après la fin de son intervention, dont il attendait beaucoup en matière de popularité, un domaine qu'il soignait particulièrement.

Mais il était perturbé, malgré son calme apparent. Son avocat avait pour consigne de ne l'appeler que si l'affaire Montgomery tournait au vinaigre. Ce qui voulait dire que le rendez-vous qu'il lui donnait ne présageait rien de bon. Il espérait pourtant en avoir terminé avec cette histoire grotesque…

Résolument, Thomas poursuivit son discours aux jeunes lycéens privilégiés qui composaient son public. Malheureusement, sans doute à cause de son anxiété sous-jacente, cela ne se passa pas aussi bien que d'habitude. Les élèves n'avaient pas l'air aussi intéressés qu'il s'y était attendu ; même ses petites blagues et anecdotes, qui fonctionnaient si bien en temps normal, ne remportèrent pas un franc succès. Du coup, au lieu de ressortir de cet exercice satisfait et remonté à bloc, il coupa court, et termina son intervention avec un goût amer dans la bouche — celui de la déception.

Or, s'il y avait bien une chose qu'il ne supportait pas, c'était d'être déçu. A vrai dire, il exécrait ce sentiment, presque autant que de s'entendre dire ce qu'il devait faire et où il devait aller. Et c'était précisément ce que venait de faire son avocat…

— Alors, qu'est-ce qui se passe ? fit-il d'un ton sec, lorsqu'il eut rejoint le lieu de rendez-vous que Douglas lui avait indiqué dans son message.

— Les experts ont passé l'appartement de la disparue au peigne fin, et ils ont découvert quelque chose, répondit l'avocat, tout en ouvrant la porte du commissariat devant lequel il attendait le sénateur.

— Je n'ai pas revu cette femme depuis la matinée du lundi

où elle s'est évanouie dans la nature, grommela Thomas. Alors, je ne vois vraiment pas ce qu'ils me veulent. Ils ne s'imaginent quand même pas que je l'ai tuée ?

Quand le laisserait-on tranquille ? Personne ne comprenait donc à quel point cette histoire était pénible pour lui ? A quel point il se sentait isolé, abandonné, torturé par les regrets ?

— Moi, je sais que tu ne l'as pas tuée, assura Kilgore.

— Merci, fit le sénateur, sans s'étendre davantage sur le soulagement que lui causait cette réponse franche. Je suppose qu'on ignore toujours où elle se trouve ?

Kilgore haussa les épaules et appuya sur le bouton de l'ascenseur.

— C'est probable. Sauf s'ils l'ont retrouvée et qu'ils te convoquent justement pour cette raison.

Après plusieurs minutes d'attente, ils arrivèrent au deuxième étage et empruntèrent le couloir des salles d'interrogatoire. Par comparaison, le commissariat où Thomas avait été convoqué lors de la disparition de Kate était en bien meilleur état. Plus proche du centre de la ville, aussi.

Comme chaque fois qu'il songeait à la période difficile qui avait suivi le départ de sa femme, Thomas dut se contrôler pour ne pas crier sa frustration. Même après deux ans, le vide atroce qu'il avait ressenti lorsqu'il était rentré chez lui, dans une maison que n'égayaient plus l'énergie ni le charme de Kate, était toujours aussi présent. C'était précisément pour éviter de raviver ce sentiment pénible qu'il évitait en général de penser à la disparue.

Dire qu'il avait dépensé des sommes folles pour rémunérer des détectives privés qui n'avaient pas été foutus de la retrouver !

— Laisse-moi mener l'entretien, d'accord ? fit Kilgore à

mi-voix, la main sur la poignée de la porte derrière laquelle devaient les attendre les inspecteurs Stanton et Gregory.

— Je préfère que personne ne parle à ma place, répliqua Thomas d'un air sombre.

— Je te rappelle que tout ce que tu diras sera retenu…

— Contre moi, je sais, coupa Thomas avec un sourire forcé. Tu n'as pas besoin de me le répéter : je connais la chanson aussi bien que toi. J'apprécie ton sérieux et ton dévouement, mais je ne suis pas coupable. Et tant qu'on ne m'attribue pas clairement le rôle de l'accusé, je préfère te garder comme témoin oculaire. Attends un peu avant de sortir ta panoplie d'avocat, d'accord ?

— Bon, comme tu veux, répondit Kilgore, en haussant une nouvelle fois les épaules.

Gazette de San Francisco,
mercredi 13 avril 2005,
p. 24, section E.

PERQUISITIONS CHEZ MME MONTGOMERY

Lundi 11 avril, de nouveaux indices ont été découverts au domicile de la célèbre héritière Leah Montgomery, au cours d'une perquisition minutieuse faite à la demande insistante de la famille de la disparue, et tout particulièrement de sa sœur, Mme Carley Winchester, épouse de M. Benny Winchester, membre du conseil municipal de San Francisco. Ces recherches ont été suffisamment efficaces pour que le sénateur Thomas Whitehead soit de nouveau interrogé par les inspecteurs chargés de l'enquête. Les forces de l'ordre se refusent, pour l'instant, à toute déclaration concernant la nature de leur découverte dans l'appartement de Mme Montgomery.

Après avoir quitté précipitamment son ancien lycée où il donnait une conférence, M. Whitehead s'est rendu au commissariat, accompagné de son avocat, Me Kilgore Douglas. Une heure s'est écoulée avant que le sénateur ne ressorte des locaux de la police où il avait, semble-t-il, laissé son sourire habituel en consigne. Bien entendu, ni lui ni son avocat n'ont accepté de faire la moindre déclaration à la presse.

On n'en sait pas plus pour le moment, si ce n'est qu'aucune charge d'accusation n'a encore été portée contre qui que ce soit concernant la disparition inexpliquée de Mme Leah Montgomery. Rappelons que celle qui avait récemment été désignée comme « le plus beau parti de San Francisco » n'a pas donné signe de vie depuis le lundi 4 avril, date où elle était censée présider un gala de charité au profit de l'enfance démunie.

— Mais qu'est-ce qui t'arrive, aujourd'hui ? fit Patsy Benton, la propriétaire du Pressing Presqu'île où Tricia venait d'entrer.

Un peu décontenancée par le regard inquisiteur de celle qui était devenue son amie, Tricia se pencha sur son sac et en sortit une longue robe. Elle prit un temps infini pour en arranger les plis avant de l'accrocher sur un cintre métallique. Dehors, elle entendait Taylor rire avec Doris, la caissière du pressing.

Quand elle fut à peu près certaine d'avoir réussi à se composer un air normal, elle haussa les épaules et répondit d'un ton vague :

— Je suis juste un peu plus fatiguée que d'habitude, c'est tout…

Ce n'était pas vraiment un mensonge : elle se sentait exténuée depuis quelques jours. Mais elle ne disait pas tout. En fait, elle voulait demander quelque chose à Patsy, mais cela comportait un risque, et elle n'était pas certaine d'avoir assez de cran pour supporter ce surcroît de stress.

— Quand Scott n'est pas là, j'ai du mal à dormir, ajouta-t-elle précipitamment. Et ça va faire bientôt quatre nuits qu'il est de garde à la caserne.

— Eh bien, ma petite, je peux te dire que si j'avais la chance d'avoir un gars comme lui dans mon lit, je ne perdrais pas mon temps à dormir, les soirs où il est là ! déclara Patsy avec son franc-parler habituel.

Elle était peut-être un peu « brute de décoffrage », par moments, mais, au moins, elle parlait sincèrement. C'était l'une des raisons pour lesquelles Tricia lui avait tout de suite accordé sa confiance. Avec cette autodidacte bourrue, elle se sentait protégée — moins qu'avec Scott, mais presque autant, ce qui n'était pas peu dire.

— Ma parole, tu as changé de coiffure ! fit la jeune femme pour détourner la conversation.

Patsy venait de fêter ses trente-cinq ans, et elle avait décidé de trouver un mari acceptable avant un an. Du coup, elle mettait tout en œuvre pour atteindre son objectif.

— Absolument ! lança-t-elle. Et attends, c'est pas tout ! La semaine prochaine, j'ai rendez-vous chez un visagiste pour un relookage complet !

— C'est parfaitement inutile ! Tout ce qu'il te faut, ce sont des tenues qui te mettent un peu mieux en valeur. Quand tu te sentiras à l'aise dans tes vêtements, tu auras davantage confiance en toi, et le reste suivra.

A dire vrai, étant donné sa petite taille et sa silhouette ronde, Patsy avait du mal à trouver un style qui lui corresponde. Aujourd'hui, elle portait un chemisier noir moulant et un treillis kaki qui accentuaient son côté masculin : une erreur indiscutable.

— Mais j'en ai plein, des fringues ! répliqua Patsy. Tu sais bien que je récupère tout ce que les clientes ne viennent pas chercher !

— Hmm-hmm… Le problème, c'est que leurs vêtements ne te vont pas toujours très bien.

— Ben voyons ! J'te vois venir, Trish ! lança la jeune femme avec un accent sarcastique auquel Tricia s'était habituée. Mais je n'ai pas les moyens de me payer tes services, Madame la Couturière de luxe !

— Ce n'est pas ce que tu crois, corrigea calmement Tricia. Si tu me donnais le feu vert, je te ferais des ensembles sur mesure. Et je ne te demanderais pas un centime pour ça.

Bouche bée, Patsy regarda son amie comme si elle avait été une extraterrestre fraîchement débarquée de Mars. Au bout de quelques secondes, elle sembla recouvrer partiellement l'usage de sa raison.

— Je sais que tu es absolument sensass pour réparer ou moderniser des tenues de rêve, mais il y a un monde entre rafistoler des robes déjà existantes et en créer de toutes pièces ! dit-elle en regardant le jean et le T-shirt usés de Tricia.

La jeune femme eut envie de sourire. Pas étonnant que ses capacités créatrices soient mises en doute ! Vu la façon dont elle s'habillait depuis deux ans, il eût été difficile de deviner qu'elle possédait le talent d'un designer renommé.

— Je suis au courant, figure-toi ! remarqua-t-elle d'une voix que l'excitation rendait légèrement inégale.

Après tout, est-ce qu'elle n'était pas sur le point de commettre une véritable folie ? Si elle se remettait à créer des robes pour son amie, elle risquait d'attirer l'attention sur elle — ou, pire, de se rendre compte que son talent l'avait complètement désertée… Quelle idée saugrenue ! Mais d'un autre côté, c'était si tentant de se remettre au travail, juste pour le plaisir de recouvrer son habileté légendaire…

— Pour tout dire, reprit-elle en choisissant ses mots avec précaution, ça fait un certain temps que ça me trotte dans la tête. Que je griffonne des esquisses et des patrons — oh ! pas grand-chose, mais tout de même… J'aimerais bien essayer pour voir ce que ça donne. Ce serait une sorte de challenge, et ça pourrait être amusant, non ?

— Tu crois vraiment que tu serais capable de faire ça ? demanda Patsy d'un air à la fois incrédule et intéressé.

« J'en suis sûre », faillit répondre Tricia. Mais elle se reprit in extremis.

— Je… Je n'en sais rien, en fait. C'est pour ça que je ne te ferai pas payer. Mais j'aimerais au moins essayer…

Ce serait sa manière à elle de remercier Patsy. Patsy qui avait été si gentille avec elle, qui n'avait jamais rechigné à la payer exclusivement en liquide, sans lui poser de questions indiscrètes…

Et puis, ça lui occuperait l'esprit. Tricia avait désespérément besoin d'un projet sensé pour ne pas devenir folle à force de se torturer les méninges. Si elle voulait tenir le choc, il lui fallait un nouveau but, même temporaire. Elle ne savait pas ce qui l'attendait dans les semaines, voire les jours suivants. Autant focaliser son énergie sur quelque chose de positif.

Consciente du regard qui pesait sur elle, elle esquissa

un petit sourire suppliant à l'intention de son amie. Si elle pouvait la convaincre…

A la grimace comique que Patsy lui renvoya, elle sut qu'elle avait gagné.

— Bon, eh bien, si tu parles sérieusement, je crois que je vais me laisser tenter. Mais j'insiste pour couvrir les frais matériels dans leur intégralité. Tu n'auras qu'à me faire une liste de ce dont tu as besoin, d'accord ? Je refuse absolument que tu avances quoi que ce soit.

— D'accord, répondit Tricia, le cœur soudain plus léger. Il va me falloir du tissu, du fil assorti, et plein d'autres bricoles indispensables pour te confectionner une tenue renversante !

Tout en prononçant ces derniers mots, elle replia l'emballage dans lequel elle avait apporté ses commandes pour le ranger dans son sac à main.

Patsy fronça les sourcils, appuyée au comptoir où elle passait la plus grande partie de ses journées.

— Tu sais, ma petite, avec l'argent que tu dépenses toutes les semaines depuis deux ans pour les transports en commun, tu aurais déjà pu t'acheter une petite voiture d'occasion. Ce serait nettement plus pratique pour tes allers-retours entre ici et ton domicile, sans parler des trois ou quatre fois par semaine où tu vas faire tes courses. Ça t'éviterait aussi de devoir trimballer la poussette de ton bout d'chou avec toi…

Oui, mais pour ça, il faudrait qu'elle possède un permis de conduire, et à cause de ces formalités, on pourrait retrouver sa trace plus facilement…

Bien entendu, elle n'allait pas avouer ses véritables motifs à Patsy. Heureusement, elle avait une réponse toute prête.

— Mais si la voiture tombait en panne, je ferais comment ? Je n'aurais même plus assez d'argent pour prendre le bus !

— Tu auras beau dire ce que tu veux, je maintiens que ce serait nettement mieux pour toi. D'ailleurs, je ne comprends pas que ton pompier ne te prête pas son pick-up. Quand il est de garde à la caserne, il n'en a pas besoin ! C'est du gâchis de ne pas s'en servir.

Décidément, les membres de son entourage semblaient s'être donné le mot, cette semaine, pour lui poser des questions embarrassantes ! Tricia savait bien que cette suggestion n'était motivée que par l'intérêt amical que Patsy lui portait, mais elle ne pouvait s'empêcher d'être sur la défensive. Etait-ce un moyen pour le destin de lui signifier qu'elle était là depuis trop longtemps pour que sa sécurité ne soit pas mise en danger ? De lui faire comprendre qu'il était temps de changer d'air ? Ou alors, peut-être s'était-il produit un changement subtil en elle, quelque chose qu'elle ne pouvait pas contrôler, mais qui incitait les autres à modifier leur comportement en conséquence ?

— Tu sais bien que Scott et moi, nous tenons à notre liberté. Nous ne voulons surtout pas risquer de nous chamailler pour des détails matériels.

— Tu n'es vraiment pas nette, Trish ! s'exclama Patsy en levant les bras au ciel dans un geste théâtral, comme pour prendre une instance supérieure à témoin de l'entêtement de son amie. Si c'était moi qui avais mis le grappin sur ton homme, on serait déjà mariés, lui et moi, tu peux me croire ! Des gars comme lui, on n'en fait plus des masses !

— J'ai mes raisons, Pat, et tu le sais très bien, rétorqua Tricia. Quand on ne se fait pas d'illusions, on risque moins d'être déçue. Pour une vie de couple, ça me semble essentiel.

— Un point pour toi, fit Patsy en suivant son amie vers l'arrière-boutique où l'attendait sa prochaine commande. N'empêche que si tu te laissais un peu plus aller, tu aurais sûrement l'occasion de connaître des choses fabuleuses avec ton…

Tricia s'arrêta si brusquement que Patsy la percuta. Devant elle pendait une robe longue de lamé doré agrémentée de découpes de Lycra noir audacieuses, dont les zébrures donnaient une allure presque sauvage au buste et à la taille ajustés.

Cette robe époustouflante, elle ne la connaissait que trop bien. Et pour cause : c'était un modèle original de la collection d'été Kate Whitehead, sortie trois ans auparavant.

Cette découverte était tellement inattendue qu'elle ne réagit pas tout de suite lorsque Patsy grommela :

— Mais qu'est-ce que t'as, bon sang ? T'as vu un fantôme ou quoi ?

Avec effort, Tricia secoua lentement la tête de droite à gauche, détachant ses yeux de la tenue de soirée qui semblait lui crier l'absurdité de sa situation.

— Non, non, ça va, murmura-t-elle sans oser regarder Patsy en face, par crainte de lire des soupçons dans ses pupilles sombres.

Elle chercha frénétiquement une raison plausible pour expliquer son comportement bizarre, mais son cerveau semblait comme anesthésié. Et puis, avant qu'elle ait pu comprendre ce qu'elle était sur le point de dire, sa bouche s'ouvrit d'elle-même et laissa échapper une phrase qu'elle n'aurait jamais imaginé prononcer si vite. Elle avait commencé à y penser le matin pendant son trajet en bus, puis elle s'était promis d'y réfléchir un peu plus longuement.

— J'ai besoin d'aide, Pat, fit-elle d'une voix sourde qu'elle ne reconnut pas.

— Tout ce que tu veux, répondit aussitôt son amie, l'air soudain très sérieux.

Levant enfin les yeux, elle rencontra un regard dont l'intensité l'effraya un peu. Elle se hâta d'ajouter :

— Pas de questions, d'accord ?

— D'accord.

— C'est sérieux, Pat, insista-t-elle d'un ton plus sec qu'elle ne l'aurait voulu. Je ne plaisante pas.

— J'ai dit « d'accord », répéta la jeune femme avec une fermeté égale à celle de Tricia.

Elle hésita un bref instant, mais le regard franc de Patsy la décida.

— Tu connais tout le monde à Coronado, n'est-ce pas ?

— Pratiquement, oui.

— Alors, tu pourrais me trouver un détective privé assez compétent pour obtenir une petite information ? Mais, attention, quelqu'un de discret, qui s'en tienne à ce que je lui demanderai.

Les sourcils froncés, Patsy ne répondit rien. Elle semblait réfléchir intensément.

Le cœur battant, Tricia se crut obligée d'ajouter :

— Tu comprends, je ne veux pas qu'il se croie autorisé à émettre des hypothèses ou des conclusions sur ce qu'il aura constaté. Je veux juste quelqu'un qui puisse me faire un rapport objectif sur ce que je lui demanderai. Rien d'autre. Quelqu'un qui oubliera jusqu'à mon existence, une fois le travail terminé.

Patsy hocha pensivement la tête. Elle comprenait. Au

grand soulagement de Tricia, qui en conclut que, finalement, elle avait bien fait de demander de l'aide à son amie.

Fidèle à sa parole, cette dernière ne prononça que deux mots :

— Arnold Miller.

Le souffle court, Tricia resta un moment immobile, comme frappée de stupeur par cette réponse si rapide. Elle faisait peut-être une erreur terrible. Il était encore temps de reculer. Tout ce qu'elle avait à faire, c'était dire à Patsy qu'elle s'était trompée, qu'elle n'avait pas besoin de détective. Après tout, l'ignorance avait des avantages…

Mais si elle faisait machine arrière, sa conscience ne la laisserait pas en paix. Si Leah avait besoin d'elle, si elle pouvait l'aider et qu'elle ne faisait rien…

— Mamaaan ! Maaamaaaaan ! s'écria Taylor, interrompant brutalement l'examen de conscience auquel se livrait sa mère.

Elle n'était pas la seule personne dont la vie serait mise en péril si on remontait la piste qu'elle s'apprêtait à ouvrir ; son fils chéri risquait gros, lui aussi. Elle n'était pas sûre de pouvoir engager ce pari fou… ni d'en avoir le droit.

— Tu veux que je l'appelle ? fit Patsy.

Tricia cligna des yeux : de qui parlait-elle ? De Taylor ? Elle ne savait plus vraiment où elle en était…

Quelques secondes à peine lui suffirent pour remettre ses idées en place. Bien entendu, Patsy parlait du détective privé…

A cet instant, elle entendit son fils rire aux éclats. Doris était probablement en train de le chatouiller, ce qui expliquait son appel de tout à l'heure.

Ce fut cette constatation qui emporta sa décision. Taylor

était en sécurité, du moins pour le moment. Alors que Leah était probablement en fâcheuse posture.

Elle devait au moins cela à leur amitié indéfectible.

— Ton Miller, ce n'est pas quelqu'un qui se prend pour un crack et qui veut se faire mousser, j'espère ?

— Avant, si, répliqua Patsy tout en s'adossant au présentoir où trônait toujours la robe de lamé or rayé de noir qui rappelait tant de choses à Tricia. Mais il a poussé le bouchon un peu trop loin, et il y a eu un retour de bâton. Une petite fille en est morte — sa propre fille. Depuis, il s'est nettement calmé, tu penses… Pourtant, c'est toujours lui le meilleur dans sa spécialité, et de loin. Même s'il est tombé dans l'alcool depuis le drame qui s'est abattu sur lui. En général, il ne reste jamais sobre assez longtemps pour résoudre les affaires qu'on veut bien lui confier. N'empêche que certains de ses anciens confrères font appel à ses services quand ils veulent des faits bruts, pour servir de preuves dans un cas de divorce, par exemple. Alors, à mon avis, c'est vers lui que tu devrais te tourner, vu ce que tu as en tête.

— Bon, c'est d'accord, dit Tricia. On l'appelle d'ici, si tu veux bien.

8.

Scott ne fut pas surpris outre mesure de découvrir qu'il n'y avait aucune jeune femme du nom de Tricia Campbell enregistrée à Reno. Il n'éprouvait même pas de déception : il savait qu'il ne trouverait pas si facilement les réponses aux questions qui lui trottaient dans la tête depuis quelque temps.

On était déjà jeudi soir, et il était rentré chez lui après la fin de sa permanence à la caserne. Il éteignit d'un geste précis l'ordinateur sur lequel il avait entrepris sa recherche, et saisit le livre dont il comptait terminer la lecture. Machinalement, il ôta son jean pour enfiler à la place un pantalon de pyjama. Puis il s'installa le plus confortablement possible sur le lit. Adossé aux oreillers, il tenta de se concentrer sur sa lecture en attendant que Tricia vienne le rejoindre, après sa douche.

L'image de la jeune femme sous le jet d'eau, ses longs cheveux ruisselant de mousse parfumée, ne cessait de venir danser devant ses yeux. Normalement, il se serait fait un plaisir de lui masser tendrement les épaules dans la petite salle de bains embuée par l'eau brûlante. Mais, ce soir, il était épuisé — et pas seulement à cause de la tension physique qui l'avait maintenu en état d'alerte permanent pendant ses quatre jours et quatre nuits de garde.

En fait, il se battait contre lui-même. Il tenait à conserver la distance qu'ils avaient prudemment mise entre eux lorsqu'ils avaient décidé de cohabiter. Pendant les longues heures qu'il avait passées à la caserne, avec pour seule compagnie son équipe exclusivement masculine, la vérité lui était soudain apparue avec une clarté aveuglante : Tricia commençait à vraiment compter pour lui. Trop, sans doute, pour sa tranquillité d'esprit. Il était temps de mettre un frein à ses émotions.

A cet instant précis, la silhouette entièrement nue de la jeune femme qui hantait ses pensées s'encadra dans l'embrasure de la porte qui séparait leur chambre de la salle de bains. Une goutte d'eau brillait encore à la pointe de son sein gauche. Une autre semblait suspendue dans le creux de sa hanche. Elle était diablement séduisante ainsi, et Scott eut du mal à avaler sa salive.

— C'est nouveau, ce pyjama ? Je ne t'avais jamais vu avec, fit-elle d'un air innocent, tout en finissant d'essuyer ses boucles brunes.

Furieux contre son corps qui réagissait instinctivement à cette vision adorable, Scott marmonna :

— C'est ma mère qui me l'a offert pour Noël, il y a trois ou quatre ans.

Cela n'expliquait pas pourquoi il le portait ce soir. Il avait pris l'habitude de dormir nu depuis la fin de ses études supérieures, et il savait pertinemment que c'était son brusque changement d'attitude qui intriguait Tricia. Mais il était bien décidé à jouer celui qui ne comprenait pas les raisons de son étonnement.

Les yeux baissés sur son livre comme s'il ne pouvait

s'arracher à sa lecture, il sentit le regard bleu de la jeune femme peser sur lui pendant quelques secondes interminables. Du coin de l'œil, il la vit hocher brièvement la tête et se diriger vers la nuisette de coton mauve qu'elle avait accrochée derrière la porte de la salle de bains. Après l'avoir enfilée, elle lui tourna le dos et termina de se préparer pour la nuit.

Scoot feignait de lire, mais il ne perdait pas une miette du délicieux spectacle. Il la vit brosser soigneusement ses cheveux jusqu'à ce qu'ils soient parfaitement lisses et brillants. Puis, elle se mit en devoir d'étaler de la lotion délicatement parfumée sur ses longues jambes parfaites.

Ce qui voulait dire qu'elle venait de s'épiler. D'habitude, elle l'invitait à partager ce petit rituel avec elle, riant de l'excitation qui montait en lui cependant qu'il caressait sa peau satinée. Même à cette distance, il eut l'impression de sentir la douceur de ses mollets fuselés sous ses mains impatientes. Cela faisait quatre nuits qu'il dormait seul, sur une couchette inconfortable… D'habitude, lorsqu'ils se retrouvaient tous les deux, ils laissaient libre cours à leur passion. Mais ce soir, malgré l'envie qu'il avait de lui faire l'amour, il se sentait retenu par une barrière invisible.

Avec un petit soupir discret, Tricia éteignit la lumière de la salle de bains et s'avança jusqu'au lit, pieds nus, les cheveux dénoués. Espérant sans trop y croire qu'elle allait s'arrêter en chemin pour prendre un slip dans le tiroir de la commode, contrairement à ses habitudes, Scott réprima un petit sursaut quand elle se glissa entre les draps d'un seul mouvement souple. La nuisette lui couvrait à peine les cuisses, ce qui n'était pas pour arranger la tension qu'il ressentait au niveau des reins.

Il n'avait qu'à tendre la main pour trouver une femme

sexy et câline à la fois, prête à répondre au désir qu'il avait tant de mal à refouler… Après tout, peut-être ferait-il mieux de céder à l'envie qui le taraudait ? Ils ne s'étaient pas vus depuis trop longtemps…

Jurant silencieusement, il décida de s'en tenir à des sujets moins dangereux. D'une voix aussi neutre que possible, il remarqua négligemment :

— Tu m'as paru un peu lointaine, aujourd'hui. Rien de grave ?

— Non, non, assura-t-elle tout en s'étirant avec volupté et en frôlant la cuisse de Scott à travers le drap. C'est juste que je n'ai pas arrêté de penser à ce qui conviendrait le mieux à Patsy. J'ai vraiment envie que ce soit une réussite ; elle le mérite bien, tu sais ?

Elle n'avait pratiquement parlé que de ce projet depuis qu'il était rentré à la maison, le matin même. Son enthousiasme lui avait paru sincère, mais il avait également le sentiment qu'elle forçait un peu le trait pour éviter d'autres sujets de conversation. Visiblement, elle préférait ne pas s'aventurer en terrain glissant. Elle s'était peut-être fait les mêmes réflexions que lui pendant leur séparation forcée.

Scott se demandait maintenant s'il n'avait pas fait une erreur colossale en lui dévoilant tant de choses à propos de son passé. Ça l'avait rendue nerveuse, sans doute parce qu'elle s'imaginait qu'il allait exiger la même franchise de sa part. A vrai dire, il ne pouvait la blâmer : depuis sa disparition momentanée sur la plage de Coronado, il n'avait pas cessé de se tourmenter à son sujet. Et il était bien conscient que ses confidences n'avaient fait qu'aggraver la situation. Sur le moment, il avait ressenti un certain soulagement à lui raconter le drame qui avait bouleversé son existence. Mais à présent, il se reprochait son attitude : une gêne s'était installée entre eux, et il n'était pas certain d'arriver à la surmonter. Ni lui ni elle ne voulaient admettre ouvertement le changement qui s'était produit dans leur relation. Pourtant, rien n'était plus comme avant. Et il en souffrait autant que du manque de confiance de sa compagne.

La seule lumière qui éclairait encore la chambre était celle de sa lampe de chevet. S'il avait pu opter pour la solution de facilité, il l'aurait éteinte, puis se serait glissé à son tour sous les couvertures et aurait pris Tricia dans ses bras. Ainsi, il aurait oublié tout ce qui les séparait dans une étreinte passionnée…

Comme guidée par un sixième sens, la jeune femme caressa doucement du bout des orteils le mollet de son amant. Il frémit à ce contact, comme si sa peau s'était enflammée.

Puis, sans réfléchir, il s'entendit demander d'une voix sourde :

— Qui est le père de Taylor ?

Il faillit se mordre les lèvres. Que venait-il de dire ? S'il l'avait pu, il aurait ravalé les mots qui résonnaient encore dans le silence presque palpable qui avait envahi la pièce. Mais il était trop tard.

La nuque raide, les mains crispées sur son livre toujours ouvert, il resta immobile, comme s'il avait été spectateur plus qu'acteur dans le mauvais drame qui allait inévitablement se jouer ici même, dans la chambre qu'il partageait avec Trish depuis bientôt deux ans. Elle allait l'abreuver d'insultes, se lever, se rhabiller nerveusement et partir en claquant la porte, son fils sous le bras. Mais ç'avait été plus fort que lui : il fallait qu'il pose cette question, faute de quoi il serait devenu fou.

Retenant son souffle, il attendit la tempête qui allait

forcément se déclencher. Au bout d'un moment qui lui sembla interminable, la jeune femme écarta son pied. Et ce fut tout.

Incrédule, Scott regarda fixement la page de son livre pendant une bonne minute avant de se rendre compte qu'il parcourait la même ligne depuis une dizaine de fois, sans avoir la moindre idée de ce qui y était écrit. L'invasion de l'Irlande tribale par les Vikings n'avait que peu d'intérêt par rapport à la curiosité presque morbide qui le torturait.

Sans un bruit, le livre retomba sur ses genoux. Feindre le détachement était inutile. Autant jouer le tout pour le tout.

— Où est-il ?

Tricia lui tourna le dos.

— Il est ici, à San Diego ? Ou à Coronado, peut-être ? poursuivit-il, tout en se reprochant silencieusement son insistance déplacée.

Tout ce qu'il allait réussir à faire, c'était la braquer contre lui. Elle avait décidé de faire la morte, et ses questions indiscrètes ne feraient qu'aggraver la situation. Mais il ne pouvait plus s'arrêter, maintenant qu'il avait commencé sur cette voie.

Attendant un signe révélateur de la part de Tricia, il inspira profondément. Elle ne bougeait toujours pas. Seule sa respiration précipitée indiquait qu'elle l'avait entendu. Désemparé, malheureux comme les pierres, il résista à l'envie de se rendre dans la cuisine pour avaler une bière d'un seul trait. Se soûler n'était pas une solution pour écarter les problèmes qui encombraient leur route. La seule attitude raisonnable, c'était d'y faire face courageusement.

— Ecoute, Trish, je n'avais pas l'intention de te harceler avec mes questions. Mais l'autre jour, quand tu as disparu sans explication, ça m'a terrorisé. Je me suis dit que si je ne savais pas un peu plus de choses sur toi, je ne pourrais jamais te retrouver.

Voilà, c'était dit. Il avait lâché le morceau. Tant pis si ça le rendait vulnérable. Elle avait pris trop de place dans sa vie pour qu'il accepte plus longtemps le statu quo auquel ils s'étaient cantonnés jusqu'alors.

Elle ne répondait toujours rien. Pourtant, au bout de plusieurs longues secondes, elle roula sur le dos, son visage légèrement tourné vers lui. Il prit ça pour un encouragement à continuer.

— Tu comprends, j'étais comme un fou, reprit-il. Je me disais qu'il avait pu t'arriver n'importe quoi — je ne sais pas, moi, que quelqu'un t'avait enlevée pour te faire du mal… Et, pendant que je te cherchais, je me répétais que la vie sans toi n'aurait plus de sens. J'ai eu si peur pour toi — et pour Taylor, aussi.

— Je suis désolée. Vraiment, murmura la jeune femme.

Avec un soupir à fendre l'âme, Scott passa une main nerveuse dans ses cheveux trop longs.

— Tu n'as pas à te sentir coupable. L'important, c'est que tu sois saine et sauve. Mais est-ce que tu te rends compte que s'il t'était vraiment arrivé quelque chose, j'aurais été complètement impuissant ?

Au lieu de répondre, Tricia évita soigneusement le regard plein de supplication qu'il lui lançait.

— Trish, tu dois m'écouter, je t'en prie ! Je n'ai aucun droit légal sur Taylor. S'il t'arrivait malheur, je n'aurais même pas l'autorité nécessaire pour l'inscrire dans une école primaire ! Si un parfait inconnu frappait à ma porte, un de ces jours, pour revendiquer ses droits de père, je n'aurais aucun moyen de savoir s'il dit la vérité ou pas ! Parce que tu refuses de me dire quoi que ce soit.

— Je croyais qu'on s'était mis d'accord sur…

— Mais les choses ont changé, l'interrompit-il avec impatience. Est-ce que tu te rends compte que si je me retrouve seul avec Taylor, je ne saurai même pas qui prévenir en cas d'urgence ? Que, s'il t'arrive quelque chose, je n'ai pas un seul nom, pas un seul numéro de téléphone ? Personne à appeler ?

— S'il m'arrivait quelque chose, comme tu dis, il n'y aurait personne à prévenir, rétorqua la jeune femme, le visage fermé.

Bizarrement, cette affirmation lui causa un certain plaisir dont il se reprocha aussitôt l'égoïsme.

— Et le père de Taylor ?

— Il n'y a pas de nom inscrit sur son certificat de naissance, tu le sais parfaitement. Ce qui veut dire que personne ne peut le réclamer.

— Ce n'est pas certain, objecta Scott. Si un homme pense être le père de ton fils et s'il veut le prouver à tout prix, il peut toujours avoir recours à des tests génétiques. La paternité, ça se démontre biologiquement.

Il y eut un nouveau silence oppressant pendant lequel Scott contempla d'un œil absent les ombres qui s'étiraient sur le mur en face de lui. A l'époque des Vikings, cela aurait été interprété comme un mauvais présage…

— Si quelqu'un avait vraiment envie de retrouver Taylor, tu ne crois pas qu'on aurait déjà eu de ses nouvelles ? dit finalement Tricia, le regard étrangement voilé.

C'était donc ça ! Elle avait couché avec un type qui avait pris ses jambes à son cou pour éviter d'avoir à s'engager. C'était une histoire banale, finalement. Bête à pleurer.

De celles qui arrivaient tout le temps à des dizaines de femmes, quel que fussent leur âge et le milieu auquel elles appartenaient.

Seulement, le problème, c'était que Scott ne parvenait pas à y croire. Tricia n'était pas le genre de femme à se laisser séduire par le premier venu. Elle était trop exceptionnelle pour se faire avoir de cette façon.

Une idée subite le frappa en pleine poitrine. Il devait lui poser la question…

— Est-ce que tu sais qui est le père ?

Après tout, il l'avait rencontrée dans un bar plus ou moins bien fréquenté, et elle n'avait pas protesté lorsqu'il l'avait invitée à le suivre chez lui. Son appétit sexuel l'aurait-il conduite, autrefois, à se donner à n'importe qui ?

Au regard courroucé qu'elle lui lança, il se sentit instantanément soulagé. Il eut même honte de lui avoir posé cette question, honte d'avoir douté de son intégrité.

— Qu'est-ce que tu t'imagines ? Bien sûr que je le sais !

— Et… il est toujours de ce monde ? poursuivit Scott, ignorant volontairement les signaux de danger que lui envoyait son bon sens.

— Aux dernières nouvelles, oui.

— Aux dernières nouvelles ? C'est-à-dire ?

— Ecoute, Scott, ce n'est pas la peine de t'acharner, fit Tricia, tout en sortant ses longues jambes nues des draps, comme si elle était sur le point de s'en aller sans autre explication. Je ne peux pas te répondre. Je comprends tout à fait ton inquiétude, ton besoin de savoir, après tout ce temps passé ensemble et l'incident de l'autre jour. Mais je ne peux pas te rassurer. Je voudrais bien, mais c'est impossible.

Elle s'était assise sur le bord du lit, prête à s'envoler

hors de sa portée comme un oiseau sauvage. Il la regarda intensément, se réfugiant dans un mutisme inhabituel.

— D'ailleurs, je ne te blâme pas, reprit-elle. Tu as parfaitement raison. Etant donné que Taylor est placé sous ta responsabilité quand nous sommes chez toi, tu as le droit d'exiger des informations sur lui. Mais je ne peux pas te les donner. Et rien… absolument rien au monde ne me fera changer d'avis.

Il la croyait. La détermination qu'il lisait dans ses yeux ne laissait aucun doute sur sa sincérité. Tout dans son attitude — sa posture, le ton de sa voix, le léger tremblement de ses mains — laissait transparaître la vérité : elle avait été poussée à ces extrémités par quelque chose ou quelqu'un qui lui avait fait du mal. D'où sa méfiance et son refus de se laisser aller à des confidences qu'elle avait peur de voir se retourner contre elle. Seulement, il aurait voulu lui faire comprendre que, avec lui, elle n'avait rien à craindre.

Il était sans doute trop tôt pour cela, même après deux ans de vie commune. Mais serait-elle prête, un jour, à baisser sa garde ? Il en doutait fortement.

Pour l'instant, elle venait de se lever, l'air triste mais déterminé.

— Je ne veux pas réveiller Taylor maintenant. Tu sais comme il est grognon dans ces cas-là. Alors, si ça ne te dérange pas, je vais aller terminer la nuit sur le canapé. Dès demain, je prendrai les mesures nécessaires pour notre déménagement.

Il n'avait pas la moindre idée de ce qu'il pourrait répondre. Un seul mot s'imposait à son esprit hébété : NON. Il ne voulait pas qu'elle parte. Il ne voulait pas non plus qu'elle doute de sa sincérité ou de ses sentiments pour elle et pour Taylor.

Mais il ne put que lui demander d'une voix faible :

— Et où comptes-tu aller ?

— Je ne sais pas. Je trouverai bien un endroit convenable pour Taylor et moi.

Sans papiers valables ni compte en banque ? Elle n'irait pas bien loin… Personne ne voudrait prendre pour locataire une mère célibataire encombrée d'un enfant de 18 mois, surtout si elle ne possédait ni fiche de paye ni carte d'identité.

Après tout, il avait très bien pu se tromper sur son compte. Elle appartenait peut-être à une organisation crapuleuse ? Peut-être avait-elle eu des liens avec le milieu de la drogue, par exemple ? C'était une véritable mafia moderne avec des tentacules un peu partout… Peut-être cherchait-elle à échapper à leur emprise, ce qui expliquerait ses attitudes d'ancienne riche, ses réticences à parler et son absence de documents officiels…

— Où ça ? répéta-t-il simplement, regardant d'un œil morne la jeune femme enfiler ses sous-vêtements et son jean délavé.

Il avait besoin de dormir ; le manque de sommeil le poussait à s'imaginer des histoires abracadabrantes. Tricia n'était probablement qu'une « pauvre petite fille riche » qui avait eu peur de la colère d'un père autoritaire lorsqu'elle s'était retrouvée enceinte. Du coup, elle avait pris ses jambes à son cou. Il connaissait bien ce schéma, somme toute classique : il l'avait entendu des dizaines de fois à propos de jeunes femmes désemparées. Dans son métier, on côtoyait toutes les sortes de misères, grandes ou petites.

— Je ne sais pas encore, répondit Tricia, le visage fermé.

— Tu vas retourner au centre d'accueil où tu étais hébergée quand je t'ai rencontrée ?

— Non.

— Pourquoi ?

— Parce que c'était un endroit réservé aux femmes enceintes.

Elle disait vrai, il le savait.

— Tu n'as pas de carte de crédit ni de preuve que tu peux subvenir à tes besoins, objecta Scott d'une voix éteinte.

— Je me débrouillerai. Quand on veut, on peut, rétorqua la jeune femme avec un air tellement convaincu qu'il sut qu'elle croyait dur comme fer à ce vieil adage — sans doute pour l'avoir déjà éprouvé avec succès.

A ce moment précis, il sentit une peur panique l'envahir. A tort ou à raison, il n'était pas prêt à la laisser s'en aller comme ça. Un jour, peut-être. Mais pas maintenant. Pas dans ces conditions.

Il n'avait pas réussi à lui extorquer des informations sur son passé, soit. Mais ce n'était pas une raison pour baisser les bras et accepter aussi facilement qu'elle le quitte. Il voulait qu'elle reste. Même s'il devait faire une croix sur les secrets qu'elle s'obstinait à lui dissimuler.

— Ce serait bien mieux pour Taylor si vous restiez ici, commença-t-il habilement.

Il savait à quel point elle s'inquiétait pour son fils. C'était son seul talon d'Achille, et il comptait bien s'en servir.

Comme il s'y attendait, elle s'arrêta net avant de murmurer, la tête baissée :

— Je ne peux pas rester, Scott…

— Mais si, tu peux. Et moi, je le veux tellement…

Pour la première fois depuis le début de leur conversation, ses mots étaient chargés de toute la tendresse qu'il ressentait pour elle. Il n'avait pas prévu qu'il s'exposerait de la sorte, mais il se sentait trop las, trop inquiet aussi pour résister aux mouvements de son cœur.

Lorsqu'elle se retourna lentement pour le regarder en face, il vit ses yeux briller d'émotion contenue. Elle ne pleurait pas — il ne l'avait jamais vue pleurer depuis deux ans qu'il la connaissait. Mais elle luttait visiblement pour garder le contrôle d'elle-même.

Il sut alors qu'il avait fait le bon choix, qu'il avait dit ce qu'il fallait. Manifestement, elle n'avait pas plus envie de partir que lui ne le désirait. Ils voulaient la même chose, en somme. Et ils étaient des adultes consentants. L'affaire était donc close.

Tendant les bras vers elle, il ajouta à mi-voix :

— Et je ne te poserai plus de questions indiscrètes, je te le promets.

Sans une hésitation, elle se rallongea à ses côtés, et posa la tête au creux de son épaule.

Gazette de San Francisco,
vendredi 15 avril 2005, p. 1

UN SÉNATEUR ACCUSÉ DU MEURTRE DE SA MAÎTRESSE !

Hier après-midi, le sénateur Thomas Whitehead a été accusé d'un délit de première catégorie commis sur la personne de Leah Montgomery. Cette accusation inclut celle de kidnapping et d'assassinat, et fait suite à la découverte de la voiture de la disparue par les forces de police californiennes.

Hier matin, le coupé Mercedes blanc ivoire de la célèbre héritière philanthrope a été retrouvé dans la baie de San Francisco, en piteux état. On recherche toujours le corps de Mme Montgomery, mais les conditions météorologiques incertaines rendent les opérations de fouilles maritimes plus difficiles que prévu.

M. Whitehead n'a fait preuve d'aucune émotion particulière à la lecture des charges retenues contre lui. Rappelons que le meurtre de première catégorie peut entraîner une sentence maximum d'emprisonnement à perpétuité. Il existe des cas où ce type de délit a été puni de mort, mais une telle extrémité exige des circonstances exceptionnelles, telles que le meurtre multiple ou récidiviste.

Dans le cas présent, les inspecteurs Kyle Gregory et Warren Stanton avaient déjà prié M. Whitehead de se présenter au commissariat pour interrogatoire, un peu plus tôt cette semaine, après avoir perquisitionné le domicile de Mme Montgomery, selon la demande de sa famille.

La police s'est refusée à toute autre déclaration concernant les preuves éventuelles qui auraient été recueillies par l'accusation. Mais Mme Carley Winchester, sœur de la disparue et porte-parole de la famille, a déclaré, lors d'une conférence de presse, que Whitehead était « un assassin doublé d'un fieffé menteur ». Contrairement aux allégations répétées du sénateur, Mme Winchester affirme que sa sœur aînée aurait entretenu une relation amoureuse avec l'accusé pendant plusieurs mois avant sa disparition.

A sa sortie du tribunal, M. Whitehead a nié la totalité de l'accusation, sans se livrer à d'autres commentaires. Mme Winchester, également présente, s'est empressée de réitérer ses griefs contre l'homme qui, selon elle, a assassiné froidement sa sœur. Entouré de ses avocats et d'un cordon de police, le sénateur s'est réfugié dans le véhicule qui l'attendait. Quant à Mme Winchester, elle a été entraînée plus loin par sa mère, Marion Montgomery, et son plus jeune frère, Adam Montgomery, qui avaient appuyé ses dires lors de l'audience.

Il y a moins de deux ans, le sénateur Whitehead avait déjà été interrogé au sujet d'une disparition, celle de sa femme, Kate Whitehead, qui était enceinte. Mais, à l'époque, aucune charge n'avait été retenue contre lui.

Mme Leah Montgomery ayant disparu depuis maintenant onze jours, on doute fort de la retrouver vivante, surtout après la découverte de son véhicule sous les eaux du Pacifique.

Quant au sénateur Whitehead, il a été mis en liberté conditionnelle contre une caution de 100 000 dollars.

Les jambes flageolantes, les mains moites, Tricia titubait comme une ivrogne sur la plage de Coronado. Elle aurait tellement voulu trouver l'apaisement dans le doux clapotis des vagues, dans le bruissement du sable fin sous la brise printanière… Mais, aujourd'hui, la mer ne produisait pas l'effet lénifiant auquel elle était habituée depuis deux ans.

Les yeux hagards, elle regarda un exemplaire du journal de San Diego rouler sur le rivage. Sans doute avait-il été abandonné là par un promeneur matinal. La première page vint buter contre son pied, et elle vit avec terreur que le même gros titre s'y étalait.

Leah ? Morte ?

Ce n'était pas possible. Ou alors, Tricia aurait dû mourir de chagrin en même temps que son amie.

Un vrai cauchemar. Le pire qu'elle eût imaginé. Il ne manquait plus que le nom de Taylor dans l'article pour que la catastrophe fût complète.

Et tout ça, c'était sa faute.

Elle n'avait jamais vraiment cru à une liaison entre Leah et Thomas. Elle s'était inquiétée de la colère que son amie avait dû ressentir lorsqu'elle l'avait abandonnée. Elle s'était demandé comment Leah réussirait à s'en sortir sans son soutien permanent. Elle s'était aussi reproché de ne pas avoir osé parler au moment où elle avait quitté Thomas. Elle aurait dû le faire pour éviter à d'autres femmes de devenir des victimes impuissantes…

Mais penser que le grand sénateur Whitehead avait promené ses mains sur le corps sans défaut de Leah…

L'estomac révulsé, Tricia courut derrière un rocher qui affleurait sur la plage, et céda à la nausée qui l'avait envahie. Si seulement elle avait pu évacuer de la même manière les images atroces qui lui torturaient l'esprit…

Lentement, elle se releva pour se diriger vers l'océan, où elle s'aspergea copieusement le visage, comme si un peu d'eau salée avait suffi pour laver la culpabilité brûlante qui la tourmentait.

Un couple âgé s'approcha d'elle et lui demanda si elle avait besoin d'aide. Sans desserrer ses mâchoires douloureuses, elle hocha vaguement la tête afin d'éviter une sollicitude dont elle n'avait que faire en cet instant. Pour donner le change, elle leur tourna le dos et se remit à marcher.

Il fallait qu'elle rentre à la maison. Taylor allait bientôt se réveiller de sa sieste, et Scott et elle lui avaient promis une promenade au parc de Balboa. Elle avait profité du moment où son fils dormait, surveillé par l'homme qui lui tenait lieu de père, pour filer à Coronado déposer sa commande en cours au *Pressing Presqu'île*. Du moins, c'était l'excuse qu'elle avait donnée à Scott pour s'éclipser. Maintenant, il était temps de rentrer. Sinon, il risquait de s'inquiéter de son retard — et peut-être de lui poser de nouvelles questions auxquelles elle ne pourrait pas répondre.

Elle devait se reprendre, coûte que coûte. Leah ne pouvait pas être morte — elle l'aurait senti au plus profond d'elle-même. Après tout, l'article disait bien que son corps n'avait été retrouvé nulle part — ni chez elle ni dans sa voiture. Ce qui voulait sans doute dire qu'elle avait échappé à celui qui avait voulu la supprimer. Elle avait dû réussir à s'enfuir, à se cacher quelque part où elle était en sécurité. Elle avait sûrement rencontré un homme dans le genre de Scott pour lui redonner confiance et la protéger. C'était, du moins, la seule explication à laquelle Tricia pût se raccrocher.

Elle revint lentement sur ses pas, sans prêter attention au sable qui s'infiltrait dans ses baskets bon marché ni au soleil écrasant qui lui cognait directement sur la tête.

Et si Leah était morte, malgré tout ?

Elle avait atteint une petite cavité formée par l'érosion dans un gros bloc de rochers, en bordure de la plage. Une sorte de cachette — un refuge, comme celui où elle courait retrouver Leah lorsqu'elles étaient plus jeunes…

Accablée, Tricia s'arrêta net, contemplant sans vraiment le voir l'amas de cailloux battu par les vents. Leah n'avait jamais été aussi forte qu'elle sur le plan psychologique ou émotionnel. Sans doute parce qu'elle n'avait pas enduré les coups et les cris qui avaient jalonné l'enfance de Tricia. Elle n'aurait jamais pu, comme Tricia, quitter la sécurité que lui offrait son milieu social protégé. Elle n'aurait jamais été capable de laisser derrière elle, sans un regret, ses adorateurs ou sa famille, auprès de laquelle elle trouvait soutien et amour inconditionnel. Toutes ces choses qui lui permettaient d'avancer, souriante et adulée, dans la carrière humanitaire qu'elle s'était choisie.

Mais, si Leah n'avait pas pu s'enfuir, ça voulait forcément dire que…

Une main pressée sur sa bouche pour étouffer le cri d'angoisse qui lui montait aux lèvres, Tricia se laissa tomber dans le creux des rochers et se mit à sangloter, sans pouvoir contrôler plus longtemps le débordement de ses émotions.

Au bout d'un long moment, elle releva la tête, les yeux encore voilés de larmes brûlantes. Elle s'en voulut d'avoir cédé au découragement. Si elle perdait courage, elle abandonnerait sa meilleure amie une seconde fois.

Elle tenta de se raisonner, cherchant à reprendre contenance avant de retourner vers le petit garçon et l'homme qui devaient l'attendre avec impatience. Après tout, les journaux ne détenaient pas la vérité universelle, loin de là. Combien de fois avait-elle eu la preuve que la presse déformait les déclarations des gens ? Que l'on ne pouvait pas se fier aux journalistes ? La *Gazette de San Francisco* s'était emballée — Leah ne pouvait pas être morte. Ce n'était qu'un mauvais rêve, voilà tout.

Serrant ses mains à s'en faire mal, Tricia adressa une fervente prière au ciel. Si son amie s'en sortait, elle accepterait toutes les épreuves à venir. Du moment que Leah était saine et sauve.

9.

— Voiture 11, répondez, voiture 11… Incendie d'immeuble au croisement de la rue Juniper et de la 30e Avenue… Je répète, incendie d'immeuble…

A bord du camion qui les emmenait à vive allure sur le lieu du sinistre, Scott et Cliff échangèrent un regard sous leurs casques. La fumée noire qui obscurcissait le ciel radieux de ce samedi après-midi n'était pas de bon augure, à la distance où ils se trouvaient par rapport à l'immeuble accidenté. Aux dernières nouvelles, il n'y avait pas encore de dommages corporels. Personne n'avait été bloqué par les flammes, ni dans l'immeuble ni dans la petite épicerie du rez-de-chaussée. Le problème était plutôt la proximité, dans un magasin d'électroménager où le feu avait pris et risquait de générer une explosion importante. S'ils n'arrivaient pas à contenir les flammes, tout le quartier résidentiel risquait de flamber à son tour.

Conduit par Ralen, le véhicule aborda à toute vitesse, sirène hurlante, le dernier tournant qui le séparait du lieu de l'incident. Scott avait les yeux braqués sur le pâté de maisons où il allait intervenir. Il fallait agir vite, diriger les lances à incendie sur les murs léchés par les flammes et créer une ventilation de secours au cas où quelqu'un serait resté à l'intérieur. Une fois le plus gros du danger maîtrisé, on examinerait les brûlures éventuelles des occupants massés devant l'immeuble. Surtout, il fallait éviter que le feu ne se propage aux habitations environnantes.

Alors qu'ils arrivaient presque à destination, la radio de bord crachota une information supplémentaire :

— Voiture 11, attention… On signale un enfant au deuxième étage de l'immeuble… Je répète…

Mais Scott et Cliff n'avaient pas besoin qu'on leur répète la terrible nouvelle. Un seul regard leur suffit pour décider que c'était à Scott de se charger de la jeune victime. Comme d'habitude dans les cas d'extrême urgence, son coéquipier lui faisait confiance.

— Il y a un enfant à l'intérieur ! cria Scott aux deux autres pompiers qui se préparaient à bondir du véhicule par l'arrière, visière baissée pour se protéger du feu ronflant qui projetait des étincelles incandescentes un peu partout.

A leur hochement de tête, Scott sut qu'ils le couvriraient pour qu'il puisse intervenir aussi vite que possible. Et ce fut tout : à partir de cet instant, il cessa de se poser des questions et s'interdit de ressentir la moindre émotion, pour ne pas entraver sa détermination. Il avait un travail à accomplir, et il allait le réussir. C'était pour ça qu'on le payait.

Pour sauver des vies.

— Bon sang, c'était moins une aujourd'hui ! s'exclama Cliff tout en posant sa tasse à café ébréchée sur la table. Quel culot t'as eu, mon gars !

Il tira une chaise pour s'installer en face de Scott. Avec son T-shirt maculé de sueur et son pantalon d'uniforme plein de taches de suie, il n'avait pas plus fière allure que son capitaine, en cette fin de journée.

Scott haussa les épaules. Il n'avait pas réfléchi une seule seconde au moment d'agir : il s'était jeté en avant, un point, c'est tout. Et il avait eu une sacrée chance.

— Tu planes encore ? fit Cliff en voyant qu'il n'obtenait pas de réponse.

Lors d'une intervention d'urgence, l'adrénaline montait en flèche. Certains engagés volontaires choisissaient le métier de pompier uniquement pour avoir des sensations fortes de ce style, et en général, ils n'étaient pas déçus.

— Plus du tout, rétorqua Scott d'un air exténué. En fait, je suis redescendu plus bas que terre, si tu vois ce que je veux dire. J'en suis plutôt au stade où j'ai tout le corps en compote.

Il savait d'expérience que cette sensation passerait, elle aussi.

D'un geste, Cliff indiqua la tasse vide que Scott tenait toujours à la main.

— Tu veux une deuxième tournée ? Il reste du café chaud : je viens d'en refaire.

— Non, merci, répondit Scott avec la pénible impression que ces deux petits mots venaient d'emporter toute l'énergie qu'il lui restait. Je crois que je vais aller faire une petite sieste.

Joe et Steven dormaient déjà dans l'autre pièce, épuisés par l'après-midi infernale qu'ils avaient endurée. Il y avait eu trois autres appels de détresse, depuis l'incendie.

— Une toute petite sieste, alors ! répliqua Cliff d'un air moqueur. Je te rappelle qu'on est samedi soir… Période de pointe !

Il avait parfaitement raison. Le samedi soir, les gens

avaient tendance à faire n'importe quoi. Comme par exemple prendre le volant après avoir bu. Ou consommer des substances illégales. Bref, le samedi soir, des actes d'une stupidité sans nom se multipliaient à une vitesse phénoménale, et avec eux les appels d'urgence.

Non, le week-end n'était pas de tout repos à la caserne.

— Au moins, on ne bosse que vingt-quatre heures d'affilée, cette fois-ci, marmonna Scott, plus pour lui que pour son collègue. Demain, on pourra se reposer un peu…

Par une association d'idées qu'il devait être le seul à saisir, Cliff reprit à mi-voix, les yeux fixés sur sa tasse fumante :

— Le docteur dit que Vera va pouvoir faire un nouvel essai…

Scott lança un regard de biais à son compagnon, ne sachant s'il devait le féliciter ou s'apitoyer sur son sort. Ce n'était pas la première fois que Cliff abordait ce sujet, loin de là. Mais, étant donné les résultats précédents, son capitaine et ami n'était pas sûr de pouvoir lui prodiguer des conseils ou des encouragements. Peut-être valait-il mieux ne rien lui dire. Il devait déjà se sentir suffisamment stressé.

— Quand ça ? se borna-t-il donc à demander.

— Vendredi prochain — après ma prochaine garde de quatre jours.

— Et vous êtes sûrs que c'est bien ce que vous voulez ? Tous les deux ? fit Scott d'une voix si insistante que son interlocuteur releva la tête, comme piqué au vif par le doute qui perçait derrière les paroles de son chef.

— Ouais, on en est sûrs, affirma Cliff avec force, tout en tournant maladroitement sa tasse entre ses doigts. On veut vraiment avoir un enfant, tu sais…

C'était une déclaration vibrante de sincérité. Mais Scott

avait encore du mal à comprendre comment Cliff et sa femme supportaient toutes les contraintes de la procréation médicalement assistée. Il fallait vraiment qu'ils aient envie d'un bébé pour en venir à de telles extrémités.

— Vous pourriez adopter, commença-t-il d'un ton hésitant.

— Je sais ! Je n'arrête pas de le lui dire, soupira Cliff, tout en repoussant sa tasse et en croisant ses bras musclés sur son torse. Mais ce qu'elle veut, c'est un enfant de moi, pas un enfant tout court. Tant qu'il reste une chance, elle veut continuer.

Scott fronça les sourcils. Un enfant, c'était un enfant. Taylor n'était pas son fils, et pourtant il l'aimait comme…

Il se rattrapa de justesse sur la pente dangereuse qu'il avait commencé à emprunter. Taylor n'était pas son fils. Point final.

De toute façon, il n'était pas question de ses problèmes à lui, mais de ceux de Cliff. Il n'était pas sûr de pouvoir l'aider à les résoudre, mais il tenait au moins à lui donner son avis — en tant que supérieur, mais surtout en tant qu'ami.

— Elle a failli mourir quand elle a perdu le bébé, la dernière fois.

— Je sais, répéta Cliff après un temps d'arrêt.

— Et… ça ne risque pas de se reproduire ?

Il parlait d'expérience : il avait assisté à un certain nombre d'accouchements au cours de sa carrière paramédicale. Et, comme Vera était fibromateuse, elle était sujette à plus de risques que la moyenne.

— Si, fit Cliff d'un air malheureux, les yeux plongés dans ceux de son ami. Si tu veux la vérité, j'ai bougrement envie d'appeler le labo pour leur dire de détruire ma semence. Je préférerais ne jamais avoir d'enfant si ça devait me faire perdre Vera.

— Si tu fais ça, elle t'en voudra à mort, dit Scott. Et, de toute façon, elle te persuadera de refaire un prélèvement.

— Je sais…

— Alors, pourquoi tu ne lui dis pas tout simplement ce que tu viens de me confier ? Que tu ne veux pas risquer de la perdre parce qu'elle compte trop pour toi ?

Cliff garda le silence quelques instants avant de hocher la tête en signe d'acquiescement. Comme s'il venait d'être libéré d'un grand poids, il inspira profondément avant d'avaler plusieurs gorgées de café d'un air soulagé.

Scott avait l'impression que son coéquipier allait passer pas mal de temps au téléphone pendant les quatre prochains jours de garde. Et, pour une fois, il veillerait à ce que personne ne dérange Cliff : la vie de sa femme était peut-être en jeu.

— Changeons de sujet, si tu veux bien, reprit ce dernier. Quoi de neuf de ton côté ?

— Bof… pas grand-chose, marmonna Scott en bâillant à s'en décrocher la mâchoire.

— Pas grand-chose, mon œil ! rétorqua Cliff. Ce n'est pas à moi que tu vas faire croire ça. Tu es tellement à côté de la plaque, depuis quelque temps, que même ce mollasson de Steve l'a remarqué !

Steve avait toutes les qualités requises pour être un excellent pompier. Mais, en dehors du cadre de son travail, il était à peu près aussi éveillé qu'un oiseau tombé du nid…

— Qu'est-ce que tu racontes ? fit Scott sans grande conviction. Je me donne à cent pour cent à chaque intervention. Si Steve ou toi avez un problème, vous n'avez qu'à vous le mettre où je pense…

— Du calme, t'énerve pas, mon gars ! Je ne parlais pas du boulot, coupa Cliff en levant une main apaisante. Rien qu'aujourd'hui, tu as accompli un véritable miracle. Quand je pense que tu as réussi à passer ce mur de flammes pour récupérer cette gamine complètement paniquée et que tu l'as sortie dans tes bras alors qu'elle flambait déjà aux trois quarts…

— Tu exagères un peu, tu ne crois pas ? protesta Scott avec humilité. D'abord, elle n'était pas en train de flamber. Il n'y avait que ses vêtements qui avaient pris feu. Ensuite…

— Ben voyons ! Elle n'était pas en danger de mort, c'est ce que tu essaies de me faire croire ? N'empêche qu'elle a récolté des brûlures au 1er et au 2e degré sur presque tout le corps.

— Pas sur son visage, précisa Scott, sans ajouter qu'il en avait été grandement soulagé.

— Ça, c'est à toi qu'elle le doit, insista Cliff. Si tu ne lui avais pas enfoui la tête dans ton uniforme en la sortant de l'immeuble…

D'un geste las, Scott mit fin à ces effusions qui devenaient gênantes, et ferma ses paupières fatiguées. Il n'avait fait que son devoir. Rien de plus. Comme chacun de ses équipiers. C'était leur coordination efficace qui représentait la clé de leur succès. Tout seul, il n'aurait rien pu faire.

Au silence qui se prolongeait, il jugea que Cliff avait compris le message. Mais à peine avait-il commencé à se détendre vraiment que son ami reprit sur un ton confidentiel :

— Alors comme ça, tu as des problèmes avec Tricia, hein ?

Sans ouvrir les yeux, Scott demanda d'une voix endormie :

— Qu'est-ce qui te fait croire ça ?

— Pas mal de choses, en fait. Par exemple, le temps que tu as passé au téléphone avec elle, l'autre soir. Tu aurais dû voir l'expression de ton visage quand je suis venu te chercher… Tes problèmes de couple y étaient inscrits noir sur blanc !

Et merde ! songea Scott. Il était pourtant persuadé d'avoir su cacher son trouble dès que Cliff avait passé la tête par la porte de la caserne… Mais il avait sans doute été trop absorbé par sa conversation avec Trish pour le remarquer à temps.

— Je ne suis pas le seul à être inquiet à cause de cette histoire, ajouta son coéquipier. Joe et Steve aussi se font pas mal de tracas à ton sujet.

C'était une véritable coalition ! A croire qu'ils avaient élaboré toute une tactique pour envoyer Cliff en éclaireur, étant donné l'affection sincère qui les liait tous les deux…

— Dis donc, lança-t-il en rouvrant les yeux, est-ce que tout le monde à la caserne se croit autorisé à me faire des réflexions sur ma relation avec Trish, sous prétexte que vous étiez là, le soir où je l'ai rencontrée ? Vous ne croyez pas que vous poussez le bouchon un peu loin ?

— Je ne sais pas pour les autres, mais en ce qui me concerne, je peux te dire que j'étais drôlement content de te voir partir avec cette fille. Même si elle était visiblement enceinte. Depuis dix ans qu'on se connaissait, c'était la première femme à laquelle je te voyais accorder de l'intérêt !

— Où veux-tu en venir exactement ?

— Ce que je veux dire, c'est que je t'ai plus ou moins encouragé à l'aborder. Du coup, je me sens responsable.

— C'est complètement idiot ! grommela Scott, espérant

contre toute attente que Cliff allait se rendre à l'évidence et le laisser tranquille. Si quelqu'un a une responsabilité à assumer dans cette histoire, c'est moi, et moi seul. Tu m'as peut-être poussé à engager la conversation avec Tricia, mais c'est moi qui ai décidé de me mettre en ménage avec elle. D'ailleurs, je te ferai remarquer qu'à ce moment-là tu ne t'es pas gêné pour faire des commentaires. Tu m'as assez prévenu que j'allais trop vite !

C'était la stricte vérité. Scott ne se rappelait que trop bien les protestations de ses coéquipiers lorsqu'ils avaient compris qu'il s'était installé avec Tricia alors qu'elle portait l'enfant d'un autre homme depuis sept mois. Ils lui avaient reproché son manque de jugeote, allant même jusqu'à traiter la jeune femme d'intrigante et de manipulatrice.

— Alors, qu'est-ce qui ne va pas ? insista Cliff.

Scott soupira. A en juger par la détermination mêlée d'inquiétude que reflétait le visage de son camarade, il n'aurait pas la paix, ce soir.

— Je ne sais pas trop, fit-il en posant ses coudes sur la table. Elle me cache quelque chose — quelque chose d'important, je le sens… Le problème, c'est que je n'arrive pas à savoir ce que c'est.

— Quelque chose d'important, tu dis ? C'est vague… Important comment ? Du genre cadeau-surprise pour Noël ou ton anniversaire ? Ou plutôt grosse affaire de drogue ? A moins qu'il y ait un autre homme dans sa vie ?

Scott sentit sa gorge se serrer.

— Je ne sais pas, répéta-t-il d'une voix morne. Tout ce que je peux dire, c'est que c'est important.

— Mais important en bien ou en mal ?

— Pas en bien, ça c'est sûr.

— Tu crois qu'elle fréquente quelqu'un d'autre ?

La question que Cliff venait de formuler n'était pas complètement infondée : dans leur profession, ils étaient amenés à s'absenter de chez eux plusieurs jours de suite, ce qui avait tendance à faciliter les infidélités.

— Non. Du moins, pas dans le sens où tu l'entends.

— Mais tu penses tout de même qu'il y a anguille sous roche ?

— Je crois qu'elle s'est fourrée dans une drôle de situation, avoua Scott à contrecœur.

Il n'avait pas l'habitude de se confier aussi facilement. Mais, la fatigue aidant, il avait du mal à contrôler ses émotions ; d'autant que Cliff semblait sincèrement inquiet pour lui, et qu'il lui faisait entièrement confiance.

— Du genre ?

Scott se leva péniblement pour aller chercher le pot de café qui attendait au chaud. Il prit le temps de s'en resservir une tasse et d'en proposer à Cliff avant de répondre :

— Ça, je n'en sais rien non plus. Mais si tu as des suggestions, je suis preneur… En tout cas, ça ne la rend pas heureuse, c'est tout ce que je peux te dire.

— Elle a peut-être des soucis financiers, hasarda Cliff, tout en sirotant son café brûlant.

— Mouais… peut-être, fit Scott du bout des lèvres.

Tricia aurait contracté des dettes, par le passé, et elle serait contrainte de les rembourser dans un délai assez bref ? Il avait déjà envisagé un scénario de ce type sans le trouver vraiment convaincant.

— Mais je ne pense pas que ce soit ça, reprit-il. Elle gagne relativement bien sa vie avec son boulot. Et je sais qu'elle a réussi à mettre pas mal d'argent de côté.

Il avait découvert, sans le vouloir, le joli pactole que la jeune femme gardait précieusement dans une saucière dont ils ne se servaient jamais. En fait, il cherchait un vase pour mettre le bouquet de fleurs qu'il lui avait offert, le jour de son retour à la maison, juste après la naissance de Taylor. En fouillant dans la cuisine, il était tombé sur les 400 dollars en liquide qu'elle avait dissimulés au fond d'un placard.

Ce jour-là, il avait compris qu'elle n'avait pas de compte en banque. Lorsqu'elle voulait faire un achat important — la plupart du temps pour Taylor —, elle prenait des billets dans sa petite cachette.

Depuis, par mesure de sécurité, il lui avait conseillé d'ouvrir un compte, et chaque fois elle avait refusé, poliment mais fermement, sans lui fournir aucune explication.

— Et la drogue ? poursuivit Cliff, arrachant Scott à ses réflexions.

— Les sommes qu'elle met de côté ne sont pas assez importantes pour ça, objecta-t-il. D'ailleurs, je n'ai rien remarqué dans son comportement qui indique une accoutumance quelconque. Pas de dilatation anormale des pupilles, pas de changements excessifs dans son comportement, pas de brusques pertes d'appétit ni de périodes de léthargie inexpliquée. Aucune marque d'aiguille sur ses bras non plus. Elle ne boit même pas, c'est te dire à quel point elle est *clean* !

— Bon, je vois que tu as déjà pas mal réfléchi à tout ça, constata Cliff avec un demi-sourire qui allégea un peu l'atmosphère. Récapitulons : ce n'est pas un problème de drogue ni d'argent. Et elle n'a pas d'autre homme dans sa vie. Qu'est-ce qu'il nous reste ?

Scott avala une nouvelle gorgée de café avant de secouer la tête d'un air accablé.

— Franchement, je n'en ai pas la moindre idée, avoua-t-il. Mais il y a quelque chose, j'en suis sûr. Par exemple, hier, elle est rentrée du pressing avec les yeux tout rouges, comme si elle avait pleuré, tu vois ? Elle m'a soutenu que c'était juste une petite crise d'allergie à cause du vent qui s'était levé sur la plage de Coronado…

— C'est tout à fait plausible. Après tout, la saison des allergies bat son plein.

— Ouais. Sauf que ça va faire deux ans qu'on est ensemble et qu'elle n'a jamais manifesté d'allergie à quoi que ce soit. Pas plus au printemps qu'en plein hiver.

Un silence épais retomba dans la pièce, souligné par le calme relatif qui régnait à l'extérieur. Pourtant, d'un moment à l'autre, les sirènes pouvaient se mettre à hurler en réponse aux appels d'urgence qu'ils ne manqueraient pas de recevoir avant la fin de la nuit.

Perdu dans ces considérations peu réjouissantes, Scott sursauta presque quand son compagnon reprit la parole.

— Elle est peut-être enceinte…

Cette simple remarque lui coupa le souffle.

— Mais… elle prend la pilule ! affirma-t-il quand il eut recouvré l'usage de la parole.

— Ça leur arrive d'oublier, tu sais ? rétorqua Cliff d'un air calme. Surtout quand elles passent plusieurs nuits toutes seules. En tout cas, ce n'est pas impossible. C'est peut-être ça qu'elle a peur de t'avouer ? Si jamais tu allais t'imaginer qu'elle l'a fait exprès, pour te coincer…

Scott se sentait effectivement coincé. On l'aurait mis dans une cellule avec des menottes aux poignets qu'il ne se serait pas trouvé plus mal à l'aise. Tricia, enceinte de lui ? Ce n'était pas possible… Elle qui refusait tout engagement durable !

Il y avait plus grave : s'il devenait père, il ne pourrait plus risquer sa vie comme avant. Il y réfléchirait à deux fois avant de se précipiter dans un immeuble en flammes comme aujourd'hui, que ce soit pour sauver une petite fille ou non.

S'il avait une femme et un enfant, il ne donnait pas cher de ses motivations pour poursuivre le dangereux métier qu'il avait choisi.

Et pourtant… pourtant, une grossesse imprévue représentait l'explication la plus plausible au comportement étrange de Tricia. Si elle était enceinte, il pouvait comprendre son escapade soudaine de l'autre dimanche, lorsqu'elle avait quitté la plage sans crier gare pour filer jusqu'à l'hôtel Del. Après tout, les femmes enceintes avaient parfois des envies bizarres. Ça s'appliquait peut-être au standing des toilettes qu'elles choisissaient, et pas seulement aux aliments ou aux odeurs…

En tout cas, cela pouvait aussi expliquer son émotivité récente. Même les femmes les plus solides fondaient facilement en larmes quand elles tombaient enceintes. Surtout pendant les premiers mois où leur taux d'hormones se modifiait considérablement.

Bon sang, comment n'y avait-il pas pensé avant ? Tricia pouvait très bien attendre un enfant…

Il aurait dû être furieux contre elle. Etant donné leur situation incertaine, il ne voyait pas bien comment elle pouvait envisager d'avoir un bébé avec lui… Mais d'autres questions plus cruciales lui venaient à l'esprit.

De combien de mois était-elle enceinte ? Savait-elle si c'était une fille ou un garçon ? Avait-elle envie de le garder ?

Il fallait qu'il sache. Mais il lui avait promis de ne plus lui poser de questions indiscrètes. Et il savait qu'elle le prendrait très mal s'il revenait sur sa parole.

S'il la poussait dans ses retranchements, elle n'hésiterait pas à le quitter, et pour de bon cette fois. Leur altercation passée lui avait prouvé qu'elle ne reculerait pas. Et il refusait d'être la cause de son départ précipité, surtout si elle portait son enfant — leur enfant.

La situation était décidément inextricable. Et pourtant, il devait absolument en avoir le cœur net.

Il fallut cinq jours à Arnold Miller pour rappeler Tricia.

Après tout, elle n'avait que ce qu'elle méritait. Après avoir attendu aussi longtemps pour se décider à engager un détective, elle aurait eu mauvaise grâce à se plaindre des délais que leur imposait la situation. Pour ne pas attirer l'attention, ils étaient en effet convenus de communiquer uniquement par l'intermédiaire de Patsy, ce qui rendait les choses encore un peu plus complexes. Mais sa sécurité, et surtout celle de Taylor, était à ce prix.

Aussi, après un week-end complet passé loin de Coronado à ronger son frein, la jeune femme attendait impatiemment devant le *Pressing Presqu'île* que le détective daigne se montrer. Il n'avait rappelé Patsy que tard dans la matinée, fixant un rendez-vous dans les heures qui suivaient. Tricia avait dû s'incliner, taraudée par le besoin d'avoir enfin des réponses aux questions qui lui trottaient dans la tête.

Elle commençait à avoir trop chaud dans son jean et son chemisier à manches longues ; il faisait étonnamment beau pour un début de printemps, et la tension qui montait en elle à mesure que les minutes s'égrenaient n'arrangeait rien. Elle se retourna brièvement pour vérifier que son fils était toujours à l'intérieur, en train de jouer avec sa grande amie

Doris. La vue du petit garçon souriant suffit à calmer son agitation, momentanément du moins. Taylor était vraiment un enfant adorable, débordant de vie et d'affection. Du moment qu'il allait bien, elle n'avait pas de raison de se sentir mal à l'aise.

Et pourtant…

Pourtant, son angoisse refit instantanément surface lorsqu'elle aperçut la haute silhouette du détective fendre la foule. Il aurait été plus juste de dire que les gens s'écartaient prudemment de lui, comme choqués par sa démarche chancelante et sa tenue négligée. Il détonnait nettement dans ce quartier plutôt coquet, avec sa barbe de trois jours, son pantalon beige maculé de taches et son T-shirt d'un bleu passé que décorait un gros trou de cigarette en plein milieu de la poitrine. Il faisait nettement plus âgé que ses quarante ans, et même à la distance où il se trouvait, Tricia pouvait deviner qu'il ne devait pas sentir la rose, rien qu'à la façon dont les autres promeneurs fronçaient le nez sur son passage.

Comme il arrivait non loin du pressing, la jeune femme sentit ses yeux bleu pâle se poser sur elle. Mais il ne parut pas la reconnaître.

— Monsieur Miller ? fit-elle d'un ton hésitant, essayant de ne pas attirer l'attention sur elle.

Deux femmes chargées de plusieurs sacs débordant d'affaires neuves lancèrent un bref regard dans leur direction, sans pour autant arrêter leur conversation animée ou ralentir le pas. Tricia poussa un soupir de soulagement avant de se rendre compte que, dans la fraction de seconde qui s'était écoulée, le détective avait continué sa route.

Elle fit quelques pas dans sa direction, vaguement énervée

à l'idée qu'il risquait de s'en aller sans même lui avoir fait son rapport.

— Monsieur Miller ! répéta-t-elle un ton au-dessus.

Cette fois, l'homme s'arrêta net et pivota sur ses talons.

— Oui ? répondit-il en clignant des yeux, comme s'il avait du mal à se rappeler la raison de sa venue.

Un éclair de lucidité passa dans ses prunelles étrangement inexpressives. Visiblement, il venait de comprendre qui elle était et pourquoi elle l'avait appelé. D'un geste maladroit, il lui saisit le bras et s'appuya lourdement contre elle.

— Ah ! madame Campbell… Content de vous revoir.

La main qu'il venait de poser sur elle n'était pas plus propre que le reste de sa personne. Refoulant son premier mouvement qui avait été de s'écarter, Tricia l'agrippa fermement pour l'aider à recouvrer son équilibre. Si elle avait eu le choix, elle se serait certainement adressée à quelqu'un de plus respectable. Mais, dans sa position, elle ne pouvait pas se montrer trop exigeante.

Au moins, aujourd'hui, il n'empestait pas l'alcool comme la première fois qu'ils s'étaient rencontrés.

— On fait quelques pas ? proposa-t-il d'une voix étonnamment courtoise.

Soudain, il avait l'air parfaitement normal. Patsy l'avait bien prévenue que, de temps à autre, le détective retrouvait toute sa clairvoyance. Visiblement, c'était le cas en cet instant précis ; alors, autant obtenir le maximum d'informations avant qu'il ne retombe dans un état second. Après tout, elle l'avait payé assez cher pour exiger de lui des résultats probants. Cent dollars d'avance, en liquide, c'était tout de même une certaine somme !

Après un coup d'œil rapide en direction de Taylor, qui

s'amusait toujours avec Doris, Tricia hocha la tête et fit quelques pas, le détective toujours accroché à son bras. Elle ne put s'empêcher de vérifier discrètement que personne ne la suivait. Certes, elle n'avait rien remarqué depuis la fois où elle s'était enfuie de la plage de Coronado pour gagner l'hôtel Del. Mais ça ne voulait rien dire.

— Alors, est-ce que vous avez découvert quels étaient les indices relevés par la police chez Mme Montgomery ? demanda-t-elle à mi-voix, toujours sur ses gardes.

Le détective eut à peine le temps d'incliner la tête en signe d'acquiescement avant de trébucher au bord du trottoir. Elle le rattrapa de justesse, maudissant silencieusement le hasard qui l'avait poussée à demander l'aide de ce bon à rien.

— Si vous savez de quoi il s'agit, vous pourriez peut-être me le dire, non ? reprit-elle avec brusquerie.

— Peut-être… mais pas tout de suite, rétorqua l'homme avec un sourire narquois qui l'énerva prodigieusement.

Pour qui se prenait-il, ce minable ? Elle n'allait tout de même pas le supplier pour satisfaire son ego surdimensionné ! Il n'était qu'un ivrogne, et il aurait dû s'estimer heureux de se voir confier quelques affaires par des gens comme elle, qui le payaient comptant.

Sans plus se préoccuper des piétons, Tricia s'arrêta au beau milieu du trottoir et lâcha le bras du détective comme si son contact la dégoûtait brusquement.

— Ecoutez, monsieur Miller, je vous ai déjà donné pas mal d'argent pour obtenir l'information que je vous… Hé ! Vous allez vous arrêter, oui ?

L'homme s'était négligemment écarté d'elle, les mains enfoncées dans ses poches trouées. Elle dut presque courir pour le rattraper.

— Personne ne me donne plus du « monsieur Miller »,

fit-il d'un air ironique, lorsqu'elle se fut de nouveau plantée devant lui. Je ne suis pas digne d'être appelé « monsieur », à présent, alors autant arrêter les formalités. Et, pour en revenir à ce qui vous préoccupe, je ne vous dirai pas ce que vous voulez entendre avant d'être certain que la femme de l'autre côté de la rue ne nous suit pas. Ça fait quelques minutes qu'elle vous regarde fixement, et je veux m'assurer qu'elle n'entendra pas notre conversation. Etant donné les termes de notre engagement, je suppose que vous êtes d'accord pour que nous prenions cette précaution. Je me trompe ?

10.

Tricia faillit se trouver mal à cette annonce brutale. Heureusement, le détective posa une main apaisante sur son bras tremblant, l'empêchant de se mettre à hurler. D'une voix atone, elle murmura :

— Cette femme attendait peut-être quelqu'un ?

— Peut-être.

Elle lança à Miller un regard circonspect. Cet homme était pétri de contradictions : il pouvait avoir tous les aspects d'un ivrogne hébété et, l'instant d'après, se changer en observateur expérimenté. C'était vraiment déroutant.

— Mais vous n'y croyez pas une seconde, n'est-ce pas ? soupira-t-elle.

— Exact. Quand on surveille quelqu'un, on a une façon bien particulière de faire semblant de regarder ailleurs sans pour autant quitter sa cible des yeux. Ça se remarque à cent mètres !

Pour lui, cela avait l'air évident. « Mais pas pour moi », se dit Tricia avec un frisson d'inquiétude. La preuve : elle avait beau faire attention, elle n'avait même pas remarqué la femme dont parlait Miller. Ce qui voulait dire qu'elle était nettement plus vulnérable qu'elle ne se l'imaginait.

Certes, elle avait repéré l'homme qui la suivait sur la

plage, et elle s'était débrouillée pour le semer. Mais combien d'autres personnes l'avaient espionnée sans qu'elle s'en rende compte ? Cela faisait peut-être des mois qu'on la surveillait discrètement, alors qu'elle se croyait bien à l'abri dans sa nouvelle existence. Que savait-on d'elle ? Qu'elle vivait avec Scott dans un quartier modeste de San Diego ? Qu'elle avait un fils ? Les gens qui notaient ses faits et gestes connaissaient peut-être déjà son âge, son nom… celui de son père…

Oh, mon Dieu ! Taylor était sûrement en danger, et elle n'avait rien vu, rien entendu… Quelle mère indigne elle était !

Rien que de penser à cette éventualité, elle se sentait sur le point de défaillir.

Son fils… Il fallait qu'elle s'assure que son fils allait bien. D'un seul mouvement, elle fit demi-tour, prête à courir jusqu'au pressing pour serrer Taylor dans ses bras. A partir de ce moment précis, elle ne le quitterait plus jamais.

— Il va bien, fit doucement Arnold Miller.

— Qui ça ? répliqua-t-elle, terrifiée à l'idée qu'on pût lire en elle aussi facilement.

Si elle ne parvenait pas mieux à masquer ses émotions, elle ne donnait pas cher de la vie de son fils. Ni de la sienne, d'ailleurs. Quelle idiote ! Dire qu'elle s'était crue si maligne, jusqu'ici…

— Le petit garçon qui était déjà avec vous l'autre jour, quand vous êtes partie, après notre rendez-vous. Il est toujours à l'intérieur. Et la femme qui m'intriguait est toujours à la même place, de l'autre côté de la rue. Elle n'a pas bougé d'un pouce.

— Vous… vous voulez dire que vous êtes resté pour surveiller mon départ, l'autre jour ? reprit Tricia, abasourdie.

— Je suis peut-être un ivrogne invétéré, mais je ne suis pas encore complètement stupide ! fit Miller avec un gloussement sarcastique. J'aime autant savoir pour qui je risque ma peau avant de m'engager à fond dans une affaire. Ce n'est peut-être pas très glorieux, mais ça m'a évité bien des ennuis.

— Et… et vous dites que la femme que vous suspectiez n'a pas bougé ? Elle n'est pas dangereuse, alors ? poursuivit Tricia avec un semblant d'espoir.

— Pas nécessairement, rétorqua Miller en haussant les épaules. Mais ça ne veut rien dire : nous ne nous sommes pas encore assez éloignés pour qu'elle se mette à nous suivre.

La jeune femme déglutit avec difficulté.

— Alors… qu'est-ce qu'on fait ? demanda-t-elle d'une voix presque inaudible.

— On va se diriger vers la baraque à frites que vous voyez là-bas, répondit le détective sans paraître paniquer le moins du monde. Vous allez m'acheter une canette de soda et un hot dog que je vais d'abord refuser. Vous allez insister en appuyant votre discours par des gestes aisément reconnaissables. De guerre lasse, je hausserai les épaules avant d'accepter les aliments que vous m'aurez fourrés de force dans les mains. Je prendrai une énorme bouchée du hot dog et, ensuite, vous tournerez les talons et vous filerez sans un regard en arrière.

De cette façon, on aurait l'impression qu'elle faisait une bonne action, songea Tricia. C'était une couverture idéale, mais elle n'y aurait jamais pensé. A vrai dire, il ne lui était jamais venu à l'esprit de faire la charité comme ça, en pleine rue, sans intermédiaire. Elle se rappela soudain avoir vu une vieille clocharde sur un banc, au parc de Grape Street où elle emmenait Taylor se promener. La prochaine fois qu'elle se rendrait là-bas, elle lui apporterait un assortiment de fruits frais.

— C'est d'accord, répondit-elle à Miller, la gorge serrée par l'angoisse.

Plus vite elle en aurait terminé, plus vite elle pourrait rejoindre son fils.

Ils avancèrent lentement vers la baraque à frites, comme si Miller rechignait à suivre sa fausse bienfaitrice. D'une voix pressée, il marmonna, presque sans ouvrir la bouche :

— On a retrouvé un test de grossesse sur le bord de la baignoire, dissimulé sous une serviette. Le problème, c'est qu'il n'y avait aucun autre indice. Ni emballage ni notice d'utilisation. Comme si quelqu'un avait cherché à effacer toutes les traces permettant de conclure que le test avait été fait.

Un test de grossesse… Le pire cauchemar de Tricia allait-il être vérifié ? Leah était-elle enceinte de Thomas ?

La jeune femme ne savait même pas si elle allait être capable d'atteindre le vendeur de hot dogs sans tourner de l'œil.

Pourtant, il fallait continuer à donner le change. Elle se força à avancer vers la boutique d'où émanait une puissante odeur de graillon.

— Est-ce que…, commença-t-elle en essayant de ne pas céder à la nausée. Est-ce qu'on connaît le résultat du test ?

Miller ne répondit pas ; il gardait les yeux fixés sur la baraque à frites. Alertée par sa mimique, Tricia fit un pas de plus, cherchant la force de jouer son rôle jusqu'au bout. Si elle se concentrait sur Taylor, elle y arriverait.

Oui, c'était ça la solution : il fallait qu'elle pense au bonheur que ce serait de retrouver son fils sain et sauf dans quelques minutes. Rien d'autre n'avait d'importance.

D'un geste décidé, elle sortit de sa poche le billet de cinq dollars qu'elle y avait fourré avant de partir de chez elle, et avança jusqu'au stand où rôtissaient des saucisses dégoulinantes de graisse. Titubant derrière elle comme s'il avait été soudain pris de vertige à la vue de tant de nourriture étalée devant lui, le détective lui glissa subrepticement à l'oreille :

— Il était positif.

Seul le vendeur fut témoin de l'expression horrifiée qui se peignit sur le visage blême de la jeune femme. Au regard curieux qu'il lui lança, elle sut qu'elle avait laissé imprudemment transparaître ses sentiments. Avant qu'il eût eu le temps de lui demander ce qui n'allait pas, elle commanda à la hâte :

— Un hot dog complet, s'il vous plaît. Et un Coca light.

Elle n'avait pas la moindre idée des goûts de Miller. Elle aurait pu au moins lui demander ce qu'il voulait avant de passer commande. Et s'il n'aimait pas les boissons allégées ? Et s'il détestait la moutarde ? Ou les pickles ? D'une main tremblante, elle tendit ses cinq dollars par-dessus le comptoir protégé d'une plaque de verre. Comme le vendeur prenait largement son temps pour confectionner le hot dog, elle faillit l'arrêter. Miller était peut-être allergique au ketchup ? Ou aux oignons frits ? C'était une trop grande responsabilité dont il l'avait chargée…

Perdue dans ses pensées, elle sursauta lorsque le vendeur lui annonça d'une voix de stentor :

— Ça vous f'ra un dollar cinquante, madame.

Incapable de réagir, elle le fixa comme s'il lui avait parlé chinois. Il dut lui prendre le billet des mains pour qu'elle se ressaisisse. Avec un pauvre sourire, elle prit le hot dog chaud et la canette de Coca glacée, et tourna les talons sans dire un mot. Elle avait l'impression que tout son sang s'était figé dans ses veines. Si Leah était enceinte au moment de sa disparition, alors tout devenait clair comme de l'eau de roche. C'était si simple…

— Hé, ma p'tite dame ! l'interpella le vendeur. Vous oubliez votre monnaie !

— Gardez-la, marmonna Tricia sans se retourner.

Leah était enceinte…

Ça n'aurait pas dû la surprendre outre mesure. Après tout, elle avait plus d'une fois reproché à son amie son inconséquence en matière de contraception : elle avait une fâcheuse tendance à oublier de prendre sa pilule.

Mais de là à tomber enceinte — et qui plus est, enceinte de…

Tricia tenta de se reprendre. Il fallait qu'elle joue son rôle de dame charitable, sinon toutes les précautions que Miller avait prises ne serviraient à rien.

— Tenez, fit-elle en tendant le sandwich et la canette au détective qui l'attendait, un peu en retrait, avec une expression mi-boudeuse, mi-affamée.

Il recula en secouant la tête, comme s'il était vexé. Tricia dut se retenir pour ne pas éclater en sanglots, malgré ses bonnes résolutions. L'odeur du hot dog lui soulevait le cœur, et elle ne se sentait pas capable de jouer la comédie plus longtemps. Elle avait besoin de se retrouver seule pour réfléchir à tout ce qu'impliquait la découverte dont Miller lui avait fait part. Leah avait disparu. Et elle était enceinte… peut-être morte…

Elle fit un effort surhumain pour avancer vers le faux SDF.

— Tenez, répéta-t-elle un peu plus fort en appuyant son geste.

— Elle avait pris rendez-vous avec son gynécologue, murmura Miller, tout en continuant à reculer lentement.

Comme hypnotisée, Tricia fit un pas dans sa direction, puis un autre. Le hot dog et la canette semblaient peser une tonne au bout de ses bras tendus. Elle avait presque oublié la raison pour laquelle ils jouaient cette petite scène, et pourtant elle savait qu'elle devait continuer coûte que coûte.

Pendant ce temps, ses méninges fonctionnaient à toute vitesse. Si Leah était enceinte, alors les traces de sang dans la voiture de Thomas ne pouvaient pas être liées à sa période menstruelle. Le monstre avait menti délibérément. Qu'avait-il bien pu faire à cette pauvre Leah pour qu'elle laisse du sang sur son siège ? L'avait-il embrassée si sauvagement qu'elle en avait eu les lèvres à vif ? L'avait-il cognée si violemment qu'elle avait saigné du nez ? En tout cas, il avait dû lui faire quelque chose de suffisamment discret pour que personne ne remarque quoi que ce soit ensuite, à l'institut de beauté.

Face au détective qui agitait les mains en signe de dénégation, Tricia lança soudain :

— Vous accepteriez un nouveau boulot ?

Elle n'avait pas réfléchi avant de lui poser la question. Elle ne faisait que réagir aux pensées lugubres qui lui traversaient l'esprit. C'était tout ce dont elle était capable en un pareil instant.

— Ça dépend, marmonna Miller.

— Trouvez-moi la personne qui me fait suivre, fit Tricia entre ses dents.

A ces mots, il s'arrêta brusquement. Entraînée par son élan, Tricia le heurta involontairement avec le hot dog débordant de moutarde. Il n'eut pas l'air de prêter attention aux dégâts causés à son T-shirt déjà sale, et esquissa une mimique révélatrice à la vue de la nourriture toute proche.

Décidément, il jouait son rôle d'affamé à la perfection. C'était à se demander s'il avait mangé quelque chose au cours des dernières vingt-quatre heures…

D'un geste, il saisit le hot dog et en fourra une bonne moitié dans sa bouche avant d'articuler péniblement :

— Cha va vous coûter bonbon…

Tricia le regarda, le cœur au bord des lèvres.

— Ça m'est égal, rétorqua-t-elle en détournant les yeux.

Il déglutit avant de mordre une nouvelle fois dans le pain dégoulinant de sauce.

— Ch'est bien ch'qu'y me chemblait…

— Hé, les gars ! Ça vous dirait, comme dîner, des cordons-bleus de poulet et des pommes de terre au four ? lança Tricia d'une voix enjouée.

Son fils bien calé sur une hanche, un grand panier d'osier accroché à son bras droit, elle venait de pénétrer dans le garage de la caserne. Visiblement, la journée n'avait pas été trop chargée car Scott et ses hommes étaient engagés dans une partie endiablée de ping-pong. Cliff et Joe faisaient équipe contre Scott et Steven, ce qui surprit un peu la jeune femme. D'habitude, ce dernier ne se mêlait pas tellement aux passe-temps de ses coéquipiers, sans doute par timidité maladive. Scott était sûrement à l'origine de sa récente intégration ; elle en aurait mis sa main à couper. C'était tout à fait son genre de se préoccuper du bien-être de ses collègues.

— Tricia ! s'exclama le capitaine des pompiers avec un air si extasié qu'elle ne regretta pas le temps qu'elle avait passé devant les fourneaux.

Un sourire de Scott valait bien une ou deux heures de

cuisine. Cet homme tout entier — *son* homme — valait, d'ailleurs, largement les tracas quotidiens auxquels elle se trouvait confrontée lorsqu'il était de garde. Heureusement qu'elle l'avait…

— Papa ! Paaapaaa ! cria Taylor en agitant gaiement ses petits bras potelés en direction de Scott, faisant tanguer dangereusement le lourd panier plein de victuailles que sa mère avait peine à porter.

Scott n'était pas le seul à être content de la voir : les trois autres pompiers la regardaient arriver avec un plaisir non dissimulé. Elle leur adressa un sourire éclatant, heureuse de l'accueil chaleureux qu'ils lui réservaient, pour une fois.

Abandonnant sa raquette sur la table de ping-pong, Scott se précipita vers elle et prit le petit garçon dans ses bras.

— Tu aurais dû m'appeler ! dit-il, tout en installant Taylor à califourchon sur ses épaules, à la grande joie du bambin. Ce n'est pas bon pour toi de porter tant de charges.

— P'us haut, papa ! P'us haut ! s'exclama le petit, ravi d'être ainsi perché.

— Je serais venu te chercher d'un coup de voiture, reprit Scott.

— Je sais bien, mais je n'étais pas si chargée que ça, répondit la jeune femme avec une petite grimace d'excuse. Et puis, j'avais tellement envie de te faire une surprise !

Avec un clin d'œil complice, Cliff débarrassa la visiteuse de son panier pour l'installer en bonne place sur la grande table de bois de la salle principale, laissant Joe et Steven mettre le couvert.

— Salut, bonhomme ! fit Scott en soulevant Taylor au-dessus de sa tête.

L'enfant éclata de rire, ravi de dominer ainsi l'assistance.

— Tu restes dîner avec nous ? demanda Scott à Tricia sans se départir de son grand sourire.

La jeune femme secoua la tête.

— J'ai de la couture à terminer, répondit-elle, un ton plus bas pour ne pas s'attirer les regards curieux des autres pompiers. Je voulais juste que tu saches que je pensais à toi.

Scott conseilla à ses compagnons de commencer sans lui. Puis il entraîna Tricia à l'écart et la regarda dans les yeux avec une sollicitude sincère.

— Quand je pense que tu as fait tout ce chemin, chargée comme une mule, rien que pour venir me voir… Je ne trouve pas ça très sérieux.

— Oh, tu sais, ce n'était pas grand-chose. Après tout, il n'y a que quelques pâtés de maisons de chez nous à la caserne… Et puis, le petit a fait la plus grande partie du chemin à pied.

Ce qu'elle ne disait pas, c'est que sa petite promenade servait aussi à donner le change à ceux qui la surveillaient. Quoi de plus naturel pour une femme amoureuse que d'aller porter un dîner fait maison au père de son fils ? L'occasion était parfaite pour leurrer d'éventuels espions sur sa véritable identité, et surtout sur celle de Taylor.

— Miam-miam, papa ! s'exclama le petit garçon avec un sourire innocent.

Si Tricia avait pu se laisser aller à rêver sans danger, cet instant aurait été absolument magique. Dans les bras du père qu'elle aurait tant aimé lui donner, son fils avait l'air aux anges.

— Tu es sûre que tout va bien, Trish ? insista Scott avec une pointe d'inquiétude.

Tant d'attentions ne pouvaient que la toucher. Mais cela réveillait aussi en elle une sourde culpabilité dont elle se serait volontiers passée. Scott était vraiment quelqu'un de bien. En fait, elle n'avait jamais rencontré un homme aussi prévenant, aussi aimant, aussi droit que lui. Il ne méritait pas les faux-semblants et les dérobades continuelles qu'elle opposait à sa gentillesse sans faille.

— Ne t'inquiète pas, je vais très bien, prétendit-elle avec un sourire qu'elle aurait voulu plus affirmé.

— Laisse-moi au moins te raccompagner.

— Pas question ! répliqua-t-elle en soulignant sa protestation d'une pichenette sur le bras de son compagnon. Je ne veux pas que ma cuisine profite uniquement à ton équipe d'hommes de Cro-Magnon ! Si tu ne vas pas te servir immédiatement, il n'y aura bientôt plus rien dans les plats, tellement ils ont l'air affamés… Allez, va dîner ! Je rentre avec Taylor, et on s'arrêtera sur le chemin pour s'offrir une glace.

Encore un prétexte pour savoir si elle était suivie… Elle avait fait semblant de regarder les boutiques au moins deux ou trois fois à l'aller, sans pour autant remarquer quelqu'un de suspect dans les parages. Mais ça ne voulait rien dire : la veille, sans Miller, jamais elle n'aurait repéré la femme en face du pressing à Coronado. Deux ou trois précautions valaient donc mieux qu'une.

Sa petite histoire parut cependant convaincre Scott. Sans lâcher Taylor qui s'amusait à lui tirer les cheveux, il se pencha vers Tricia pour déposer un baiser langoureux sur ses lèvres. Fermant les yeux à demi pour mieux goûter à l'intensité de ce moment, elle se sentit fondre sous la caresse de sa bouche tiède, et laissa échapper un soupir de contentement. Lui aussi avait dû apprécier cette trop brève intimité, car lorsqu'il détacha ses lèvres des siennes, ce fut lentement, comme à regret.

— Tu… tu as l'air en meilleure forme, aujourd'hui, fit-il d'une voix légèrement éraillée par le désir.

— Oui, répondit-elle de la façon la plus convaincante possible.

Ce n'était qu'un demi-mensonge : d'une certaine manière, elle se sentait mieux, effectivement, parce qu'elle savait pouvoir compter sur le soutien sans faille de Scott. Il avait promis de ne plus la harceler de questions auxquelles elle ne pouvait pas répondre, et elle était certaine qu'il tiendrait sa parole. Ce qui lui permettait de profiter sans retenue des moments comme celui-ci, où ils formaient une véritable famille.

Mais, d'un autre côté, le sort de Leah la tourmentait. Certes, elle ne se sentait plus coupable de ne pas avoir fait de déposition avant la disparition de son amie puisque, de toute façon, Thomas était soupçonné du meurtre de la jeune femme. Pourtant, elle ressentait à présent un déchirement atroce à l'idée qu'elle ne la reverrait sans doute jamais. Elle avait déjà perdu son amie une fois, deux ans plus tôt, lorsqu'elle s'était enfuie en rompant tous les liens avec son ancienne vie. Risquer de la perdre une seconde fois, et définitivement, lui causait une souffrance intolérable.

Pourtant, il y avait toutes les raisons de craindre que Leah fût morte. Et le pire, c'est qu'on ne savait même pas où se trouvait son corps. Comment faire son deuil dans de telles conditions ?

Tricia se rendit soudain compte qu'elle avait les yeux perdus dans le vague et que Scott la regardait fixement, les sourcils froncés.

— J'aimerais quand même que tu me dises ce qui ne va pas, Trish.

Elle arbora un pauvre sourire, cherchant à donner le change.

— Il n'y a rien à dire, commença-t-elle avec le sentiment qu'elle ne mentait pas tout à fait.

Après tout, le passé était mort — comme Leah. Et il ne servait à rien de s'y complaire, surtout dans sa position.

— J'ai décidé d'arrêter de m'inquiéter pour l'avenir, ajouta-t-elle d'une voix plus assurée. Je veux me concentrer sur l'essentiel : toi, Taylor et moi. Pour le reste, on verra bien. Autant profiter du présent, non ?

Si cela pouvait être vrai ! Ça semblait si difficile à réaliser… Et pourtant, elle était bien décidée à essayer. Du moins, jusqu'à ce qu'elle ait des nouvelles de Miller et qu'elle sache si, oui ou non, elle pouvait rester avec Scott sans faire courir de danger à son fils.

Scott lui renvoya un sourire éclatant qui illumina son visage.

— Ça, c'est une suggestion qui me plaît, murmura-t-il tout contre son oreille, la faisant frissonner de plaisir.

— Je t'aime, Scott McCall.

Que venait-elle de dire ? En entendant ces paroles imprudentes sortir de sa bouche, Tricia eut l'impression que tout son corps se glaçait. Comment avait-elle pu prononcer des mots aussi forts, alors qu'elle s'était promis de ne jamais céder au sentimentalisme, pour ne pas risquer de souffrir par la suite ?

Jamais ils n'avaient parlé d'amour, tous les deux. Parce qu'ils ne pouvaient pas se le permettre, étant donné les bases sur lesquelles leur relation s'était établie.

Tricia n'était pas libre de donner son amour. Du moins, pas avant la majorité de Taylor. Et voilà qu'elle venait de balbutier la plus improbable des déclarations…

— Je t'aime aussi, répondit Scott avec ferveur.

Elle cligna des yeux, incrédule. Qu'elle se laisse aller, passe encore — les femmes avaient tendance à avouer leurs sentiments plus facilement que les hommes. Mais que Scott ressente la même chose pour elle et qu'il ose le lui dire, alors ça, elle ne l'aurait jamais imaginé. Même dans ses rêves les plus fous.

En tout cas, elle ne s'attendait certainement pas à une déclaration de ce genre dans une caserne de pompiers !

Devant l'expression fermée du sergent Mike Midori, Thomas devina tout de suite qu'il n'avait pas de bonnes nouvelles à lui annoncer, contrairement à ce qu'il espérait. Attablé dans un coin sombre d'un bar gay de San Francisco, il prit une longue gorgée de son troisième bourbon avant de se lever pour accueillir l'officier de police. Ça faisait une bonne heure qu'il l'attendait, et, pour tromper son anxiété, il avait bu plus qu'il n'avait l'habitude de le faire en plein après-midi.

— Rude journée ? demanda-t-il d'un ton neutre à son ancien camarade de fac.

Il se garda bien de manifester sa désapprobation quant au choix du lieu de rendez-vous. Si Mike avait des affinités avec le milieu gay et underground, cela ne regardait que lui, après tout. Et si on y réfléchissait, personne n'aurait imaginé trouver le très respectable sénateur dans un endroit pareil, ce qui présentait l'avantage de lui assurer un anonymat parfait.

Avec un haussement d'épaules, le sergent s'assit en face de Thomas, le dos au comptoir. La salle presque déserte était plongée dans la pénombre. Pourtant, le barman n'eut aucun mal à repérer le signe discret que lui adressait Mike. Il comptait visiblement parmi les habitués des lieux : en moins de deux minutes, on lui avait apporté une chope de bière bien fraîche. Il la porta à ses lèvres, en but plusieurs gorgées avant de la reposer, et reporta enfin son attention sur son vis-à-vis. Avec la brusquerie sans détour qui le caractérisait, il entra directement dans le vif du sujet, sans s'encombrer de formules de politesse inutiles.

— D'habitude, j'arrive à mettre la pression sur mes collègues pour qu'ils « oublient » un certain nombre de preuves. Mais, là, je n'ai pas pu faire grand-chose.

Thomas inspira profondément et compta silencieusement jusqu'à dix pour ne pas céder à la rage qui menaçait de l'envahir. S'énerver ne réussirait qu'à lui faire perdre ses moyens, et, s'il y avait bien une chose dont il avait besoin en ce moment, c'était de toute sa lucidité. Il fallait réagir vite et bien. Sinon, il pouvait dire adieu à ses rêves de carrière fulgurante.

Refoulant ses émotions, il reprit la parole d'une voix décidée :

— Dis-moi ce qu'il faut faire, alors.

S'il avait appris quelque chose de ses années d'enfance passées auprès d'un père violent et irascible, c'était l'art de se composer une attitude cohérente et ferme, quelle que fût la situation.

— Ecoute, Tom, j'ai fait tout ce que j'ai pu pour toi. J'ai prévenu les pouvoirs publics qu'ils allaient gaspiller du temps et de l'argent en s'acharnant à te poursuivre. J'ai jeté le discrédit sur différentes informations, tout en exprimant à haute voix mon inquiétude sur le fait que le vrai meurtrier était toujours en liberté. Je leur ai dit et répété qu'ils se trompaient de suspect, mais il n'y a rien eu à faire.

Il disait la vérité, Thomas en était persuadé. Il avait toujours su pouvoir se reposer sur cet homme marié, père de trois adorables petites filles, dont les vices secrets n'étaient connus que d'une poignée de gens qui l'acceptaient tel qu'il était. Oui, le sénateur Whitehead faisait entièrement confiance au sergent Midori. Mais dans le cas présent, il était bien décidé à avoir recours aux grands moyens, s'il le fallait, pour que Mike obtienne des résultats.

Après tout, il savait suffisamment de choses sur le policier pour détruire sa réputation et sa carrière s'il jugeait cela nécessaire à l'avancée de ses affaires. Et Mike le savait parfaitement. Tout comme il savait que Thomas n'aurait dénoncé ses mœurs répréhensibles que contraint et forcé par des circonstances exceptionnelles. Comme celles auxquelles il se trouvait confronté actuellement.

Leur amitié remontait à plus de vingt ans, et la loyauté de Mike ne s'était jamais démentie, malgré les chemins différents que les deux hommes avaient choisi d'emprunter. Mais le temps pressait ; Mike était la seule personne à laquelle il pût faire appel dans cette situation délicate. Il était de loin le meilleur limier de San Francisco. Pas plus tard que l'année précédente, il avait démantelé un réseau de dealers pratiquement à lui tout seul. Généralement, il suffisait qu'il s'attelle à un dossier pour que celui-ci fût réglé en un temps record. Et c'était bien ce que Thomas avait espéré en faisant appel à lui, au nom de leur complicité indéfectible.

— Je suis désolé, Tom, reprit Mike avec une grimace d'impuissance qui glaça le cœur de son compagnon. Mais j'ai les mains liées. Ça fait tout de même deux disparitions suspectes à la suite. Et tu étais lié avec ces deux femmes. Avoue qu'il est logique que l'on se pose des questions à ton sujet…

Oui, c'était même d'une logique implacable, se dit Thomas avec amertume, tout en terminant son bourbon. Le pire, c'était que la presse commençait à s'en mêler.

D'un geste, il commanda un autre verre.

— Je n'ai pas tué ma femme, déclara-t-il d'un air sombre, quand le barman eut posé sa consommation sur la table.

Mike lui jeta un long regard par-dessus sa bière, avant de s'adosser à sa chaise, adoptant la posture du parfait flic macho que la plupart des gens, y compris sa femme, voyaient en lui.

— Je sais, Tom. J'étais avec toi le jour où elle a disparu, ne l'oublie pas, fit-il en passant la main dans ses magnifiques cheveux noirs, qui plaisaient tellement à ses conquêtes des deux sexes. Alors, si quelqu'un peut jurer que tu n'as pas tué Kate, c'est bien moi. Je t'assure que j'ai tout essayé pour t'appuyer dans cette nouvelle histoire, au risque de bousiller ma carrière et ma réputation. Mais je ne peux rien faire de plus. C'est au-dessus de mes compétences.

— Tu dois quand même pouvoir trouver un moyen d'arrêter les poursuites qui sont engagées contre moi !

Mike secoua la tête, provoquant un mélange d'irritation et de peur chez Thomas.

— Non, c'est trop tard.

— Je n'ai pas tué Leah Montgomery, martela Thomas pour la énième fois. Je ne l'ai même pas vue, le soir de sa disparition. Je lui ai parlé au téléphone, c'est tout.

Exaspéré, il serra les dents à s'en faire mal. Ce qui lui arrivait était à peine croyable : un homme de son envergure n'était pas censé se retrouver dans une situation pareille ! Tout à coup, c'était comme si ses concitoyens avaient brusquement oublié tout ce qu'il avait fait pour la ville et, du même coup, pour eux. Comment les gens pouvaient-ils se montrer aussi ingrats, après les années qu'il avait passées à leur service ?

— Je ne mets pas ta parole en doute, Tom, reprit Mike d'un ton las. Mais, pour le tribunal, les indices trouvés lors des perquisitions tendent à prouver le contraire. Si le procureur général arrive à convaincre le jury, il n'y aura pas grand-chose à faire pour t'éviter la condamnation. Même en faisant appel, tu risques de te retrouver en taule, au moins temporairement.

En *taule* ? Quelle horreur ! Ce mot vulgaire et ce qu'il désignait ne faisaient pas partie de la réalité telle que la concevait le sénateur Whitehead — du moins, jusqu'à présent…

— Quelle société digne de ce nom oserait envoyer un innocent en prison sous prétexte qu'il a eu une aventure avec une femme consentante et majeure depuis longtemps ? demanda-t-il, tout en résistant à l'envie compulsive d'essuyer ses paumes pleines de sueur sur son pantalon impeccable.

Il avait beau avoir affaire à l'un de ses amis les plus fidèles, il ne fallait pas qu'il montre le moindre signe de faiblesse ou d'inquiétude. Cette entrevue était trop importante pour qu'il trahisse ses sentiments.

— Je sais bien qu'elle était consentante, mais il se trouve qu'elle était la meilleure amie de ta femme, et qu'elles ont disparu toutes les deux. Ça fait beaucoup pour un seul homme, crois-moi. D'autant que la coïncidence ne s'arrête pas là : comme Kate, Leah était enceinte au moment où elle s'est évanouie dans la nature…

— Peut-être, mais elle n'était pas enceinte de moi. Et Kate non plus.

— Quoi ? lança Mike en se redressant, un éclair d'intérêt

subit dans ses pupilles sombres. Le bébé que portait Kate n'était pas le tien ?

Thomas dut faire appel à tout son bon sens pour ne pas laisser éclater la fureur qui refaisait inévitablement surface chaque fois qu'il imaginait sa femme écartant les cuisses devant un autre homme. Après un bref silence, il sentit qu'il avait suffisamment repris le contrôle de ses émotions pour se remettre à parler. Mais il lui fallut tout de même fournir un effort supplémentaire pour ne pas hurler sa réponse, tant elle lui coûtait.

— Je suis stérile, laissa-t-il tomber d'une voix presque inaudible.

— Tu peux le prouver ?

Du coin de l'œil, il jaugea son ami avant d'avouer presque honteusement :

— Après la fac, j'ai demandé qu'on me fasse une vasectomie. Rien que pour emmerder mon vieux qui voulait une descendance à tout prix — mâle, de préférence, pour « transmettre le nom », comme il le répétait sans cesse.

Il n'avait jamais parlé à Kate de cette opération, mais, de son côté, elle ne lui avait jamais dit qu'elle voulait être mère. Pas avant leur mariage, du moins. Après, lorsqu'il lui avait déclaré qu'il ne voulait la partager avec personne, pas même un enfant, elle n'avait pas eu l'air de trouver cela absurde ni injuste.

— On tient peut-être là ta porte de sortie, Tom, fit Mike avec conviction. Qui a effectué l'opération ? Si j'ai le nom du médecin, je peux demander une copie de l'acte pour appuyer tes dires.

Ça semblait si simple, à entendre Mike… Seulement, il ne savait pas tout.

— Ça ne va pas être aussi facile, soupira Thomas. Le

type qui m'a opéré avait été radié de la profession pour avoir pratiqué des avortements illégaux. Je lui ai versé une énorme somme d'argent en liquide pour qu'il pratique la vasectomie et qu'il détruise toutes les preuves administratives ou médicales.

— Quoi ? Tu parles sérieusement ?

— Je ne pouvais pas courir le risque d'être découvert par mon père. S'il avait appris la supercherie, il m'aurait coupé les vivres et rayé de son testament. Après avoir subi ses moindres caprices et ses coups de sang pendant vingt et un ans, je n'avais pas l'intention de perdre tout ce qui m'était dû.

C'était plus qu'il n'avait l'habitude d'en dire sur lui-même, mais Mike pouvait comprendre. D'autant qu'il avait assisté aux excès du *vieux*… Thomas savait qu'il pouvait lui faire confiance.

Il y eut un instant de silence pendant lequel Mike parut réfléchir intensément. Vidant ce qu'il lui restait de bière d'un seul trait, il reprit la pose nonchalante qu'il avait adoptée un peu plus tôt. Dans ce costume strict, sa musculature impressionnante était remarquablement mise en valeur. A dire vrai, malgré ses origines moins prestigieuses, il avait plus d'allure que Thomas.

Enfin, il reprit la parole.

— Si tu veux pouvoir prouver quelque chose, il faudra sans doute que tu acceptes d'être examiné par un médecin légiste. Pour vérification.

Thomas opina du chef. Il ferait ce qu'il fallait pour dissiper les accusations mensongères qui pesaient sur lui. Il n'avait pas travaillé toute sa vie pour se faire renverser à deux doigts de la réussite, tout ça à cause de deux femmes faciles dont les bâtards lui étaient injustement attribués.

— Et si je passais au détecteur de mensonges ? proposa-t-il.

— Mmm… ouais, ça pourrait peut-être jouer. Mais, honnêtement, je doute que le procureur considère ça comme une preuve de ta bonne foi. Les tests ne sont pas infaillibles, et il y a deux disparitions dans la balance. Tous les faits concourent à t'accabler, surtout la présence du sang de Montgomery dans ta voiture. Comme elle est très vraisemblablement morte à l'heure qu'il est, et que tu as menti sur la nature de vos relations… tu comprends bien que tu as tous les traits du coupable idéal ! D'autant qu'on aurait du mal à conclure à un crime crapuleux : rien n'a été volé dans son appartement, aucune activité suspecte n'a été signalée sur son compte en banque ni dans la gestion des différentes associations caritatives dont elle s'occupait… Bref, difficile de croire à ce genre de…

— C'est bon, c'est bon ! l'interrompit Thomas avec un mouvement d'impatience. Tout ça, je le sais déjà. Ce qui m'intéresse, c'est ce que tu proposes pour la suite.

Mike se pencha légèrement en avant, prenant un air confidentiel pour lui souffler :

— Tu ne me mêles pas officiellement à cette histoire, d'accord ? Je risque de perdre toute influence et toute crédibilité si quelqu'un apprend que nous avons été en contact. Sans compter que ça pourrait rappeler à certains la rapidité avec laquelle les choses ont été classées après la disparition de Kate.

— C'est d'accord.

— Je te suggère de t'en remettre à Douglas. Laisse-le reprendre l'affaire à partir de maintenant.

C'était la dernière chose dont Thomas avait envie, mais il n'avait pas tellement le choix. Si, pour ressortir blanchi de ces accusations sans fondement, il devait reconnaître devant tout San Francisco que sa femme l'avait trompé de la façon la plus éhontée, eh bien, il allait le faire. Et le plus vite possible. Ses conseillers en communication n'auraient qu'à élaborer une tactique pour que l'adultère de Kate le fasse apparaître d'une manière positive. L'opinion publique était facilement manipulable : quelques déclarations bien orchestrées, quelques photos bien mises en scène, et il sortirait grandi de toute cette affaire. On l'admirerait pour sa constance et son abnégation, pour la façon dont il avait pris sur lui alors qu'il savait que sa femme attendait un bébé d'un autre homme. Cela ne ferait que renforcer l'impression favorable que ses concitoyens avaient de lui : il rappellerait son amour indéfectible pour la disparue — un amour qui l'avait poussé à fermer les yeux sur ses infidélités. Et cela susciterait de la compassion. On le plaindrait de la traîtrise dont il avait été victime par deux fois.

Oui, en somme, cela ne pourrait être que bénéfique pour son image. Un moment de honte était vite passé, surtout s'il se soldait par un regain de confiance populaire lors des prochaines élections.

D'autant que, d'un point de vue purement matériel, il n'avait plus aucune raison de se taire. Son père était décédé six mois plus tôt, victime d'un de ses coups de sang quotidiens. Il avait succombé à une attaque lors d'une altercation particulièrement violente avec la mère de Thomas. Ce n'était que justice. Et, désormais, Thomas ne risquait plus d'être déshérité.

En somme, il ne lui restait plus que sa fierté naturelle comme obstacle à ses révélations. Et s'il la comparait au déshonneur de l'incarcération — de la *taule*, comme disait Mike — cette fierté ne pesait pas bien lourd.

11.

Gazette de San Francisco,
jeudi 21 avril 2005, p. 1

UNE VASECTOMIE BIEN À PROPOS

Nouveau rebondissement dans l'affaire Montgomery : le sénateur Thomas Whitehead, accusé de l'enlèvement et du meurtre de Mme Leah Montgomery, pourrait bien ressortir complètement blanchi. D'après notre informateur, la citation de Whitehead en justice s'appuyait essentiellement sur une découverte cruciale faite par les forces de l'ordre au cours de leur perquisition au domicile de la célèbre héritière. Il était apparu comme très probable que Mme Montgomery ait été enceinte au moment de sa disparition. Etant donné les relations existant entre elle et le sénateur Whitehead, les enquêteurs avaient tout naturellement concentré leurs recherches sur lui.

Mais hier soir, Me Kilgore Douglas, l'avocat de M. Whitehead, a déclaré à la presse que son client ne pouvait pas être le père du bébé de Mme Montgomery, pour la bonne et simple raison qu'il avait subi une vasectomie juste après son diplôme de fin d'études universitaires. Cette information nécessite une vérification médicale, bien entendu. Cependant, on peut déjà estimer que cette nouvelle révélation entraînera très certainement l'arrêt des poursuites contre M. Whitehead.

Les bureaux du procureur général et de l'avocat de la défense se sont refusés à tout autre commentaire. Rappelons tout de même que Kate Whitehead, la femme du sénateur, avait disparu sans laisser de trace il y a bientôt deux ans, et qu'elle était également enceinte.

— Leah, Leah… où peux-tu bien être ? murmurait Tricia, comme si son amie avait pu l'entendre de là où elle se trouvait.

En ce beau jeudi après-midi, la jeune femme arpentait machinalement la salle à manger pendant que son fils faisait la sieste. Le temps était splendide, mais elle n'y prêtait même pas attention, concentrant tous ses efforts sur l'image de Leah souriante, radieuse, qui s'imposait à sa mémoire. Après tout, lorsqu'elles étaient plus jeunes, elles croyaient dur comme fer à une sorte de communication télépathique entre elles deux. Tricia songea que si elle essayait de transmettre mentalement ses angoisses et ses doutes à son amie de toujours, celle-ci l'entendrait et lui enverrait un signe — un message —, n'importe quoi qui pût la rassurer sur son sort…

De toute façon, il fallait qu'elle se persuade qu'il lui restait un espoir de joindre Leah, sinon elle allait devenir folle. Debout devant la fenêtre, elle s'arrêta brusquement et ferma les yeux de toutes ses forces, dans une tentative désespérée pour entrer en communion avec son amie. Si elle arrivait à sentir quelque chose, elle saurait que Leah n'était pas morte.

Mais elle était tellement submergée par les émotions

qu'elle ne distinguait rien de précis. Désemparée, prête à éclater en sanglots, elle rouvrit les yeux et fixa sans les voir les massifs de fleurs colorées qui égayaient le jardinet devant la maison. D'habitude, ce spectacle lui procurait un sentiment de plénitude qui dissipait ses craintes ou ses chagrins ; elle se souvenait encore du jour où Scott l'avait amenée ici pour la première fois, et où elle avait vu dans les myriades de pétales qui embellissaient la petite bâtisse un heureux présage. Dans un endroit aussi beau, elle ne pouvait qu'être en sécurité…

— Que vais-je faire ? reprit-elle tout bas.

Et si elle s'occupait l'esprit ? Il fallait arroser les plantes, et elle n'avait rien d'autre à faire en attendant que Taylor se réveille…

Oui, mais, si elle sortait, elle n'entendrait pas son fils. Et, après l'incident devant le pressing, elle ne voulait plus le laisser seul, ne fût-ce que quelques minutes.

Et si quelqu'un était posté dehors pour la surveiller, comme cette inconnue que Miller lui avait fait remarquer ? Elle s'écarta brusquement de la fenêtre et tira les voilages dans un réflexe futile de protection.

— Il ment, fit-elle à voix haute, avec une assurance qui la surprit elle-même. Thomas ment comme un arracheur de dents. Et je peux le prouver.

Elle attendit vaguement une réponse, mais la maison était silencieuse. Le soleil inondait la pièce où elle se trouvait, répandant une sorte de mare de lumière dorée sur le tapis beige usé jusqu'à la corde dont Scott refusait de se séparer — par sentimentalisme, disait-il avec un air mi-contrit, mi-amusé.

Le sentimentalisme… ce n'était certainement pas quelque

chose qui empêchait Thomas Whitehead de dormir. Ou de raconter des inepties.

— Oui, je peux le prouver, répéta-t-elle plus fort, comme si elle s'était trouvée devant un jury qu'il fallait convaincre. Mais à quel prix ? Est-ce que cela t'aidera vraiment si je refais surface ? Si je reprends ma véritable identité pour venir témoigner à la barre ?

Elle tendit l'oreille, espérant contre toute logique percevoir une réponse. Mais aucun bruit ne lui parvint.

— Est-ce que c'est la bonne chose à faire ? reprit-elle.

Toujours rien.

— Dans un sens, j'empêche la justice d'avancer, poursuivit-elle, toujours à l'intention de Leah qui, de toute évidence, refusait de se manifester. Et je trahis la confiance de ma meilleure amie, en l'occurrence toi, si je refuse de témoigner contre Thomas… D'un autre côté, si tu te caches quelque part, comme j'ai moi-même choisi de le faire, tu n'as pas besoin qu'on te venge. Tout ce que tu veux, c'est échapper à cette histoire sordide. Et retrouver la paix, enfin.

Tricia n'avait pas cherché autre chose depuis deux ans : la tranquillité, le repos, la fin des tourments, c'était tout ce à quoi elle aspirait.

— Leah ? Leah ! reprit-elle en haussant le ton, prise d'un soudain accès de fureur contre son impuissance. Leah ! Réponds-moi, bon sang ! Tu ne vois pas que je perds les pédales, sans toi ?

Comme honteuse de son emportement, elle inspira profondément avant de reprendre son monologue, un ton plus bas.

— Ai-je le droit de mettre en jeu la vie de Taylor et la mienne en donnant à ce salaud une chance de me remettre la main dessus ? Si je refais surface, je risque de perdre tout ce que j'ai préservé jusqu'à présent — et tout ça pour quoi ? Je ne suis même pas sûre que ce soit la bonne décision. Mais si tu es vivante et que tu te caches en attendant d'avoir le courage de crier la vérité à la face du monde, alors, tu vas avoir besoin de moi, je le sais. Tu ne pourras pas tout affronter à la fois — la curiosité du public, les reproches de ta famille, et surtout… surtout la vengeance de ce monstre. Tu auras besoin d'aide, Leah. Parce que s'il a les mains libres, il te tuera… à moins que ce ne soit déjà fait.

Tricia soupira. Elle ne savait vraiment pas quoi faire… Jusqu'au moment où une petite voix insistante lui glissa à l'oreille que ce ne serait sûrement pas une mauvaise chose si Thomas était mis hors d'état de nuire. Après tout, même s'il n'était pas coupable du meurtre de Leah, il avait bien d'autres comptes à rendre à la justice. Et, si elle trouvait en elle assez de détermination pour révéler l'horrible vérité, elle contribuerait à débarrasser les autres femmes de la région des agissements d'un dangereux séducteur.

Oui, Thomas avait beau être respecté pour sa puissance et son argent, il n'en restait pas moins un être méprisable, capable de faire subir le pire aux êtres plus faibles que lui. Ce n'était pas seulement Leah qui était en cause : c'était toutes les victimes passées et futures du sénateur Whitehead.

En acceptant de témoigner contre son mari, elle rendrait un immense service à la ville — à l'Etat de Californie tout entier.

C'en était trop pour la jeune femme. Chancelante, elle se laissa glisser au sol, un bras accroché à l'accoudoir du canapé, les yeux fixés sur la télévision éteinte. A quoi bon rendre service à l'Etat de Californie — à l'univers, même — si c'était pour mettre en danger la vie de son fils unique ? Le bien de la société, c'était un concept terriblement abstrait si on le comparait à une seule personne : Taylor. Il était bien réel, lui, et si elle le perdait, elle n'aurait plus aucune raison de vivre.

C'était bien simple : elle n'avait qu'à continuer à se taire, à faire la morte. Pour épargner son fils.

Mais sa conscience la laisserait-elle en paix si d'autres innocentes succombaient au puissant sénateur ? Si elle ne faisait pas tout ce qui était en son pouvoir pour venger sa meilleure amie, à défaut de la sauver ?

Tricia enfouit sa tête dans ses mains, incapable de maîtriser le frisson qui lui traversait tout le corps. De ses doigts tremblants, elle se massa les tempes machinalement, comme si ce simple geste avait pu faire disparaître son atroce migraine. Elle avait si mal…

Il s'écoula un long moment avant que les cris de Taylor ne viennent la tirer de sa torpeur. Il avait terminé sa sieste et réclamait la présence de sa mère avec énergie.

La jeune femme se leva péniblement pour se diriger vers la chambre. Puis, tout en changeant le petit garçon, elle contempla distraitement la fossette qui se creusait au coin de sa bouche, chaque fois qu'un sourire venait l'éclairer. Elle se sentit alors étreinte par une angoisse horrible à l'idée que ce petit être qui dépendait complètement d'elle pourrait ne plus jamais avoir envie de sourire, si elle retournait là-bas, à San Francisco. Seule une mère indigne exposerait son fils unique à un tel destin.

Alors, que faire ? Le laisser ici pendant qu'elle accomplirait son devoir ? L'abandonner, sans véritable identité ?

Une boule dans la gorge, elle reboutonna le body de son fils et le serra dans ses bras jusqu'à ce qu'il commence à gigoter en tous sens. Alors seulement, elle le déposa à terre, avec précaution.

Elle n'était pas plus avancée. Elle devait prendre une décision engageant le reste de son existence, et c'était extrêmement difficile. Pour le moment, elle n'avait pas le courage de faire son choix. Pas encore.

— Et maintenant, mesdames et messieurs…
— Non ! Je te répète que je n'ai pas…
— … avec un détergent classique…
— … trouvé la réponse à notre énigme du jour…
— … bientôt sur vos écrans…

Tricia rêvassait devant la télévision qu'elle avait allumée en désespoir de cause, laissant Taylor maître de la télécommande. Debout à moins de un mètre de l'écran, pieds nus, il appuyait consciencieusement sur les touches l'une après l'autre, zappant sans relâche entre les différentes chaînes. Apparemment, il était ravi de cette liberté toute nouvelle, et il en profitait largement.

Une musique endiablée de dessin animé s'éleva pendant trois ou quatre secondes, remplacée aussitôt par une chanson populaire accompagnée de guitare folk. L'instant d'après, le tintamarre d'une publicité pour une voiture de sport tira la jeune femme de ses considérations lugubres. Avachie sur le canapé comme si son corps avait pesé une tonne, elle tourna la tête vers l'enfant qui avait l'air de s'amuser follement. A le voir s'extasier devant les images rapides qui défilaient sur l'écran, elle sentit un soulagement momentané l'envahir. Taylor était en sécurité, ici. Il était heureux, choyé, insouciant — comme tous les enfants de son âge auraient dû l'être. Et elle tenait à préserver cet état le plus longtemps possible.

Aujourd'hui, elle était encore en mesure de lui épargner

tous les désagréments du monde extérieur. Tout à l'heure, elle dînerait avec lui, en dépit de son manque d'appétit depuis qu'elle avait lu le journal, en fin de matinée. Ensuite, il dormirait tout contre elle. Elle ne voulait pas le quitter des yeux une seule seconde tant qu'elle ne savait pas ce que demain lui réservait.

Le petit garçon venait d'arrêter son choix sur une chaîne où passait une publicité pour un nouveau jouet. Poussant de petits cris en cadence, il se dandinait de façon comique, en imitant le gros nounours qui chantait et dansait à l'écran.

Un sourire vint jouer sur les lèvres de Tricia. Comment ne pas avoir envie de cajoler ce petit bonhomme potelé ? Comment aurait-elle pu envisager, ne fût-ce qu'un bref instant, de soumettre un être aussi innocent à une tension insoutenable comme celle qu'elle avait dû supporter des années durant ?

La publicité terminée, Taylor recommença son manège avec la télécommande.

— … dans la chambre des rois… Carley Winchester sera notre prochaine invitée… qui termine le sixième trou du parcours avec un club…

— Taylor ! Arrête !

Surpris par la réaction soudaine de sa mère, le petit sursauta violemment, lâcha la télécommande comme si elle l'avait brûlé, et se mit à pleurer à chaudes larmes.

— Pardon, mon petit cœur. Maman est désolée de t'avoir fait peur, lui dit Tricia en se précipitant sur la télécommande. Je ne voulais pas crier, mon chéri…

Elle se mit à appuyer frénétiquement sur le bouton des programmes, cherchant à retrouver celui qui l'intéressait. Mais tout ce qu'elle parvenait à capter, c'était des spots publicitaires sans le moindre intérêt. D'autant que Taylor, nullement calmé par les paroles rassurantes de sa mère, hurlait comme une sirène de pompiers, et qu'elle n'entendait pas grand-chose.

— Taylor ! Arrête, mon amour, s'il te plaît !

Le petit garçon fit une pause, le temps de la regarder avec incompréhension, et se remit à crier de plus belle. Elle n'avait pas eu l'intention de le rudoyer comme elle venait de le faire. Mais le peu de contrôle qu'elle avait réussi à maintenir sur ses nerfs avait volé en éclats lorsqu'elle avait entendu le nom de la prochaine invitée dans cette émission qu'elle ne parvenait toujours pas à retrouver.

Carley Winchester… la sœur de Leah… Que venait-elle faire à la télévision ?

Les mains de Tricia tremblaient tellement qu'elle se trompa et appuya sur le bouton du volume par mégarde. Le son de la télévision couvrait presque les cris de Taylor, à présent. Le petit était toujours à terre, en larmes, et enfonçait ses petits doigts crispés dans la jambe de sa mère. Il fallait qu'elle s'occupe de lui, qu'elle le rassure. Mais avant, elle devait trouver cette satanée chaîne…

— … accueillerons Mme Carley Winchester juste après la pub.

Ouf ! Elle était enfin sur le bon programme ! Et elle n'avait rien manqué. Elle disposait même d'un peu de temps pour calmer son fils.

Après avoir baissé le volume de la télévision, Tricia déposa la télécommande à terre et prit Taylor dans ses bras pour le bercer tendrement, le cœur bourrelé de remords. Elle lui murmura des mots sans suite à l'oreille, des mots qui n'avaient pas de sens mais qui la réconfortaient parce qu'ils apaisaient lentement les pleurs du petit garçon.

— Maman est là, mon bébé, maman est là, répétait-elle

sans retenir ses propres larmes qui coulaient contre la joue de Taylor. Chut… Tout va bien, mon bébé. Maman est là…

— Je suis ravi de vous accueillir de nouveau sur le plateau de *Bonjour, San Francisco*…

Blaine Cavanaugh, le présentateur le plus en vue, souriait de toutes ses dents, debout sur l'estrade d'où il animait son talk-show quotidien. C'était la première fois que Tricia regardait son émission ; en général, elle n'appréciait pas outre mesure les programmes de ce genre, surtout lorsqu'ils étaient présentés par un bellâtre visiblement plus soucieux de sa propre apparence que des propos de ses invités.

Comme pour confirmer cette impression défavorable, il fit un geste de fausse modestie en direction des spectateurs qui l'applaudissaient à tout rompre, avant de s'installer confortablement dans un fauteuil de tweed beige. De l'autre côté de la table basse décorée de fleurs naturelles, il y avait un canapé assorti, vide pour le moment. Blaine Cavanaugh posa deux tasses de café fumant devant lui et se tourna vers la caméra, le même sourire de convenance aux lèvres.

Les yeux rivés à l'écran, Tricia s'assit en tailleur à même le sol, Taylor dans un bras, une peluche de Petit Ours Brun dans l'autre. Le bébé saisit son héros préféré et se pelotonna contre sa mère, son petit corps encore secoué de hoquets nerveux. Au bout de quelques secondes, il se mit à sucer l'oreille du nounours sans bruit.

— Et blablabla, et blablabla…, marmonna Tricia, énervée par le manège du présentateur qui énumérait les divers sujets « d'actualité » qu'il se proposait de traiter dans les émissions suivantes.

D'une main manucurée, il repoussa une mèche de cheveux

blonds en arrière pour adresser un clin d'œil à la caméra au moment où il parlait de la venue prochaine d'une romancière célèbre pour ses frasques en tout genre.

— Allez, abrège ! grommela Tricia tout en berçant machinalement Taylor dont les sanglots s'étaient apaisés.

Enfin, le jeune prétentieux prit un air pénétré pour annoncer :

— Et maintenant, ceux qui parmi vous suivent de près le tout dernier scandale qui ravage l'élite de San Francisco reconnaîtront aisément notre prochaine invitée. Cette jeune femme élégante et raffinée que vous connaissez bien, on l'accuse dans certains cercles d'avoir perdu la tête à la suite de la disparition de sa sœur, la célèbre et richissime bienfaitrice Leah Montgomery, présumée décédée. Je vous demande d'applaudir comme il se doit… Mme CARLEY WINCHESTER !

Et là, devant les yeux écarquillés de Tricia, Carley apparut.

Une foule de souvenirs lui remontèrent à la mémoire, lui donnant une fois de plus envie de pleurer. Elle aimait cette femme comme une sœur, et souffrait de ne plus avoir aucun contact avec elle depuis deux ans. La voir assise sur ce canapé, bien vivante et alerte, lui causait un choc dont elle n'aurait pas soupçonné l'importance, quelques minutes auparavant.

Après la fin des applaudissements et les remerciements d'usage adressés par Carley au public et au présentateur, ce dernier rappela les grands traits du « drame » dans lequel la sœur de Leah jouait l'un des rôles principaux avec Thomas Whitehead. Il insista lourdement sur l'altercation qui avait eu lieu entre son invitée et le prévenu devant le tribunal, lors de la première audience. Gardant le meilleur pour la fin, il observa une petite pause très théâtrale avant d'exposer à grand renfort de gestes mélodramatiques « l'info-choc » dévoilée par les journaux locaux, le matin même.

— Notre équipe avait déjà sollicité Mme Winchester pour une apparition dans notre émission, mais elle avait malheureusement décliné l'invitation. Cependant, après avoir pris connaissance des gros titres d'aujourd'hui, elle a changé d'avis et nous a aussitôt appelés pour nous proposer de venir sur le plateau de *Bonjour, San Francisco*. Bien entendu, nous avons accepté, car nous savions que c'était ce que vous attendiez, chers téléspectateurs. Au service du public, telle est notre devise !

Plus mince que jamais dans son tailleur noir aux parements de soie rouge, Carley hocha brièvement la tête, faisant danser ses courtes boucles noires autour de son visage. Elle était aussi belle et élégante que dans le souvenir de Tricia, mais il y avait sur ses lèvres et dans ses yeux une amertume inhabituelle.

— Allez, arrête de tourner autour du pot et laisse-la parler ! marmonna la jeune femme, exaspérée par les mimiques de Blaine Cavanaugh.

Enfin, il se tourna vers son interlocutrice, qui attendait impatiemment qu'on lui donne la parole.

— Alors, madame Winchester, commençons par le commencement : que voudriez-vous dire aux avocats de la défense qui clament haut et fort que vous racontez n'importe quoi ?

— Ils ne sont pas les seuls contre lesquels je souhaite m'insurger, rétorqua Carley de cette voix chaude et bien timbrée que Tricia connaissait parfaitement. Il faut y ajouter les forces de l'ordre. Il y a deux ans, lors de la disparition de Kate Whitehead, ils ont refusé de prendre en considération la déposition spontanée de ma sœur, sous prétexte que ce qu'elle affirmait pêchait par manque de preuves concrètes. Du coup, ils se sont permis de classer précipitamment cette affaire des plus gênantes. Mais cette fois, il existe suffisamment de preuves pour les empêcher d'enterrer cette nouvelle histoire non élucidée. En tout cas, s'ils essaient de la minimiser, je leur donnerai du fil à retordre, croyez-moi !

— Alors, vous n'estimez pas, contrairement à ce qu'affirment les experts de la défense, que le chagrin vous a rendue folle ? demanda Blaine avec l'air gourmand d'un chat devant une jatte de crème.

Visiblement, il avait conscience de tenir là LE sujet du moment, et comptait sûrement dessus pour faire grimper son Audimat.

— Je suis sûre à cent pour cent de ce que j'avance, reprit Carley d'un ton égal et convaincant. Certes, je suis une femme passionnée, monsieur Cavanaugh, et je peux être un tantinet excessive, mais il n'en reste pas moins que ce que je dis procède de réflexions on ne peut plus logiques et rationnelles.

La caméra zooma sur Blaine, enregistrant son expression intense et concentrée qui symbolisait le sérieux avec lequel il était censé interviewer son invitée.

— Pourriez-vous nous expliquer un peu mieux ce qui vous a amenée à changer d'avis et à participer à notre émission aujourd'hui ?

Cette fois, ce fut le visage de Carley qui apparut en gros plan. La jeune femme se tourna vers la caméra, et la regarda bien en face, une lueur à la fois lucide et belliqueuse dans ses iris sombres, comme pour anéantir d'emblée toutes les critiques qu'on pourrait lui opposer.

— Je refuse que cet homme sorte du tribunal blanchi, une nouvelle fois, déclara-t-elle en articulant avec soin. Il doit avoir un vrai procès avec un jury objectif pris au hasard parmi les citoyens de San Francisco, et non pas un groupe de sympathisants honteusement soudoyés.

— Oh là ! Comme vous y allez ! s'exclama le présentateur, les yeux brillants d'excitation. Attendez un peu : vous êtes en train de suggérer que M. Whitehead aurait l'habitude de soudoyer les fonctionnaires de police et même les juges d'instruction ?

Carley secoua la tête en signe de dénégation, ce qui déclencha un soupir de soulagement — ou de déception ? — dans le public.

— Je doute qu'il puisse aller jusque-là. Mais il possède une arme redoutable : l'influence de sa famille. Dois-je vous rappeler, monsieur Cavanaugh, que la mainmise des Whitehead en Californie remonte aux tout débuts de la ruée vers l'or ? Ces gens-là ont des actions dans la plupart des compagnies florissantes de la région, ce qui veut dire qu'ils peuvent exercer un contrôle ou une pression sur à peu près tout le monde.

Cavanaugh eut un mouvement de tête difficile à interpréter. Peut-être s'inquiétait-il pour son émission… Après tout, les sponsors qui finançaient ce genre de talk-shows pouvaient très bien compter parmi eux un membre de l'administration Whitehead. Quant à la chaîne câblée qui diffusait son programme, peut-être appartenait-elle majoritairement à un sbire aux ordres du sénateur ou de sa famille ?

En tout cas, à la place de Cavanaugh, Tricia se serait posé ces questions. Et à en juger par la façon dont il se tortillait nerveusement dans son fauteuil, il était loin de se sentir à l'aise. Son visage, tout à l'heure rayonnant d'excitation, se crispa légèrement, et il adopta inconsciemment une attitude bien moins décontractée vis-à-vis de son invitée.

Ce qui devait sans nul doute convenir parfaitement à Carley. S'il y avait bien une chose qu'elle détestait, c'était de constater qu'on ne la prenait pas au sérieux.

— Et vous êtes persuadée que certaines choses n'ont pas été révélées ? reprit l'animateur d'un ton hésitant.

— Tout à fait.

— Un exemple ?

— J'avais dit à la police que Leah et Whitehead entretenaient une liaison. Mais personne n'avait accordé foi à cette affirmation, jusqu'à ce que j'accuse publiquement le sénateur, à la sortie du tribunal.

— Certes, mais nous savons tous que les enquêteurs ne souhaitent pas faire trop de révélations à la presse avant d'avoir avancé dans leurs enquêtes. Qu'est-ce qui vous autorise à affirmer qu'ils ont négligé votre témoignage ?

— On m'a très clairement conseillé de faire attention à mes déclarations, faute de quoi Whitehead pourrait me poursuivre pour diffamation. Et ils ont ajouté que les informations que je leur donnais n'étaient fondées que sur des on-dit, qu'il n'existait pas de preuve tangible pour les appuyer. En gros, ils m'ont fait comprendre que c'était ma parole contre celle du sénateur. Etant donné que le rapport de forces m'était plutôt défavorable, ce que je pouvais leur dire n'avait guère de valeur à leurs yeux.

Caressant pensivement son menton d'une main, Cavanaugh opina lentement du chef avant de poursuivre sur un ton empreint d'un respect nouveau :

— Et pourtant, vous aviez bien d'autres choses à leur révéler, n'est-ce pas ?

— Exact, confirma Carey. Ce n'était que le début. Je

savais que Leah était enceinte, et s'ils avaient accepté de m'écouter, ils auraient gagné un temps précieux. Elle avait fait un test de grossesse, chez elle, le dimanche précédant sa disparition, et elle m'avait aussitôt appelée pour m'annoncer la nouvelle. J'en ai parlé aux inspecteurs, le lendemain soir, après leur avoir signalé qu'elle ne s'était pas présentée au gala de charité… Mais comme, dans l'intervalle, Leah n'avait pas eu le temps d'aller voir un médecin, il n'existait aucune preuve pour appuyer ma déclaration. Du moins, jusqu'à ce qu'on retrouve le test en question…

— C'est donc pour cette raison que vous avez insisté auprès des experts et des médecins légistes ? Pour qu'ils fouillent l'appartement de Mme Montgomery de fond en comble, à la recherche d'une preuve de sa grossesse ?

Carley fit oui de la tête.

— Cela dit, je ne m'attendais pas à ce qu'ils tombent aussi facilement sur ce test.

A ces mots, elle prit une profonde inspiration et cligna rapidement des paupières, sans doute pour maîtriser les larmes qui lui montaient aux yeux. Elle inclina légèrement la tête, signe des efforts qu'elle fournissait pour ne pas craquer sous la pression des émotions.

La gorge serrée devant son écran de télévision, Tricia eut envie d'être à ses côtés pour la serrer dans ses bras, comme la fois où, à huit ans, elle avait consolé la sœur de sa meilleure amie parce qu'un garçon de la maternelle avait été méchant avec elle pendant la récréation.

Lorsqu'elle releva la tête, Carley avait repris le contrôle d'elle-même. Ce fut d'une voix posée qu'elle poursuivit :

— Après avoir découvert le test positif, les forces de police ont contacté le gynécologue de Leah, lequel leur a déclaré qu'elle avait pris rendez-vous à son cabinet pour le début du mois prochain.

Comme pour souligner l'importance de cette information, la caméra fit un rapide panoramique du public, montrant des visages tendus et des dizaines de paires d'yeux fixés sur l'invitée.

Pendant ce temps, avec l'innocence confiante propre à son âge, Taylor s'était à moitié endormi dans les bras de sa mère, suçant à la fois l'oreille de son nounours préféré et son pouce droit.

— Au moins, la police a fini par accorder foi à vos déclarations, constata le présentateur avec un air particulièrement intéressé, comme s'il avait ouvert une boîte de Pandore et qu'il cherchait à en explorer le contenu.

Tricia ne put s'empêcher d'éprouver une certaine admiration pour sa constance professionnelle : après tout, en poursuivant cette émission, il risquait sa place et même sa carrière. Il jouait à quitte ou double, en somme.

— Certes, répondit Carley. Mais je trouve tout de même que les forces de l'ordre font preuve d'une légèreté suspecte face à la mort probable de deux femmes parmi les plus célèbres de notre communauté.

— C'est-à-dire ? Pouvez-vous être plus claire, madame Winchester ?

— Je m'explique : Whitehead a été accusé d'un meurtre de première catégorie, point final. Mais étant donné les lois en vigueur dans l'Etat de Californie, on aurait dû ajouter aux chefs d'accusation le fait qu'un fœtus — donc un futur bébé — soit concerné par ce délit. Du coup, on serait tombé dans le cas des meurtres avec « circonstances exceptionnelles », qui permet à l'accusation de demander la peine de mort. Comme par hasard, cela n'a pas été pris en compte. Ce qui veut dire que Whitehead encourt *seulement* le risque d'être emprisonné à vie pour la double horreur qu'il a commise.

A ces mots, Tricia se sentit envahie d'une joie sauvage dont elle eut aussitôt honte. Comment pouvait-elle en être arrivée à souhaiter la mort d'un homme, fût-il aussi abject que Thomas ? Etrange de constater qu'elle semblait s'être interdit toute possibilité de bonheur tant que son mari devant Dieu et les hommes n'avait pas perdu la face…

Cavanaugh observa une courte pause, juste le temps d'avaler une gorgée de café. Après avoir indiqué d'un geste à son invitée qu'elle pouvait faire de même, il reprit la parole.

— Si vous le voulez bien, arrêtons-nous un instant sur la grossesse de Mme Montgomery. D'après ce que vous semblez avancer, le sénateur Whitehead aurait donc été au courant de l'état de votre sœur. Pensez-vous que cela puisse avoir un lien direct avec sa disparition ?

— J'en suis absolument certaine, fit Carley en se redressant pour mieux faire face à la caméra, comme si elle cherchait à convaincre non pas le présentateur ni le public du studio, mais les milliers de téléspectateurs qui regardaient l'émission — y compris Tricia, qui ne la quittait pas des yeux. Le coup de téléphone qui a eu lieu entre Whitehead et Leah, le jour même de sa disparition, ne s'est pas exactement passé comme ce « cher » sénateur le soutient. Il prétend que ma sœur l'avait appelé uniquement pour lui dire qu'elle ne se sentait pas bien et qu'elle voulait annuler leur rendez-vous du soir, avant le gala. Mais quelqu'un qui préfère rester anonyme m'a informée de la véritable teneur de leur conversation. Cette personne a entendu Whitehead dire à Leah que tout était terminé entre eux. Lors de leur petit déjeuner, le matin, elle lui avait annoncé qu'elle était enceinte. Je vous laisse juger de sa réaction quand, quelques heures plus tard, il lui a parlé de séparation ! Connaissant le caractère de ma sœur, je peux vous assurer qu'elle n'a pas dû prendre la nouvelle avec philosophie. Elle a dû le menacer de révéler à la presse qu'il lui avait fait un enfant, ou quelque chose de ce style. Non pas parce qu'elle voulait absolument qu'il reconnaisse son bébé, mais plutôt pour bien montrer à tout le monde que le sénateur n'était pas le champion des droits de l'enfant qu'il se plaisait à incarner.

— Quelqu'un aurait donc entendu le sénateur Whitehead annoncer froidement à votre sœur que leur relation prenait fin, uniquement parce qu'elle était enceinte ? répéta Cavanaugh d'un ton incrédule.

Pour toute réponse, Carley se contenta de hocher vigoureusement la tête.

— Eh bien ! Pardonnez-moi, mais cela me paraît difficile à croire. Le sénateur a toutes les apparences d'un homme foncièrement bon, et respectueux de l'éthique. Par ailleurs, tout le monde est au courant des efforts gigantesques qu'il déploie en faveur des enfants de Californie.

— C'est sûr, le sénateur est foncièrement bon, comme vous dites, reprit Carley avec ironie, sans chercher à dissimuler son mépris. Il est même tellement *bon* qu'il battait sa femme !

A ces mots, Tricia s'étrangla toute seule dans le salon. Son premier réflexe fut d'entourer Taylor de ses bras, comme pour le protéger de cette nouvelle révélation. Mais elle n'éteignit pas la télévision pour autant. Il fallait qu'elle sache où Carley voulait en venir.

— Comment ? s'exclama Cavanaugh. Voilà une allégation

qui pourrait vous attirer de graves ennuis si elle s'avérait injustifiée, madame Winchester !

Avec un haussement d'épaules, Carley poursuivit :

— Vous n'êtes pas le premier à me faire cette remarque. Et c'est sans doute pour cette raison que personne n'ose en parler ouvertement. Mais, moi qui connaissais Kate Whitehead depuis des années, je peux vous dire que c'est la vérité. Nous étions liées depuis l'enfance, et je savais quand elle mentait. Peut-être même mieux que ma propre sœur, sa meilleure amie. Leah était plutôt tête en l'air, toujours dans les nuages, et elle n'a jamais remarqué les détails pourtant choquants qui m'ont mis la puce à l'oreille.

— Vous dites que vous saviez quand Kate Whitehead mentait, reprit le présentateur. Cela veut-il dire qu'elle vous avait soutenu que son mari ne la frappait pas ?

— Non, répondit Carley, les yeux soudain perdus dans le vague, comme si elle se replongeait dans ses souvenirs.

A la regarder, Tricia sentit monter en elle une bouffée de honte mêlée d'angoisse. Retenant sa respiration, le cœur battant, elle attendit la déclaration fracassante que Carley n'allait pas manquer de faire. Si cela pouvait servir à retrouver Leah… Car c'était Leah qui comptait, pas elle ! Seulement Leah…

— A deux reprises, lors de rendez-vous impossibles à annuler, Kate s'est présentée avec des traces de coups sur le visage. La première fois, ce n'était pas très marqué ; elle a prétendu qu'elle avait glissé en entrant dans sa baignoire et qu'elle s'était cognée contre le robinet.

Prostrée sur le tapis, Tricia laissa échapper une plainte à l'évocation de ce souvenir encore cuisant. Dire qu'elle avait cru duper la perspicace Carley avec cette excuse toute faite…

— Et la deuxième fois ?

— Les traces de coups étaient nettement plus prononcées. Elle avait un coquard, et son nez était enflé…

Carley fit une pause pendant laquelle la caméra se dirigea vers le public. Les gens avaient l'air sincèrement outrés de ces révélations.

— Quand je lui ai demandé ce qui s'était passé, elle a prétendu qu'elle venait de subir une opération de chirurgie esthétique, pour effacer les rides d'expression qu'elle avait autour des yeux.

Son bébé serré contre elle, Tricia se rendit compte qu'elle s'était mise à se balancer d'avant en arrière, comme les enfants maltraités dont elle s'était occupée avec Leah, lorsqu'elles participaient à des actions humanitaires. Les oreilles bourdonnantes, elle entendit à peine l'animateur annoncer la pause publicité.

Tout ce qu'elle voulait, c'était que Carley continue, afin de savoir ce que Leah était devenue. Quitte à revivre en direct les horreurs de son passé…

Incapable de bouger, Tricia contemplait l'écran où des pans entiers de sa propre vie étaient discutés et commentés en direct devant des milliers de gens. Comme c'était étrange pour elle de se trouver dans une maison qui était presque devenue la sienne depuis deux ans et de revivre une existence qu'elle croyait avoir reléguée au fin fond de sa mémoire. Il était bien question d'elle, mais elle se sentait bizarrement détachée, comme si elle flottait sur un nuage. Peut-être était-ce sa manière à elle de ne pas devenir folle devant le déballage qui était fait de ses tourments passés…

— Avant de revenir sur l'histoire absolument incroyable que vous avez commencé à nous raconter, madame Winchester, je voulais vous poser une petite question concernant votre mari, Benny Winchester, reprit Cavanaugh d'un ton solennel, après la page de publicité. En tant que conseiller municipal, il doit avoir des contacts avec le sénateur Whitehead ?

— Effectivement.

— Ma question est simple : que pense-t-il du fait que vous accusiez publiquement un homme qui se trouve être son supérieur dans la classe politique ?

Le visage de Carley prit une expression malicieuse que Tricia reconnut avec un pincement de nostalgie.

— Whitehead est républicain, Blaine. Et Benny est démocrate. Je vous conseille de méditer là-dessus…

Le public laissa échapper un rire étouffé, et Cavanaugh ne put s'empêcher de l'imiter.

— Pourtant…, reprit-il après avoir maîtrisé son amusement.

Carley l'interrompit d'un geste dramatique. Puis, se tournant vers la caméra, elle martela avec force :

— Mon mari aimait beaucoup ma sœur. Il s'est engagé en tant que conseiller municipal parce qu'il a envie de se battre pour nos concitoyens, notamment pour l'amélioration de leur vie quotidienne. Mais la position qu'il occupe, et qui le place au-dessous de Whitehead, comme vous l'avez fait remarquer à juste titre, n'influera pas sur ses décisions ni sur les miennes. Sans doute parce que la réussite politique n'est pas sa priorité absolue, contrairement à d'autres. Et je peux vous assurer qu'il me soutient à cent pour cent dans ma démarche actuelle.

Cavanaugh, qui avait ouvert la bouche, comme pour protester, la referma sans dire le moindre mot, sans doute impressionné par la véhémence des propos de son invitée. L'air un peu décontenancé, il jeta un coup d'œil prolongé à ses notes, et finit par reprendre la parole d'un ton nettement plus humble :

— Bien. Avant la pause publicitaire, vous nous avez dit ce que vous saviez au sujet de Kate Whitehead. Mais vous avez peut-être autre chose à nous révéler ?

Les mains serrées sur ses genoux, Carley hocha la tête. Tricia sentit son estomac se tordre à la faire hurler. Mais elle ne coupa pas le son ni l'image. Elle avait trop besoin d'entendre ce qui allait suivre.

— Le jour où Kate a disparu, il y a bientôt deux ans de cela, ma sœur a dit aux inspecteurs Gregory et Stanton qu'elle avait reçu un coup de fil de son amie. D'après elle, Kate avait une voix bizarre, essoufflée, comme si elle avait couru à perdre haleine avant de téléphoner. Elle avait demandé à Leah de la retrouver à l'endroit habituel, sans préciser la raison pour laquelle elle voulait la voir. N'écoutant que son bon cœur, Leah s'est précipitée au rendez-vous. Mais sur le chemin, elle est tombée en panne d'essence. Le temps de faire le plein et de rejoindre le lieu du rendez-vous, Kate n'était plus là. On ne l'a plus jamais revue, ensuite.

— Connaissez-vous cet *endroit habituel* auquel Mme Whitehead faisait allusion ?

Comme hypnotisée, Tricia regarda Carley opiner du chef, une fois de plus. *La colline…* elle allait révéler à la Californie tout entière l'endroit sacré où Leah et elle avaient l'habitude de se retrouver… Et dire que si son amie n'avait pas manqué d'essence, le cours de leurs existences aurait pu s'en trouver complètement changé ! La vie tenait vraiment à peu de choses…

— … et les inspecteurs ont envoyé des hommes vérifier sur place, mais ils n'ont trouvé personne, bien entendu. Leah les avait prévenus qu'il n'y aurait rien, puisqu'elle l'avait constaté par elle-même, poursuivit Carley, l'air épuisée par tant de souvenirs lugubres. Ils ont soutenu ensuite que le coup de téléphone reçu par ma sœur ne permettait absolument pas de lier la disparition de Kate à une action quelconque de son mari. Ils ont ajouté que cet appel ne pouvait constituer une preuve à mettre au dossier de Kate, étant donné qu'il n'était pas inhabituel pour Leah et elle de se donner rendez-vous sur la colline, et pas forcément pour des raisons dramatiques. Résultat : l'affaire a été classée bien vite.

— Nous allons être à court de temps, malheureusement, fit Cavanaugh. Mais il me reste tout de même quelques instants pour vous poser une dernière question, madame Winchester. Pensez-vous — et j'ai conscience de risquer de gros ennuis en vous posant cette question —, pensez-vous que M. Whitehead soudoie un membre des forces de l'ordre pour que cette nouvelle histoire soit étouffée dans l'œuf ?

Visiblement, l'ambitieux animateur sentait le gros coup se profiler — une découverte qui surpassait nettement la disparition à deux ans d'intervalle de deux femmes de la haute société californienne. L'estomac plus noué que jamais, Tricia se pencha en avant avec un faible gémissement, les yeux rivés sur l'écran où le visage fatigué de Carley se dessinait en gros plan.

Lorsque cette dernière secoua la tête en signe de dénégation, Tricia respira profondément, à la fois soulagée et déçue de ne pas entendre Thomas se faire traîner davantage dans la boue, comme il l'aurait mérité.

— Très franchement, je ne le crois pas, fit Carley avec un petit rire sans joie. Tout simplement parce qu'il n'a pas besoin de ça pour imposer sa version des faits. Loin de moi l'idée d'accuser la police de ne pas faire son travail ;

c'est juste qu'ils me semblent un peu trop timorés en ce qui concerne Whitehead. Sans doute par peur de se tromper et de voir leurs carrières affectées ou même détruites par la suite…

— Pourtant, le sénateur a été mis en examen.

— Oui.

— Ne croyez-vous pas que vous risquez de compromettre le déroulement de l'enquête et même le procès à venir en divulguant des informations que la police ne souhaitait probablement pas révéler dans l'immédiat ? objecta Cavanaugh, sans laisser à son invitée l'occasion de répondre. Et, même si vos déclarations ne gênent pas la progression des recherches, ne craignez-vous pas d'influencer le futur jury avant même qu'il ne soit composé ? Dans ce cas, vous risqueriez de compromettre son impartialité — ce qui pourrait constituer un obstacle au travail de la justice…

A la façon dont Carley se redressa sur son siège en pinçant les lèvres, Tricia devina qu'elle était bien près de perdre son sang-froid et de dire ses quatre vérités au jeune prétentieux qui se tenait en face d'elle.

— Ce que je souhaite, reprit-elle d'une voix plus sonore que jamais, c'est m'assurer qu'il y aura bien un procès. Il sera temps de s'occuper de l'objectivité du jury lorsqu'il sera constitué, pas avant !

— Pensez-vous que l'article paru ce matin dans la *Gazette* pourrait faire changer le cours des choses ?

— Je crains, en effet, que l'histoire ne se répète, confirma Carley d'un air sombre. A mon avis, si le bureau du procureur trouve suffisamment de preuves pour étayer ce nouvel élément, ils ne tarderont pas à s'en servir comme excuse pour abandonner les poursuites contre Whitehead. Ce serait nettement plus simple, et moins dangereux pour les carrières de tous ces gens si respectables, vous comprenez ?

— Si j'ai bien suivi votre pensée, vous ne considérez pas comme déterminant le fait que le sénateur Whitehead ait subi une vasectomie ?

— Je me fiche bien des histoires que Whitehead peut raconter au sujet de ses bijoux de famille ! s'exclama Carley d'un ton coupant. Pour quelqu'un d'aussi puissant, il est facile de sortir un certificat médical de sa manche juste au moment où les choses se corsent ! Ce que je sais, c'est que c'est bien cet homme qui a fait un enfant à ma sœur. D'une part, cela faisait plus de un an qu'elle n'avait pas eu de relations avec un autre homme que lui. Et, d'autre part, quand elle m'a parlé de la situation compliquée où elle s'était mise, elle a ajouté que, en étant enceinte de Whitehead, elle se sentait plus proche de Kate. C'était pour elle le seul point positif de tout ce gâchis…

A partir de cet instant, Tricia ne prêta plus la moindre attention au reste de l'émission qui, d'ailleurs, touchait à sa fin. La seule chose qu'elle entendait, c'était cette petite voix à l'intérieur de sa tête qui répétait inlassablement la même prière :

Leah, Leah, je t'en prie, il faut que tu tiennes bon ! Où que tu sois. Je t'en supplie, reste en vie ! Pour toi, pour moi, pour les enfants qui nous ont été confiés malgré nous. Accroche-toi, Leah !

Et surtout, surtout… pardonne-moi pour tout ce que j'ai fait. Ou plutôt, pour tout ce que je n'ai pas fait.

12.

Elle avait envie de faire l'amour. Son corps nu aux courbes sinueuses moulé contre celui de Scott, elle passa une longue jambe soyeuse par-dessus la sienne en la caressant légèrement au passage du bout des orteils. Elle se serra plus étroitement contre lui, et il sentit la douceur satinée de son ventre contre sa hanche. D'un bras, elle lui entoura le torse amoureusement, et promena ses doigts sur sa peau en prélude aux délices qu'il savait pouvoir connaître avec elle. Il ne protesta pas, savourant ces prémisses encore timides, pas plus qu'il n'émit le moindre commentaire lorsqu'elle commença à semer des baisers très tendres le long de son cou.

Un mélange inhabituel de plaisir et d'irritation l'envahit. Il avait envie d'elle, lui aussi, mais ses avances le perturbaient car il avait besoin de faire le point.

Doucement, il passa un bras autour d'elle et la fit descendre de quelques centimètres à peine, juste pour que sa bouche ne se trouve plus au niveau de son cou. Elle ne dit rien et se lova contre lui sans paraître remarquer sa prudente tactique. Pour un peu, il aurait pu croire qu'elle s'endormait calmement, tant sa respiration était paisible.

Ayant échappé pour un instant à la tentation délicieuse

des lèvres de Tricia, il se replongea dans ses pensées. Ses parents l'avaient appelé pendant qu'il était au boulot pour lui dire qu'ils rentraient de voyage dans une quinzaine de jours. Ils lui avaient demandé de les rejoindre à Mission Viejo pour le week-end. A les entendre, ils avaient des montagnes de choses à lui raconter après leur périple.

Leur coup de fil avait fait plaisir à Scott. Il avait très envie de les voir, mais il s'était bien gardé de leur donner une réponse tout de suite. Il ne voulait pas leur présenter Tricia. Pas dans l'état actuel des choses. Il savait que leur relation n'avait pas d'avenir, mais ses parents s'imagineraient forcément autre chose — du genre alliances et tout le tralala. Bien sûr, il aurait pu aller les retrouver sans elle. Mais il n'en avait pas la moindre envie. Ils ne se voyaient déjà pas tous les jours, étant donné ses horaires décalés. Alors, quand il pouvait profiter d'un week-end entier avec elle, il ne manquait cela pour rien au monde. Pas même pour ses parents.

Et ces derniers ne risquaient pas de s'inviter par surprise. Depuis le temps que Scott vivait à South Park, ils ne lui avaient jamais rendu visite chez lui. Il les retrouvait parfois dans un restaurant du coin, mais jamais il ne les avait fait entrer dans sa petite maison. Avant l'arrivée de Tricia, il passait de temps en temps un week-end en leur compagnie — rarement, à vrai dire. Il ne se sentait pas à sa place dans le décor luxueux qui constituait toujours le quotidien de ses parents. Et il savait pertinemment que, de leur côté, ils auraient éprouvé une certaine gêne en se retrouvant chez lui, à South Park. Ils le soutenaient dans ses choix, comme ils l'avaient toujours fait. Mais de là à accepter de vivre, même une journée, selon ses critères, il y avait un pas énorme qu'ils n'étaient pas prêts à franchir. Et, dans un sens, ce n'était pas plus mal. Surtout actuellement.

Les yeux grands ouverts, Scott resta allongé sur le dos, à contempler les ombres au plafond. Il n'avait pas la moindre envie de dormir. De toute façon, son esprit tourmenté ne lui en aurait pas laissé la possibilité. Quant à son corps…

Eh bien, son corps réclamait celui de Tricia. Et il devenait difficile de faire la sourde oreille.

Généralement, lorsqu'il rentrait d'une permanence de quatre jours, il passait une nuit d'amour fabuleuse avec sa compagne. Mais, cette fois, il résistait à ses tendres sollicitations, et cela sans la moindre explication. Tricia n'avait rien dit, mais il était sûr qu'elle n'en pensait pas moins.

C'était précisément ça qui l'ennuyait : de ne pas savoir ce qu'elle ressentait. Etant donné qu'elle ne montrait rien, comment ne pas s'imaginer le pire ? Comme par exemple la possibilité qu'elle soit plus soulagée que vexée par ses rebuffades ou qu'elle en ait assez de remplir son rôle d'amante, qu'elle se soit lassée de lui au point de ne pas regretter leurs étreintes fougueuses… Il y avait aussi une autre possibilité : qu'elle se croie entièrement rejetée. Peut-être s'attendait-elle, après les deux refus tacites qu'il lui avait opposés, à ce qu'il lui demande de faire ses bagages et de partir… Après tout, elle avait déjà cru ça ; rien ne l'empêchait d'envisager ce scénario une deuxième fois.

Comment pouvait-elle supporter une existence aussi incertaine, à se demander sans arrêt si elle n'allait pas se retrouver à la rue d'un instant à l'autre, avec un enfant de dix-huit mois ? Cette situation devait être insoutenable…

Pourtant, Scott n'arrivait pas à la toucher, malgré son envie de la rassurer quant à l'avenir de leur relation. Il y avait trop de questions en suspens dans son esprit agité…

Dire qu'il avait tout contre lui la femme la plus séduisante et tendre qu'il lui eût été donné de rencontrer depuis longtemps, et qu'il réfrénait ses pulsions alors qu'elle ne demandait qu'à l'accueillir en elle ! Il devait être idiot ou complètement névrosé. Pourquoi les choses devenaient-elles si compliquées tout à coup ?

Avec un sentiment de découragement intense, Scott se laissa doucement glisser dans le sommeil. S'il parvenait à dormir, peut-être les choses seraient-elles plus claires à son réveil.

Gazette de San Francisco,
lundi 25 avril 2005, p. 8, section C

LE SÉNATEUR ET LA PETITE SŒUR : DUEL EN PERSPECTIVE

Carley Winchester, la sœur cadette de la célèbre héritière Leah Montgomery, disparue depuis trois semaines aujourd'hui, a décidé de prendre le taureau par les cornes. Lors d'une participation remarquée à l'émission « Bonjour, San Francisco », elle a soutenu devant des milliers de téléspectateurs que l'enquête policière sur la disparition de sa sœur était entravée à dessein. Suite à ces déclarations fracassantes, les forces de l'ordre ont mené des recherches approfondies dans une région montagneuse dont ils n'ont pas indiqué la situation exacte, par mesure de précaution. D'après les informations que leur avait données Mme Winchester, les experts pensaient pouvoir découvrir le corps de la disparue ou, à défaut, des traces attestant de l'une de ses visites récentes. Malgré tous leurs efforts, ils n'ont pas pu récolter le moindre indice révélateur : les relevés d'empreintes n'ont pas montré de traces de pneus ni de pas dans les environs. Un vieil homme ayant vécu toute sa vie en reclus dans le périmètre délimité a été interrogé. Mais la police s'est refusée à tout commentaire là-dessus.

Autre point important dans l'affaire Montgomery : la déclaration du sénateur Thomas Whitehead au sujet d'une vasectomie qu'il aurait subie il y a dix-neuf ans a été corroborée par son dossier médical de l'époque. L'opération avait été pratiquée par un médecin dont l'identité demeure inconnue de la presse ; on sait cependant qu'il avait été radié du corps médical pour avoir procédé à des avortements illégaux. Le médecin traitant du sénateur a confirmé l'existence d'une petite cicatrice presque indétectable, preuve que l'incision nécessaire à la vasectomie a bien été pratiquée sur son client.

On attend de plus amples informations. Mais il est certain que l'affrontement entre Mme Winchester et M. Whitehead ne manquera pas d'échauffer les esprits ni de faire fonctionner les mauvaises langues.

— Où étais-tu ?

Tricia sursauta. Elle n'avait pas remarqué la présence de Scott lorsqu'elle était entrée dans la cuisine. Assis devant une tasse de café à moitié vide, il arborait un air sombre et soupçonneux qui lui serra le cœur.

Pourquoi les choses devaient-elles forcément se compliquer ? Elle s'était pourtant levée à l'aube, sans faire de bruit, pour se glisser hors de la maison, certaine qu'elle serait de retour avant que Scott ou Taylor ne s'aperçoivent de son absence.

Paniquée par le regard courroucé de son amant, elle

répondit la première chose qui lui venait à l'esprit — la vérité, en fait.

— Je suis allée acheter le journal.

— Vraiment ? Alors, où est-il ?

Pour se donner une contenance, Tricia ouvrit un placard et en sortit une tasse. En refermant nerveusement la porte, elle se cogna la main, et faillit envoyer la vaisselle s'écraser sur le carrelage.

— Je l'ai parcouru sur le chemin du retour et je l'ai jeté dans une poubelle. Pourquoi ?

Il n'avait pas le droit de la soumettre à pareille inquisition.

Non, ce n'était pas vrai. Il en avait parfaitement le droit. Elle vivait chez lui — *avec lui*. Il pouvait à juste titre se sentir offensé par sa conduite…

Comme sa main tremblait, elle fit déborder le café encore chaud qu'elle était en train de se servir. Elle inspira profondément, vida le liquide qui avait empli la soucoupe dans la tasse, en but une gorgée, adossée au comptoir de la cuisine.

Du coin de l'œil, elle jeta un regard furtif à son amant. Ses cheveux bruns étaient encore tout ébouriffés, et une barbe naissante ombrageait ses mâchoires carrées. Pour tout vêtement, il portait une chemise ouverte et son jean de la veille. Pieds nus sur le sol froid, il la regardait avec une telle intensité qu'elle se sentit frissonner.

Six mois plus tôt, elle se serait assise sur ses genoux pour le câliner amoureusement. Il aurait sûrement cédé à ses sollicitations, et lui aurait fait l'amour, là, sur la chaise de la cuisine. Ils auraient recommencé, quelques instants plus tard, sous la douche dont le jet brûlant les aurait électrisés.

Mais aujourd'hui… aujourd'hui, ces jeux coquins n'étaient

plus d'actualité. Avec le sentiment de se trouver devant un juge, Tricia demanda d'une voix étrangement flûtée :

— Quoi ? Qu'est-ce qu'il y a ?

Il resta silencieux un moment, comme s'il cherchait à percer tous ses secrets par la simple force de son regard. Puis il reprit d'un ton terriblement froid :

— Tu n'as pas pensé que j'aurais peut-être envie de le lire, ce journal ?

Tricia haussa les épaules, soutenant son regard malgré l'effritement vertigineux de sa belle assurance. Elle tenta d'ignorer la petite voix intérieure qui la mettait en garde. Après tout, les questions de Scott étaient tout à fait normales. Il l'aimait — il le lui avait dit. Et elle l'aimait aussi. Il méritait sa confiance et sa loyauté. Mais les souvenirs d'une autre vie, d'une autre confrontation menaçaient de la submerger. Il fallait qu'elle se calme, sinon elle ne répondrait plus de rien.

— Les journaux, ce n'est pas ta tasse de thé, Scott, fit-elle d'un ton peu convaincant. Tu n'es même pas abonné…

— Parce que je suis absent la moitié du temps ! Ce serait jeter de l'argent par les fenêtres.

Ils avaient déjà eu cette conversation, se rappela Tricia. Au début de son installation chez lui. Il lui avait proposé de prendre un abonnement au quotidien local, puisqu'elle passerait le plus clair de son temps à travailler à domicile et à s'occuper de son fils. Mais elle avait refusé sous prétexte qu'elle ne voulait pas qu'il dépense de l'argent inutilement. Elle lui était déjà suffisamment reconnaissante de lui offrir un toit et un semblant de foyer…

Bien entendu, elle lui avait caché la véritable raison de son refus. Les nouvelles qui l'intéressaient n'étaient pas celles de San Diego, et la lecture du journal local ne lui aurait servi à rien.

Scott laissa échapper un soupir et appuya sa tête sur ses mains, les coudes posés sur la table. A le voir si triste et désabusé, Tricia se sentit affreusement coupable. En plus, elle avait peur… Mais de quoi exactement ? Elle ne voulait pas y songer.

Debout face à Scott, à quelques mètres seulement de lui, elle s'obligea à penser à des choses positives. Comme la présence de Taylor, qui dormait dans sa chambre à l'autre bout de la maison.

La jeune femme faillit sourire à cette évocation, visualisant comme si elle s'était trouvée à côté du petit lit les bonnes joues rebondies du bébé, ses lèvres roses, le nez qu'il avait hérité de son père…

Son père — Thomas Whitehead… Il était tellement influent qu'il pouvait museler la presse et falsifier des documents médicaux. Il avait même réussi à mettre le grappin sur l'un des praticiens les plus renommés de San Francisco. *Son* médecin traitant, comme le stipulait l'article de ce matin.

Le toubib mentait forcément en prétendant avoir remarqué cette fameuse cicatrice. Tricia doutait, d'ailleurs, que quiconque à part ce médecin-là fût capable d'identifier la marque censée prouver que la vasectomie avait bien eu lieu.

En gros, avec cette histoire d'opération sortie de derrière les fagots, Thomas Whitehead l'avait publiquement accusée d'être une garce — une femme adultère de la pire espèce. Si l'on suivait son raisonnement jusqu'au bout, l'enfant qu'elle portait au moment de sa disparition ne pouvait pas être celui de son mari. Il fallait vraiment qu'il soit tordu, pourri jusqu'à la moelle, pour en arriver à ces extrémités.

Et le pire, c'est qu'il n'existait aucun moyen de le confondre. A moins que...

A moins qu'elle ne se résolve à faire effectuer un test ADN à son fils. Quelques minutes suffiraient pour établir la vérité...

Mais, de toute façon, elle savait que Thomas réussirait à s'en sortir. Il lui suffirait d'acheter quelques hommes peu scrupuleux, et il serait innocenté en moins de deux. Et, si elle commettait l'erreur de se manifester, il trouverait le moyen de la briser. Impitoyablement.

Un sentiment familier de terreur primaire envahit soudain la jeune femme. Le cœur battant, les tempes bourdonnantes, elle se retrouva projetée dans une atmosphère de violence terrible qui effaçait la réalité actuelle. Elle était prisonnière, acculée, en danger de mort... Elle crut sentir le goût du sang dans sa bouche, ce goût douceâtre et écœurant qui suivait invariablement les altercations qu'elle avait avec *lui*.

Elle courba instinctivement les épaules pour se protéger du mieux qu'elle pouvait des coups qui n'allaient pas tarder à pleuvoir. Son bourreau la frapperait sans relâche, jusqu'à ce qu'elle fût à moitié évanouie de peur et de douleur. Et pendant que les gifles et les coups de poing sonneraient comme autant de cloches lugubres, le visage déformé de celui qui la retenait sous sa coupe lui crierait d'avouer le nom de ses amants...

— Dis-moi...

Tricia hurla, à demi inconsciente. Et, dans le sursaut qu'elle ne put réprimer, elle se cogna violemment la tête contre un placard.

Heureusement, le choc la rappela brusquement à la réalité. Clignant des yeux, elle vit que Scott n'avait pas bougé d'un centimètre. Assis à la table de la cuisine, il la regardait d'un air effaré, les yeux écarquillés, comme si elle s'était changée en une espèce de mutante monstrueuse.

— Quoi ? fit-elle dans un souffle, essayant désespérément de recouvrer une respiration normale.

— Je… je te demandais juste de me dire où tu étais vraiment…, balbutia Scott, visiblement choqué par sa réaction excessive.

Les yeux baissés sur ses chaussures de tennis, Tricia se força à compter le nombre d'œillets qu'elles possédaient. Une manière comme une autre de se calmer. D'autant que sur le blanc poussiéreux de ses baskets n'apparaissait aucune trace de sang, contrairement à ses craintes irraisonnées.

— J'allais acheter le journal, répéta-t-elle d'une voix sourde, encore empreinte de terreur.

D'un bond, Scott se leva.

— Ne me raconte pas de mensonges, Trish, fit-il tout en s'approchant d'elle. Si tu ne veux pas me dire ce que tu faisais, libre à toi. Mais ne mens pas, je t'en prie. Notre relation vaut mieux que ça.

Ce fut comme si les souvenirs qu'elle s'efforçait de refouler remontaient brusquement à la surface, en écho à ces paroles pourtant prononcées d'une voix égale. Elle crut entendre les reproches d'un autre homme, et sa tentative désespérée pour éviter la correction inévitable qu'il allait lui administrer…

— Avec tout l'argent que je représente, tout ce que je vaux, tu oses te présenter devant moi et me mentir effrontément !

— Thomas, je te jure que je te dis la vérité. Je n'ai jamais…

Mais les coups s'abattaient sur elle avant qu'elle ait le temps de terminer sa phrase. C'était toujours la même chose. Elle trinquait pour une faute qu'elle n'avait pas commise…

Apeurée, Tricia vit Scott se rapprocher dangereusement. Guidée par l'instinct, elle se recroquevilla imperceptiblement. Elle savait ce qui allait suivre — elle n'en avait que trop souffert, par le passé. Si elle s'y préparait minutieusement, elle aurait peut-être moins mal ?

— O.K., O.K. ! bredouilla-t-elle lorsqu'il ne fut plus qu'à deux ou trois pas d'elle. Je… je ne me sentais pas très bien et je… je suis sortie pour marcher un peu. J'avais… j'ai pensé que l'air frais me ferait du bien. Et j'avais raison : je me sens mieux, à présent. Je t'assure…

L'air mi-soulagé, mi-anxieux, il inclina la tête sur le côté, cherchant à lire la vérité dans le regard qu'elle lui dérobait. Mais il ne la toucha pas.

— Pourquoi tu ne m'as pas réveillé ?

— Je ne voulais pas que tu t'inquiètes.

— Pourquoi ? J'ai des raisons de m'inquiéter ?

Tricia sut à l'expression de son visage soucieux qu'il ne lui ferait pas de mal. Elle ne devait pas avoir peur de lui. Repoussant la panique irrationnelle qui l'avait menée aux limites de la défaillance, elle reprit son souffle. Pour l'instant, tout allait bien. C'était Scott qui se tenait devant elle — et non pas le monstre qui avait détruit sa confiance en la vie et qui continuait de hanter ses cauchemars.

— Non, Scott, fit-elle d'une voix douce. Je te le promets : tu n'as aucune raison de t'inquiéter.

Pas encore, du moins, ajouta-t-elle pour elle-même. Pas encore…

Il resta debout, à l'étudier pensivement pendant un moment qui lui parut durer une éternité. Puis il la rejoignit, mais pas pour lui infliger les tourments auxquels elle s'attendait depuis le début. Lorsqu'il posa la main sur elle, ce fut pour l'attirer tout contre lui et la serrer tendrement dans ses bras.

Avec un sentiment de victoire momentanée sur ses démons, Tricia posa la tête contre l'épaule de son amant. Elle était en sécurité avec lui. Il ne lui arriverait rien tant qu'il la tiendrait ainsi, blottie contre son torse où battait un cœur bon et sincère.

Ils restèrent enlacés, paisibles, jusqu'à ce que Taylor réclame l'attention de sa mère à grands cris. Alors seulement, Tricia s'arracha aux bras de Scott.

On était déjà mardi après-midi quand Tricia pénétra dans l'arrière-boutique de Patsy, les bras chargés d'un gros sac de vêtements dont elle était particulièrement fière.

En découvrant le détective qui l'attendait, elle faillit tout laisser tomber par terre.

— Qu'est-ce qui se passe ? demanda-t-elle, saisie d'une bouffée d'angoisse.

— J'ai pensé qu'il valait mieux qu'on se rencontre ici, fit Arnold Miller d'un ton placide, en butant légèrement sur les mots. Au moins, personne ne remarquera quoi que ce soit…

Sous le regard perçant du détective, Tricia se sentit vaguement honteuse d'avoir réagi aussi violemment.

— Désolée pour le choc, dit Patsy avec un haussement d'épaules qui disait clairement la désapprobation qu'elle ressentait à l'égard de l'homme qui s'était installé d'office dans sa boutique. Je voulais t'appeler pour te prévenir, mais il n'a rien voulu entendre.

Tricia aurait préféré rencontrer Miller sans témoin, mais

elle n'allait tout de même pas exiger de son amie qu'elle quitte sa propre boutique !

Avec précaution, elle demanda à l'homme qui attendait toujours, assis sur sa chaise :

— Vous avez découvert quelque chose ?

En fait, c'était plus une affirmation qu'une question. Si Miller n'avait pas de nouvelles informations à lui communiquer, il ne se serait sûrement pas déplacé.

Mais, avant qu'il ait eu le temps de répondre, Patsy s'était interposée, s'adressant à son amie comme si le détective n'existait pas :

— Tu as des choses pour moi ?

Tricia déposa son sac sur le comptoir et énuméra en vrac :

— Deux pantalons — un en crochet pour tous les jours et l'autre plus habillé —, trois petits hauts en dentelle et une veste courte avec des manches qui sortent de l'ordinaire.

Tout en parlant, elle ne put s'empêcher de jeter des coups d'œil curieux en direction du détective dont la tête roulait de droite à gauche comme un fruit trop mûr. Visiblement, il était encore une fois sous l'emprise de la boisson. Est-ce qu'il avait vraiment quelque chose d'important à lui dire ? Après tout, il ne cherchait peut-être qu'un prétexte pour venir s'installer au chaud chez Patsy, histoire de cuver son vin tranquillement. Et même s'il détenait des renseignements cruciaux, comment arriverait-il à les lui transmettre clairement, dans l'état où il se trouvait ?

Comme si elle avait perçu la tension de son amie, Patsy se leva avec une rapidité surprenante pour une femme de sa taille, et saisit le sac posé devant elle.

— Bon, eh bien, je vais essayer tout ça. Je n'en ai pas pour longtemps : d'ici un quart d'heure, je serai de retour.

Sur ce, elle monta d'un pas décidé les escaliers qui menaient à son appartement.

A peine avait-elle disparu que Miller prit la parole.

— Assu… asseyez-vous.

Malgré ses difficultés évidentes à articuler correctement, il émanait de lui un air d'autorité qui n'admettait pas de réplique.

La première réaction de Tricia fut pourtant de refuser cet ordre. Elle était forte, à présent. Elle n'avait pas à subir les caprices des hommes, quels qu'ils fussent.

Néanmoins, elle préférait s'asseoir pour éviter de tomber à la renverse en apprenant l'identité de celui ou celle qui la faisait suivre.

Elle obéit donc et se laissa lourdement tomber sur un tabouret branlant qui traînait non loin du comptoir.

Lentement, le détective se pencha en avant, comme pour poser les coudes sur ses genoux. Il les manqua de quelques centimètres et faillit basculer à terre. Tricia aurait éclaté de rire si elle ne s'était pas sentie si nerveuse.

L'air un peu étourdi, le détective recommença son manège et, cette fois, il parvint à se stabiliser dans la position souhaitée.

— C'est que… c'est quelqu'un qu'est du coin, bafouilla-t-il laborieusement.

Tricia fit une grimace discrète et s'écarta légèrement : il empestait l'alcool et la cigarette.

— Vous voulez dire que la femme qui me suivait l'autre jour est de San Diego ? De Coronado ?

— Voui, c'est ça, fit-il avec un hoquet. En… engagée.

— Quelqu'un l'a engagée ?

Miller hocha la tête avant de s'immobiliser brusquement,

comme s'il avait besoin d'un temps d'arrêt pour se remettre du mouvement qu'il venait d'effectuer.

— Est-ce que vous savez qui a engagé cette femme ? insista Tricia avec impatience.

— Y'a pas qu'elle, répondit Miller d'un ton pâteux avant d'incliner lentement la tête en avant, comme s'il cédait d'un seul coup à l'endormissement qui menaçait de le submerger depuis tout à l'heure.

Tricia dut se retenir de le secouer violemment. Elle avait tellement besoin de précisions ! S'il s'endormait maintenant, elle n'arriverait jamais à le tirer de sa torpeur.

— Qui d'autre ? fit-elle doucement.

Avec un soupir à fendre l'âme, le détective se rassit un peu mieux sur sa chaise, avant de se laisser glisser contre le dossier, en équilibre instable, les yeux levés vers le plafond.

— Y'en a au moins deux... des femmes, finit-il par articuler avec une emphase exagérée. J'ai un... n'ami... Les surveille... sépara... séparément. Va voir... Doit leur parler...

L'esprit bouillonnant de questions et de scénarios variés, Tricia serra ses mains l'une contre l'autre à s'en rentrer les ongles dans la peau, faisant appel à tout son sang-froid pour ne pas secouer le détective comme un prunier. S'il persistait à lui délivrer ses informations au compte-gouttes, elle allait devenir folle. Pour se calmer, elle s'obligea à se concentrer sur les petits cris d'allégresse que poussait Taylor, dans la pièce voisine. Il était en sécurité avec Doris, du moins pour l'instant.

Tricia essaya de remettre dans l'ordre les bribes de renseignements que venait de lui fournir Miller. *Doit leur parler...* Il devait avoir chargé un ami à lui d'engager la conversation avec les deux femmes qui la suivaient, séparément pour ne pas les avertir de ce qui se tramait.

— Elles travaillent ensemble, ces deux femmes ?

— Difficile à dire.

— Et qui les paie, à votre avis ?

— J'sais pas encore.

— Mais vous allez le découvrir, n'est-ce pas ?

— B… bien sûr !

— Quand ?

— Quand j'serai plus b… bourré.

— Et ce sera quand exactement ? demanda la jeune femme d'un ton plus sec qu'elle ne l'aurait voulu.

— J'sais pas.

C'en était trop. Il dépassait les bornes, à jouer avec ses nerfs de cette façon ! Exaspérée, elle repoussa brusquement son tabouret en arrière et se leva, prête à attraper son sac pour s'enfuir loin de cet être sordide, et marcher sans but jusqu'à ce qu'elle n'ait plus la force de mettre un pied devant l'autre.

Juste à ce moment, elle entendit Taylor glousser joyeusement à côté, et cela suffit à lui remettre les idées en place.

Sans réfléchir, elle se laissa tomber à genoux près du détective, et se pencha pour rencontrer son regard éteint. Il avait les pupilles dilatées mais semblait encore conscient.

— Je vous en prie, monsieur Miller, fit-elle d'une voix suppliante. Je vous donnerai autant d'argent que vous voudrez, mais j'ai besoin que vous arrêtiez de boire, au moins quelque temps. Il faut que je sache, vous comprenez ? Je n'ai pas beaucoup de temps…

— Qu'est-ce que vous voulez qu'ça m'foute ? bredouilla l'ivrogne en balançant sa tête de droite à gauche, comme si elle avait été trop lourde à porter.

Bien décidée à passer sur sa grossièreté, Tricia posa une main sur sa cuisse et plongea son regard dans le sien, en refoulant un haut-le-cœur.

— Je vous en prie, monsieur Miller, insista-t-elle. Il en va peut-être de la vie de mon fils.

A ces mots, il la regarda pensivement avant de pousser un long soupir.

— Bon, c'est d'accord, dit-il. Mais c'est… que pour… pour le p'tit gars, hein ?

Plus soulagée qu'elle n'aurait su l'exprimer, Tricia hocha la tête. Du moment qu'ils étaient sur la même longueur d'onde… Après tout, Taylor représentait son unique raison de vivre et d'agir. Si les services du détective le plus instable de Californie pouvaient protéger son enfant, elle n'avait plus la moindre objection à formuler.

Sans ajouter quoi que ce soit, elle prit son sac à main et se dirigea vers l'autre pièce pour aller retrouver son fils chéri. Le simple fait de le voir rire ou jouer avec insouciance, de le tenir dans ses bras, suffisait à lui rappeler qu'il existait encore des valeurs auxquelles elle pouvait se raccrocher dans son existence chaotique. Des choses aussi merveilleuses que l'innocence, la beauté, la confiance et l'amour. Tout cela, elle en voyait des preuves irréfutables dans les yeux souriants de Taylor.

Pourtant, des questions la harcelaient encore. Que signifiait cette histoire de filature ? Si Thomas avait su où elle se cachait et s'il avait souhaité sa mort, elle ne serait plus de ce monde depuis longtemps. Et s'il avait voulu récupérer Taylor, il l'aurait déjà fait. Il en avait largement les moyens.

Alors, pourquoi ne s'était-il encore rien passé ?

Peut-être que ce n'était pas Thomas qui la faisait suivre… Qui, dans ce cas ? Quelqu'un qui voulait la retrouver sans idée de vengeance ? Sa mère, peut-être, espérant contre toute logique que sa fille unique n'était pas morte, comme tout le monde le croyait depuis bientôt deux ans ? En tout cas, quelqu'un souhaitait la retrouver en vie... Mais si cette mystérieuse personne ne lui voulait pas de mal, pourquoi gardait-elle l'anonymat ?

Non, ça ne tenait pas debout. C'était plutôt un coup de Thomas...

Il avait sûrement engagé non seulement des espionnes, mais aussi un tueur pour être sûr de se venger du fait qu'elle l'eût abandonné. Et si elle était encore en vie, c'était sans doute que la personne chargée de l'abattre n'était pas encore certaine de son identité. Difficile, en effet, de percer à jour sa couverture : elle avait toutes les apparences de ce qu'elle prétendait être depuis deux ans, c'est-à-dire une petite couturière sans prétention qui retouchait des vêtements pour les gens riches, vivait avec un pompier dans un quartier modeste de San Diego et élevait le fils qu'elle avait eu avec lui.

Oui, c'était sûrement la raison pour laquelle personne ne l'avait encore alpaguée. Les émissaires de Thomas ne voulaient surtout pas risquer de se tromper. Parce que le puissant sénateur Whitehead n'était pas du genre à pardonner ce genre d'erreur.

Après tout, ce n'était pas étonnant qu'on ne l'ait pas reconnue. L'ancienne Kate Whitehead ne sortait jamais sans s'être artistiquement maquillée et soigneusement habillée. Cheveux teints, sourcils redessinés, lèvres rehaussées de rouge pulpeux — depuis l'âge de quatorze ans, elle n'était jamais apparue en public avec son visage naturel. Kate Whitehead savait parfaitement comment s'y prendre pour présenter une image éblouissante, irréprochable, aux

centaines d'yeux braqués sur sa silhouette sculpturale dès qu'elle faisait un pas hors de chez elle.

Alors que Tricia Campbell tenait son nom d'une vulgaire boîte de soupe à la tomate.

— Le vieil homme nous a dit que vous faisiez suivre votre femme avant qu'elle ne disparaisse.

Sans manifester la moindre crainte, Thomas Whitehead regarda bien en face l'inspecteur qui venait de prononcer ces mots. Avant de pénétrer dans le commissariat, il avait promis à Douglas de le laisser parler. Mais, cette fois, il était question de Walter Mavis, l'ermite de la colline, ce qui changeait la donne. D'un bref mouvement de tête, il indiqua à son avocat qu'il préférait répondre lui-même.

Il s'attendait à ce qu'on lui demande si oui ou non, à un moment de leur vie commune, sa femme avait eu un amant. Ce n'était pas si rare dans la haute société californienne, mais en général, ça ne produisait pas de tels rebondissements. Il n'avait aucune idée des statistiques récentes sur la question ; pourtant, il aurait parié que plus de la moitié des couples mariés avaient des relations adultères.

Certes, mais en ce qui le concernait, son honneur était en jeu. Et s'il y avait bien une chose qu'il détestait par-dessus tout, c'était être le dindon de la farce.

Serrant les dents, il répondit d'un ton aussi neutre que possible :

— Il a dit la vérité. Je faisais effectivement surveiller Kate quand nous vivions encore ensemble.

Les procureurs Holm et Black échangèrent un regard rapide. Pas besoin d'être un expert en relations humaines pour deviner qu'ils avaient été pris par surprise, exactement comme Thomas l'avait prévu. Il venait de marquer un point, et ce n'était pas négligeable. Autant garder l'avantage le plus longtemps possible.

— Peut-on savoir pourquoi ?

— Kate était très perturbée par sa grossesse, fit Thomas d'un ton égal. Elle pouvait se comporter de façon… imprévisible.

Il disait la vérité : Kate n'avait jamais paru si anxieuse qu'à cette période. Certes, il n'allait pas confier tous les détails de leur vie commune à deux avocats qui s'empresseraient de les galvauder. Rien de pire, quand on faisait partie d'une famille aussi en vue que la sienne, que de se retrouver ridiculisé, traîné dans la boue. C'était de sa femme qu'il s'agissait — Mme Kate Whitehead. Et il n'avait pas l'intention de laisser quiconque salir son nom.

Pourtant, même s'il comptait soigneusement choisir ses mots pour parler de son épouse aujourd'hui disparue, il n'avait pas l'intention de la défendre. C'était elle qui l'avait lâchement abandonné, et il ne tenait pas à se retrouver en prison à cause d'elle.

— Etes-vous en train de suggérer que votre femme était dépressive ? demanda Amy Black en fixant sur le sénateur ses petits yeux intelligents.

Il n'aurait pas employé ces mots-là pour parler de Kate. Mais puisqu'on lui tendait la perche…

— Oui.

— Suivait-elle un traitement à cet effet ?

Les mains croisées sur la table qui le séparait des procureurs, Thomas secoua la tête.

— Dès le moment où elle a su qu'elle était enceinte, elle a décidé de surveiller scrupuleusement tout ce qu'elle absorbait. Elle ne voulait pas entendre parler de médicaments.

Si un médecin lui avait prescrit des antidépresseurs, elle ne les aurait probablement pas pris.

— Aviez-vous remarqué des signes particuliers dans son comportement ?

— Elle avait des accès de mélancolie. Je craignais en permanence qu'elle ne porte atteinte à sa vie. Pas lorsqu'elle était à la maison, évidemment : avec les domestiques qui se relayaient, elle n'en aurait jamais eu l'occasion. Mais elle avait l'habitude de filer sur sa *chère colline*, toute seule, sans prévenir personne. J'avais terriblement peur de ce qui pourrait lui passer par la tête dans cet endroit isolé.

— Ce qui explique que vous l'ayez fait suivre.

— Exactement.

David Holm se pencha en avant, l'air sérieux.

— Dans ces conditions, monsieur le sénateur, je m'étonne que personne ne l'ait vue partir de chez vous, le jour où elle s'est évanouie dans la nature.

Thomas s'était préparé à ce genre de questions. En fait, cela faisait pratiquement deux ans qu'il les attendait. Ses réponses étaient donc prêtes ; il avait même eu le temps de les peaufiner.

— Nous avions eu une discussion, la nuit précédente. Une dispute, pour être plus précis, mais qui avait débouché sur un compromis. Le détective chargé de suivre Kate n'avait pas pris suffisamment de précautions pour rester dans l'ombre. Ma femme s'était donc rendu compte que je la faisais surveiller, et elle a exigé que cela cesse immédiatement. Au début, j'ai refusé, mais elle s'est mise en colère, et j'ai craint que mon obstination ne la pousse à commettre des actes irréparables contre elle-même. Par conséquent, je lui ai dit que j'acceptais de congédier le détective privé si elle me promettait de ne plus sortir sans escorte.

— Donc, le jour où votre femme a disparu, vous veniez de renvoyer l'homme qui la suivait depuis des mois ?

— C'est exact.

— Pourriez-vous nous fournir le nom et les coordonnées de ce détective privé ?

— Bien entendu. Il s'agissait d'Alan Klein, répondit Thomas du tac au tac.

En voyant le regard soupçonneux que lui lançait le procureur Black, il éprouva une brusque bouffée de gratitude envers son vieil ami Mike. C'était bien grâce à lui que toute cette histoire ne lui avait pas encore sauté à la figure. Et comme de l'eau avait coulé sous les ponts, il aurait plus de facilités à s'en sortir, désormais. Ses ennemis n'avaient qu'à bien se tenir.

L'un d'eux était visiblement assis en face de lui. Avec ses cheveux grisonnants, son tailleur terne et ses lunettes qui lui donnaient l'air d'une vieille institutrice un peu myope, Amy Black n'avait rien d'une potentielle alliée. Aucun moyen de jouer de son charme légendaire sur ce genre de femme !

Elle s'éclaircit légèrement la voix avant de reprendre la parole.

— Monsieur le sénateur, puisque vous aviez engagé un professionnel à seule fin de protéger votre femme d'elle-même, pourquoi aviez-vous demandé, en plus, à Walter Mavis de la surveiller ?

— Vous êtes-vous déjà rendue sur ce qu'on appelle la Montagne des Mineurs, madame Black ?

— Non.

— Cet endroit ne porte pas son nom par hasard. On y trouve un tronçon de l'ancienne voie ferrée qui desservait les mines, à l'époque de la ruée vers l'or. C'est à peu près le seul chemin praticable pour accéder au sommet. Et encore…

La voie dont je vous parle est totalement désaffectée. Vers la fin, elle devient tellement étroite et tortueuse qu'on ne peut la suivre qu'à pied. Pas facile pour quelqu'un de mener une filature discrète dans de telles conditions.

— Effectivement, fit Holm avec un demi-sourire.

Celui-là, au moins, il pouvait le gagner à sa cause, se dit Thomas. Il dut résister à l'envie de se laisser aller contre le dossier de son siège. Ce n'était pas le moment de se croire tiré d'affaire. Il fallait continuer à jouer le jeu jusqu'au bout.

— J'aimais ma femme à la folie, madame, reprit-il en adressant à la virago un regard qui aurait attendri un chien enragé. Et j'avais trop peur de ce qui pourrait lui arriver dans un moment d'égarement, seule dans un endroit aussi isolé. Le problème, c'est qu'elle y passait beaucoup de temps. Elle emportait souvent son carnet de croquis ; elle disait que c'était le seul endroit où elle pouvait trouver l'inspiration nécessaire à son génie créatif. Du coup, j'ai pris sur moi de demander au vieil ermite qui habitait la colline s'il voulait bien veiller à ce qu'il n'arrive rien à Kate. Lui seul pouvait garder un œil sur elle quand il lui prenait l'envie de se rendre sur la Montagne des Mineurs.

— Cet ermite dont vous parlez, percevait-il de votre part une contrepartie financière au service que vous lui aviez demandé ?

— Non.

Grâce au ciel, jamais il n'avait commis l'erreur de faire parvenir de l'argent liquide au vieux fou de la colline. Pourtant, ce n'était pas les occasions qui avaient manqué. Mais on n'était jamais trop prudent. Aujourd'hui, il se félicitait de son flair.

— Mavis dit qu'il a entendu le moteur de la voiture de

votre femme le jour de sa disparition, mais qu'elle ne s'est pas arrêtée, poursuivit Amy Black, les lèvres pincées.

Thomas eut presque pitié de son visage sévère. Depuis combien de temps aucune homme n'avait dormi dans son lit ? se demanda-t-il avec cruauté. Une bonne nuit de sexe lui ferait le plus grand bien. A condition, bien sûr, qu'elle trouve un type assez téméraire pour la décoincer.

— Cela ne me surprend pas, fit-il d'une voix suave. Elle ne descendait de voiture pour dire bonjour au vieil homme qu'une fois sur deux, tout au plus. C'était une connaissance, rien de plus.

Avec un hochement de tête approbateur, Holm reboucha son stylo et le remit précautionneusement dans la poche intérieure de sa veste, avant de refermer le carnet de cuir relié dans lequel il avait pris des notes pendant tout l'entretien. L'avocat de Thomas fit de même et rangea ses papiers dans son attaché-case. Plus que quelques secondes et ils quitteraient cette salle lugubre où ils n'avaient déjà perdu que trop de temps.

Mais pour Amy Black, apparemment, l'entretien n'était pas terminé. D'une voix acide, elle reprit la parole :

— Puisque vous étiez parfaitement au courant du dernier pèlerinage de votre femme sur cette fameuse colline, pourquoi n'en avez-vous jamais soufflé mot auparavant ? Pourquoi n'avez-vous jamais évoqué l'existence de Walter Mavis lors de l'enquête sur la disparition de Mme Whitehead ?

A ces mots, Kilgore Douglas se leva.

— Madame Black, permettez-moi de m'interposer, fit-il d'une voix ferme et néanmoins courtoise, faite d'un parfait dosage d'assurance et de professionnalisme. Vous dépassez le cadre fixé au préalable pour cette entrevue. Mon client n'est pas poursuivi pour la disparition de sa femme, mais pour un autre motif.

Sur ce, il se dirigea vers la porte et l'ouvrit respectueusement devant Thomas. La tête haute, le sénateur sortit à pas mesurés, soulagé d'avoir choisi le bon avocat pour le représenter dans cette affaire épineuse. Kilgore méritait largement le salaire généreux qu'il lui versait.

Une fois dehors, cependant, il ne put réprimer un frisson rétrospectif. Cette Amy Black voulait sa peau, c'était clair. Etait-ce le dépit d'une femme frustrée ou l'effet d'un féminisme exacerbé ? Quoi qu'il en soit, il devait compter avec une adversaire redoutable.

Finalement, il eut envie de s'arrêter en route pour prendre un verre. Un whisky bien tassé lui remettrait les idées en place et effacerait peut-être l'impression désagréable qu'il avait eue au sortir de cet entretien. Contrairement à ce dont il était persuadé jusqu'alors, la partie était loin d'être gagnée.

13.

Dans les jours qui suivirent, Tricia s'organisa. Comme Scott avait repris son travail à la caserne, elle s'arrangeait pour l'appeler au moins deux fois par jour et passait le voir régulièrement. Le reste du temps, elle ne quittait pas Taylor des yeux. Dès qu'elle sortait, elle vérifiait que personne ne la suivait. Et à chaque instant, le jour comme la nuit, elle restait sur ses gardes. Même quand elle était couchée, elle écoutait le moindre bruit dans la maison déserte. Elle avait l'impression d'être enfermée en permanence dans une sorte de bulle opaque et étouffante, dont elle ne parvenait pas à se débarrasser. Elle aurait voulu s'enfuir, oublier les souvenirs et les remords qui la torturaient. Mais où aurait-elle pu courir ? Nulle part. On la surveillait de très près, et elle aurait beau s'inventer une autre existence dans un autre lieu, il y aurait toujours quelqu'un derrière elle.

Ici, avec Scott, elle avait une vraie vie, au moins. Un homme prenait soin d'elle et de son fils. Un homme en qui elle avait totalement confiance. S'il lui arrivait quelque chose, il s'occuperait de Taylor bien mieux que ne l'aurait fait Thomas.

Oui, ici, elle avait une branche à laquelle se raccrocher — un amour fidèle qui lui évitait de s'effondrer.

Mais elle avait tout de même le sentiment de nager en eaux troubles. Et la culpabilité la rongeait en permanence.

Au bout de quatre jours, Scott appela à la maison, tôt le matin. Il allait rentrer dans deux heures environ, et il avait une surprise. Pour que le plaisir soit complet, il souhaitait que Taylor soit levé, habillé, et qu'il ait pris son petit déjeuner.

En l'écoutant, Tricia s'était sentie très émue. C'était comme dans une vraie famille, quand le papa rentre du travail et apporte un cadeau à son fils, avec la complicité attendrie de la maman…

Sauf que Taylor Campbell avait déjà un papa. Et pas le genre qu'on rencontre dans les contes de fées. Le père de Taylor était si puissant, il se croyait tellement au-dessus des lois, qu'il faisait assassiner des femmes avec un sentiment de totale impunité.

Lorsque Scott arriva enfin, Tricia découvrit la surprise et faillit se mettre à pleurer tant elle était touchée par son attention.

— Chien ! Papa, chien ! Chien ! s'exclama Taylor en trépignant d'impatience à la vue de son « cadeau ».

Vêtu de bleu marine et de blanc, il avait l'air d'un petit mousse surexcité, prêt à embarquer pour le plus fabuleux des voyages. Pour l'instant, il sautait de joie, ses boucles noires rebondissant comme des ressorts autour de son petit visage illuminé d'un sourire ravi.

Le chiot, quant à lui, jappait d'enthousiasme à la vue de son petit maître.

— Mais oui, mon grand, c'est un chien, et il est pour toi ! Comment veux-tu qu'on l'appelle ?

— Chien, papa ! Chien !

Le bâtard mâtiné de dalmatien que Scott avait rapporté

ne devait pas être bien vieux — quelques semaines, tout au plus —, mais il faisait déjà preuve d'une surprenante vitalité. Avec un bref aboiement, il se lança soudain à la poursuite d'un papillon. Tricia faillit éclater de rire lorsqu'elle le vit s'emmêler les pattes, dans sa hâte à explorer tous les recoins de son nouveau territoire. Le jardinet derrière la maison n'était pas très grand, mais il constituait un fabuleux terrain de jeux pour un chiot de sa taille.

Poussant des cris aigus en écho aux « ouaf ! ouaf ! » de son compagnon à quatre pattes, Taylor se mit à zigzaguer derrière lui, essayant en vain d'attraper sa queue qui s'agitait dans l'air frais de cette belle matinée de printemps.

— Chien ! Chien ! Papa ! Chien ?

En voyant ses deux « hommes » aussi contents, Tricia ne put empêcher son estomac de se nouer. Taylor allait s'attacher à ce chien, bien entendu. C'était tout à fait normal pour un enfant de son âge, mais dans leur situation, elle n'aurait pas dû le lui permettre. Car s'ils devaient un jour changer de vie, il en souffrirait d'autant plus.

Taylor avait tout pour être heureux. Seulement, son bonheur était fondé sur du vent, et il pouvait s'effacer d'un instant à l'autre, comme un beau rêve.

— Cou', Chien ! Cou' !

Scott et Tricia échangèrent un regard à la fois stupéfait et incroyablement fier.

— Il a dit courir ! s'exclamèrent-ils en même temps, avant de rire de leur étonnement mutuel.

La jeune femme reporta les yeux sur son fils, qui s'évertuait à courir comme un fou derrière le chien, sans s'arrêter de crier : « Cou', Chien ! Cou' ! » Elle n'en revenait pas. Depuis trois mois, elle essayait vainement d'élargir le vocabulaire de Taylor, qui s'en tenait invariablement à « Papa »,

« Maman » et quelques autres mots simples. Et voilà qu'en un clin d'œil il avait appris un nouveau mot — et, qui plus est, un verbe !

Tout ça grâce à Scott. Et à ce petit animal qui portait désormais le nom de « Chien ».

— Tu n'aurais pas dû faire ça, dit Tricia d'un air pensif.

A moitié allongée sur une vieille couverture à carreaux qu'elle avait installée sur le sol de la cuisine, la jeune femme surveillait distraitement le chiot qui courait en tous sens. De temps à autre, elle le rattrapait d'une main, quand il était sur le point de tomber dans son excitation joyeuse.

A côté d'elle, Scott, appuyé sur un coude, les regardait avec un sourire en coin. Il tendit la main pour gratter le chien derrière l'oreille.

— Il ne m'a rien coûté.

— Ce n'est pas le problème, objecta Tricia. Il va faire pipi partout dans la maison !

— On essuiera…

Soudain, Chien se jeta sur l'un des doigts de Scott, y enfonçant ses petites dents pointues.

— Aïe ! Attention à ce que tu fais, petit chenapan !

En riant, il dégagea son doigt, et se mit à taquiner le chiot, qui se réfugiait invariablement dans les bras de Tricia.

Ils avaient dû se rendre à l'évidence : Chien n'avait pas la moindre intention de dormir tout seul dans la caisse qu'ils lui avaient préparée. Il avait envie qu'on s'occupe de lui, malgré l'heure avancée de la nuit.

Résultat : le carton qui devait servir de niche gisait dehors, à côté de la poubelle. Et Scott et Tricia se préparaient à passer la nuit entière sur le sol de la cuisine avec Chien. S'ils avaient pu éteindre la lumière, cela aurait peut-être été moins pesant. Mais, dans le noir, le chiot geignait si fort qu'ils cédaient systématiquement, et laissaient la lumière allumée.

— Il va tout abîmer, reprit Tricia.

— Bah ! Ça ne durera pas longtemps ! Il suffira de lui apprendre les bonnes manières.

Comme s'il avait compris qu'on parlait de lui, Chien se roula sur le dos en réclamant des caresses avec un air comique.

— Et que va-t-il se passer, le jour où on se séparera ? demanda enfin Tricia. Comment est-ce qu'on annoncera à Taylor que Chien n'est pas à lui, mais à toi ?

Avec Scott, elle partageait un lit, des moments de tendresse et des factures. Mais ils n'avaient pas de possessions en commun.

Une main posée sur le ventre du chiot, Scott frotta ses pieds nus l'un contre l'autre. Le jean qu'il n'avait pas quitté moulait ses cuisses viriles, et accentuait la puissante musculature de son torse nu. Il se gardait bien de poser les yeux sur Tricia, tout comme elle évitait de croiser son regard. Mais c'était plus fort qu'elle : à la vue de ses pectoraux recouverts d'une fine toison brune, elle eut follement envie de s'y blottir confortablement. D'un geste irréfléchi, elle passa ses doigts tremblants dans l'épaisse chevelure bouclée de son compagnon.

— Pourquoi cette question ? fit-il d'une voix rauque. Tu as l'intention de me quitter bientôt ?

— Je ne sais pas… En fait, je n'ai rien prévu, tu sais ?

Et pour cause : comment aurait-elle pu envisager quoi que ce fût alors qu'une foule de secrets et de mensonges pesait sur elle, au risque de l'étouffer complètement ? Tout ce qu'elle pouvait faire, c'était vivre au jour le jour — heure par heure, minute par minute.

— Bon, alors…

— Scott, l'interrompit-elle avec fermeté, attendant qu'il la regarde enfin pour continuer. Les choses ne vont pas très bien entre nous.

Comme il ne répondait pas, elle insista, aussi difficile que cela puisse être.

— Scott, on n'a pas fait l'amour depuis plus d'une semaine.

— Et alors ? Ça arrive à tous les couples !

— Nous ne sommes pas ce qu'on peut appeler « un couple », Scott. Un couple, c'est deux personnes qui se sont engagées l'une envers l'autre. Ce qui n'est absolument pas notre cas. On est ensemble pour l'instant, point final. Rien de plus.

Elle ne pensait pas qu'il serait aussi douloureux de formuler ces pensées, mais elle n'avait pas le choix. Il fallait que l'un d'eux mette les choses au clair.

D'un air sérieux, il la fixa jusqu'au fond des yeux.

— Et ça ne te dirait pas de former un couple ?

Tricia déglutit avec difficulté. La proposition était diablement tentante…

— Là n'est pas la question, Scott. Ça ne fait pas partie des choix qui nous sont proposés.

— Et pourquoi ?

— Parce que… parce qu'on s'était mis d'accord.

— O.K., on avait passé un accord, mais rien ne nous empêche de le modifier. Après tout, personne ne nous a obligés à vivre ensemble !

Accablée par un sentiment de culpabilité dont elle se

serait bien passée, Tricia fixa la couverture où Chien s'était finalement endormi. Etrange de constater comme le petit animal avait l'air paisible et confiant, alors qu'elle avait l'impression d'être à l'agonie…

D'une voix sourde où perçait le remords, elle articula lentement :

— Cet accord dont tu parles… Les raisons qui nous ont poussés à l'établir existent toujours.

Il y eut un silence, puis Scott reprit d'une voix douce :

— Tu veux partir, c'est ça ?

— Non ! s'exclama-t-elle sans réfléchir, en levant brusquement les yeux vers le visage soucieux qui l'observait.

Sur ce point, impossible de mentir. Il comptait tellement pour elle… trop, sans doute. Mais elle ne pouvait se passer de lui.

Il était si beau, avec ses mèches brunes indisciplinées qui lui donnaient l'air à la fois rebelle et juvénile… Une bouffée de désir brut envahit Tricia : si elle pouvait se lover dans ces bras protecteurs, enfouir sa tête contre ce torse viril, embrasser ces lèvres fermes encore et encore, jusqu'à ce qu'il réponde à sa passion, elle saurait que son existence avait encore un sens — une raison d'être.

Mais avant, elle devait acquérir la certitude qu'il n'en avait pas assez de sa présence. Ce qui n'aurait été que justice, étant donné la façon dont elle se comportait depuis quelques semaines.

— Et toi, Scott, reprit-elle à voix basse. Est-ce que tu veux que je parte ?

— J'ai apporté un chiot à Taylor, non ?

— Oui, fit-elle sans bien comprendre où il voulait en venir.

— Est-ce que tu crois qu'un homme qui chercherait un

moyen de se débarrasser de son amante offrirait un animal de compagnie à son fils ?

— Je… je suppose que non.

— Et tu as raison, fit Scott, tout en levant le menton de Tricia pour qu'elle le regarde bien en face. C'est tout le contraire, en fait. C'est plutôt ce que ferait un homme qui voudrait désespérément retenir la femme de sa vie, tu ne crois pas ? C'est un appât, en quelque sorte — un moyen de faire pression sur la mère en gâtant le fils…

Le regard plein d'amour que Scott posait sur elle fit frissonner Tricia. Des sentiments confus se mêlaient en elle : une inquiétude à l'idée d'être si dépendante de cet homme, et en même temps, une assurance nouvelle venant de cette passion partagée. Elle se sentait à la fois forte et fragile — et tout cela avait de quoi lui faire perdre le nord.

— Si c'est vrai, ce que tu me dis là, pourquoi est-ce que tu ne me fais plus l'amour ? murmura-t-elle.

— Parce qu'il y a trop de barrières entre nous.

Et voilà ! Elle était sûre que ce problème resurgirait un jour ou l'autre. Il allait insister pour percer ses secrets, et elle résisterait, malgré l'envie qui la tenaillait de lui faire confiance. Parce que, pour le moment, elle n'avait pas le choix : elle devait rester Tricia Campbell, pour sa sécurité et celle de Taylor. Et aussi pour Scott. S'il ne savait rien d'elle, personne ne pourrait l'accuser d'avoir été complice de ses mensonges.

Et puis, si elle lui disait la vérité, il ne pourrait pas s'empêcher d'agir : il foncerait, tête baissée, pour l'aider à sortir de cette impasse. Scott n'était pas du genre à rester passif. C'était, d'ailleurs, l'un des traits de caractère qui l'avaient attirée vers lui.

Mais elle ne voulait pas le mettre en danger. Elle avait

fait suffisamment de mal à son entourage — y compris Leah — au cours de son existence.

— Alors, qu'est-ce qu'on va faire ? demanda-t-elle, les yeux embués de larmes.

— On pourrait essayer d'en discuter...

Discuter ? Ça semblait si simple, à l'entendre ! Et pourtant, il lui demandait exactement ce qu'elle était incapable de lui donner. Décidément, elle ne pouvait pas rester ici...

— Si je pouvais te poser une question — une seule — sans aucun rapport avec ta vie avant ou après moi... je me sentirais nettement mieux.

Tricia, qui avait déjà esquissé un mouvement de repli, se détendit un peu. Ce n'était pas du tout ce qu'elle s'attendait à entendre. Comme interrogatoire, c'était plutôt court !

— Et c'est quoi, cette fameuse question ?

— Est-ce que tu es enceinte ?

— Bien sûr que non ! Je prends la pilule, Scott, tu le sais bien !

— Vraiment ? Alors, tu n'es pas enceinte, c'est sûr ?

— Absolument ! s'exclama-t-elle, indignée qu'il ne lui fasse pas confiance. Mais on dirait presque que tu es déçu...

Scott se redressa un peu, sans cesser de caresser le petit chien qui s'était endormi.

— Non, non, je ne suis pas déçu du tout, au contraire ! répondit-il avec une hâte qui démentait ses paroles.

Il parut se rendre compte de sa gaffe et reprit d'une voix plus calme, les yeux posés sur le ventre plat de sa compagne :

— Enfin... si, peut-être que je suis un peu déçu, tout de même...

— Scott, voyons ! lui reprocha Tricia. Tu sais bien que nous ne pouvons pas nous permettre de...

Sa voix se brisa. Elle fit mine de vouloir se lever, mais il la retint d'une main à la fois ferme et caressante.

— Attends, ne te sauve pas comme ça ! Je sais bien que nous ne pouvons pas. Et une large part de moi — la plus raisonnable — ne veut pas que nous ayons un bébé ensemble. Parce que je ne pourrais plus exercer un tel métier à risques si j'avais quelque chose — ou plutôt quelqu'un — à perdre…

— Je sais, fit Tricia en posant un doigt sur ses lèvres. Je comprends.

Il lui avait déjà confié les raisons pour lesquelles il s'était engagé dans la brigade du feu. A ses yeux, sa propre vie n'avait pas de valeur par rapport à celles qu'il pouvait sauver. Parce qu'il souffrait toujours de ne pas avoir su préserver l'existence de sa fiancée lors d'une stupide erreur de jeunesse. La culpabilité pouvait ronger un être durant toute sa vie — Tricia en savait quelque chose.

La main de Scott glissa tout doucement de l'épaule de la jeune femme à son visage tendu dont il dessina amoureusement les contours. Sa joue, ses lèvres, puis la peau fine de son cou réagissaient incroyablement fort à cette caresse sensuelle. Elle avait envie de lui — terriblement. Et elle pouvait percevoir chez lui le même désir exacerbé.

Le souffle court, elle le vit contourner précautionneusement la petite boule de poils endormie sur la couverture. Lorsqu'il fut tout près d'elle, il se déshabilla en un tournemain. Quelques secondes plus tard, elle se retrouvait allongée sur lui, goûtant le contact de son torse dur sous ses seins ronds, à travers la fine étoffe dont elle était encore vêtue.

— Alors, ça y est, c'est réglé ? lui demanda-t-elle à mi-voix, avec un petit sourire ironique. Pas de bébé en vue, donc, retour à la normale ?

Il soupira profondément, tout en promenant ses mains sur le dos et les fesses de sa compagne.

— Non, ce n'est pas si simple. Je me demande où on en est, tous les deux. Tout ce que je sais, c'est que je veux qu'on continue la route ensemble. Aussi longtemps que ce sera possible.

— Moi aussi, avoua Tricia dans un souffle, attentive à l'embrasement de son corps que Scott caressait avec sensualité.

— Alors, je crois qu'on peut laisser le reste de côté pour l'instant. Ce qui doit arriver arrivera, n'est-ce pas ? Autant profiter du temps dont on dispose ensemble.

Incapable de prononcer le moindre mot, Tricia hocha brièvement la tête. Le temps dont ils disposaient pouvait se réduire à une heure ou une nuit. Malgré cette incertitude — ou peut-être à cause d'elle —, elle se laissa emporter par la vague de passion qui menaçait de la submerger depuis que Scott l'avait attirée à lui. Elle fit glisser son slip de dentelle et laissa son amant pénétrer en elle d'un seul mouvement, avant de se mettre à onduler avec lui, d'abord lentement, puis de plus en plus vite. Le désir brûlant qu'elle lisait sur le visage de son compagnon attisa le sien, et ils arrivèrent en même temps à l'extase, avec le sentiment qu'ils s'étaient privés trop longtemps de ce plaisir irremplaçable.

La nuit fut longue et secouée de soupirs de volupté pour Tricia et Scott. Sans quitter la cuisine, ils se livrèrent à des étreintes audacieuses et intenses, allongés à même le sol, comme si cette parenthèse dans un quotidien difficile avait été la dernière qu'il leur fût donné de savourer ensemble.

Et pas une fois Chien ne remua une oreille ou n'ouvrit un œil. Il continua de dormir, comme si l'amour de ses nouveaux maîtres avait contribué à créer les conditions idéales pour son acclimatation.

Gazette de San Francisco,
mardi 3 mai 2005, p. 1

AFFAIRE MONTGOMERY : LA SŒUR AVAIT RAISON !

Dans l'affaire de la disparition de Leah Montgomery, une nouvelle découverte mérite que l'on s'y attarde : hier après-midi, les enquêteurs qui passaient au peigne fin la Montagne des Mineurs ont trouvé le cadavre d'une femme au beau milieu des branches d'un gros érable, en contrebas de la colline où s'étaient concentrées les recherches après les déclarations publiques de Mme Carley Winchester, sœur cadette de Leah Montgomery. Mme Montgomery aurait, en effet, passé beaucoup de temps dans cet endroit avec sa meilleure amie, Kate Whitehead, épouse du sénateur Thomas Whitehead, avant la disparition de cette dernière, deux ans plus tôt. Après analyses, le corps s'est avéré être celui de Mme Montgomery, portée disparue depuis le 4 avril dernier.

Cette nouvelle pièce — hélas, des plus funèbres —, ajoutée au « cas Montgomery », a été découverte en grande partie grâce à la ténacité de Mme Winchester, qui a tout mis en œuvre pour que les recherches entamées par les forces de l'ordre soient poursuivies avec diligence et efficacité. Mme Winchester avait même accepté d'intervenir dans l'émission « Bonjour, San Francisco » à ce sujet. Elle y avait dénoncé avec virulence un certain laxisme dans l'information judiciaire. Selon elle, la timidité des recherches aurait été liée à l'influence non négligeable du principal suspect, M. Thomas Whitehead, sénateur de Californie.

Cependant, c'est le hasard qui a permis de découvrir le corps de la disparue. Les équipes s'étant rendues pour la troisième fois consécutive sur le lieu indiqué par Mme Winchester seraient sans doute reparties bredouilles une fois de plus si un soudain coup de vent ne leur avait apporté un élément essentiel : un morceau du chemisier de Mme Montgomery. Tout porte à croire que les circonstances de sa mort sont accidentelles, notamment la position du cadavre et la distance vertigineuse entre le haut de la colline et l'arbre où il s'est écrasé.

Pas de bébé...

Contrairement à de précédents rapports évoquant la possibilité que Mme Montgomery ait été enceinte au moment de sa disparition, l'autopsie préliminaire pratiquée sur son cadavre, tard dans la nuit, n'a pas permis de déceler une grossesse. A en juger par la décomposition du corps, la mort de Mme Montgomery doit remonter à environ un mois, ce qui coïncide avec le signalement de sa disparition le lundi 4 avril. Bien entendu, une nouvelle autopsie, plus approfondie, devrait être effectuée dans la journée ; les enquêteurs espèrent en tirer plus d'informations concernant la tragédie qui a fauché dans la fleur de l'âge l'une des plus brillantes étoiles de San Francisco.

Un porte-parole de Thomas Whitehead a déclaré ce matin que le sénateur se montrait très affecté par le décès de son amie. Selon lui, la thèse du suicide ne serait pas à écarter, étant donné l'allégation injustifiée de grossesse faite par la disparue avant sa mort. En effet, une telle déclaration — attestée par sa sœur, qui serait la seule à l'avoir entendue par téléphone — pourrait être la preuve d'un important désordre psychologique ou émotionnel, entraînant des réactions imprévisibles.

Nous ignorons encore quel tour prendra cette triste histoire, Mme Winchester n'ayant pas livré de commentaires à ce sujet.

Après la nuit idyllique qu'ils avaient vécue, trois jours tout aussi merveilleux avaient suivi. Trois jours pendant lesquels Tricia se prenait presque pour une épouse modèle : amoureux, bébé, animal de compagnie, elle avait tout pour être heureuse, comme dans un conte de fées. A dessein, elle évitait de penser au lendemain, se contentant de profiter au maximum de chaque instant. Rattraper Taylor par la capuche de son sweater bleu marine, l'après-midi où ils s'étaient rendus au zoo en famille, hacher un bon kilo de viande fraîche pour le barbecue auquel ils avaient convié Cliff et sa femme, pleins d'espoir au sujet de leur nouvelle insémination artificielle… la moindre activité lui fournissait un prétexte pour s'immerger dans le quotidien.

Elle s'était interdit de lire le moindre article de journal. Pour une fois, elle voulait vivre dans le présent, et savourer le bonheur d'avoir un homme fort et tendre à ses côtés. Ce dont elle avait besoin, c'était d'une pause pour souffler : si elle avait continué à se torturer, elle aurait craqué.

Du coup, isolée dans sa bulle d'allégresse, elle n'avait pas vu le temps passer. Ce fut seulement le mercredi matin, quand Scott eut rejoint la caserne, qu'elle reprit contact avec le monde extérieur. Et le choc fut brutal. Depuis le kiosque à journaux où elle avait l'habitude de s'approvisionner, la une de la *Gazette de San Francisco* lui sauta au visage, mettant un terme aussi rapide que violent aux trois jours de rêve qu'elle venait de vivre.

Assise sur un banc en bordure du parc où s'ébattaient les chiens du voisinage, le visage chauffé par le soleil de mai, elle sentit tout son corps se glacer au fur et à mesure qu'elle décryptait l'article en première page. A côté d'elle, Taylor somnolait dans sa poussette. A ses pieds, le petit chien mâchonnait tranquillement une brindille.

Tricia enviait presque les deux petits êtres insouciants qu'elle surveillait distraitement. Ni Taylor ni Chien ne comprenaient que Leah était morte. Ils ne savaient même pas ce que ce mot voulait dire. Pour eux, la vie continuait, pleine de joies et d'instants précieux dont ils profitaient sans arrière-pensée. Tandis que pour elle…

La gorge sèche, Tricia relut pour la énième fois le titre de l'article. Elle avait tellement espéré que Leah referait surface qu'elle avait du mal à enregistrer la nouvelle de sa mort. On avait retrouvé son corps sans vie — son *cadavre*… Quel mot affreux !

Mais le plus affreux pour Tricia, c'était de se retrouver seule, sans cette amie sur laquelle elle avait toujours plus ou moins compté. Elle n'avait plus personne sur qui s'appuyer — plus d'amie fidèle à qui s'adresser dans les moments de crise comme celui qu'elle traversait actuellement.

Elle ne se rendit compte qu'elle pleurait que lorsque ses larmes vinrent mouiller le journal qu'elle tenait toujours ouvert sur ses genoux. Leah n'était plus de ce monde. Et il n'existait pas de mot assez fort pour décrire la tristesse qu'elle ressentait à cette horrible nouvelle.

Quant au reste — tous les détails atroces que l'article développait à loisir —, elle ne voulait pas y penser pour le moment. Elle n'en aurait pas la force. Plus tard, elle aviserait.

Le plus urgent, c'était de recouvrer assez d'énergie pour rentrer chez elle avec son fils et le petit chien qui faisait désormais partie de la famille. Mais elle se sentait tellement vide qu'elle ne réagit même pas lorsqu'une voiture s'arrêta devant le parc, non loin de l'endroit où elle se tenait prostrée. La portière s'ouvrit, et une femme portant un chien dans les bras en sortit.

Tout cela, Tricia n'y accorda pas la moindre importance. Seule la vision de Leah s'imposait à son esprit troublé. Leah qui avait trouvé la mort en tombant de *leur* colline... Leah qui était restée accrochée dans un arbre pendant quatre longues semaines... Leah qui avait peut-être fait une fausse couche sous la violence du choc...

Le chien tenu en laisse par la promeneuse se mit à aboyer brusquement, arrachant pour quelques secondes Tricia à ses pensées. A ses pieds, Chien sursauta, puis se cacha derrière les jambes de sa maîtresse. Elle faillit sourire malgré la peine qui l'engourdissait : décidément, ce chiot avait tout d'un peureux !

Taylor bougea un peu dans son sommeil, sans pour autant se réveiller. En général, ses siestes matinales ne duraient pas plus d'une heure. Mais quand il dormait vraiment, bercé par le balancement de sa poussette, il n'entendait pas grand-chose autour de lui. Quel beau bébé il était...

Cette idée la ramena à ses préoccupations. Voyons, si Leah était bien enceinte au moment de sa disparition — et Trish en était certaine —, alors le choc avait sûrement causé une fausse couche. Mais pourquoi le fœtus n'avait-il pas été retrouvé ? Quelque chose clochait là-dedans...

La propriétaire de l'animal qui avait tant effrayé Chien

s'était éloignée ; elle venait de s'arrêter non loin d'une autre femme à l'allure masculine qui faisait courir un berger allemand depuis tout à l'heure.

Tricia savait qu'elle aurait dû rentrer. Pour secouer sa léthargie, Tricia ne voyait qu'une solution : ne plus songer à cette période lointaine — deux ans, c'était presque une éternité — où elle avait une place de reine à San Francisco. Elle n'avait plus rien à voir avec cette femme-là — cette étrangère. Si elle voulait continuer à vivre, ou plutôt à survivre, il fallait qu'elle se focalise uniquement sur le présent. Le passé avait un goût amer quand on s'y plongeait de trop.

Mais Leah était morte, et son bébé avec elle... Et si cette double disparition permettait à Thomas Whitehead de s'en tirer à bon compte ? Peut-être la grossesse de Leah constituait-elle le chef d'accusation principal pour le procureur ? La seule façon pour forcer M. le Sénateur à paraître devant la cour de justice ? Si, du coup, toute poursuite contre Whitehead était abandonnée, rien n'empêcherait ce salaud de recommencer, de faire du mal à une nouvelle victime. Tricia en était persuadée.

A cet instant, Taylor commença à s'agiter, rappelant sa mère à ses devoirs. D'un bond, elle se leva, la main sur la poussette. Froissant le journal dans la poubelle juste à côté du banc, elle appela doucement Chien, prête à quitter cet endroit où elle ruminait trop de pensées lugubres. Mais au fond d'elle-même, elle savait qu'elle n'échapperait plus au destin qui menaçait de la rattraper. Les choses devenaient trop compliquées. Le seul fait d'être surveillée montrait bien que les jours de Tricia Campbell étaient comptés.

Elle accrocha la laisse de Chien autour de son poignet et se mit en route. Quelques minutes supplémentaires ne seraient pas de trop pour lui permettre de prendre sa décision.

Une décision terriblement douloureuse, sur laquelle elle ne pourrait plus revenir.

Elle ne pouvait pas permettre que Thomas Whitehead fût innocenté. Mais d'un autre côté, Scott… Scott comptait beaucoup pour elle. Peut-être même trop. Le laisser tomber arrangerait certaines choses — et lui causerait en même temps une peine incommensurable qu'elle n'était pas certaine de pouvoir surmonter.

Comment sa vie avait-elle pu devenir aussi chaotique, aussi embrouillée ? Elle n'en avait pas la moindre idée. Pourtant, elle avait fait de son mieux ; elle avait écouté sa conscience et non ses désirs égoïstes. Elle avait essayé de prendre en compte les besoins et les envies des autres, sans jamais ménager sa peine. Et voilà où elle en était, aujourd'hui : elle se retrouvait devant une alternative qui, de toute façon, la laisserait désolée et meurtrie. Et cette fois, elle n'avait pas de sortie de secours.

14.

Tricia venait de passer devant la Grande Cuisine, un petit restaurant vieillot mais sympathique, pas très loin de chez Scott. Taylor babillait joyeusement dans sa poussette, et se penchait de temps à autre sur le côté pour vérifier que Chien était toujours là. Il ne manifestait aucune impatience. Etait-ce la brise tiède de cette belle journée qui l'apaisait, tout comme elle calmait l'esprit enflammé de Tricia ?

En tout cas, Taylor était un enfant heureux, insouciant, choyé. Et cela comptait plus que tout le reste.

Un peu plus loin, derrière le club Alano — un centre de réadaptation pour anciens alcooliques —, Tricia tourna d'un pas décidé dans la rue qui menait chez Scott. Partout, il y avait de la verdure : des arbres, des pelouses avec de gros massifs de fleurs éclatantes. Chaque maison avait un petit air pimpant. Tout comme les rues qui portaient des noms de fleurs ou de plantes, les jardins — même ceux qui étaient minuscules ou mal entretenus — donnaient à ce quartier une allure chaleureuse et rassurante.

A cet instant, Tricia jeta un coup d'œil machinal par-dessus son épaule, et faillit pousser un cri de détresse. Une femme la suivait. Etait-ce celle qui était arrivée tout à l'heure au parc avec son chien ?

— Allez, on chante une chanson ? lança Tricia à l'adresse de Taylor, pour donner le change à sa poursuivante.

Freinant brusquement, elle se pencha pour désemmêler la laisse de Chien, et en profita pour regarder derrière elle. La femme qu'elle avait cru reconnaître portait une casquette de base-ball noire, contrairement à celle qui promenait son chien au parc. Quant à ses vêtements, ils n'avaient pas grand-chose à voir avec le coupe-vent blanc et les sandales de l'inconnue : cette femme-là portait des baskets et un chandail noir, noué autour de la taille. Elle venait d'ailleurs de s'arrêter pour déposer une enveloppe dans la boîte aux lettres du coin de la rue.

— L'araignée, l'araignée sur sa toile d'araignée…, commença Tricia d'une voix hésitante, tout en promenant ses doigts sur le corps de son fils, comme si une « petite bête » montait pour de vrai.

Comme Taylor continuait la chanson dans un langage bien à lui, elle se releva et accéléra brusquement l'allure.

Puis, aussitôt, elle se reprocha cette réaction trop vive, dictée par la nervosité. C'était complètement ridicule : de toute évidence, la femme qui marchait derrière elle n'était pas celle qu'elle avait remarquée au parc… Etait-elle en train de devenir parano ?

Tout en chantonnant de concert avec Taylor, Tricia tourna dans la rue suivante, courant presque derrière la poussette. Au pâté de maisons le plus proche, elle tourna de nouveau, puis encore une fois, revenant sur ses pas avec précaution pour déjouer les calculs de ceux qui devaient la surveiller. Mais lorsqu'elle eut rejoint son point de départ, dans Ivy Street, elle sentit son cœur manquer un battement : l'inconnue était toujours là, encore plus proche, plus menaçante. Sous le chandail qu'elle avait enfilé, Tricia discerna un renflement qui aurait très bien pu être causé par une arme. C'était sûrement ça : la femme allait la tuer sur le coup… Sauf si elle prenait ses jambes à son cou.

Tricia ne fit ni une ni deux : elle prit Chien dans ses bras, s'agrippa à la poussette et se mit à courir à toutes jambes. Si elle était restée plus longtemps à découvert, sa poursuivante n'aurait sans doute pas hésité à l'abattre froidement avant de capturer Taylor et de disparaître pour toujours. Du moment qu'elle était suffisamment payée pour accomplir son horrible tâche, elle irait jusqu'au bout…

Boum ! Boum ! Sur le pavé inégal, la poussette brinquebalait dans un bruit d'enfer, en écho aux battements précipités du cœur de Tricia. Taylor s'était tu, sans doute ébahi par l'emballement soudain de sa mère. Ce silence inhabituel ne fit qu'augmenter la terreur de la jeune femme. Si même son fils de dix-huit mois sentait que quelque chose ne tournait pas rond, alors, les scénarios catastrophe qu'elle imaginait n'étaient pas si absurdes…

Comme une flèche, elle descendit la rue jusqu'au passage clouté, où elle dut s'arrêter quelques secondes avant de repartir à fond de train. Elle n'avait pas la moindre idée de l'endroit vers lequel elle se dirigeait, trop paniquée pour réfléchir de façon cohérente. Les maisons devenaient plus grandes, plus espacées aussi, mais elle ne pouvait pas s'arrêter maintenant. Il fallait qu'elle s'éloigne le plus vite possible, qu'elle protège son bébé…

Et, soudain, elle déboucha hors des limites de la ville.

Elle avait atteint l'un des nombreux canyons qui entouraient San Diego. Grands, caverneux, arides malgré les arbres décharnés et les broussailles qui les couvraient en partie, ces endroits avaient un aspect peu engageant. Mais, cette fois, elle n'avait pas le choix.

Sans plus tergiverser, elle se précipita au milieu des buissons et de l'herbe haute, espérant que la poussette suffirait à protéger Taylor des égratignures causées par les branches épineuses. Elle en sentait déjà l'effet sur ses bras et son visage, mais son fils devait être à l'abri. Et même s'ils ressortaient tous les deux de cette aventure avec quelques griffures superficielles, ils pourraient s'estimer heureux.

— Tiens bon, mon cœur ! murmura-t-elle, le cœur battant.

Encore quelques efforts, et ils atteindraient le couvert des arbres. Mais il fallait faire vite.

Avec difficulté, Tricia poussa son précieux chargement en avant. Une branche craqua derrière elle, et elle dut se mordre la lèvre pour ne pas hurler. Elle ne pouvait pas se permettre de perdre le contrôle d'elle-même. Pas avec ce petit bonhomme qui dépendait complètement d'elle et qui devait déjà être suffisamment effrayé par le comportement incompréhensible de sa mère.

— C'est un jeu, mon bébé ! fit-elle d'un ton faussement joyeux, prise d'une inspiration subite. Ça te plaît, le jeu de maman ? C'est rigolo, hein ?

La bouche sèche, les jambes en coton, elle atteignit enfin les arbres. En moins de temps qu'il n'en faut pour le dire, elle détacha Taylor, le prit dans ses bras et repartit en courant, abandonnant derrière elle la poussette qui lui avait coûté deux mois d'économies.

— Allô ? C'est moi.

— Alors ? répondit une voix tendue.

— Elle a emmené le bébé au parc. Après, au moment où je pensais qu'elle allait rentrer, elle a fait un détour par

Ivy, et elle a filé jusqu'au canyon. Là, elle a disparu. Une heure plus tard, elle a fini par rentrer à la maison. Elle n'est pas ressortie, depuis.

— Le canyon ? Mais qu'est-ce qu'elle voulait y faire ?

— Je ne sais pas. En tout cas, elle y a laissé la poussette.

— Quoi ? Mais pourquoi ?

— Aucune idée. Mais dans le filet, à l'arrière, il y avait un pull, un livre, un biberon de jus de fruits à moitié vide et un sac plastique avec des gâteaux secs. J'ai gardé tout ça pour toi.

— Bon. Merci.

— Je continue comme prévu ?

— Oui, fit la voix avec fermeté.

Elle ne s'y connaissait pas vraiment en ordinateurs. Elle savait tout juste utiliser le programme qui lui servait pour son travail. Du moins, avant qu'elle ne devienne Tricia Campbell.

Ce jeudi matin, elle se retrouvait seule face à l'ordinateur de Scott pour la première fois depuis qu'elle s'était installée chez lui. Elle n'y avait jamais touché auparavant : elle n'en éprouvait pas le besoin. Mais cette fois, elle n'avait pas le choix.

Taylor et Chien dormaient paisiblement sur le grand lit, juste derrière elle. Au moins, elle n'aurait pas à s'inquiéter d'eux en faisant sa recherche sur Internet.

Mais il fallait d'abord qu'elle apprenne à effacer toute trace de son passage sur l'ordinateur car il ne fallait surtout pas que Scott fût au courant de ses problèmes.

Avant de s'installer devant l'écran, elle avait sorti de son placard à couture un grand sac de voyage bordé de mauve où elle avait entassé des changes complets, des vêtements et des affaires de toilette pour Taylor. Dès que le bébé serait réveillé, elle lui donnerait son petit déjeuner et son bain, et ensuite, ils fileraient à Coronado pour faire les dernières livraisons à Patsy : un pantalon sophistiqué, une jupe fluide avec un haut bouffant, et un short assorti à une tunique blanche à col Mao.

Après son passage au pressing, elle n'avait pas la moindre idée de l'endroit où elle se rendrait.

Tout ce qu'elle savait, c'est qu'elle devait partir. C'était peut-être illogique, précipité, voire même stupide, mais elle n'y pouvait rien. Elle ne pouvait pas rester ici, à attendre passivement qu'on vienne l'alpaguer. On l'avait suivie, la veille, elle en était certaine. Et ce n'était pas de la paranoïa. La vie devenait vraiment trop dangereuse dans les parages.

Elle cligna des yeux, à moitié éblouie par la luminosité de l'écran dans la chambre encore plongée dans la pénombre matinale. Pourtant, elle trouva ce qu'elle cherchait : sur la barre des tâches, il y avait un bouton « historique » sur lequel elle n'aurait qu'à double-cliquer après avoir consulté les documents qui l'intéressaient. Ainsi, il n'y aurait plus aucune trace des sites qu'elle aurait visités.

Elle tourna la tête pour regarder son fils respirer paisiblement. Cela suffit à lui procurer un peu de réconfort au milieu de l'angoisse qui l'étreignait. Le simple fait qu'il fût vivant et en bonne santé signifiait qu'elle n'avait pas encore perdu la guerre. Et l'abandon innocent dont il faisait preuve, allongé en travers de l'oreiller moelleux, récompensait largement les efforts qu'elle avait mis en œuvre pour le préserver.

Taylor était ce qu'elle avait de plus précieux. Et elle continuerait à le défendre, coûte que coûte.

Avec un soupir, elle pivota sur son siège et se remit en face de l'ordinateur. Elle tapota sur le clavier pour entrer les termes de sa recherche, puis cliqua sur la souris et attendit.

Elle serait bien partie la veille, mais elle s'était ravisée : toute précipitation risquait de lui faire commettre des erreurs grossières. Et puis, ce matin, elle avait rendez-vous avec Miller. S'il lui révélait l'identité de celui qui la faisait suivre, elle aurait plus de chances d'échapper à ce mystérieux personnage. Et s'il s'agissait de Thomas, elle prendrait un malin plaisir à déjouer ses plans. Au lieu de continuer à se terrer sous son pseudonyme actuel, elle ferait disparaître Tricia Campbell et deviendrait quelqu'un d'autre. Quelqu'un de complètement différent, qui n'aurait rien en commun avec la femme modeste et courageuse qu'elle prétendait être depuis deux ans.

Après tout, elle avait déjà changé de vie une fois. Pourquoi pas deux ou trois ou quatre ? Elle n'hésiterait pas à tout recommencer pour protéger Taylor jusqu'à sa majorité.

Oui, elle pouvait attendre un jour de plus pour filer à l'anglaise. Et pour Chien, ce serait même mieux : il n'aurait que deux jours à passer tout seul dans le jardin au lieu de trois. Avec le vieux plaid qu'elle lui avait installé dans la niche achetée par Scott et les deux gamelles remplies d'eau et de nourriture qu'elle lui avait préparées, il pourrait tenir jusqu'à ce que son maître rentre de la caserne.

Tricia reporta son attention sur l'écran où le petit sablier indiquant que sa recherche était en cours venait de se retourner une nouvelle fois. Et, d'un seul coup, l'écran se remplit de références correspondant à « Thomas Whitehead ». D'une main qui ne tremblait plus, elle cliqua sur la plus récente.

Une autopsie révélatrice

Jeudi 5 mai 2005, 6:00 a.m.
San Francisco, affaire Montgomery.

L'autopsie de Leah Montgomery a révélé que l'héritière avait été frappée dans le dos avant de s'écraser dans l'arbre où on l'a retrouvée quatre semaines plus tard. Le rapport des médecins légistes indique que les muscles et les tissus juste sous les omoplates de la défunte portent des traces de coups sévères. Ces révélations, ajoutées aux autres éléments déjà avérés, ont conduit les forces de l'ordre à conclure que Mme Montgomery n'était pas tombée de la colline toute seule, mais qu'on l'avait bel et bien poussée. Aucun autre indice ne permet de penser que Mme Montgomery ait été séquestrée ni qu'elle se soit débattue au moment de la chute qui devait lui coûter la vie. Par conséquent, l'hypothèse d'un accident ne peut être retenue, puisque la victime faisait suffisamment confiance à celui qui l'a tuée pour s'approcher du bord de la falaise en sa compagnie, sans se méfier.

Malgré les rapports précédents qui niaient la possibilité que Mme Montgomery eût été enceinte au moment de son décès et l'alibi produit par le sénateur Whitehead, le bureau du procureur général n'a pas encore abandonné les poursuites contre ce dernier, dans l'attente des résultats des autres analyses faites sur le cadavre de la défunte. Ni le procureur Amy Black ni les autres membres des parties opposées n'ont souhaité faire de déclaration à ce sujet.

— Allô ?

C'était plus un aboiement qu'une formule de courtoisie, et Scott écarta prudemment le téléphone de son oreille, au cas où Tricia aurait vraiment été de mauvaise humeur. Il était encore très tôt, et on n'était que jeudi : encore deux nuits d'insomnie à passer sans elle… Le reste de son équipe ronflait tranquillement à l'intérieur — les veinards !

— Qu'est-ce qui se passe, Trish ? fit-il avec une tension non dissimulée.

— Rien du tout, Scott ! Bonjour ! reprit-elle avec un enjouement forcé qui conforta Scott dans l'idée que quelque chose n'allait pas. Je… je lisais, en fait. Ton coup de fil m'a prise au dépourvu. Désolée.

Elle lisait ? A 7 h 30 du matin ?

— Je me suis dit que tu aurais juste fini de t'habiller et que tu serais en train de savourer tranquillement ta dernière gorgée de café avant le réveil des troupes, fit-il comme si de rien n'était.

Pourtant, Dieu sait qu'il détestait faire semblant ! Surtout avec elle. C'était dangereux et complètement stupide, quand il y avait tellement de choses en jeu. Mais puisqu'elle continuait à lui dissimuler la vérité…

— C'est exactement ce que je fais. Je sirote mon café. En lisant.

Elle mentait, c'était évident. Elle lui cachait quelque chose — ou quelqu'un…

Non, pas quelqu'un. Ce n'était pas le genre de Tricia.

— Et tu lis quoi ?

— Le journal.

— Tu es déjà allée le chercher ? Si tôt ?

— Non, non, c'est celui d'hier. Je n'avais pas eu le temps de le terminer.

Qu'avait-elle donc eu de si important à faire pour ne pas pouvoir terminer la lecture du journal ?

Aussitôt après s'être posé cette question, Scott s'en

voulut. Pourquoi cherchait-il un sens caché dans les paroles de Tricia ? Il devenait dingue ! Pas question de perdre son self-control, surtout quand il lui restait quarante-huit heures de garde à assurer.

— Alors, quelles sont les nouvelles ?

— Bof, rien d'exceptionnel…

Scott passa une main lasse sur son front. Les effets du manque de sommeil commençaient à se faire sentir.

— Tu es sûre que tout va bien de ton côté ? demanda-t-il avec une certaine inquiétude.

S'il insistait trop, elle raccrocherait. Mais il avait trop besoin d'être rassuré sur son compte.

— Mais oui, tout va bien.

Changeant de sujet, il lui demanda ce qu'elle avait prévu de faire pendant la journée, et elle lui répondit calmement, détaillant par le menu des activités auxquelles il la savait habituée. Il eut envie de la croire, pour une fois. De cesser de se torturer à son sujet. Mais il ne le pouvait pas : elle mentait avec une telle facilité… Elle avait l'air si normale, si apaisée… Ça cachait forcément quelque chose. Si elle prenait tant de précautions pour ne pas lui mettre la puce à l'oreille, c'était peut-être plus grave que d'habitude ?

— Je t'aime, dit-elle d'une voix à la fois tranquille et chargée d'émotion.

Scott poussa un long soupir de soulagement.

— Je t'aime aussi, Trish, reprit-il, heureux de la facilité avec laquelle ils s'avouaient leurs sentiments, désormais.

Un cap important avait été franchi, et il s'en réjouissait chaque jour.

— Je le pense vraiment, Scott. Je t'aime, tu sais ? Je t'aime très fort. Plus que très fort, même.

Elle disait la vérité, il le savait.

— Je sais. Moi aussi, fit-il doucement.

Puis il ajouta, une grosse boule dans la gorge :

— Fais attention à toi.

— C'est promis.

Sur ce, il raccrocha, et resta pensif un moment. Il avait vraiment de la chance qu'une femme telle que Tricia l'aime à ce point, tout en lui laissant sa liberté. Oui, il avait une chance de tous les diables…

Elle avait dit « C'est promis »… Rien d'exceptionnel, hormis l'intensité dont elle avait chargé ces quelques mots tout simples. A bien y réfléchir, le ton qu'elle avait employé clochait nettement. Elle avait donné un tel poids à cette formule toute faite — comme si elle lui disait adieu…

Il se laissa tomber sur le sol dur de la cour, le dos au mur, accablé. Dire qu'il ne pouvait rien faire pour empêcher Tricia de s'éloigner de lui ! A croire qu'il n'avait pas progressé de un centimètre depuis ce jour lointain où il était resté sur le bord de la route, impuissant, à regarder son amour agoniser.

Il avait pourtant fait tout ce qui était en son pouvoir pour convaincre Tricia de rester. A part lui proposer le mariage. Mais ça, c'était au-dessus de ses forces. Et, de toute façon, il n'était pas sûr qu'elle eût accepté.

Il secoua la tête avec découragement avant de rempocher son portable et de rentrer dans la caserne en traînant les pieds.

— C'est des flics.

Tricia trébucha sous le coup de la surprise.

— Des flics ? répéta-t-elle, incrédule.

N'importe quoi ! Patsy s'était trompée : ce type était

vraiment nul. Ou alors, l'alcool lui avait fait perdre tous ses moyens.

Pourtant, le détective hocha vigoureusement la tête plusieurs fois de suite, les yeux mi-clos.

— C'est des flics, répéta-t-il. Mais des flics en civil.

Elle le regarda fixement.

— Donc, ils me suivraient en dehors de leurs heures de service ?

Nouveau hochement de tête affirmatif.

Tricia avait envie de laisser tomber ; ce type n'était qu'un minable : une épave, rien de plus. Elle gaspillait son temps et son argent avec lui. Mais au fond, elle ne pouvait s'empêcher de le croire. Elle n'en avait pas la moindre envie, mais après tout, la vérité était rarement logique…

Les sourcils froncés, elle se laissa tomber sur le tabouret qui faisait face au siège de Miller, non loin d'un portant encombré de vêtements propres bien emballés dans leurs housses de nettoyage. Elle installa Taylor confortablement sur ses genoux, et sortit de son sac un paquet de biscuits dans lequel elle le laissa farfouiller à loisir.

— Ces flics, ils sont de San Diego ?

— Ouais.

Elle eut soudain envie de passer ses nerfs sur le détective. Il puait l'alcool et la crasse, il lui délivrait ses informations au compte-gouttes… autant de raisons pour le détester. Mais, en même temps, elle le trouvait attendrissant…

Elle se pencha légèrement en avant.

— Et il y en a bien deux ?

Il hocha de nouveau la tête. C'était exaspérant, à la fin !

— Dont une femme ? insista-t-elle en serrant les dents.

— Deux femmes, pour être exact. Mais ce n'est pas tout. D'après mes sources, l'un des meilleurs détectives de Californie vous a également filée, il n'y a pas longtemps, à San Diego.

— Oh ! fit Tricia tout en clignant des yeux.

Cela portait à trois le nombre de personnes chargées de l'espionner. Il y avait de quoi paniquer. L'homme qu'elle avait remarqué sur la plage en faisait-il partie ? L'avait-il reconnue ? Avait-il fait son rapport à San Francisco ? Mais alors, si on savait qui elle était et où elle se cachait, pourquoi personne ne cherchait-il à la joindre directement ?

Tout cela était vraiment trop complexe. Et ça n'expliquait toujours pas…

— Vous êtes sûr que les deux femmes dont vous parlez sont sur mes traces ?

— Sûr et certain, affirma Miller d'un air assuré qui détonnait avec son apparence mollassonne et misérable. Je les ai vues ensemble dans un bar. Pour confirmer mes soupçons, j'ai filé un bon paquet de fric à un beau gosse qui traînait dans le coin pour qu'il les aborde et leur soutire des informations.

— L'une de ces deux femmes me suivait, hier matin, déclara Tricia.

Pour toute réponse, Miller fit une moue bizarre qu'elle ne put interpréter.

A cet instant, Taylor se pencha et fit tomber un morceau de biscuit par terre. Sa mère le ramassa, et déposa au passage un baiser dans le cou du petit garçon. Il recommença son manège, apparemment ravi de la réaction que son geste suscitait. Mais Tricia n'avait pas le cœur à s'amuser avec lui. Elle sortit un biberon de jus de fruits de son sac, et le lui mit d'autorité dans les mains.

Il lui restait une question à poser à Miller. Juste une, mais elle hésitait terriblement : la vérité serait peut-être trop difficile à affronter.

Pourtant, il fallait qu'elle sache.

— Monsieur Miller, qui a engagé ces femmes ?

Il y eut un bref silence, pendant lequel elle regretta d'avoir posé cette question. On n'échappait pas aussi facilement aux tentacules que lançait la pieuvre de la richesse, elle en était bien consciente. Mais elle continuerait d'essayer tout de même.

— Un capitaine de pompiers. Un certain Scott McCall.

Hébétée, elle regarda Taylor glisser de ses genoux comme au ralenti, incapable de le rattraper. Miller tendit les mains juste au moment où le petit atteignait le sol, et le remit d'aplomb. Elle l'observa, bouche bée, comme anesthésiée par la nouvelle qu'il venait de lui asséner. Dans les petits yeux bleu pâle tournés vers elle, elle crut saisir un éclair de compassion.

Elle ne trouvait rien à répondre : son esprit tournait à vide, tout comme la pièce qui semblait tanguer autour d'elle. Scott McCall… c'était Scott qui la faisait surveiller… C'était absurde, aussi absurde que la proposition d'aide qu'elle avait cru déceler dans le regard de cet ivrogne de détective… Aussi aberrant que la mort de sa meilleure amie à San Francisco…

Agrippé d'une main à la jambe de sa mère, Taylor se comportait, lui aussi, de façon inhabituelle. Au lieu de se montrer méfiant vis-à-vis de l'étranger qui le maintenait debout, il l'étudiait avec un intérêt manifeste, sans crier ni pleurer… Décidément, tout était bizarre, aujourd'hui.

Perdue dans une sorte de brouillard irréel, Tricia cherchait désespérément à se raccrocher à du tangible. Elle percevait des sons éloignés, étouffés, comme si elle avait eu du coton dans les oreilles. Elle avait chaud — si chaud…

— Qu'est-ce qui se passe ?

La voix de Patsy. Elle ne l'avait pas entendue arriver. Mais elle sentit sa main affectueuse se poser sur son épaule, cependant qu'un bras solide la prenait par la taille pour la forcer à se lever.

— Viens, ma chérie, je t'emmène en haut. Doris ! Viens t'occuper du petit !

— Non ! s'exclama Tricia du fond de sa semi-inconscience, cherchant à attraper le bras de son fils d'une main maladroite. Je… je ne peux pas le laisser seul ! Je ne peux pas !

Difficile de reconnaître sa propre voix tant elle était rauque et tremblante. Une voix terrifiée, presque hystérique, dont elle ne se serait pas crue capable.

— Je sais, je sais. Doris va s'en occuper et te l'amener à l'étage, reprit Patsy d'un ton étrangement insouciant et calme qui aurait mieux convenu à l'énoncé d'une rectte de cuisine… Par association d'idées, Tricia se demanda soudain si son ivrogne de détective préférait les hamburgers aux hot dogs.

Question absurde en un moment pareil… Pourtant, cela suffit à déclencher chez la jeune femme le déclic qui lui manquait pour se raccrocher au réel. Juste ce qu'il lui fallait pour dissiper un peu les ténèbres d'effroi dans lesquelles elle était plongée depuis la révélation de Miller.

Elle regarda tour à tour les deux personnes penchées sur elle, puis son fils qui courait joyeusement rejoindre sa grande amie Doris.

— Je… ça va aller, fit-elle d'une voix un peu plus normale. Je… j'ai juste besoin de rester assise, le temps de…

— Tu as surtout besoin de monter te reposer, de boire quelque chose et de grignoter un petit truc, coupa Patsy d'un ton sans réplique. Après, je t'allonge au calme sur le lit et tu ne fais rien de l'après-midi. Regarde des vieilles séries à la télé si ça te chante, dors ou écoute de la musique, mais surtout, détends-toi. Sinon, tu vas nous faire une syncope ou une crise de nerfs !

D'un seul mouvement, Patsy mit Tricia debout et la poussa en direction de l'escalier.

— J'appelle tout de suite Shana pour qu'elle s'occupe du magasin pendant que Doris joue avec Taylor là-haut, dans la pièce à côté de la chambre, reprit-elle avec fermeté. Et, au cours des prochaines heures, tu es priée de ne pas t'inquiéter et de ne penser à rien. C'est compris, madame la têtue ?

Les jambes flageolantes, Tricia avança lentement vers l'escalier, s'appuyant sur le bras de son amie. Elle avait tellement envie d'obéir à Patsy ! Ne penser à rien… ce serait le paradis !

— J'ajoute que jusqu'à l'heure du dîner, il t'est formellement interdit de prendre la moindre décision. Tout ce que tu as le droit de faire, c'est choisir entre manger ou dormir. C'est clair ?

De grosses larmes jaillirent des yeux fatigués de la jeune femme. Avec un sourire tremblant, elle se tourna à demi vers son amie pour lui murmurer un « merci » à peine audible.

Les yeux brillants, Patsy se contenta de hocher brièvement la tête pour signifier qu'elle avait entendu.

Sous ses dehors un peu rudes, elle cachait un cœur d'or et une sensibilité peu commune. Elle avait sûrement une histoire à raconter, mais Tricia n'avait pas encore eu l'occasion de l'entendre.

Peut-être que, un jour, elle en saurait plus sur cette femme devenue une véritable amie. Un jour… quand elle n'aurait plus tous ces problèmes à régler…

Comme elle continuait son chemin vers l'escalier, elle vit du coin de l'œil Miller disparaître silencieusement dans la pénombre du magasin. Mais Tricia savait qu'elle n'en avait pas encore terminé avec lui.

15.

Contre toute attente, Tricia réussit à dormir. Lorsqu'elle se réveilla, le soleil couchant inondait de sa lumière rousse la petite chambre où elle s'était assoupie, traversant les voilages blancs qui pendaient à la fenêtre. Elle se sentait merveilleusement bien, allongée sur un matelas moelleux et des oreillers confortables, la tête vide de toute préoccupation. Jusqu'à ce qu'elle se demande brusquement ce qu'elle faisait là, et surtout où était passé Taylor.

Le sentiment d'apaisement qu'elle avait ressenti en émergeant de sa torpeur se dissipa en une fraction de seconde. Taylor ! Où était-il ? D'un bond, elle se rua vers la porte de la chambre, pieds nus sur le parquet tiède de soleil. Ce ne fut qu'une fois descendue dans l'arrière-boutique qu'elle se calma un peu : elle se rappelait soudain qu'elle était chez Patsy — son amie. Quelqu'un qui avait veillé sur elle pendant son sommeil. Son fils était certainement en sécurité, puisque Patsy lui avait promis de s'en occuper.

Un peu rassérénée, elle tira sur son T-shirt froissé pour masquer la peau nue de son ventre, dégagé par la ceinture basse de son jean délavé. D'une main, elle ôta l'élastique de sa queue-de-cheval. De toute façon, ses cheveux s'en étaient déjà aux trois quarts échappés pendant sa sieste. Puis, elle monta à l'étage pour chercher Taylor. Après avoir trouvé la salle de bains et les toilettes, elle ouvrit la porte de la chambre d'amis et soupira de soulagement : son fils était là, sagement endormi dans un grand lit propre. Non loin de lui, dans un fauteuil marron foncé, Doris somnolait, ses lunettes sur le nez, un livre de contes pour enfants ouvert sur les genoux.

Décidément, Patsy avait toutes les qualités. Même cette chambre d'amis était à son image : pas franchement élégante ni exceptionnelle d'apparence, mais solide et extrêmement accueillante. Ici, pas de meubles design ni d'objets rares, mais des éléments utiles, pratiques, dont on voyait qu'ils étaient faits pour durer. Rien de superflu, en somme.

Comment Tricia avait-elle pu passer les trente premières années de sa vie en étant persuadée qu'elle avait besoin de tant d'autres choses ? Alors que tout ce qui importait, c'était de savoir son fils en sécurité et en bonne santé, et d'avoir des amis sur qui ils pouvaient compter en toutes circonstances…

— Ah ! Tu es réveillée !

Dans un sursaut, elle se retourna pour découvrir Patsy à quelques pas d'elle. Son amie avait revêtu le pantalon sophistiqué bleu ciel et le haut de dentelle que Tricia lui avait confectionnés dernièrement.

— Eh oui, tu vois ! fit la jeune femme tout en passant une main dans ses cheveux dénoués, histoire de se donner une contenance. Désolée d'avoir dormi aussi longtemps.

— Tu plaisantes ? J'espérais que tu n'émergerais pas avant demain matin !

C'était une gentille proposition, mais il n'était pas question pour Tricia d'abuser de l'hospitalité de Patsy. Pourtant…

Pourtant, il devait être près de 7 heures du soir, et elle ne pouvait pas rentrer chez Scott…

— Tu restes pour la nuit, bien sûr ! reprit Patsy, comme si elle avait deviné le dilemme qui se jouait dans l'esprit de son amie.

Les yeux fixés sur le parquet bien ciré, Tricia secoua la tête.

— Je… je ne peux pas, Pat…

— Bien sûr que si ! D'ailleurs, je ne vois pas pourquoi tu refuserais ! Il existe, au contraire, une sacrée bonne raison pour que tu ne retournes pas chez McCall. Du moins, pas ce soir.

Scott… La sourde peine qui étreignait le cœur de Tricia se fit soudain plus forte.

— De toute façon, il n'est pas là, murmura-t-elle. Il est de garde à la caserne.

Patsy fronça les sourcils.

— Tu veux vraiment retourner là-bas ce soir ? Dans *sa* maison ? Dans *son* lit ?

— Non.

— C'est bien ce que je pensais, fit Patsy, tout en ramassant un sac qui traînait devant la porte de sa chambre.

Tricia eut un coup au cœur en le reconnaissant : c'était le sac bordé de mauve qu'elle avait rempli d'affaires de première nécessité, le matin même, avant de venir au pressing. Preuve s'il en était qu'elle n'avait jamais eu l'intention de rentrer chez elle — ou plutôt, chez Scott —, même avant d'apprendre la terrible nouvelle de la bouche de Miller.

— Je vois que tu avais déjà prévu le coup ! lança Patsy.

— Je peux très bien aller à l'hôtel…

— Pas à Coronado ! Et puis, de toute façon, le petit est

crevé, coupa Patsy avec un geste en direction de la chambre d'amis. Il a joué jusqu'à presque 4 heures, cet après-midi. A mon avis, tout ce qu'on obtiendra de lui, ce sera qu'il se lève pour dîner. Et après, dodo jusqu'à demain !

D'autant qu'il était déjà 7 heures, se dit Tricia, et que cela correspondait normalement au moment où elle mettait son fils au lit. Elle ressentit un nouveau serrement de cœur : comment son existence avait-elle pu changer à ce point et en si peu de temps ? Dire que même les choses les plus simples étaient complètement bouleversées ! Taylor aurait dû commencer sa nuit, et voilà qu'il n'avait même pas terminé sa sieste...

Aux yeux de Tricia, le dîner se déroula dans une atmosphère étrange. Pour un observateur extérieur, rien de plus normal, cependant : une soirée entre amis n'aurait pas eu l'air plus banal. La table avait été mise, les couverts en métal argenté bien disposés de chaque côté des assiettes de terre cuite vert sapin. Le menu était simple mais savoureux : côtes de porc, asperges et petits pains chauds sortant tout droit du four, accompagnés de thé glacé. Et, pour Taylor, un bol de purée d'asperges et de viande hachée avait été préparé dans un mixer qui, jusqu'ici, n'avait servi qu'à confectionner des cocktails daiquiris. C'était, du moins, ce qu'avait précisé Patsy avec une petite grimace comique.

Oui, en apparence, les choses n'auraient pas pu être plus normales. Si l'on exceptait le fait que Tricia et son fils se retrouvaient... sans domicile fixe.

Au moment où ils allaient se mettre à table, Tricia entendit un pas hésitant monter l'escalier, suivi d'un coup timide frappé à la porte de l'appartement.

Surprise, Patsy lâcha brusquement les serviettes qu'elle venait de sortir d'un placard. Avec un juron étouffé, elle se baissa pour les ramasser tout en marmonnant :

— Je ne pensais pas qu'il viendrait, celui-là !

— Qui ? demanda Tricia, une main sur l'épaule de Taylor, prête à prendre son fils sous son bras et ses jambes à son cou, s'il le fallait.

A l'arrière de la cuisine, il y avait une porte menant à l'escalier de secours. Si elle devait fuir de nouveau…

— Miller, répondit son amie.

— *Miller ?* répéta Tricia, abasourdie.

Pourquoi Patsy avait-elle dit au détective de repasser ? C'était à se demander si sa teinture blonde et sa nouvelle coupe n'avaient pas déteint sur ses neurones !

Jetant un coup d'œil vers la porte toujours close, Patsy posa les serviettes sur la table.

— Je me suis dit que tu aurais envie d'en savoir plus, après t'être reposée. Alors, je l'ai invité à dîner.

Incapable de prononcer le moindre mot, Tricia se contenta de hocher la tête, debout derrière la chaise haute où Taylor s'était mis en devoir d'avaler son dîner tout seul, sans fourchette ni cuillère. D'un geste nerveux, son amie s'essuya les mains sur son pantalon, puis remit ses cheveux en place et alla ouvrir la porte.

Seule la bonne éducation de Tricia et les années passées sous l'œil curieux du public l'empêchèrent de rester bouche bée devant la soudaine transformation du détective. Il portait une chemise bleue impeccable et un jean propre. Rasé de près, bien coiffé, il dégageait un charme indéniable. Sur son chemin, il avait dû attirer l'attention de plus d'une passante.

— Vous devriez faire ça plus souvent ! lui lança-t-elle.

Miller se contenta de hausser les épaules d'un air désabusé.

— A minuit, je serai complètement soûl. J'ai juste profité du répit pour me raser : il vaut mieux tenir une lame quand on est sobre, si on veut éviter les accidents.

— Vous n'avez jamais eu envie d'arrêter l'alcool ? lui demanda Tricia sans réfléchir.

Elle se serait giflée : ça ne la regardait pas. Et, de surcroît, elle n'était pas vraiment bien placée pour donner des conseils aux autres !

— Si, entre deux cuites.

— Et alors ? reprit Patsy en lui faisant signe de s'installer à table.

Il la jaugea de haut en bas avant de lâcher d'un air sombre :

— Et alors, être soûl, c'est plus facile.

Une fois le dîner terminé, Tricia s'attendait plus ou moins à ce qu'Arnold Miller s'en aille rapidement. Elle n'avait pas vraiment envie de discuter avec lui — ni avec personne, d'ailleurs. Après tout, le contrat qui les liait était achevé. Il lui avait révélé l'identité de celui qui la faisait surveiller. Quel intérêt de prolonger leur collaboration, dans ce cas ?

— Vous avez vu le journal d'aujourd'hui ? demanda Patsy à Miller.

Elle était en train de donner un biberon de lait chaud à Taylor pour le calmer avant de le coucher. Il était grognon, comme toujours quand on perturbait son rythme quotidien.

— J'en ai lu des bribes en venant, répondit le détective.

— Vous avez dû remarquer les gros titres, alors ?

— Vous voulez dire l'histoire du sénateur ?

A ces mots, Tricia se laissa aller contre le dossier de sa chaise, comme si son corps refusait de la porter. Quoi encore ? Il fallait absolument qu'elle sache, et au plus vite.

— Le sénateur ? Qu'est-ce qu'il lui arrive ? demanda-t-elle d'une voix éteinte qui attira l'attention de ses deux compagnons.

C'était la première fois qu'ils la regardaient franchement depuis le début de leur conversation, et elle en eut des frissons dans le dos. Comme si les deux paires d'yeux braquées sur elle avaient pu accroître encore son malaise.

Inconsciemment, elle se redressa sur son siège et plaqua sur ses lèvres ce sourire de convenance qu'elle croyait avoir oublié, depuis le temps qu'elle n'avait pas eu à l'utiliser.

— Vous parlez bien de ce type de San Francisco, non ? Le sénateur ? Celui qui est soupçonné d'avoir assassiné sa maîtresse, c'est bien ça ?

— Oui, c'est bien ça, répondit Patsy en ôtant la tétine de la bouche de Taylor.

Le petit garçon s'était endormi. Elle posa le biberon sur la table avec précaution, comme au ralenti, puis reporta son regard sur Tricia.

— Et alors ? Qu'est-ce qu'il lui arrive encore, à ce type ? répéta la jeune femme d'un air détaché.

Elle ne devait pas oublier son rôle : celui d'une femme issue de la classe moyenne, simplement curieuse d'apprendre les histoires des grands de ce monde — surtout quand elles traitaient d'affaires sordides comme les meurtres.

— Eh bien, expliqua Patsy, l'autopsie du corps de Leah Montgomery, la maîtresse du sénateur, a prouvé qu'elle était enceinte au moment de son décès. Apparemment, elle aurait fait une fausse couche en tombant du haut de la colline. Quoi qu'il en soit, on l'a retrouvée morte.

« Oh mon Dieu ! » faillit s'exclamer Tricia. Leah était donc enceinte…

Mais il lui était impossible de laisser ses sentiments s'exprimer devant ces gens qui ne savaient rien d'elle. Plus tard — beaucoup plus tard —, elle pleurerait toutes les larmes de son corps sur la mort tragique de son amie…

Sans bien savoir comment, elle parvint à garder son sourire faussement convivial, malgré l'annonce de cette terrible nouvelle. Elle souhaita très fort que personne n'eût remarqué son trouble. Elle attendrait encore quelques minutes, pas plus, puis elle s'excuserait et se précipiterait dans la salle de bains. Elle emmènerait Taylor avec elle et, après avoir versé de grosses larmes, elle s'allongerait avec lui sur le lit de la chambre d'amis pour le bercer contre son cœur.

— Ils ont aussi trouvé un vieil ermite qui habite sur la Montagne des Mineurs, poursuivit Patsy. Un type qui connaîtrait le sénateur Whitehead. Depuis que le gouvernement lui avait diminué ses allocations, l'ermite avait pas mal d'arriérés financiers. Factures et autres. Mais, six mois avant la disparition de la femme du sénateur, tout est rentré dans l'ordre. Plus aucun retard de paiement.

Ainsi, Walter faisait partie des gens que Thomas avait achetés ? Cela n'aurait pas dû étonner Tricia, et pourtant, elle avait la nausée en y pensant.

— C'est probablement une fuite, dit Miller sur un ton professionnel. Ce n'est pas le genre d'infos que l'accusation laisserait transpirer volontairement avant que le procès n'ait lieu.

« Dis quelque chose, bon sang ! » se morigéna Tricia. Une prolétaire comme celle qu'elle était censée incarner aurait déjà poussé les hauts cris devant une telle histoire. Les démêlés de la « haute » faisaient généralement les frais des conversations d'après dîner chez les gens modestes, non ?

— Est-ce qu'il n'y a pas eu une interview de la sœur de cette Leah Montgomery, récemment ? fit-elle d'une voix qu'elle espérait suffisamment détachée. Ils divulguent peut-être des infos par-ci par-là pour rassurer l'opinion publique. Pour prouver qu'ils travaillent toujours sur cette affaire.

— Mouais, peut-être, dit Miller en tambourinant distraitement des doigts sur la table, sans pour autant quitter la jeune femme des yeux.

Elle se sentait prise au piège de ce regard trop perspicace. Le cœur battant, elle s'obligea à respirer calmement pour ne pas trahir son agitation intérieure.

— J'ai lu que les preuves réunies au cours de l'enquête étaient suffisantes pour justifier d'un double procès contre le sénateur Whitehead, fit Patsy d'un ton égal, sans avoir conscience que ses mots se fichaient comme autant de balles dans le cœur de Tricia. Il serait accusé non seulement du meurtre de sa maîtresse, mais également, a posteriori, de l'assassinat de sa femme et de son futur enfant. Actuellement, il est en liberté provisoire moyennant une caution de un million de dollars.

Comment une personne lambda était-elle censée réagir à une pareille annonce ? Tricia n'en avait pas la moindre idée. Machinalement, elle déchira un bout de sa serviette en papier, puis un autre, passant ses nerfs sur le premier objet qu'elle avait sous la main.

— Tout procureur qui se respecte en serait venu aux mêmes conclusions, fit Miller à l'intention de Patsy, sans dévier son regard d'un centimètre. Les deux femmes concernées étaient amies depuis toujours. D'abord, l'épouse du sénateur disparaît pendant sa grossesse, sans laisser la moindre trace. Deux ans plus tard, sa meilleure amie, qui prétend porter l'enfant du sénateur, s'évanouit à son tour dans la nature. Coïncidence troublante, non ? Sauf que cette fois, on retrouve le cadavre de la femme en question.

Combien d'autres discussions de ce genre avaient lieu en Californie, à ce moment précis ? Comment les gens pouvaient-ils parler comme si de rien n'était d'une affaire aussi privée ?

— Mais pourquoi le sénateur aurait-il commis de telles horreurs ? objecta Patsy, les yeux fixés sur Tricia.

La jeune femme se sentit rougir. Elle avait trop chaud — en fait, elle étouffait littéralement.

— Si notre bonhomme est bien stérile, comme il le prétend, reprit Miller avec gravité, aucune des deux femmes en jeu dans cette affaire n'était au courant. Et cela prouve qu'elles lui étaient, l'une comme l'autre, infidèles.

— Alors, il aurait agi par jalousie ? C'est ça ?

— C'est plutôt classique, comme schéma. Il ne peut pas vivre sans elles, mais il ne peut pas non plus supporter de se voir imposer des rejetons dont il n'est pas le père.

— Plutôt gênant, non ? Ou bizarre, tout du moins, ajouta Patsy d'un air songeur. Les deux femmes de sa vie lui auraient été infidèles ? C'est troublant…

« Arrêtez ! Arrêtez ça tout de suite ! » eut envie de hurler Tricia.

Elle eut l'impression étrange que Miller l'avait entendue, bien qu'il ne répondît rien.

Mais Patsy reprit d'un ton soucieux :

— Tout porte à croire que la peine de mort va être demandée.

Tricia faillit répondre qu'elle l'espérait bien, mais,

devant le regard pénétrant que lui lançait le détective, elle se contenta de murmurer :

— Bon, eh bien, je crois qu'il est l'heure de coucher Taylor…

Elle se leva si brusquement que sa chaise se renversa.

— Tricia ?

— Mmm ?

— Il y avait une photo de Kate Whitehead dans le journal, dit Patsy.

Sur le coup, la jeune femme se figea. Puis elle se retourna d'un bloc, cherchant désespérément une réplique pour donner le change aux deux personnes qui la dévisageaient.

— Je suis vraiment désolée pour elle.

Aussi étrange que cela puisse paraître, c'était la vérité. Pour Tricia, Kate Whitehead n'existait plus depuis deux ans. Elle aurait parlé d'une personne différente qu'elle n'aurait pas employé d'autres termes.

Pourtant, Miller continuait à la dévisager de la même manière insistante. A cet instant, Tricia comprit à quel point il était doué dans son travail. Un détective, voilà ce qu'il était au plus profond de lui. Et il avait poussé la conscience professionnelle jusqu'au bout. Captive de son regard, elle ne trouvait rien à ajouter. Pour une fois, elle regrettait de ne pas avoir de bouteille sous la main pour l'encourager à boire et à oublier la clairvoyance dont il était capable quand il n'était pas sous l'emprise de l'alcool.

— C'est une photo qui date de l'époque où elle a disparu, reprit Patsy. Celle-là même qui avait fait la une de tous les journaux…

Que se passait-il donc ? Trop effrayée pour en vouloir à son amie ou au détective, Tricia laissa son regard errer de l'un à l'autre, ne sachant trop ce qu'elle pouvait dire pour se disculper. D'un geste las, elle secoua la tête.

— Désolée, mais je ne me rappelle pas avoir vu cette photo.

Heureusement, on lui avait appris à mentir avec aplomb. Cela ne s'oubliait pas du jour au lendemain, même dans des circonstances aussi tendues. Elle avait aussi appris à se détacher de la réalité, pour s'en protéger coûte que coûte. Mais ça, elle n'y arrivait pas aussi bien. Surtout depuis quelque temps.

— Bah, fit Patsy, de toute façon, la photo était tellement mauvaise et le modèle tellement fabriqué qu'on aurait du mal à reconnaître la vraie personne grâce à ça…

Instantanément, Tricia sentit les muscles de ses épaules se relâcher. Elle en aurait pleuré de soulagement. En fait, ni Patsy ni Miller ne savaient la vérité…

— En fait, ce n'est pas ça qui m'a mis la puce à l'oreille, continua Patsy d'un air bizarre, à la fois exigeant et plein de compassion. C'est le fait qu'elle ait été designer de mode, l'une des plus douées de sa génération. L'article disait qu'elle était capable de donner de l'allure à toutes les femmes, même les moins bien faites — comme moi…

Tricia dut s'accrocher au dos de sa chaise pour ne pas s'effondrer, tant elle tremblait. Quatre heures de repos, ce n'était pas suffisant pour affronter ses pires cauchemars soudain devenus réalité. Sous l'éclairage cru du néon au-dessus de la table, elle cligna des yeux. Dans deux secondes, elle allait tomber en syncope. Surtout si Miller continuait à la fixer de cette façon, et si Patsy ne s'arrêtait pas.

— Après, je me suis rappelée le jour où tu m'as proposé de me faire une nouvelle garde-robe. C'était juste après avoir aperçu cette création signée Kate Whitehead. Et ça correspondait aussi à la fois où tu m'as demandé d'appeler Miller…

— … qui a réussi à dessoûler suffisamment longtemps pour appeler des connaissances à San Francisco, termina le détective, au grand dam de Tricia. Histoire d'en savoir un peu plus sur tout ça. Et voilà le travail…

— Scott ? C'est moi.

On était vendredi matin, et le jour n'était même pas encore levé. Son portable collé à l'oreille, Scott s'éloigna sans bruit de sa couchette.

— Quelque chose ne va pas ?

— Je ne sais pas trop…

— Bon sang ! jura-t-il tout bas.

Il aurait mieux fait de suivre son instinct, hier soir, et de filer chez lui vérifier que tout allait bien, au lieu de laisser sa raison prendre le dessus. Il s'était dit qu'il réagissait de façon excessive et qu'il était temps de freiner ses élans impulsifs s'il voulait éviter de se retrouver pris au piège de ses sentiments… Eh bien, il avait tort !

— Quoi, alors ? fit-il d'un ton plus sec que celui auquel Deb Ball, inspecteur de police en congé pour raisons personnelles, était habituée.

Son téléphone toujours en main, il enfila rapidement un jean et un T-shirt chiffonné, puis sortit de la caserne par la porte de derrière.

— Tu lui as parlé ? reprit la jeune femme à l'autre bout du fil.

— Pas depuis hier. C'était un peu avant l'heure du déjeuner, et je ne suis pas rentré à la caserne avant minuit bien sonné.

Ils avaient eu une journée archi-chargée, la veille, entre les trois incendies, l'accident de la route, le suicide et la crise cardiaque pour lesquels ils avaient dû intervenir en urgence.

— Elle… elle n'est pas rentrée, hier soir.

Scott sentit ses épaules s'affaisser brusquement. Un nœud à l'estomac, le cœur battant à grands coups désordonnés, il accusa la nouvelle avec difficulté, avant de reprendre la parole.

— Et où est-elle ?

— Je n'en sais rien.

C'était une catastrophe. Incapable de trouver les mots, il se tut, accablé.

— Je suis vraiment désolée, Scott. Quand je pense que tu as sauvé mon petit de la noyade et que je ne suis même pas capable de garder un œil sur le tien… Ça me rend malade, tu sais ?

— Où était-elle quand tu l'as vue pour la dernière fois ? interrompit Scott.

— Au Pressing Presqu'île.

— A Coronado, c'est ça ?

— Oui. Elle est entrée dans le magasin hier, un peu après 13 heures. A la fermeture, il était 19 heures, et elle n'était toujours pas ressortie. Elle a dû filer par l'arrière…

Décidément, Coronado était synonyme d'ennuis. Déjà, le dimanche où elle avait quitté la plage, ils se trouvaient à Coronado.

Il tenta de réfléchir calmement, de ne pas céder à la panique.

— C'est trop tôt pour que j'aille déclarer sa disparition…

— De mon côté, j'ai des contacts que je peux activer, reprit Deb. Tu veux que je leur demande de rester en alerte ?

— Oui.

Si la police municipale l'aidait, il avait peut-être encore une chance de la sauver.

Malade d'angoisse, Scott se força à respirer calmement et à détendre ses muscles, comme il l'avait appris lors de sa formation paramédicale. S'il cédait à la panique, il ne serait d'aucune utilité dans les recherches qui allaient débuter. L'angoisse ne l'aiderait aucunement à retrouver Tricia et Taylor, bien au contraire.

Il pouvait leur être arrivé n'importe quoi en à peine vingt-quatre heures : enlèvement, maltraitance, abus sexuels… Il ne pouvait écarter aucun scénario, pas même les plus catastrophiques. Tout simplement parce qu'il n'avait aucune idée de ce que Tricia avait en tête au moment où il avait perdu sa trace. Le moins qu'on puisse dire, c'est que son ignorance totale ne simplifiait pas les choses…

Comme si elle avait senti sa nervosité, Deb s'empressa d'ajouter :

— Je ne sais pas ce que tu pensais découvrir en me demandant de la suivre. Pas plus que je ne connais la raison pour laquelle elle n'est pas rentrée hier. Mais je peux au moins te dire une chose : ni Betty ni moi n'avons remarqué quoi que ce soit au cours de nos trois semaines de filature qui puisse indiquer que ta compagne a des ennuis.

Il lui sut gré de ces paroles réconfortantes. Pourtant, quelque chose continuait à clocher : si Tricia allait bien, si elle n'avait pas d'ennuis, pourquoi n'était-elle pas rentrée ? Et pourquoi ne l'avait-elle pas appelé ?

16.

La Tribune de San Diego,
vendredi 6 mai 2005, p. 1

LA POLICE RECHERCHE LE CORPS DE LA FEMME DU SÉNATEUR WHITEHEAD

Des fouilles ont été entreprises dans un rayon de 75 kilomètres autour de la Montagne des Mineurs, dans l'espoir de retrouver le cadavre de Kate Whitehead, l'épouse du sénateur, disparue il y a près de deux ans. Thomas Whitehead, mis en examen, hier, pour l'assassinat de sa femme et de l'enfant qu'elle portait, risque la peine de mort. Le prévenu a été placé en détention, et ne sera remis en liberté provisoire qu'à condition de verser une caution record s'élevant à un million de dollars. Ce matin, dans une brève déclaration à la presse, le sénateur, très éprouvé par cette affaire, a réaffirmé son intention de plaider non coupable ; il a ajouté qu'il aimait toujours son épouse et que son seul souhait depuis bientôt deux ans était de la retrouver saine et sauve. Interrogé sur le décès de Leah Montgomery, la meilleure amie de sa femme et sa cavalière officielle depuis un an, il a seulement émis le regret qu'elle ait trouvé la mort si tôt et dans de si tristes circonstances.

Quant à la sœur de Mme Montgomery, Mme Carley Winchester, après sa participation remarquée à « Bonjour, San Francisco », elle a révélé à la presse qu'elle avait pu parler avec Walter Mavis, le vieil ermite qui habitait dans la montagne en question au moment du drame. Selon elle, cette discussion aurait confirmé ses soupçons concernant le sénateur Whitehead, à savoir qu'il battait sa femme avant qu'elle ne se volatilise. D'après les confidences de Mme Winchester, Walter Mavis aurait noté à plusieurs reprises que Kate Whitehead portait des marques de coups sur le visage et les bras, et qu'elle avait tendance à dissimuler son état en portant de larges lunettes aux verres teintés et des vêtements couvrants. La femme du sénateur avait l'habitude de se rendre assez fréquemment dans la montagne, munie de son carnet de croquis et d'un nécessaire à dessin.

Mme Whitehead comptait, en effet, parmi les designers les plus talentueux de la région. Il y a environ deux ans, sa disparition soudaine avait plongé dans le désarroi tous ceux de la profession, créateurs et acheteurs, qui comptaient assister à son premier grand défilé prévu pour la semaine suivante à San Francisco.

Rappelons par ailleurs que Leah Montgomery, qui aurait été enceinte du même homme que sa meilleure amie au moment de sa disparition, a quitté ce monde sans avoir eu le temps de présider la grande soirée de charité au profit de l'enfance qu'elle avait organisée. San Francisco se verrait-elle soumise à une malédiction qui détruirait toutes ses figures les plus prometteuses ?

Attablé dans la cuisine de la caserne où flottait une bonne odeur de crêpes et de café chaud, Scott regarda pour la énième fois la petite photo de mauvaise qualité qui accompagnait l'article à la une de la *Tribune de San Diego*, sans prêter la moindre attention à la conversation paresseuse des trois hommes qui se trouvaient sous ses ordres en ce vendredi matin. Les yeux rivés sur le portrait de fort mauvaise qualité, il se demandait s'il n'était pas en train de perdre complètement la tête.

Mais son instinct l'avertissait qu'il était sur la bonne piste, malgré les apparences. Il en avait des sueurs froides — un signe infaillible que quelque chose de grave se tramait.

Depuis quelques semaines déjà, les journaux publiaient des articles plus ou moins explosifs sur les ennuis du sénateur Whitehead. Mais, à vrai dire, Scott n'y avait pas tellement fait attention. Quand on vivait en Californie, on était vite blasé à propos des innombrables potins qui circulaient sur les « people ». Surtout quand on avait, comme lui, fait partie de ce milieu-là et qu'on savait à quel point les moindres rumeurs sans fondement se trouvaient amplifiées et déformées par des journalistes en mal de sensations fortes. Rien que cet aspect des choses avait de quoi vous dégoûter d'appartenir à la haute société…

Il jeta un nouveau coup d'œil à la une du journal étalé sur la table, tout en cherchant à se raisonner. Il était éreinté par sa garde mouvementée, ce qui expliquait sa sensibilité excessive. Et le coup de fil de Deb en plein milieu de son temps de repos n'avait pas arrangé son état déjà critique. Il se faisait des idées, voilà tout.

— T'en veux encore ? lui demanda Cliff, le pot de café encore fumant à la main, prêt à remplir de nouveau sa tasse presque vide.

Scott fit non de la tête et se replongea dans sa lecture. Les mots dansaient devant ses yeux, l'empêchant de se rappeler avec exactitude ce qu'il savait de la disparition de Mme Whitehead. Il n'avait pas le souvenir que cette histoire eût fait autant de bruit, à l'époque. Whitehead n'avait pas encore été élu sénateur, et personne n'avait songé à l'accuser de quoi que ce fût. L'affaire avait rapidement été enterrée, sans autre forme de procès. Et il n'y avait pas eu de photo — du moins, pas à la connaissance de Scott.

D'où son intérêt pour l'image qui accompagnait l'article. La femme sur ce cliché ne ressemblait guère à Tricia ; pourtant, quelque chose lui soufflait qu'il s'agissait d'une seule et même personne… Et puis, il y avait cette histoire d'ermite de la montagne qui coïncidait étrangement avec ce qu'elle lui avait raconté… Non, décidément, il ne se trompait pas.

Il avait quand même besoin d'en avoir le cœur net. Pour la première fois en onze ans de carrière chez les pompiers, il négocia un remplacement avec l'un de ses collègues, et rentra chez lui avec un jour d'avance sur son planning, afin de ne pas rester là, à attendre passivement que le pire se produise.

Tricia savait pertinemment qu'elle devait retourner à San Francisco, mais il n'y avait pas d'urgence.

Si une simple gérante de pressing et un ivrogne étaient capables de découvrir sa véritable identité — même si l'ivrogne en question avait été le meilleur limier de Californie avant de plonger dans la déchéance —, alors n'importe qui pourrait en venir aux mêmes conclusions. Pas la peine de chercher à se cacher, désormais, puisqu'elle était certaine que son secret serait bientôt éventé et que la presse s'emparerait de toute l'histoire.

Mais il y avait une autre raison à sa décision : elle ne se sentait pas le droit de continuer à se taire alors qu'un homme risquait d'être condamné à mort pour deux meurtres qu'il n'avait pas commis. Même si cet homme était abject. Après tout, c'était de son ancien mari qu'il s'agissait — et elle l'avait épousé « pour le meilleur et pour le pire »...

La matinée était déjà bien avancée lorsqu'elle descendit du bus qui la ramenait vers South Park, son sac de voyage sur l'épaule et son fils solidement calé contre sa hanche. Il lui restait vingt-quatre heures avant le retour de Scott, et elle avait bien l'intention de les mettre à profit pour régler un certain nombre de choses. Elle n'avait pas prévu de revenir chez lui, mais les circonstances n'étaient plus les mêmes, à présent. Elle n'allait pas continuer à fuir plus longtemps. Elle allait prendre le temps de trier ses affaires pour emporter tout ce dont elle avait besoin, tout en réfléchissant à la marche à suivre. Et puis, elle voulait aussi parler de tout ça à Scott, si elle en trouvait le courage. Il fallait qu'elle mette tout à plat, une bonne fois pour toutes. Elle en avait assez de fuir la réalité, de mentir à tout le monde, de se dérober à elle-même. Combien de fois Leah le lui avait-elle répété ? Si elle faisait confiance à son cœur, la vie se chargerait du reste...

Depuis trop longtemps, elle se laissait guider par la peur, et le moins qu'on puisse dire, c'est que le résultat n'était pas fameux. Elle en avait plus qu'assez, cette fois.

Et Taylor ? Qu'allait-elle faire pour continuer à le protéger ? Il était innocent, et ce serait trop affreux si le choix qu'elle faisait de reprendre son ancienne identité devait le pénaliser de quelque façon que ce fût. Après tout ce qu'elle avait traversé pour le préserver… Si jamais Thomas réussissait à remettre la main sur le petit garçon, elle ne se le pardonnerait jamais.

Elle faillit trébucher sur le chemin qu'elle connaissait pourtant par cœur, terrifiée à l'idée de mettre son fils en danger. Mais elle se reprit vite : il n'était plus question de faillir. Elle devait être forte, à présent. Et elle était certaine d'avoir pris la bonne décision. Elle allait retourner à San Francisco pour éviter à Thomas une condamnation injustifiée. Il avait pas mal de choses à expier, mais elle ne le laisserait pas condamner injustement. Il était peut-être coupable de la disparition de sa meilleure amie — sûrement, même —, mais il ne l'avait pas tuée, elle : ça, c'était évident.

D'un pas plus assuré, elle tourna au coin de sa rue, ragaillardie par la vision des parterres fleuris dont les rouges, les jaunes et les violets vifs se mêlaient dans une merveilleuse explosion de couleurs. Devant chez Scott aussi, le printemps avait fait des miracles, et elle voulait y voir un signe de bon augure pour le nouveau départ qu'elle s'apprêtait à prendre.

Elle venait de s'engager sur l'allée menant à la maison lorsqu'elle se rendit compte que le pick-up de Scott était garé à sa place. Et que Scott en personne se trouvait sur le pas de la porte, vêtu d'un jean, d'un T-shirt noir et d'une paire de tongs, les cheveux humides comme s'il venait de sortir de la douche. Alors qu'il était censé ne rentrer que le lendemain…

Sous son regard perçant, elle eut l'impression que son cœur s'arrêtait net.

— Salut, *Kate*. Bienvenue à la maison.

— Tu m'as fait suivre.

Le reproche était sorti tout seul de sa bouche. Ce n'était pas du tout l'approche qu'elle pensait adopter avant de se trouver nez à nez avec son amant. Mais après tout, quand on se trouvait acculé comme elle, l'attaque était encore la meilleure des défenses.

Assis sur une chaise de jardin, Scott croisa négligemment les jambes avant de lui jeter un regard qui en disait long sur ce qu'il pensait de sa réflexion

Jusqu'ici, il avait fait preuve d'une grande patience, elle devait bien l'admettre. En dehors de son accueil sarcastique, une heure plus tôt, il n'avait rien dit ou fait de désagréable. Il avait même été plutôt gentil, jouant avec Taylor comme à son habitude. Il attendait visiblement que ce fût l'heure de la sieste pour se retrouver en tête à tête avec la mère du petit garçon.

Scott était vraiment quelqu'un de bien. C'était ce qui l'avait attirée en premier chez lui : sa gentillesse et ses qualités d'écoute. Deux des raisons pour lesquelles elle était tombée amoureuse de lui malgré ses bonnes résolutions.

— Je m'inquiétais pour toi, dit-il finalement, sans quitter sa posture faussement détachée. J'avais peur que tu aies des ennuis.

C'était aussi la conclusion à laquelle elle était parvenue pendant la longue nuit qu'elle avait passée chez Patsy, allongée sur le lit, incapable de fermer l'œil. Scott n'aurait jamais eu recours à de telles extrémités par jalousie ou pour toute autre raison personnelle. Toute sa vie était vouée à aider les autres, pas à leur chercher des noises.

— Eh bien, moi, ça m'a fait drôlement peur ! répliqua-t-elle du tac au tac.

— Je ne savais pas que tu étais au courant.

Il ne s'était même pas excusé d'avoir agi dans son dos. Mais elle n'avait pas de leçons à lui donner dans ce domaine…

— Je suis désolée, murmura-t-elle.

Dans le regard qu'il lui lança, elle lut une telle tristesse qu'elle sentit son cœur se serrer. Qui aurait cru qu'elle serait encore capable d'éprouver de telles émotions après ce qu'elle avait enduré dans sa vie passée ?

— Je ne sais même pas par où commencer…, balbutia-t-elle.

Il ne lui avait rien demandé. Peut-être ne voulait-il rien savoir, finalement ? Mais elle sentait au fond d'elle-même qu'elle lui devait des explications. Cela faisait déjà trop longtemps qu'elle lui dissimulait la vérité. Et puisqu'elle avait décidé d'en finir avec les mensonges, autant commencer tout de suite.

— Tu es mariée, fit-il d'un ton où ne transparaissaient ni fureur jalouse ni reproche.

Cela lui fit mal, plus mal que toutes les insinuations horribles que Thomas lui avait lancées au visage pendant les six derniers mois qu'avait duré leur union. Sans doute parce que, cette fois, c'était la vérité.

— Oui.

— Avec un sénateur.

— Oui.

Elle laissa son regard errer sur Chien, qui mâchouillait une brindille, allongé à leurs pieds dans le jardin où il avait manifesté sa joie de les revoir avec force aboiements, quelques instants plus tôt.

— Je l'ai rencontré à un gala de charité organisé par Leah pour aider les orphelins d'Afghanistan. Il y avait une vente aux enchères. Il a fait une offre…

— Et tu as surenchéri sur lui. C'est comme ça que tu l'as eu, coupa Scott d'un air sombre.

— Non, pas moi, corrigea-t-elle. C'est Leah qui s'est prêtée au jeu. Ensuite, elle me l'a présenté. En cadeau d'anniversaire, comme elle le disait en riant.

Ils avaient eu un coup de foudre. Ou du moins, c'est ce qu'elle avait pensé. Mais que savait-elle de la vie, à cette époque ?

— Comme toi, j'ai grandi dans un milieu fortuné. Mais je suppose que tu es déjà au courant, reprit-elle, les yeux fixés sur le mur qui entourait le jardin et dont le gris triste lui fit soudain l'effet d'une prison.

Il y avait une fissure qui courait presque de haut en bas, donnant au ciment un aspect curieusement fragile. Tout comme la carapace qu'elle s'était forgée, son monde se lézardait petit à petit.

— Mais mon enfance à moi n'a pas été heureuse comme la tienne. Mon père possédait pratiquement la moitié des concessionnaires automobiles de la région, et il accumulait tous les clichés qu'on associe généralement à cette profession. Il était charmeur en diable, absolument irrésistible quand il s'en donnait la peine. La preuve : il avait réussi à séduire ma mère, qui venait d'une famille plutôt collet monté. Mais le problème, c'est qu'on ne pouvait pas compter sur lui. Beaucoup de paroles, peu de résultats ; ç'aurait pu être sa devise, en somme. Et, au quotidien, c'était difficilement supportable.

Scott gardait le silence. Mais, elle, elle avait besoin de parler, maintenant que les vannes étaient ouvertes.

— Quand ma mère ou moi disions ou faisions quelque chose qui lui déplaisait, il nous le faisait sentir. Pas seulement avec des mots, mais aussi avec des coups. C'était sa façon à lui d'exprimer son mécontentement…

— Tu étais enfant unique ?

— Oui.

Il hocha la tête avec une expression peinée. Etait-ce pour elle qu'il éprouvait de la compassion ou pour lui-même ? Ou peut-être pour la belle aventure qu'ils avaient cru pouvoir vivre ensemble ? Elle n'en savait rien. Tout ce qu'elle savait, c'est qu'il avait eu un choc en entendant la sordide histoire de sa vie. Et ce n'était pas fini.

— Ils ont divorcé quand j'avais douze ans, mais c'était déjà trop tard pour ma mère. Elle avait perdu toute confiance en elle. Après leur séparation, elle a eu des amants qui lui ont tous fait du mal à leur manière. Frappée, abusée, utilisée comme un Kleenex qu'on jette après usage, elle a continué à s'enfoncer dans la spirale atroce que mon père avait initiée.

— Et après ? Qu'est-ce qui s'est passé ?

— Je suis partie à l'université.

— Et ta mère ?

Le nœud que Tricia sentait dans son estomac se resserra encore.

— Pour autant que je sache — mais ça fait bientôt deux ans que je n'ai pas eu de contact avec elle —, elle habite le manoir qu'elle a hérité à la mort de ses parents, et elle fait du bénévolat. Elle participe aussi aux réunions du Country Club de San Francisco, dont elle est membre honoraire. Ça va faire huit ans qu'elle s'est lancée corps et âme dans l'aide aux indigents, aux côtés de Leah qui a toujours participé à ce genre d'activités. Grâce à elle, maman s'est sentie de nouveau utile.

— A t'entendre, elle a retrouvé un sens à sa vie.

— Oui. Jusqu'à ce que sa fille unique disparaisse sans laisser de trace, conclut Tricia, accablée.

Elle avait causé tellement de tort aux êtres qui lui étaient les plus chers ! Et pourtant, qu'aurait-elle pu faire d'autre ? Rester aux côtés de Thomas et finir par succomber à ses mauvais traitements ? Perdre son bébé ? Leah n'avait pas fui, elle, et c'était exactement ce qu'il lui était arrivé, en fin de compte.

Chien tendit le museau vers ses maîtres, en quête de caresses. D'une main, Scott le gratta doucement derrière l'oreille avant de le faire monter sur ses genoux où il s'allongea avec volupté.

La jeune femme contempla le chiot un instant, mi-amusée, mi-envieuse. Si seulement elle pouvait s'abandonner comme lui sans se poser de questions, sa vie serait tellement plus simple !

— En somme, mon histoire est affreusement banale, reprit-elle à mi-voix. Une femme maltraitée dans son enfance épouse un homme qui perpétue sa souffrance… Le cas classique, quoi !

— Parce que Whitehead te battait, n'est-ce pas ?

Il ne servait plus à rien de nier des faits qui devaient s'étaler dans tous les journaux. Tricia acquiesça donc d'un signe de tête.

— Depuis le début ?

— La première fois qu'il m'a frappée, nous étions mariés depuis moins d'un mois.

— Bon sang ! jura Scott en lui lançant un regard brûlant de compassion. Pourtant, tu es une femme forte et responsable, Trish — pardon, Kate… je ne sais plus où j'en suis. Tu partages ma vie depuis bientôt deux ans, j'aime ton fils comme s'il était le mien, et je suis à peu près aussi avancé en ce qui te concerne qu'à un premier rendez-vous ! Je ne sais même pas comment t'appeler…

— Tu devrais essayer *Kate*, répondit-elle d'une voix douce. Après tout, c'est mon vrai nom.

Il hocha la tête et garda le silence un moment.

— Pourquoi es-tu restée avec lui aussi longtemps ? reprit-il enfin.

Ils n'en avaient donc pas fini avec cette conversation ? Le ciel était si bleu, le soleil si bon… C'était un jour à lézarder tranquillement dans le jardin, sans autre préoccupation que de bronzer…

Tricia ferma les yeux avant de répondre :

— Thomas est un vrai charmeur. Il peut se montrer tendre, généreux, drôle… C'est cet homme-là que j'avais épousé et que je croyais aimer. Quand j'ai découvert sa violence, je l'ai mise sur le compte du stress. Il m'a fallu des années pour admettre qu'en réalité c'était ça, sa vraie personnalité, et que la tendresse dont il pouvait faire preuve répondait juste au besoin de donner le change.

La bouche sèche, elle avala sa salive à plusieurs reprises sans pouvoir chasser le nœud qui lui serrait la gorge.

— La première fois qu'il m'a frappée, je l'ai menacé de tout révéler en public. A cette époque, il dépendait encore de son père. Les retombées auraient été catastrophiques pour lui, alors il s'est calmé pendant un certain temps. Mais après…

Elle cligna des yeux dans la lumière dorée qui l'inondait. Avec Leah, elles adoraient se faire rôtir au soleil, jusqu'à ce qu'elles aient environ douze ans et qu'on leur fasse la leçon sur la nocivité des ultraviolets…

— Après, il s'est lancé dans la politique et il a très vite acquis une notoriété indiscutable. Les scènes de violence ont refait leur apparition. Mais, chaque fois, il avait l'air si… désolé. Et si sincère dans ses excuses…

Elle essaya de masquer l'amertume qui la submergeait chaque fois qu'elle évoquait cette période de sa vie. Jamais elle ne pourrait comprendre comment son mariage avait pu se transformer aussi vite en un cauchemar atroce. Comment Thomas pouvait-il la frapper avec autant de violence, tout en prétendant l'aimer de tout son être ?

— La vie a commencé à devenir vraiment insupportable quand je suis tombée enceinte de Taylor. Les coups et les insultes pleuvaient pratiquement chaque jour, et j'en étais à prier pour ne plus me réveiller le matin.

— D'après ce que j'ai lu dans la presse, il soutient que Taylor n'est pas son fils.

Kate ne pouvait en vouloir à Scott de soulever cette question épineuse. Il avait toutes les raisons de douter d'elle : il venait de comprendre qu'elle lui mentait depuis leur rencontre.

— Je n'ai eu que deux hommes dans ma vie, dit-elle simplement.

A lui de faire le calcul. Ce n'était pas très compliqué.

— Alors, c'est lui qui ment.

— C'est ce que je pense.

Pourtant, ça n'avait jamais été le genre de Thomas. En général, il se débrouillait plutôt pour déformer la vérité, pour la masquer, pour la dissimuler en partie. Mais mentir aussi complètement n'était pas son style.

— Tu penses qu'il a assassiné ton amie ?

Kate plongea son regard dans celui de Scott, et affirma avec force :

— J'en suis absolument certaine.

Elle crut lire un reproche dans les yeux de son compagnon, et ajouta d'une voix éteinte :

— Je n'avais pas le choix, Scott…

— Et la police ? Tu aurais pu déposer une plainte, non ?

— J'y ai bien pensé, mais Thomas est l'un des hommes les plus puissants de Californie. Il peut faire pression sur à peu près qui il veut.

— Même sur le bureau du procureur ?

— Procureur, shérif, maire… personne n'échappe à son emprise. Y compris la police et les services municipaux. Il suffit que la femme d'un commissaire travaille comme comptable dans une firme dont le siège se trouve dans un de ses nombreux bureaux, ou que le fils d'un employé de la mairie veuille bénéficier d'une aide éducative qu'il sponsorise, et le tour est joué.

— Personne n'est invincible.

— Non. Mais Thomas a une autre corde à son arc, encore plus efficace que sa fortune ou sa position politique.

— Laquelle ?

— Il donne l'impression d'être un type bien. Quelqu'un d'attentif, de généreux, de réellement bon. Avec un sens de l'humour qui accroît encore son rayonnement. D'instinct, les gens l'aiment et lui accordent leur confiance presque aveuglément.

Elle se tut un instant, souhaitant de toutes ses forces que Scott tende la main vers elle au lieu de la laisser là, seule, tremblante, à raconter son histoire sordide.

Mais il n'esquissa pas le moindre geste dans sa direction.

— Moi, en revanche, j'ai toujours été plus réticente à me livrer aux regards de la foule. Je suis plutôt introvertie. Et en plus, je suis la fille d'un obscur personnage, d'un homme d'affaires pas vraiment recommandable.

— Pourtant, si tu avais des preuves de ses mauvais traitements…

— Impossible de prouver quoi que ce soit ! Et, si je l'avais dénoncé, il me l'aurait fait payer au centuple.

— Dans ce cas, tu aurais eu des preuves irréfutables à fournir à la police !

Elle ricana pour ne pas se mettre à pleurer.

— Ce que tu peux être naïf, Scott ! Il existe des méthodes d'intimidation qui ne laissent pas de traces visibles.

— Du genre ?

Elle inspira profondément, essayant d'atteindre un détachement qu'elle était loin de ressentir, puis regarda Scott bien en face.

— Tu es sûr que tu as envie d'une réponse ? lui demanda-t-elle d'un air sombre.

— Sûr et certain, répondit-il avec un regard soucieux, totalement dénué de cette curiosité malsaine qu'elle craignait d'y lire.

Dans quelques minutes, Taylor se réveillerait, mettant un terme à cette conversation douloureuse.

Kate ferma les yeux, incapable de soutenir le regard qui pesait sur elle, bien qu'il fût empreint d'une compassion sincère…

— Eh bien, il… il me traitait plus comme une prostituée que comme une épouse légitime dans les moments… intimes. Il ne laissait jamais de marques visibles, bien entendu. Mais il existe bien des façons de faire souffrir une femme. Certains actes, certaines paroles…

— Pourquoi ne l'as-tu pas tout simplement quitté, sans

l'accuser de quoi que ce soit ? Le divorce est une procédure banale, de nos jours.

— Impossible. Thomas était en pleine campagne électorale ; il lui fallait un maximum de soutiens pour atteindre le statut de sénateur de Californie. C'était son but ultime, et il ne pouvait pas se permettre une faute de goût aussi énorme qu'un divorce, même à l'amiable. Pour un politicien assoiffé de pouvoir, l'image personnelle est un élément crucial. Il m'a menacée de me tuer si je demandais le divorce…

Une petite voix intérieure lui souffla qu'elle ne craignait plus rien, désormais : Thomas était en prison. Il ne pouvait pas l'atteindre.

Mais il finirait bien par la retrouver. Quoi qu'elle fasse, il la coincerait et lui ferait payer sa trahison.

La voix douce et grave de Scott rompit le silence épais qui s'était installé entre eux, l'arrachant à ses pensées terrifiantes.

— Comment as-tu réussi à le quitter, finalement ?

— J'étais enceinte de six mois, et la grossesse ne se passait pas très bien. Pourtant, il insistait pour poursuivre nos relations sexuelles. Un soir, je l'ai supplié de me laisser tranquille, et ça l'a rendu littéralement fou de rage. Il s'est mis à me frapper en plein dans le ventre.

— Il aurait pu tuer le bébé !

Les yeux toujours fermés, Tricia hocha faiblement la tête, sachant qu'elle ne parviendrait jamais à effacer cet affreux souvenir de sa mémoire.

— Oui, il aurait fini par tuer notre fils, reprit-elle d'une voix blanche. La seule façon d'éviter ça, c'était de lui donner ce qu'il voulait.

— Tu as fait l'amour avec lui ?

Il y avait une déception palpable dans le ton de Scott.

Pourtant, elle n'eut pas la force de rétablir la vérité. Cette nuit-là, elle n'avait pas fait l'amour. Elle s'était laissé prendre, passive, comme une poupée inerte. Pour elle, c'était très différent.

— Le lendemain matin, dès que sa voiture a disparu au coin de l'allée, j'ai pris mon sac et je me suis enfuie.

17.

— Je dois retourner là-bas.

Scott se força à rester calmement assis sur son siège, alors que son premier mouvement aurait plutôt été de bondir pour emmener Tricia — ou plutôt Kate — et Taylor avec lui au fin fond du Mexique. Au lieu de cela, il continua à caresser Chien, qui s'était endormi béatement sur ses genoux. Il ne pouvait pas imposer une nouvelle fuite en avant à la jeune femme : elle avait passé sa vie à fuir d'un désastre à l'autre.

— Tu ne dois rien à personne, fit-il simplement.

Il aurait eu tant d'autres choses à lui dire, tant d'autres raisons à lui opposer pour la convaincre de ne pas faire ce qu'il considérait comme le pire choix possible. Mais ce n'était pas son rôle. Il n'avait aucun droit sur elle, seulement celui de l'écouter en silence et de la plaindre pour toutes les horreurs qu'elle avait vécues avant de le rencontrer.

Il s'était fait cette réflexion dans la matinée, pendant les longues heures passées à l'attendre. Elle pouvait très bien ne jamais revenir, et pourtant, il savait au fond de lui que sa place était là, à faire le guet patiemment, sans haine ni regret. Finalement, cette attitude d'attente correspondait à son caractère. Même s'il lui avait fallu du temps pour le comprendre. Et bien qu'il eût encore du mal à l'admettre complètement.

— C'est à moi que je le dois, déclara-t-elle.

— De toute façon, il va être puni pour ce qu'il a fait. Avec ou sans ta déposition.

— Peut-être, mais si je ne refais pas surface, il risque la peine de mort.

— Et alors ? Ça devrait te faire plaisir, non ?

La jeune femme émit un petit rire sans joie.

— Tu ne peux même pas imaginer à quel point j'aimerais le voir mort…

La passion contenue dans ces quelques mots toucha profondément Scott.

— … mais je veux que sa mort soit *juste*, conclut-elle avec lenteur. J'ai déjà fait assez de dégâts par manque de courage. A cause de moi, deux vies innocentes ont été brutalement interrompues. Alors, je ne pourrais pas supporter d'être responsable d'une troisième mort. Même si c'est celle de Thomas. Il faut que je rétablisse la vérité, coûte que coûte.

Scott fronça les sourcils en voyant les épaules affaissées de la jeune femme : elles avaient effectivement l'air de porter une culpabilité écrasante.

— Arrête de te torturer : tu n'as tué personne.

Elle se mordit la lèvre. De grosses larmes coulaient sur ses joues pâles sans qu'elle paraisse en avoir conscience. Comme elle ne disait rien, Scott s'enhardit :

— Au contraire, si on en est à faire les comptes, tu as sauvé deux vies. La tienne et celle de Taylor.

Elle détourna les yeux.

— Trish…, fit Scott, tout en déposant délicatement Chien à ses pieds pour pouvoir prendre la main de la jeune femme. Whitehead est peut-être en prison pour un meurtre qu'il n'a pas commis — le tien —, mais si tu étais restée, il aurait fini par te tuer ! Dans ces conditions, tu n'as pas à éprouver de remords pour t'être sauvée pendant qu'il était encore temps !

Elle se retourna lentement vers lui. Sur son visage et dans ses yeux, Scott lut une détresse et une culpabilité dont il n'aurait jamais soupçonné l'intensité.

— Oui, murmura-t-elle avec une note d'ironie amère qu'il ne lui connaissait pas. J'ai choisi de sauver ma peau et celle de Taylor. Et, en échange, Leah et son bébé ont trouvé la mort.

— Mais tu ne pouvais pas deviner que…

— Que Leah tomberait dans le piège ? Sans doute. Mais j'étais la seule à connaître la vraie nature de Thomas. J'aurais dû savoir que ce qu'il m'avait fait subir, il l'imposerait à sa nouvelle compagne. Si j'étais restée — si j'en avais eu le courage —, j'aurais au moins pu empêcher ça.

Elle dégagea sa main d'un geste nerveux. Scott en eut l'estomac noué : si c'était vraiment ce qu'elle pensait, il ne pouvait rien faire pour elle. Pourtant, il devait essayer de la raisonner.

— Si tu étais restée, tu serais morte, Trish. C'est ça que tu aurais voulu ? En plus, si ça se trouve, personne n'aurait réussi à prouver que c'était bien lui le responsable. Et ça n'aurait servi à rien.

— Scott, essaie de comprendre ! Il *faut* que je retourne là-bas. Ne serait-ce que pour Leah. Une bonne part de l'accusation tient sur des similitudes entre son cas et le mien. Thomas prétend qu'il ne peut pas avoir fait un enfant à Leah, et le certificat médical qu'il a produit risque de corroborer sa fausse déclaration, donc de limiter les charges contre lui. Sauf si je prouve qu'il est capable de procréer.

— En soumettant Taylor à un test ADN ?

— Exactement.

Il n'y avait rien à opposer à cette décision. Rien de valable, en tout cas. Taylor était le fils de Tricia, pas le sien. Elle avait le droit de faire ce que bon lui semblait.

— Tu comprends, reprit-elle avec un air plus déterminé que jamais, ce que je veux, c'est qu'il soit condamné pour l'assassinat de Leah, parce qu'il en est réellement responsable. Mais je ne veux pas qu'on l'accuse aussi de nous avoir tués, Taylor et moi, parce que c'est faux. Si je le laisse se faire tuer pour ça, je me sentirai coupable toute ma vie. Et je ne pourrai pas le supporter.

Elle était si belle ainsi, avec sa peau sans défaut rosie par le soleil, ses yeux superbes et ses cheveux foncés qui accentuaient les délicats contours de son visage parfait…

— Même au prix de ta tranquillité d'esprit ? De la sécurité de ton fils ?

Elle haussa les épaules. Ses larmes s'étaient taries, mais elle avait encore la voix chargée de sanglots quand elle répondit :

— Même à ce prix. Je n'ai pas le choix, Scott. Songe à quel point je vais être exposée, désormais, que je le veuille ou non. Toi, tu m'as reconnue à partir d'une simple photo mal cadrée dans un journal local ; imagine le nombre d'articles, avec ou sans photos, qui vont paraître dans les prochains jours, annonçant le procès du siècle ! Je ne pourrai plus continuer à vivre cachée, de toute façon. Jusqu'ici, ça a marché uniquement parce qu'il n'y avait pas assez de preuves pour justifier une mise en examen de mon mari. Mais maintenant…

— Dans ce cas, je viens avec toi, coupa Scott.

Il aurait dû y penser plus tôt. Après tout, il n'avait pas pris de vacances depuis onze ans . Il pouvait bien s'absenter, le temps de soutenir la femme qu'il aimait dans l'épreuve la plus difficile de sa vie !

— Non.

Cette brève réponse lui fit terriblement mal.

— Pourquoi ?

— Parce que je suis une femme mariée, Scott.

Bien sûr… Ça ne ferait pas bon effet d'arriver devant le tribunal au bras de son amant. La femme adultère : ce vieux cliché…

— Tu aurais peut-être dû y penser avant de me suivre, la première fois qu'on s'est rencontrés !

Au regard meurtri qu'elle lui renvoya, il sut que ses paroles irréfléchies lui avaient fait l'effet d'une gifle en plein visage. Il n'aurait pas dû dire ça…

— Pardon, Trish.

— Ne t'excuse pas, dit-elle. Tu as parfaitement raison. Mais si je donne à la défense une preuve de mon adultère, je risque de brouiller les cartes inutilement.

— Tricia, je ne voulais pas dire ça. Tu n'as pas à avoir honte de ton comportement, et ce n'est pas ta situation de femme mariée qui change quoi que ce soit à ce que je ressens. Au contraire, je t'admire d'avoir laissé libre cours à tes sentiments dès le début de notre relation. Et je ne regrette pas une seule seconde des deux ans que nous avons passés ensemble.

Le visage de la jeune femme resta de marbre. Poussé par un désespoir qu'il ne comprenait pas bien, Scott se rapprocha d'elle pour lui prendre de nouveau la main. Elle était glacée. Il aurait tant voulu pouvoir lui insuffler un peu de la chaleur qui l'animait, même s'il savait, désormais, que cette femme merveilleuse n'était pas pour lui.

Les beaux yeux bleus de Tricia vinrent se poser de nouveau sur lui, pleins d'un remords qu'il aurait voulu effacer d'un geste tendre.

— Je me suis servie de toi, Scott.

— C'est vrai.

Nier les faits n'aurait servi à rien, au point où ils en étaient tous les deux. Mais il ne voulait pas lui avouer combien ça lui avait fait mal.

— Je savais qu'ils rechercheraient une femme enceinte célibataire, reprit-elle sans dégager sa main, cette fois. C'est pour ça que j'ai un peu précipité les choses entre nous.

— Je sais.

Les yeux grands ouverts, elle le regarda bien en face.

— Mais je suis tombée amoureuse de toi, Scott. Et c'est pour ça que je suis restée aussi longtemps.

Il avait tellement envie de la croire... Mais il savait également qu'il ne devait pas se laisser attendrir s'il voulait tenir bon pendant les vingt prochaines années — ou même les vingt prochaines minutes. Sans un mot, il lui lâcha la main et s'enfonça pensivement dans son siège, réfléchissant déjà à la façon dont il allait devoir réorganiser sa vie sans elle.

— Où comptes-tu aller ?

Kate avait fait ses bagages en un temps record, et elle s'apprêtait à quitter la maison de Scott pour toujours.

— Je vais appeler Carley depuis l'arrêt du bus. Elle se débrouillera pour me prendre en charge.

Pendant le déjeuner, Taylor avait babillé joyeusement, mais les deux adultes qui l'adoraient plus que tout au monde avaient été incapables d'esquisser ne fût-ce qu'un sourire face à ses pitreries ou ses grimaces comiques.

Maintenant, il ne leur restait plus que quelques instants à passer « en famille ». Kate avait appelé le centre d'accueil pour femmes en détresse afin que quelqu'un passe récupérer ses affaires de couture avant la fin de la journée. Seule sa machine à coudre avait été emballée séparément ; Patsy viendrait la prendre le lendemain.

Un car partait pour San Francisco avant 18 heures. Dès que Taylor se réveillerait de sa sieste, elle l'emmènerait avec elle pour ne plus jamais revenir. Le trajet serait long, et le petit serait une nouvelle fois décalé dans ses horaires. Mais ça n'avait plus grande importance, à présent.

Devant la porte de leur chambre, Scott la regardait plier soigneusement ses derniers vêtements. Ils allaient rejoindre le reste de ses affaires dans un des sacs de voyage qu'elle avait achetés dans l'après-midi.

— J'ignore combien de temps je vais avoir besoin de tout ça, fit-elle d'une voix tremblante qui reflétait bien son état d'esprit. Je suppose que Thomas s'est débarrassé de toutes mes affaires, après ma disparition. Et puis, ça risque de prendre pas mal de temps de faire refaire mes papiers, plus mes cartes de crédit, plus…

— Tricia, coupa doucement Scott tout en s'approchant d'elle à pas mesurés.

Elle inspira profondément et se força à continuer son rangement. Pour ne pas fondre en larmes. Mais une grande main brune vint l'arrêter dans son geste, avec une tendresse et une fermeté qu'elle connaissait bien.

— Viens dans mes bras.

Elle ne pouvait pas se le permettre. Pas au moment où elle s'apprêtait à dire au revoir à leur vie commune, à tout ce qu'ils avaient partagé. Il fallait qu'elle oublie tout ça, qu'elle fasse comme si cette période n'avait jamais existé. Et pourtant…

Pourtant, elle se laissa envelopper par les bras puissants et rassurants de son amant. Blottie contre lui, elle avait l'impression d'être en sécurité, d'être choyée comme jamais. Une sensation merveilleuse qu'elle n'était pas certaine de retrouver un jour.

Incapable de résister à son contact, elle enfouit son visage contre son torse tiède, et refoula ses sanglots convulsifs.

— Tricia… Trish…, murmura-t-il d'une voix rauque. C'est si bon de t'avoir contre moi…

Elle frissonna de plaisir, et se reprocha aussitôt son manque de contrôle. Mais c'était plus fort qu'elle. Le lien qui les unissait était tout simplement magique… miraculeux… et elle n'avait pas le droit d'y goûter…

Elle recula prudemment, comme alarmée par le tournant sensuel que prenait leur chaste câlin.

— Il… il faut que j'y aille, balbutia-t-elle sans parvenir à s'arracher complètement à son étreinte.

— Pas encore, protesta-t-il en la suppliant du regard. Laisse-moi me perdre en toi une dernière fois… Laisse-moi te faire l'amour, te faire gémir de plaisir avant de te regarder partir loin de moi…

Jouer la carte de la vérité, après des années de mensonge et de dissimulation, n'était pas si évident. Les yeux plongés dans ceux de Scott, Kate n'eut pas le courage de prétendre qu'elle ne ressentait pas la même chose que lui. Elle souleva le bas de sa chemise et la passa rapidement au-dessus de sa tête pour se retrouver quasiment nue devant lui. Puis, elle tendit les mains vers le bouton de cuivre qui fermait le jean de Scott, mi-impatiente, mi-intimidée.

— Je n'ai jamais aimé aucun homme comme je t'aime, Scott, murmura-t-elle. Et je n'aimerai personne autant que toi…

Elle disait la vérité. Elle ne savait pas ce qu'il lui arriverait dans les jours ni les heures qui allaient suivre, mais ça, au moins, elle en était certaine.

Lorsque les mains de Scott se posèrent sur elle, de chaque côté de ses seins tendus de désir, elle ne put réprimer un frisson d'anticipation. D'un geste, elle dégrafa son soutien-gorge, et fit doucement glisser les doigts de son amant sur les globes satinés de sa poitrine épanouie.

Si c'était mal de fondre ainsi entre ses mains expertes, alors, tant pis. Si elle commettait un péché mortel en se laissant aimer par un autre homme le jour même où elle retournait chez son mari, alors, tant pis : elle se damnerait sans regret. On pouvait la traiter de femme infidèle, peu lui importait. Elle était d'abord une femme éperdument éprise. Une femme qui voulait vibrer une dernière fois avant d'affronter son destin.

— Tu m'appelleras ?

Assise au bout du lit où elle avait partagé tant de moments merveilleux avec Scott, vêtue du seul pantalon un peu chic qu'elle possédait, de sa chemise de coton blanc et d'une paire de sandales noires, Kate secoua tristement la tête.

— Je ne pourrai pas.

Avec un air déçu et résigné, il détourna le regard.

— C'est juste que… enfin, je ne suis pas encore assez forte…, commença-t-elle, tout en sachant parfaitement que ce n'était pas les mots qu'elle aurait voulu prononcer. Tu comprends, il faut que j'abandonne cette duplicité…

Debout devant elle, il posa les mains sur ses hanches, avec un regard empreint de compassion et de souffrance. Mais il ne protesta pas.

— Je ne sais pas ce qui peut m'arriver maintenant, reprit la jeune femme avec le courage du désespoir. Je ne sais même pas où je vais bien pouvoir habiter. La seule chose que je sache avec certitude, c'est que je veux être le plus honnête possible pendant les années qu'il me reste à vivre. J'en ai assez du mensonge.

Il inspira profondément, sans pour autant détourner les yeux.

— Si jamais tu as des ennuis…

— J'ai ton numéro, ne t'inquiète pas, termina Tricia à sa place.

Mais elle ne l'utiliserait pas. Ce serait injuste de continuer à dépendre de lui, alors qu'elle le quittait définitivement. Et puis, elle ne voulait pas être tentée : si elle le rappelait, elle n'était pas sûre de pouvoir résister à l'envie de tout plaquer pour retourner dans ses bras. Or, c'était justement ce qu'elle voulait éviter. Un nouveau revirement de sa part ne ferait que blesser son entourage, y compris Scott. Et elle ne pourrait supporter un surcroît de culpabilité.

Les lèvres tremblantes, elle eut envie d'éclater en sanglots. Scott était l'homme le plus merveilleux qu'elle eût jamais connu. Un vrai prince charmant dans ce monde cruel et sans pitié. Comment trouverait-elle le courage de s'en aller ? Comment pourrait-elle reprendre son ancienne vie en sachant qu'un homme comme lui existait à quelques kilomètres et qu'elle n'était pas à ses côtés ? C'était tout bonnement insensé…

— Scott, est-ce que… est-ce que je peux te demander quelque chose ?

Il eut un petit sourire sans joie.

— Bien sûr.

— Quand vas-tu cesser de te punir pour l'erreur que tu as commise autrefois ? Quand ta peine prendra-t-elle fin ?

Il cligna des yeux, visiblement surpris par sa question.

— Quelle peine ?

— La peine à perpétuité que tu t'es infligée quand Alicia est morte dans tes bras, il y a si longtemps.

Ce n'était pas le moment de dire ça, mais elle n'avait pas le choix : c'était sans doute la dernière fois qu'ils se voyaient, et elle voulait essayer de le sauver de lui-même. Parce qu'elle l'aimait.

— Je ne vois pas ce que tu veux dire, fit-il en s'écartant légèrement d'elle.

Il mentait. Au ton qu'il avait employé comme à sa soudaine froideur, elle en fut certaine. D'un geste gêné, il fourra ses mains dans les poches de son jean, comme si, par ce simple mouvement, il avait pu se détacher d'elle et de lui-même.

— Pourquoi crois-tu que tu es encore célibataire ? continua Tricia. Tout simplement parce que tu es persuadé que tu n'as pas droit au bonheur, après avoir volé sa chance à Alicia. Mais tu…

— J'ignorais que tu étais psychologue dans ton autre vie, coupa Scott avec une note sarcastique dans la voix.

Elle cilla sous l'attaque qu'elle avait pourtant méritée en partie.

— D'ailleurs, qu'est-ce qui te permet de me critiquer alors que tu ne réagis pas si différemment, en fin de compte ? ajouta-t-il avec ferveur. Après tout, tu ne crois pas que tu as pris la décision de détruire tout ce que nous avions construit ensemble pour te déculpabiliser d'avoir causé la mort de Leah, comme tu en es persuadée ?

Il avait raison. Du moins, en partie. Mais avait-elle le choix ? Pouvait-elle raisonnablement envisager de rester avec lui et renoncer du même coup à ce qu'elle considérait comme son devoir ?

La réponse était non, bien sûr.

— Aux yeux de la loi, je suis une femme mariée, Scott. Et, aussi longtemps que ce statut sera maintenu, je ne peux pas m'engager avec quelqu'un d'autre. Je suis bien décidée à divorcer, mais Thomas a tellement d'appuis et d'argent que ça risque de prendre des années. Je ne peux donc rien te promettre au jour d'aujourd'hui. Et puis, il y a autre chose.

Elle fit une pause, le temps de reprendre son souffle et d'implorer le ciel de la soutenir.

— Beaucoup de choses à rectifier, en fait, poursuivit-elle. D'une part, un homme risque la peine de mort en partie à cause de moi. D'autre part, un Etat a besoin de connaître la vérité sur l'un de ses dirigeants. Et enfin, une autre femme, une innocente de plus, risque de connaître le même sort que Leah et moi si elle se fait prendre au piège d'une relation avec Thomas. Une femme qui, si elle se retrouve mariée avec lui, devra endurer les coups et les insultes pendant la nuit, et sourire bravement devant ses amis et sa famille pendant le jour. Tu vois, Scott, ce n'est pas seulement le souvenir de Leah qui me pousse à faire cette démarche.

Sans rien dire, Scott l'attira de nouveau contre lui pour enfouir son visage dans le creux de son cou. Ce geste de possession tendre valait tous les encouragements, toutes les promesses et toutes les excuses du monde.

Elle ouvrit la bouche, mais aucun son n'en sortit.

— Qu'est-ce qu'il y a ? fit son compagnon en relevant la tête pour mieux la regarder.

Elle s'était juré de ne pas pleurer. Mais deux grosses larmes roulèrent sur ses joues.

— Ça me désespère de savoir que tu vas vivre en solitaire pour le restant de tes jours, dit-elle d'une voix brisée. Tu es quelqu'un de fantastique, Scott McCall. Honnête, loyal, fiable, tendre, drôle et sexy en diable…

Elle ne put terminer sa phrase, la gorge noyée par les sanglots. D'un mouvement un peu brusque, elle s'écarta de lui.

— Il faut vraiment que j'y aille…

Sans regarder en arrière, elle se rendit dans la chambre de Taylor, et prit l'enfant dans ses bras, tout en lui murmurant des mots tendres et rassurants.

— Laisse-moi au moins t'accompagner jusqu'à l'arrêt du bus…

Avec un geste de dénégation, Tricia passa les sangles de ses deux gros sacs de voyage sur chacune de ses épaules, sans lâcher le petit garçon qui se cramponnait à son cou, les yeux encore embués de sommeil.

— Ce n'est pas très loin. Je peux marcher. Ça me fera du bien.

Encore quelques minutes, et elle serait dehors.

Elle traversa la cuisine comme dans un rêve, et évita de regarder le chiot qui jappait à ses pieds, sans doute plus ou moins conscient du drame qui se jouait en cet instant.

Elle ouvrit la porte d'entrée, et descendit lentement les quelques marches. Dehors, elle fut enveloppée par l'air frais et vivifiant du soir.

— Trish !

Elle s'arrêta net, n'osant se retourner de peur d'abandonner toutes ses bonnes résolutions.

— Je veux juste que tu te souviennes d'une chose, fit Scott depuis le pas de la porte où il s'était posté.

Elle lui sut gré de ne pas avoir tenté de la retenir en lui courant après.

— Quand tu seras devant les caméras, avec tous ces journalistes qui te harcèleront de questions et qui te bombarderont de flashes, fais-moi un beau sourire. Parce que je serai devant mon poste.

Lorsqu'elle atteignit l'arrêt du car, Tricia avait les yeux rouges. Comme elle était en avance, elle se dirigea vers les toilettes pour baigner son visage à l'eau froide. Mais elle évita soigneusement de se regarder dans le miroir.

Ce fut sa façon de dire adieu à Tricia Campbell.

Et ce fut Kate Whitehead qui ressortit et se dirigea vers le guichet afin d'acheter deux billets pour San Francisco.

18.

Le silence qui régnait dans la maison semblait vibrer de rires moqueurs.

Choisissant l'action comme exutoire à la tension intérieure qui menaçait de le faire exploser, Scott débrancha l'ordinateur qu'il avait confiné dans sa chambre, et l'installa de nouveau dans la pièce qui lui servait de bureau. Chien lui emboîta le pas, jouant avec les câbles électriques qui pendouillaient entre ses jambes. Après avoir posé l'écran, la tour et le clavier au beau milieu de la pièce vide, il fit quelques allers-retours au centre commercial pour se procurer un nouveau bureau, un fauteuil de cuir à roulettes, un téléphone-répondeur sans fil et un certain nombre de fournitures indispensables. Le résultat aurait rempli de fierté son homme d'affaires de père : il avait un espace de travail parfaitement fonctionnel.

Sa tâche suivante fut de nettoyer les dégâts que Chien avait faits dans la cuisine. Ce faisant, il lança un coup d'œil en direction du téléphone qui demeurait désespérément silencieux.

Il espérait pourtant qu'elle lui passerait un petit coup de fil. Juste pour lui dire qu'elle était bien arrivée…

Apparemment, il avait pris ses désirs pour des réalités,

soupira-t-il en se laissant tomber dans le nouveau fauteuil rembourré dont il n'avait guère besoin. Elle devait être à San Francisco, à l'heure qu'il était. Chez Carley Winchester, sans doute. En sécurité. Bien à l'abri, avec Taylor.

Ou alors, elle s'était retrouvée toute seule avec son fils, sans papiers, sans aucun endroit où aller…

Chien choisit ce moment pour mordiller par jeu le bas de son jean, l'arrachant à ses pensées amères. Machinalement, il alluma l'ordinateur qui trônait sur le bureau flambant neuf. Il allait se changer les idées en surfant un peu sur Internet. Et si ça ne fonctionnait pas, il aurait de quoi s'occuper une bonne heure. Peut-être même toute la nuit.

Comme par défi, l'ordinateur se mit en marche en un temps record. Il s'était préparé à attendre au moins quelques minutes que les icônes réapparaissent sur l'écran. Mais là, en moins de temps qu'il ne faut pour le dire, tout était réinstallé. Il ne lui fallut qu'une seconde pour se connecter à Internet, puis se déconnecter.

Finalement, il n'avait pas tellement envie de savoir ce qui se passait dans le reste du monde. Il avait déjà assez de mal à digérer le bouleversement de sa propre existence pour se soucier des autres.

Lorsque Chien se mit à japper d'impatience, il le prit sur ses genoux pour le caresser distraitement d'une main, tout en réorganisant les icônes sur son bureau.

Les dernières paroles de Trish — non, Kate — résonnaient encore dans sa tête. Que lui avait-elle dit, déjà ? Ah oui !

Savoir que tu vas vivre en solitaire pour le restant de tes jours me désespère…

Le logiciel de comptes à droite. L'accès internet à gauche. Quelques clics suffisaient pour remettre en ordre un écran d'ordinateur. Mais pour réorganiser sa vie, comment faire ?

Quand vas-tu cesser de te punir pour l'erreur que tu as commise autrefois ? Quand ta peine prendra-t-elle fin ?...

Son jeu de solitaire à gauche. Son e-mail à droite.

Pourquoi crois-tu que tu es encore célibataire ?...

Le traitement de texte à...

Et voilà ! Il avait trop appuyé sur le clic gauche de la souris. Du coup, au lieu de simplement déplacer l'icône, il avait lancé le programme. Il perdait la main, décidément. Il ne lui restait plus qu'à attendre que le logiciel se soit ouvert pour le refermer aussitôt. Ironie du sort ? C'était peut-être à cela que se résumait sa vie : ouvrir des choses uniquement pour les voir se refermer quelques instants plus tard. Ça marchait pour les tiroirs. Pour les portes. Et aussi pour les relations. C'était tellement absurde...

La fenêtre blanche du traitement de texte s'ouvrit. A gauche, dans une case réservée aux documents récemment ouverts, une liste de titres s'était affichée. Le premier document attira immédiatement son attention : il s'intitulait *Taylor/Scott*.

Après une brève hésitation, il cliqua sur le titre en italique pour vérifier son contenu, malgré l'impression désagréable que lui procurait le fait de fouiller dans les affaires de Tricia — non, Kate. Après tout, c'était son ordinateur à lui, que diable ! Il avait bien le droit de savoir ce qu'il contenait !

Il ne fallut que quelques secondes pour que le texte apparaisse sur l'écran, et quelques minutes à peine pour que Scott en prenne connaissance. Mais cela suffit à changer quelque chose au plus profond de lui.

A qui de droit

Moi, Kate Whitehead, saine de corps et d'esprit, déclare avoir pris les dispositions suivantes concernant mon fils, Taylor Campbell, dans l'éventualité où je ne serais plus de ce monde pour veiller sur lui. Ma volonté est que la cour de justice désigne Scott McCall, résidant au 624 Ivy Street, San Diego, Californie, comme tuteur et unique représentant légal de mon fils Taylor, jusqu'à sa majorité. Je demande également que la gestion de mes biens soit confiée à M. McCall, en attendant le vingt et unième anniversaire de mon fils…

— Oh, mon Dieu ! Kate !

Carley Winchester sortit précipitamment de sa Mercedes, et faillit trébucher sur le parking à l'arrière de sa maison dans sa hâte à rejoindre son amie. Il était près de 10 heures du matin, en ce samedi radieux, et le quartier résidentiel de San Francisco où ils se trouvaient était encore largement endormi.

— C'est bien toi, Kate ?

Sentant une grosse boule se former dans sa gorge, la jeune femme serra son fils contre elle, et hocha brièvement la tête. Elle aurait préféré appeler avant de se présenter chez la sœur de Leah, histoire de ne pas lui causer un trop gros choc en réapparaissant dans sa vie comme un fantôme venu de l'au-delà. C'était par prudence qu'elle s'était abstenue de téléphoner. Après tout, le domicile de Carley était peut-être sur écoute… Elle avait donc préféré attendre que son amie arrive pour se présenter à elle. Elle savait que Carley utilisait rarement son garage, et qu'elle préférait laisser sa voiture dans la rue, derrière chez elle. Son mari l'avait pourtant mise en garde contre le danger que cela pouvait représenter, mais elle refusait obstinément d'avoir peur : elle aimait trop la vie pour ça.

— Tu reviens de ton petit déjeuner au club ? lui demanda Kate presque timidement.

— Oh, mon Dieu ! répéta Carley, les mains serrées l'une contre l'autre, le visage blanc comme un linge, les yeux exorbités.

Dans son joli tailleur pêche, elle avait l'air d'une hallucinée.

— Je... je suis désolée, fit Kate, tout en caressant distraitement la tête bouclée de Taylor, qui cachait son visage dans le cou de sa mère. Je voulais te parler seule à seule avant que l'annonce de mon retour ne fasse les gros titres des journaux. J'ai suivi toute l'affaire, tu sais, et je me suis dit qu'il fallait absolument que je revienne. Mais je n'ai pas la moindre idée de la marche à suivre, maintenant que je suis là...

— K... Kate ? balbutia Carley, à quelques pas de son amie.

Elle semblait incapable de dire autre chose. Ses lèvres bien dessinées tremblaient de façon incontrôlable. Une longue mèche de cheveux noirs s'était échappée de sa coiffure pour venir lui barrer le visage, mais elle ne semblait pas s'en rendre compte. On aurait dit qu'elle avait été pétrifiée par la gorgone Méduse.

Trop fatiguée pour comparer sa propre tenue négligée à l'allure follement élégante de son amie, Kate hocha la tête une nouvelle fois. Elle avait des courbatures partout. Elle avait porté Taylor, plus ses deux gros sacs, depuis l'arrêt du bus où elle était descendue, et elle attendait son amie depuis plus d'une heure...

— Je… je ne peux pas le croire ! s'exclama brusquement Carley, sortant enfin de la stupeur où l'avait plongée l'apparition de Kate.

Dans un élan maladroit, elle se jeta au cou de la jeune femme en sanglotant nerveusement, la serrant si fort que Taylor, affolé, se mit à s'agiter en tous sens pour échapper à cette étreinte imprévue. Pour Kate, en revanche, cette embrassade frénétique était merveilleuse, après tout le temps qu'avait duré leur séparation.

— Tu m'as manqué, murmura-t-elle à l'oreille de Carley, sans plus retenir ses larmes. Toi et tous les autres, vous m'avez tellement manqué !

— Mamaaan ! protesta Taylor, à moitié suffoqué par la force avec laquelle Carley les serrait, lui et sa mère, contre son cœur.

Il se mit à donner des coups de pied et à hoqueter sous l'effet de l'inquiétude. Après une nuit passée à dormir tant bien que mal sur un banc de la station de cars, il n'était pas franchement en forme.

Le visage ruisselant de larmes, Carley recula d'un pas pour mieux contempler le bébé.

— Il est à toi, Kate ? fit-elle d'un air extasié.

De nouveau, la jeune femme hocha la tête.

— Oui. Il s'appelle Taylor.

Ses yeux noirs brillants d'émotion, Carley examina le petit garçon et sa mère avec attention.

— Il est magnifique…, finit-elle par chuchoter.

— Je n'arrive pas à me rendre compte qu'elle ne reviendra plus, fit Kate d'une voix rauque, dédaignant pour le moment la tasse de café fumant que Carley venait de déposer devant elle sur la table de sa cuisine.

L'employée de maison des Winchester ne travaillait pas le week-end, si bien que les deux amies étaient seules pour discuter. Le mari de Carley ne rentrerait pas de son parcours de golf avant plusieurs heures. Quant à Taylor, il avait finalement sombré dans un lourd sommeil, dont il n'avait même pas émergé quand sa mère l'avait allongé sur une couette moelleuse dans la pièce voisine.

Les grands yeux de Carley se remplirent de nouveau de larmes.

— Ça fait plus d'un mois qu'elle nous a quittés, mais, moi non plus, je n'arrive pas à m'y faire. Elle était tellement… vivante, tu sais. Tellement lumineuse…

Cela, Kate était bien placée pour le savoir, elle qui avait connu Leah mieux que quiconque.

— Comment est-ce que je vais faire pour survivre, maintenant ? murmura-t-elle d'un air complètement perdu.

Une main douce aux ongles parfaitement manucurés vint recouvrir la sienne. Et ce contact lui parut merveilleusement réconfortant.

— Je vais te le dire : on va se soutenir mutuellement, et, comme ça, on y arrivera. Ensemble. Toutes les deux.

Pour la première fois depuis qu'elle avait quitté le domicile de Scott, Kate se sentit envahie par une paix intérieure dont elle n'aurait pas soupçonné la force avant de retrouver Carley.

— Tu es vraiment une femme étonnante, Kate Whitehead ! conclut Carley, une heure plus tard, après avoir avidement écouté les réponses de son amie aux multiples questions qu'elle lui avait posées sur sa vie à San Diego.

— Bof, je n'en suis pas si sûre, grimaça Kate tout en

défaisant sa queue-de-cheval plutôt malmenée par le voyage. Regarde-moi ! Mes cheveux sont coupés n'importe comment, mes mains sont abîmées, mes ongles sont aussi courts que ceux d'un homme à cause des lessives, de la vaisselle et de tout le reste ! Je n'ai même pas une tenue un peu chic dans ma maigre garde-robe. Quant à mon allure générale…

— Tu as perdu du poids, l'interrompit Carley, tout en se levant pour aller jeter un coup d'œil à Taylor.

Le petit garçon dormait paisiblement. Rassurée, Carley se dirigea vers le comptoir de la cuisine pour refaire du café.

Kate haussa les épaules.

— Je pouvais me le permettre…

— Certainement pas, rétorqua son amie, tout en revenant s'asseoir en face d'elle, les mains chargées de tasses pleines de café pour accompagner les tranches de cake auxquelles elles n'avaient pas encore touché. Tu as toujours été la plus svelte dans notre petit cercle d'amies. Mais maintenant, tu es presque trop maigre. Cela dit, ne t'en fais pas : on va arranger ça. Et on commence tout de suite. Allez, mange !

Elle poussa une assiette pleine de cake appétissant devant la jeune femme d'un air décidé.

Il ne servait à rien de s'opposer à Carley quand elle avait quelque chose en tête, et Kate le savait bien. Elle prit donc une bouchée du délicieux gâteau fait maison. Mais elle eut beau l'accompagner d'une longue gorgée de café, elle faillit s'étouffer. Elle n'avait pas faim : elle était bien trop bouleversée par ses retrouvailles avec un univers familier qu'elle croyait avoir quitté à jamais, deux ans plus tôt.

Dans cette cuisine, elle avait tant de souvenirs… Elle secoua la tête, un peu perdue.

— Tu sais, je reconnais tout — cet endroit, toi, notre

complicité… Et pourtant, j'ai l'impression de ne jamais avoir connu cette vie-là. C'est comme si je regardais une émission à la télé ou que je faisais un rêve étrange…

— Ça n'a pas d'importance, affirma Carley d'une voix secouée par l'émotion. Tout ce qui compte, c'est que tu sois enfin de retour. C'est encore mieux qu'un rêve devenu réalité. Si seulement Leah…

— Je sais, chuchota Kate.

Et il n'y avait rien d'autre à ajouter.

— Et maintenant, qu'est-ce qu'on fait ?

Kate était assise sur le canapé de daim, les genoux remontés contre sa poitrine, et regardait son fils jouer avec ses blocs de construction. Elle les avait sortis d'un de leurs sacs de voyage pour l'occuper pendant qu'elle mettait au point un plan d'action avec son amie. Résultat : les cubes de plastique colorés étaient maintenant éparpillés un peu partout sur l'épais tapis d'Aubusson qui recouvrait le plancher de noyer, dans l'élégant salon de Carley. Non loin de l'endroit où Taylor était installé, il y avait un gigantesque écran de télévision assorti d'un système home cinéma dernier cri qui diffusait des épisodes de Petit Ours Brun en sourdine, pour la plus grande joie de l'enfant.

— Tu veux dire, une fois que tu auras pris une bonne douche ? reprit Carley avec un sourire affectueux.

— Je vais devoir t'emprunter des vêtements jusqu'à ce que je sois de nouveau en possession de moyens de paiement légaux.

Elle venait de faire son retour d'entre les morts, en quelque sorte. Il lui restait encore tant de choses à faire : appeler sa mère, trouver comment faire face à son mari, qui avait bien failli la tuer, prouver sa véritable identité pour pouvoir témoigner devant une cour de justice… Et la simple idée de devoir se lever de ce canapé confortable pour se diriger vers la salle de bains lui paraissait déjà surhumain.

— J'y ai déjà réfléchi, fit Carley d'un air avisé, avant de se débarrasser de ses chaussons rembourrés pour s'installer plus à son aise à côté de Kate.

Rien qu'à la voir ainsi, détendue comme au bon vieux temps, la jeune femme ressentit une bouffée d'émotion. Si seulement cet instant calme et délicieux pouvait durer…

— Tu as dû perdre au moins une taille, reprit Carley, mais je devrais réussir à te dénicher un certain nombre de vêtements qui t'iront sans problème. Et, pour l'argent, tu n'as pas à t'en faire : c'est moi qui irai t'en chercher ; comme ça, tu n'auras même pas à sortir de ta retraite…

— J'ai bien quelques centaines de dollars sur moi, mais ça ne suffira pas à acheter une tenue digne du standing de l'ancienne Kate Whitehead, reprit la jeune femme, l'estomac contracté. Et je ne sais même pas comment accéder à mes comptes !

Carley fronça les sourcils.

— Je suppose qu'il suffira d'une ou deux vérifications d'identité pour que tu sois pleinement rétablie dans tes droits à la propriété. Un petit examen dentaire ou quelque chose comme ça, et hop ! Tu n'auras plus qu'à patienter quelques jours, le temps que la paperasse soit réglée, pour avoir de nouveau un permis de conduire, des cartes de crédit et la possibilité d'accéder à tes comptes joints pour retirer autant de liquide que tu voudras.

A l'idée de reprendre contact avec Thomas, même par l'intermédiaire de leur compte en banque commun, Kate faillit protester violemment. Mais après tout, elle avait droit à la moitié de cet argent… Et il lui serait bien utile, se dit-elle en contemplant pensivement Taylor qui venait de déposer un cube de plastique jaune sur ses genoux d'un air très fier.

— C'est vraiment aussi simple que ça ? Je veux dire, il n'existe pas de délai de rigueur quand on veut reprendre une identité que l'on a abandonnée depuis un bout de temps ? Quand on a déclaré mon décès, tout ce qui m'appartenait est revenu à Thomas, non ? Il aurait pu se remarier, et, dans ce cas, la communauté de biens…

— Ta mort n'a jamais été déclarée officiellement, Kate, coupa Carley en secouant la tête.

— *Quoi ?* s'exclama la jeune femme en se redressant d'un bond, comme sous le coup d'une décharge électrique. Mais alors, comment Thomas peut-il être accusé de m'avoir assassinée ? C'est complètement absurde !

Avant de répondre, Carley frotta machinalement l'un contre l'autre ses pieds gansés de Nylon transparent.

— C'est exactement ce que j'ai dit quand j'ai appris cette nouvelle. Mais je n'ai pas insisté : les gens commençaient déjà à me prendre pour une folle… Pourtant, je savais au fond de moi que c'était Thomas le responsable de la mort de Leah. Par association d'idées, tu penses bien que je me suis demandé plus d'une fois si, toi aussi, tu avais subi le même sort. C'est même devenu une véritable obsession.

— Tu n'es ni folle ni obsessionnelle, Carley chérie, affirma Kate avec un sourire attendri. Tu es toi, tout simplement, et c'est tant mieux.

La petite sœur de Leah hocha la tête presque timidement, avec un pâle sourire.

— Et tu es certaine que Benny te soutiendra ? ajouta Kate après une brève hésitation. Même maintenant que les circonstances ont changé ? Ça risque de lui mettre des bâtons dans les roues, surtout s'il envisageait de continuer sa carrière politique en Californie…

— Benny est quelqu'un de profondément honnête, Kate, fit Carley avec un franc sourire. Il tient toujours sa parole. Je sais que ça peut paraître bizarre dans notre milieu, mais franchement, on peut lui faire confiance. Il poursuivrait lui-même Whitehead en justice s'il était convaincu de sa culpabilité.

A en juger par la façon neutre et froide dont elle avait prononcé le nom de « Whitehead », Carley n'avait pas oublié les leçons de détachement qu'on lui avait enseignées dans sa jeunesse. Kate le savait bien : elle avait reçu les mêmes. Une sorte de vernis bien utile pour masquer ses véritables sentiments, pour se protéger en toute circonstance. Carley en avait retiré une sorte d'assurance inébranlable dans les situations les moins évidentes, et elle se doutait qu'à l'avenir elles allaient en avoir bien besoin, toutes les deux.

— Quand une personne est portée disparue, il faut une déclaration au tribunal civil d'un membre de sa famille pour qu'on conclue à son décès, reprit Kate. Dans le cas contraire, je ne vois pas comment Thomas pourrait être accusé de m'avoir assassinée…

— C'est parce que, dans ce cas précis, ça relève du pénal. D'après ce que Benny m'a dit, un jury peut très bien décider que tu es morte, simplement après audience des preuves retenues dans ce sens, même s'il n'y a jamais eu de déclaration officielle de ton décès.

— Ce qui veut dire que, pour le moment, je serais à la fois morte et vivante ?

— C'est ça, oui.

— Donc, Thomas pourrait se retrouver en prison pour

meurtre, sans pouvoir disposer, bien entendu, de ma part des biens inclus dans la communauté ?

— Exactement !

C'était à y perdre son latin ! Quelle situation absurde…

— Alors, Thomas n'a jamais déclaré que j'étais morte, reprit la jeune femme lentement, comme pour elle-même.

Si elle énonçait calmement les faits, elle arriverait peut-être à y voir plus clair ?

— C'est juste.

— Donc, il n'avait pas l'intention d'épouser Leah.

— Probablement pas, confirma Carley. Du moins, pas dans l'immédiat, puisqu'il restait marié avec toi aux yeux de la loi.

Saisie d'un frisson incontrôlable, Kate resserra ses genoux contre sa poitrine, comme pour se protéger d'un froid mortel.

— Décidément, je ne comprends pas…

Carley inclina légèrement la tête sur le côté, comme pour mieux percevoir les réactions de son amie.

— D'après ce que m'a dit Amy Black, du bureau du procureur général, il prétend qu'il t'aime trop pour abandonner l'espoir de te retrouver un jour saine et sauve, et que son seul désir est que tu reprennes la place d'épouse légitime qui te revient de droit.

A ces mots, Kate eut envie de vomir. Réprimant la nausée qui lui montait aux lèvres, elle se mit à trembler violemment, le regard voilé d'angoisse, les oreilles bourdonnantes. Ce n'était pas possible ! Jamais plus elle ne consentirait à satisfaire le sadisme de cet homme cruel et manipulateur, qui s'arrangeait toujours pour avoir le beau rôle et pour endormir les craintes de sa victime afin de se jeter sur elle par surprise et de la mettre tranquillement en pièces.

Et il était diablement doué à ce petit jeu. Avec cette histoire de fidélité à sa femme adorée, il détenait le seul élément capable de faire pencher la balance en sa faveur : la présomption non pas d'innocence, mais de droiture et d'honnêteté. Il était vraiment très fort…

— Allons, fit doucement Carley, tout en posant une main réconfortante sur le poignet glacé de son amie. Tout va bien se passer. Tu ne retourneras pas vivre avec lui, je te le promets.

L'étincelle de ferveur qui brillait dans les yeux de Carley rappela Kate à la réalité. Elle regarda tour à tour son fils, qui jouait avec ses blocs de construction, l'écran de télévision, qui scintillait joyeusement, puis son amie, dont l'air décidé lui fit du bien. Si elle pouvait puiser un peu de la force dont débordait la sœur de Leah, elle arriverait peut-être à tenir bon dans l'épreuve qui l'attendait.

— Que… Comment… ? balbutia-t-elle sans parvenir à construire une phrase cohérente.

— Ecoute, s'il a échappé à la condamnation, même sans qu'on ait retrouvé ton corps, c'est uniquement grâce à ses protestations d'amour éternel, déclara Carley. Pas étonnant qu'il n'ait jamais demandé qu'on établisse ton certificat de décès : il n'allait pas scier la branche sur laquelle il était assis ! Il a joué le tout pour le tout, pour ne pas perdre la face, pour garder un minimum de crédit aux yeux de l'opinion publique.

Oui, elle avait raison. Il ne fallait pas oublier ce point essentiel : avec Thomas, c'était toujours les apparences qui primaient. Pas question de se laisser reprendre au numéro qu'il lui avait déjà joué tant de fois !

— Et puis, reprit Carley d'un air compatissant, si on y réfléchit bien, Thomas t'aime, malgré tout. D'une façon tordue et incompréhensible, certes. Mais c'est sa manière à lui d'aimer les gens : il ne sait pas faire autrement.

— L'amour, pour lui, ça équivaut au pouvoir qu'il a sur autrui, murmura Kate d'une voix rauque.

— Je sais bien, dit Carley, mais l'important, c'est que tu aies réussi à t'arracher à ce cercle vicieux. Et, moi, je suis certaine que tu n'y retomberas pas. Dans un certain sens, tu as plutôt de la chance qu'il ait toujours refusé d'admettre publiquement ton décès : au moins, tu peux récupérer tout ce qui t'appartient.

Quelle ironie ! Si elle n'avait pas été aussi abattue, Kate en aurait ri. Que restait-il donc à *récupérer* ? L'essentiel — respect, amour sincère, sécurité —, Thomas le lui avait volé. La preuve en était sans aucun doute la peur panique qui la clouait sur ce canapé, incapable de réagir efficacement.

— Tout ce qui m'appartient ? répéta-t-elle d'une voix plaintive qu'elle ne reconnaissait pas. Je n'arrive déjà pas à retrouver qui je suis réellement, alors, de là à réclamer mon dû…

— Oh, ma chérie ! s'exclama Carley, tout en l'attirant contre elle dans une étreinte spontanée, comme elle l'aurait fait avec une enfant terrifiée par un cauchemar. Ça va aller, ne t'inquiète pas. Pour l'instant, tu vois tout en noir parce que tu es épuisée… Laisse-toi aller, va ! Ici, tu es en sécurité : tu vas pouvoir te réhabituer à être toi-même, et petit à petit, tout rentrera dans l'ordre. Ça va aller, Katie, ça va aller…

— Je… je ne sais m… même plus qu… qui c'est, cette K… Katie…, hoqueta la jeune femme, le visage enfoui au creux de l'épaule de son amie.

— La reine du design, ni plus ni moins ! Une artiste de première classe qui va bientôt être aussi demandée qu'il y a deux ans, répondit Carley avec une fermeté réconfortante. Grâce à ton talent, tu pourras t'acheter une nouvelle maison là où ça te chante, et d'ici à quelques mois, tu auras embauché suffisamment de personnel pour redevenir concurrentielle sur le marché de la mode. A ce moment-là, tu pourras…

Quelque peu rassérénée, Kate écoutait son amie avec un certain amusement. Il y avait un monde entre la pauvre créature dépendante qu'elle était actuellement et la femme brillante, accomplie et sûre d'elle dont son amie lui dressait le portrait idyllique. Une longue route semée d'embûches et de pièges en tout genre. Mais c'était si agréable de se laisser prendre à cette belle histoire…

— Et puis, tu vas t'inscrire au cercle des jeunes mamans du club, continuait Carley. Tu verras, en un rien de temps, tu seras inondée d'invitations. Tous les hommes qui comptent dans la ville se presseront pour t'avoir à leur bras, et…

Des prétendants ? « Je n'en veux pas ! » songea Kate en sentant de nouveau les larmes lui monter aux yeux. Après Scott, elle ne voulait personne dans sa vie. Scott qui ne trouverait jamais sa place dans l'existence de rêve que lui proposait innocemment Carley…

— Mais d'abord, reprit la jeune femme en se redressant, comme pour mieux appuyer ses dires, il y a un certain nombre de choses dont nous devons nous occuper d'urgence, toi et moi.

Kate acquiesça silencieusement. S'il y avait une leçon qu'elle avait retenue pendant son exil, c'était la nécessité de prendre les problèmes comme ils se présentaient, l'un après l'autre.

Finalement, ces deux ans qui avaient compté parmi les

meilleurs moments de sa vie étaient sans doute aussi les plus enrichissants. Et, rien que pour cela, elle était reconnaissante aux caprices du destin.

— Je crois qu'il vaudrait mieux attendre un peu avant de laisser filtrer la nouvelle de ton retour, fit Carley après quelques instants de réflexion.

Assises l'une à côté de l'autre sur le canapé, elles regardaient Taylor se dandiner en mesure au son du générique de Petit Ours Brun, tout en mâchonnant un cookie offert par sa « tante Carley ».

— Je suis d'accord, répliqua Kate avec un petit sourire triste. C'est préférable, surtout pour lui, ajouta-t-elle en désignant son fils. Je ne veux pas qu'on vienne l'embêter.

Ce qu'elle ne précisait pas, c'était qu'elle voulait éviter à tout prix que Thomas l'approche.

— Mais il ne faut pas se leurrer, reprit Carley, on aura du mal à échapper à la presse très longtemps. D'ailleurs, je me demande si ce ne serait pas une bonne chose de prendre les devants, dès que tu te sentiras prête. Après tout, on va devoir s'opposer à un homme extrêmement puissant, et j'ai appris récemment que le meilleur moyen de se faire entendre, c'est de passer à la télé.

— Je comprends, répondit Kate sans quitter Taylor des yeux. Je sais parfaitement où je mets les pieds, mais je préférerais laisser mon fils à l'écart de tout ça. Je voudrais aussi que le bureau du procureur apprenne mon retour avant les avocats de Thomas.

— Bon, on est d'accord : on garde le secret pour l'instant, résuma Carley. Par conséquent, il va falloir qu'on se débrouille toutes seules pour rendre un semblant d'allure à tes cheveux et à tes ongles !

Kate sourit. Ça, au moins, elle se sentait capable de l'assumer. D'un geste qui lui était devenu familier, elle rejeta sa queue-de-cheval en arrière.

— A une condition : je veux garder les cheveux longs.

— Pas de problème : je te promets de faire des merveilles. Quand je t'aurai relookée, tu pourras faire concurrence à Miss Amérique !

Comme si elle avait jamais eu pareille idée en tête... Mais la bonne humeur de Carley était contagieuse.

— Je parie que tu ne te serais jamais doutée que mes talents de coiffeuse te serviraient un jour ! reprit la jeune femme. Quand je pense que vous râliez, Leah et toi, quand je voulais vous faire des brushings...

A cette évocation, le sourire de Kate se figea, et de grosses larmes recommencèrent à couler sur ses joues pâles.

19.

— Terminé ! lança Kate en posant son stylo sur la longue table de formica qui meublait presque à elle toute seule la salle d'interrogatoire.

Elle avait mal au poignet à force d'écrire. Mais ça en valait sûrement la peine, se dit-elle en observant le visage crispé d'Amy Black, dont le chignon impeccable au début de leur entretien s'était un peu desserré, laissant échapper des mèches de cheveux grisonnants.

Kate hocha la tête en signe d'acquiescement. Le contact de ses boucles souples le long de ses joues lui fit un effet bizarre : elle n'était pas encore habituée à sa nouvelle coiffure. Il lui faudrait aussi du temps pour se familiariser avec les vêtements luxueux qu'elle portait. Pourtant, c'était elle qui avait dessiné et conçu l'ensemble bleu marine et le chemisier de soie crème que Carley avait ressortis d'un placard pour les lui prêter, le temps de l'entretien au commissariat.

— Tout est là, reprit-elle. Depuis le moment où j'ai garé ma voiture pour me rendre à pied à l'arrêt du bus, il y a environ deux ans, jusqu'à la minute où Mme Winchester m'a déposée devant votre bureau.

Elle était seule avec Mme Black. Les inspecteur Gregory et Stanton avaient quitté les lieux pour aller chercher les résultats des tests dentaires qu'ils lui avaient imposés, quelques heures plus tôt, avec sa promesse qu'elle ne bougerait pas du commissariat tant qu'ils n'auraient pas obtenu la preuve de son identité. Quant à David Holm, l'associé de Mme Black, il était allé leur chercher de quoi dîner.

Une pensée incongrue traversa l'esprit de Kate : pourvu que le jeune homme ne leur rapporte pas des plats chinois ! Elle était trop fatiguée pour utiliser correctement des baguettes, et elle n'était pas sûre de pouvoir avaler des mets épicés, ce soir.

— Où est votre fils, en ce moment ? demanda Amy Black avec un regard compatissant.

— Je n'en sais rien, répondit Kate. Quelque part, en sécurité…

Elle avait préféré le confier à Carley plutôt que de l'amener ici, mais elle ne pouvait pas s'empêcher d'être inquiète, malgré tout. Bien sûr, elle pouvait joindre son amie à tout moment sur son portable, mais elle ne savait absolument pas où se trouvait le bungalow où Carley s'était rendue pour rejoindre une amie. Elle avait juste retenu que c'était quelque part dans les environs de San Francisco.

Amy ne parut pas se formaliser de cette réponse évasive.

— C'est sans doute mieux comme ça…

Kate songea que si elle-même ignorait où se trouvait son fils, il y avait peu de chances pour que quelqu'un le découvre. En particulier Thomas… Mais, au fait, peut-être était-il déjà au courant de son retour ? Et, si c'était le cas, il avait dû réagir très mal.

Elle essaya de se concentrer de nouveau sur l'essentiel, et reprit d'une voix un peu tremblante :

— Je veux bien soumettre mon fils à un test ADN.

Toutes ces histoires étaient pénibles, mais elle tiendrait le coup. A condition qu'elle arrête de penser à Scott et à ce qu'il pouvait bien faire sans elle.

— Je ne pense pas que ce soit nécessaire, reprit Amy avec un froncement de sourcils. Une fois que votre identité sera confirmée, l'Etat va certainement abandonner les poursuites contre votre mari. Il n'y aura donc aucun intérêt pour nous à prouver si, oui ou non, il est bien le père de votre enfant.

— Mais il l'est ! fit la jeune femme d'un ton choqué.

— Qu'est-ce que vous voulez qu'on fasse de ça ? rétorqua le procureur avec un haussement d'épaules fataliste.

— Mais voyons, c'est essentiel ! Grâce à ce test ADN, je peux prouver que Thomas a menti en prétendant qu'il lui était impossible de faire un enfant à Leah. Il m'en a bien fait un, à moi !

Mais Amy Black ne répondit pas : elle se contenta de regarder la jeune femme d'un air compatissant.

Quelque chose ne tournait pas rond, se dit Kate avec un pincement au cœur. Amy Black ne lui disait pas tout…

— Qu'est-ce qu'il y a ? lui demanda-t-elle brusquement.

Amy se contenta de secouer la tête.

— Dites-moi ce qui ne va pas, insista Kate, le souffle court.

— Il n'y a rien à dire…

Ce refus était un aveu en lui-même. Après les heures difficiles que Kate avait passées, en tête à tête avec cette femme, à lui raconter les moments les plus pénibles de sa vie, elle sentait parfaitement la tension qui venait de naître entre elles. Et elle voulait en connaître la raison.

— Je vous en prie, Amy, reprit-elle sur un ton suppliant. Dites-moi ce que vous me cachez !

Avec un soupir, le procureur Black se pencha légèrement en avant pour lui confier :

— Le problème, c'est que l'accusation de l'Etat contre votre mari dans le meurtre de Leah Montgomery était largement fondée sur les correspondances entre votre disparition et la sienne. Deux femmes étroitement liées depuis l'enfance qui se volatilisent alors qu'elles affirmaient être enceintes du même homme, vous pensez bien...

Kate sentit une goutte de sueur froide perler entre ses omoplates.

— Mais... mais Thomas a assassiné Leah ! C'est lui, le coupable !

Le sourire triste qu'Amy lui adressa n'était porteur d'aucun réconfort. Pas plus que son hochement de tête désabusé.

— Il a un alibi, qui a été vérifié.

— Alors, quelqu'un ment. Vous savez aussi bien que moi que Leah n'est pas tombée de la falaise toute seule !

— Certes, mais...

— L'endroit n'était guère fréquenté que par Thomas, Carley et moi.

Au moment où elle prononçait ces paroles, Kate eut une bouffée de panique soudaine. Carley... Mon Dieu ! Elle avait laissé Taylor avec Carley ! Les yeux hagards, les jambes tremblantes, la jeune femme se dressa d'un bond pour se ruer vers la porte. Elle se cogna violemment au passage dans le pied d'une chaise, tant elle était affolée.

— Madame Whitehead ! intervint Amy Black, tout en lui posant une main ferme sur le bras pour l'arrêter.

Avec l'énergie du désespoir, Kate se débattit, cherchant à

s'échapper pour courir sauver son fils des griffes dont elle l'imaginait prisonnier.

— Madame Whitehead ! insista le procureur Black, qui la maintenait à présent des deux mains. Kate…

Dans un état second, Kate s'entendit pousser un cri animal venu du plus profond de son être. Son enfant… Il fallait à tout prix qu'elle sauve son enfant !

— Allons, allons, Kate…, fit Amy Black, tout en l'entourant d'un bras apaisant mais solide. Tout va bien, Kate…

Elle avait employé le même ton que si elle s'était adressée à un tout petit enfant. Et bizarrement, cette attitude maternelle eut pour effet de calmer la jeune femme, du moins suffisamment pour qu'elle cesse de s'agiter comme une possédée.

— Non, tout ne va pas bien ! protesta-t-elle en plantant son regard dans celui du procureur. Si Carley a tué Leah, alors…

— Ce n'est pas elle qui a fait ça ! martela Amy Black d'un air assuré. Allons, asseyez-vous, maintenant, ajouta-t-elle en désignant la chaise que, dans son affolement, Kate avait renversée.

— Vous… vous êtes certaine de ce que vous dites ? bredouilla la jeune femme, prête à s'enfuir malgré tout.

— Absolument. A cent pour cent.

Avec un soupir à fendre l'âme, Kate se laissa tomber sur la chaise que Amy avait ramassée. Les muscles de son cou lui faisaient mal, tellement ils étaient tendus. Elle se rendit compte qu'elle avait atteint la limite de ses forces émotionnelles : sinon, comment aurait-elle pu croire, même un instant, que Carley était responsable d'une pareille atrocité ? Elle se faisait l'effet d'une folle furieuse, maintenant qu'elle avait recouvré ses esprits.

— Comment pouvez-vous en être aussi sûre ? fit-elle d'une voix brisée.

— Parce que… Ecoutez, reprit le procureur, un ton plus bas, il s'agit d'une information que nous voulons garder secrète pour le moment, mais je vais vous la livrer tout de même : nous savons qui a tué votre amie.

Kate en eut le souffle coupé. Apprendre une telle nouvelle de but en blanc avait de quoi vous assommer. Une bouffée de honte l'envahit à l'idée qu'elle avait osé soupçonner Carley. S'était-elle endurcie au point de ne même plus faire confiance au seul véritable soutien qu'il lui restait ?

— Que… Qui ? balbutia-t-elle, après avoir recouvré l'usage de la parole, impressionnée malgré elle par le calme qu'affichait le procureur.

Quelques secondes de silence tendu s'écoulèrent avant qu'Amy Black ne s'asseye à son tour. Mais, cette fois, au lieu de s'installer de l'autre côté de la table, elle choisit le siège le plus proche de Kate, entre elle et la porte.

— Ce que je vais vous apprendre ne va pas vous faire plaisir, je vous préviens, fit-elle en scrutant le visage de la jeune femme, comme pour décider si, oui ou non, cette dernière était capable d'encaisser le choc de la nouvelle.

— C'est Thomas, n'est-ce pas ? murmura-t-elle.

Mais Amy ne réagit pas à cette question qui n'en était pas une. Au lieu de cela, elle parut vouloir changer de sujet.

— Walter Mavis est venu nous rendre une visite tardive, hier soir. Il avait lu l'article où étaient détaillées les conclusions de l'autopsie de Mme Montgomery.

Les oreilles en coton, le regard voilé, Kate avait l'impression d'être passée d'un extrême à l'autre. Elle se sentait comme anesthésiée après sa crise de tout à l'heure. Incapable de penser ou de parler, elle se contenta de rester sagement assise et de hocher la tête, attendant que Amy poursuive son récit.

— Il a dit qu'il détenait des informations susceptibles d'aider les enquêteurs, et qu'il voulait bien faire une déposition, en échange de notre promesse qu'il ne serait pas poursuivi par l'Etat de Californie.

Un brave type, ce Walter, malgré ses airs farfelus… Mais pourquoi demander une chose pareille ? Le vieil ermite de la montagne n'aurait pas fait de mal à une mouche. Toute créature vivante trouvait grâce à ses yeux de vieux fantasque, y compris les araignées qui se glissaient dans sa grotte et qu'il prenait délicatement dans sa main pour les remettre à l'extérieur… Alors, pourquoi l'aurait-on poursuivi ?

— Il a dû voir qui était monté avec Leah en haut de la colline, dit Kate à voix haute.

Ce qui expliquait qu'il fût venu confier une information d'une telle ampleur à la police. Un peu tard, certes, mais comme disait le proverbe…

— C'est lui qui l'a poussée.

Kate n'en croyait pas ses oreilles. C'était impossible ! Pas Walter ! Walter aurait poussé Leah vers une mort certaine ? Non, c'était complètement absurde !

— Non, non ! répétait-elle comme un disque rayé. Je… Il… Enfin, c'était notre ami ! Il ne peut pas avoir…

— Il était avant tout alcoolique au dernier degré, coupa Amy Black. Il avait besoin de sa dose quotidienne. Et c'est Thomas Whitehead qui la lui fournissait.

— Vous… vous êtes en train de me dire que… qu'il l'aurait tuée pour une simple bouteille de whisky ? Walter ?

Elle devait faire un cauchemar ! Abasourdie, elle chercha

du regard un endroit où s'allonger pour se rendormir et chasser ce mauvais rêve. Mais il ne servait à rien de fuir la réalité, même si elle avait tous les aspects d'un cauchemar.

— Il nous a avoué son geste : c'est bien lui qui a poussé Leah Montgomery du haut de la falaise. Selon lui, c'est à cause de Thomas Whitehead qu'il l'a fait. Ce dernier l'aurait menacé de le dénoncer s'il n'exécutait pas ses volontés.

— De le *dénoncer* ? Mais pour quel motif ?

— Obstruction de l'enquête vous concernant. Votre mari avait trouvé les arguments pour persuader le vieil homme qu'il irait en prison si l'on découvrait qu'il avait tu votre visite à la Montagne des Mineurs, le jour de votre disparition.

— Et il a gobé une chose pareille ?

— Vous m'avez vous-même confié à quel point il était coupé du monde. Il ne possédait aucune notion juridique. Résultat : il a complètement paniqué. Vous imaginez l'horreur pour lui s'il s'était retrouvé enfermé entre quatre murs dans une cellule exiguë !

C'était typique de Thomas : il avait le chic pour repérer les faiblesses des gens. Après quoi, il s'en servait pour les réduire à l'état de simples marionnettes.

— D'après ce que Walter Mavis nous a confié, il s'en voulait terriblement d'avoir poussé Mme Montgomery de la falaise, continua Amy. Heureusement, le type chez qui il se procure de l'alcool l'a aiguillé vers Dan Hillier. Et c'est cet avocat qui l'a mis au courant des résultats de l'autopsie.

— Je suppose que c'est également lui qui a eu l'idée de ce chantage, fit Kate à haute voix, heureuse de cette petite diversion qui atténuait un peu le choc qu'elle venait de subir.

— Exactement, répondit Mme Black avec une nuance de dépit dans la voix. Il savait que nous cherchions à coincer

Thomas Whitehead par tous les moyens, et que nous ne serions sûrement pas sourds à la requête formulée par Mavis.

— Alors… ça veut dire que vous tenez mon mari ? hasarda Kate avec un regain d'espoir.

— Hélas, non !

— Je ne comprends pas. Vous le tenez forcément, puisque vous avez la preuve qu'il a soudoyé quelqu'un pour faire assassiner une tierce personne. Juridiquement, c'est la même chose que de commettre le meurtre soi-même, non ?

— Le problème n'est pas là, soupira Amy Black. Nous avons passé toute la matinée à interroger Mavis pour essayer d'établir une accusation solide à partir de sa déclaration. Mais la défense possède suffisamment d'éléments pour jeter le discrédit sur le témoignage du vieil ermite. En fait, il risque même de porter préjudice à notre ligne d'attaque s'il témoigne aux assises…

Kate sentit tout son sang quitter son visage.

— Mavis n'est rien d'autre qu'un alcoolique et un vieil excentrique, reprit le procureur. Il se nourrit exclusivement de racines et de plantes, et il est persuadé que les sauterelles font partie de sa famille ! A un moment, il a même fait allusion à vous comme à sa propre fille !

Une vague de nostalgie submergea la jeune femme. Elle se rappelait avoir entendu Walter lui dire que s'il avait eu une fille, il aurait voulu qu'elle lui ressemble…

— C'est à moi de prouver noir sur blanc que Thomas Whitehead a bien engagé l'ermite de la montagne pour se débarrasser de Leah. Mais, si nos preuves irréfutables se résument à la parole de l'intéressé, nous n'avons aucune chance de convaincre le jury.

Evidemment, songea Kate, puisque l'autre preuve de la

culpabilité de Thomas, à savoir sa disparition à elle, n'était plus recevable.

— Pourtant, vous croyez à la version que vous a donnée Mavis, murmura-t-elle.

— Oui, confirma Amy. Les empreintes digitales relevées sur le dos de Leah Montgomery concordent parfaitement avec celles de l'ermite. Il nous a également montré l'égratignure qu'elle lui a faite sur le bras en tentant de s'agripper à lui au moment où elle basculait dans le vide. Les experts qui ont examiné le cadavre de Mme Montgomery ont été formels : l'ADN des petits morceaux de peau retrouvés sous ses ongles correspond à celui de Mavis. Quant aux circonstances, elles sont tout à fait plausibles. Mavis n'était pas en bonne forme, ni physiquement ni mentalement, tout simplement parce que Thomas Whitehead faisait pression sur lui en reculant le moment où il lui verserait l'argent dont il avait besoin pour s'acheter de l'alcool. Du coup, lorsqu'il s'est fait menacer de dénonciation à la police, le vieil homme a complètement perdu les pédales. D'autant que, d'après ses dires, Thomas lui avait soutenu mordicus que personne ne découvrirait quoi que ce soit sur la mort de Leah. Il l'a cru, bien évidemment. Il avait déjà pu constater avec quelle rapidité les soupçons qui pesaient sur le sénateur avaient été balayés au moment de votre disparition. Cela a dû nettement peser sur sa décision finale.

Rien qu'à imaginer la scène, Kate en avait la nausée. Elle pouvait presque voir Leah se débattre, prise de court par le geste incompréhensible du vieil homme qu'elles avaient toujours considéré comme un père…

— Alors, Thomas va s'en tirer comme ça ? Parce que l'Etat de Californie a passé un marché avec un misérable ermite ? fit la jeune femme avec une amertume non déguisée.

A travers les larmes de rage qui lui brouillaient la vue, elle perçut le hochement de tête affirmatif d'Amy Black.

— Et le sang de Leah qu'on a retrouvé dans la voiture de Thomas ? fit brusquement Kate.

— Ça ne prouve rien, affirma le procureur d'un air impassible. Elle s'est peut-être simplement griffée au moment de s'installer sur le siège passager.

— Ou alors, il l'a frappée. Ce serait plus logique, vous ne croyez pas ?

— J'aurais plutôt tendance à accorder foi à votre suggestion, mais je vous le répète : nous n'avons aucune preuve. Quant à mon opinion personnelle, elle n'entre pas en ligne de compte — pas plus que la vôtre, d'ailleurs. Mme Montgomery avait rendez-vous dans un salon de beauté, l'après-midi même, pour un massage, et personne n'a rien remarqué d'anormal.

Une sorte d'apathie s'était répandue dans tout le corps de Kate, et elle en éprouva un vague soulagement. Si elle avait pu ne rien ressentir jusqu'à son dernier souffle, ça l'aurait bien arrangée. Mais un remords lancinant pointait malgré tout à travers cette sorte de brume qui l'envahissait.

— En somme, il aurait mieux valu que je ne me manifeste pas, que je continue à faire la morte, chuchota-t-elle, la tête dans les mains. Sans moi, vous auriez réussi à faire condamner Thomas…

Le regard qu'Amy Black posa sur elle était franc et honnête.

— Sans vous, nous aurions peut-être envoyé votre mari à la chaise électrique pour des crimes qu'il n'avait pas commis.

Un accès de colère brûlante envahit Kate, et elle eut du mal à ne pas hurler les paroles qui lui venaient à l'esprit :

— Au lieu de ça, il va s'en tirer sans le moindre dommage, une fois de plus ? Malgré le double meurtre qu'il a commandité ?

Pour toute réponse, Amy se contenta de hausser les épaules d'un air fataliste.

Non, ce n'était pas possible…

— Attendez ! s'exclama Kate. On peut le coincer si je viens à la barre témoigner contre lui. Je peux révéler les abus dont j'ai été victime pendant notre union, et alors…

Elle eut un instant d'hésitation à l'idée que toute la ville serait au courant de ce qu'elle avait tu pendant des années. Mais, après tout, elle avait décidé de jouer le jeu de la vérité. Autant se débarrasser au plus vite de ce secret trop lourd à porter. Après ça, elle se sentirait peut-être lavée de toute cette souillure.

— Si je fais ça, le jury comprendra la nature violente et vicieuse de Thomas. Avec les tests ADN de Taylor, on pourra aussi prouver qu'il mentait sur sa prétendue incapacité à procréer. Et, si l'on ajoute à cela le témoignage de Mavis prouvant que nous n'étions que cinq à connaître l'existence de notre lieu de rendez-vous sur la Montagne des Mineurs : lui, Leah, Carley, Thomas et moi, alors…

Elle fut interrompue dans son élan presque lyrique par le nouveau hochement de tête désapprobateur du procureur Black. Elle eut envie de lui jeter quelque chose au visage — n'importe quoi, si c'était ce qu'il fallait faire pour la convaincre d'agir dans le sens qu'elle lui indiquait. Après tout, Kate avait vu une histoire tout à fait similaire dans un reportage juridique à la télévision, et le procès s'était soldé par une condamnation…

— L'accusation que vous envisagez ne fait pas partie des griefs retenus contre le prévenu. Même si nous essayions d'évoquer cela, la défense trouverait immédiatement la parade pour qu'on ne puisse pas utiliser votre déclaration comme preuve à ajouter au dossier déjà constitué.

Elle parlait lentement, comme une institutrice essayant de faire comprendre à un enfant hyperactif qu'il ne servait à rien de s'agiter. Kate était d'autant plus furieuse qu'elle se sentait impuissante. Pourtant, elle laissa Amy poursuivre son explication.

— N'importe quel juge conclurait à l'irrecevabilité de votre témoignage dans l'affaire qui nous préoccupe.

N'importe quel juge… Et ce n'était certainement pas le premier venu qui présiderait le procès du puissant sénateur Whitehead. Ils allaient devoir s'acharner à convaincre un magistrat qui connaissait bien Thomas — peut-être même, dans le pire des cas, quelqu'un à qui Thomas aurait rendu un service. Il avait l'art de s'attirer les bonnes grâces de toute une clique politico-financière, ce qui lui permettait d'assurer ses arrières de façon quasiment parfaite.

Vaincue, Kate s'accouda de nouveau à la table de formica, et lança un regard de biais au procureur, sans savoir quelle attitude adopter.

— Si je comprends bien, nous avons la certitude que Thomas est coupable d'un délit de première catégorie pour conspiration d'assassinat sur la personne de Leah, mais, comme nos preuves sont insuffisantes, il va s'en sortir à bon compte. Comme toujours.

— Nous représentons l'Etat de Californie, madame Whitehead, fit Amy Black d'une voix que Kate eut l'impression d'entendre de très loin. Nous avons un devoir envers lui : il nous est impossible de gaspiller l'argent public à tort et à travers. Si nous engageons un procès, cela va coûter des centaines de milliers de dollars aux contribuables. Nous ne pouvons pas leur demander cet effort financier si nous n'avons pas la quasi-certitude de gagner.

— Mais…, commença Kate sans bien savoir ce qu'elle allait dire.

— Nous n'avons pas la moindre preuve valable, martela le procureur. Pas de motif, pas de parallèle, pas de précédent sur lequel appuyer notre accusation puisque vous avez refait surface inopinément. La défense, par contre, possède bien plus d'éléments susceptibles de convaincre un jury de l'innocence de son client : un soi-disant complice qui n'a aucune crédibilité — le vieux Mavis. Un alibi irréfutable. Et un prévenu qui possède une réputation de bienfaiteur sensible et charitable. Une accusation de meurtre contre un homme de cette envergure et de ce charisme a toutes les chances d'être considérée comme irrecevable, voire infamante.

Et voilà ! En refaisant surface, Kate avait offert à Thomas sa liberté sur un plateau. Et il n'existait plus aucun moyen de revenir en arrière.

Il s'écoula encore une heure avant que la jeune femme ne soit autorisée à quitter le commissariat. Elle avait avalé son dîner sans même prêter attention au contenu de son assiette, et le soleil avait disparu à l'horizon. Ne restait que l'obscurité, dans la ville comme dans son cœur.

Les examens dentaires auxquels on l'avait soumise avaient prouvé sans l'ombre d'un doute qu'elle était bien Kate Whitehead. A la première heure, le lundi suivant, elle pourrait récupérer tous les avantages financiers et administratifs de son ancienne vie — permis de conduire, cartes de crédit, chéquier, papiers d'identité... Mais elle ne voyait pas bien quelle satisfaction en tirer, désormais.

— Avez-vous un endroit où passer la nuit ? lui demanda Amy Black d'une voix douce, quand tout le petit monde réuni dans la salle d'interrogatoire eut commencé à ranger stylos, papiers et blocs-notes.

Kate acquiesça d'un air las. Elle allait bien trouver le moyen de se rendre au bungalow où Taylor devait déjà dormir paisiblement, sous la surveillance maternelle de Carley. Elle ne comptait pas rester loin de lui plus longtemps. Jamais elle n'avait passé une nuit sans lui, depuis qu'il était né, et ce n'était certainement pas le moment pour commencer.

Elle éprouvait un abattement difficile à décrire à l'idée que Thomas Whitehead allait une fois de plus sortir victorieux d'une épreuve qui aurait dû le réduire à néant. Elle savait qu'elle ne surestimait pas sa puissance : dès que la nouvelle de son retour s'ébruiterait, elle retomberait inévitablement sous la coupe de son mari. Soit elle accepterait de jouer selon ses propres règles, soit elle finirait comme Leah — à la morgue.

Si elle n'avait pas été responsable de Taylor, elle aurait opté sans hésiter pour le second choix. Mais, malheureusement, elle ne pouvait pas disposer ainsi de son existence, puisqu'elle n'était plus seule en cause...

— Madame Whitehead ? fit David Holm, l'associé d'Amy Black, debout devant la porte, son attaché-case sous le bras.

La jeune femme se leva, les jambes flageolantes. Les chaussures que lui avait prêtées Carley lui comprimaient les pieds, et elle sentait le poids de la fatigue accumulée depuis son départ de San Diego menacer de l'écraser comme un vulgaire insecte.

La tête serrée dans l'étau d'une migraine atroce, elle eut bien du mal à esquisser un sourire poli.

— Oui ?

— Il y a ici quelqu'un qui est impatient de vous voir, dit l'avocat avec un petit sourire qu'elle ne parvint pas à décrypter.

Se moquait-il d'elle ou était-il sincèrement content de lui annoncer cette visite ? Elle n'aurait su le dire. Mais elle ne put se défendre d'un sentiment de soulagement intense. Sa mère — ils avaient dû prévenir sa mère. Elle n'avait pas osé le faire auparavant, ne sachant ce que le bureau du procureur lui demanderait ni combien de temps elle serait retenue dans ces lieux. Mais le fait de revoir sa mère après cette journée éprouvante allait lui faire un bien fou.

Elle allait s'élancer vers la porte lorsque David Holm s'effaça pour laisser passer la personne qu'il venait d'annoncer.

Le cri de joie que Kate s'apprêtait à pousser mourut sur ses lèvres. Blême, incrédule, elle eut l'impression que toutes les lumières de la ville s'éteignaient d'un seul coup.

Non, ce n'était pas possible ! Ils ne pouvaient pas lui faire ça. Pas ici, alors qu'elle se croyait encore en sécurité. Pas si vite. Pas comme ça…

Elle dut se raccrocher d'une main à la table pour ne pas s'effondrer, tant ses genoux tremblaient.

— Bonjour, mon amour. Quand je pense que c'est bien toi… Enfin, je te retrouve, Dieu soit loué !

La voix rauque d'émotion, les yeux pleins de larmes contenues, Thomas pénétra dans la pièce et se dirigea vers la jeune femme, les bras grands ouverts. Puis il la serra contre son cœur avec tant de fougue qu'elle fut soulevée du sol comme un fétu de paille emporté par la tempête.

20.

— Tu n'imagines pas à quel point je suis heureux de te revoir, ma chérie, murmura Thomas avec ferveur tout contre l'oreille de Kate, lui arrachant un frisson de dégoût.

Prisonnière de son étreinte, elle avait un mal fou à respirer. Etait-ce parce qu'il la serrait trop fort ? Ou s'agissait-il d'une réaction purement psychologique ? En tout cas, elle suffoquait, comme si elle avait été sur le point de succomber à une mort lente mais certaine.

— Tout va bien, mon cœur, ne pleure pas, fit Thomas d'une voix apaisante, tout en la plaquant contre lui.

Il n'y avait pas d'autre bruit dans la pièce que celui de leurs respirations : la sienne, saccadée et sifflante, et celle de Thomas, profonde et calme… Mais pourquoi l'avait-on laissée en tête à tête avec le diable ?

Les yeux à demi fermés, elle n'avait pas le courage de regarder autour d'elle, de peur de s'évanouir.

— Allons, allons, je sais que tu as traversé bien des épreuves, ma chérie. Mais maintenant, je suis là. Ne t'inquiète pas. Ne pleure pas, mon amour.

« Je ne pleure pas, j'étouffe ! » aurait-elle voulu crier. Mais elle était incapable de prononcer le moindre mot. Elle devait même faire appel à toute sa volonté pour ne pas s'effondrer misérablement dans les bras tentaculaires qui la maintenaient captive.

— Ensemble, nous arriverons à surmonter tout ça, lui susurra Thomas. J'en suis persuadé.

Incapable de répondre, Kate avala sa salive avec difficulté. Elle aussi était certaine d'une chose : c'est que Thomas allait s'en sortir, comme toujours. Quant à elle…

— Oh, mon amour ! C'est si bon de te tenir dans mes bras ! fit-il tout en lui caressant le cou, le dos, puis les fesses avec une passion qui la fit trembler d'angoisse.

Quelle ironie ! Il devait s'imaginer qu'elle frémissait de désir alors qu'elle éprouvait les affres du désespoir à se retrouver ainsi piégée. Si la situation n'avait pas été aussi épouvantable pour elle, elle aurait éclaté d'un rire hystérique.

A cet instant, elle l'entendit renifler discrètement et se rendit compte avec stupeur qu'il pleurait sur son épaule.

Des larmes de crocodile, sans doute, comme celles qu'il avait dû verser au-dessus du cadavre de Leah… Kate faillit s'étrangler en se rappelant le visage fermé de son amie, la première fois que celle-ci l'avait recueillie après un accès de rage particulièrement violent de son père. Kate était couverte de traces de coups, mais elle n'avait pas cédé aux injonctions de Leah quand cette dernière l'avait suppliée de dénoncer le monstre qui l'avait mise dans cet état. Car elle savait que ce serait sa mère qui en aurait subi les conséquences.

Thomas releva la tête sans qu'elle rouvre les paupières. Il pouvait la fixer tant qu'il le voulait, mais elle refusait de le regarder. Tout ce qu'elle voulait, c'était dormir — dormir jusqu'à ce que ce cauchemar prenne fin…

— Nous sommes seuls, mon ange, fit-il de sa voix la plus suave. N'aie pas peur : tu peux ouvrir les yeux, maintenant. Je ne sais pas ce que tu as fait de l'enfant — si tu l'as donné à adopter ou quoi. Mais je veux que tu saches que je te pardonne pour toute cette histoire… Maintenant, partons d'ici, chérie.

Kate se dit qu'elle devait faire un mauvais rêve. Il n'y avait pas d'autre explication. Elle ne pouvait pas se trouver ainsi, sans réaction, abandonnée comme une loque dans les bras de l'homme qu'elle avait voulu fuir, en train de l'écouter reprendre les commandes de son existence ! Elle ne pouvait pas le laisser écarter d'une phrase son fils — *leur* fils —, comme s'il s'était agi d'une quantité négligeable… Et pourtant, les mots semblaient fuir son esprit hébété.

— Ah, mon petit cœur… Tu n'as pas dit un seul mot depuis tout à l'heure, reprit Thomas d'une voix si trompeusement douce et aimante qu'elle fut reprise de tremblements incontrôlables. Qu'est-ce qui t'est arrivé pendant que tu étais ici ? Ils t'ont fait du mal ?

Au lieu de répondre, elle continua son rêve éveillé : une fois de plus, elle voyait le visage sérieux de Leah qui était en train de la contempler. Elles avaient vingt et un ans, toutes les deux, et Kate venait d'apprendre qu'on allait exposer ses premières créations de haute couture. Elle était terrorisée à l'idée de se voir juger par la profession tout entière ; elle n'était pas prête à affronter pareille épreuve. Mais Leah croyait en elle, et ce simple témoignage d'amitié sincère lui avait insufflé le courage et l'énergie nécessaires pour se lancer dans l'aventure…

Perdue dans ses souvenirs nostalgiques, elle sentit à peine le bras de Thomas se glisser sous ses genoux pour la soulever de terre, comme un bébé. Paniquée, elle ouvrit les yeux au moment où il l'emportait hors de la salle d'interrogatoire. Elle se trouva alors exposée aux regards curieux ou sympathiques de dizaines de personnes. Tournant la tête, elle chercha frénétiquement Amy Black du regard, sans parvenir à l'apercevoir.

Elle était seule, face aux amis de Thomas, prisonnière de l'homme qui l'avait tant de fois abusée et frappée jusqu'à la rendre folle.

Fermant les yeux pour retenir ses larmes de désespoir, elle se laissa docilement emporter dans la pénombre.

Thomas se félicitait d'être venu seul en voiture. Il jeta un coup d'œil circonspect à la jeune femme inconsciente qui gisait sur le siège passager, sans pour autant s'arrêter de rouler dans les rues calmes du quartier de San Francisco qu'il traversait pour rentrer chez lui. Il avait trouvé une boîte de tranquillisants dans le sac à main de Kate et, avec l'aide d'un policier en faction devant le commissariat, il en avait fait prendre un à sa femme. D'après les échos qu'il avait récoltés, elle n'avait pas dormi depuis plus de quarante-huit heures. Il n'avait donc pas hésité à la droguer pour qu'elle prenne enfin du repos, même forcé.

Et maintenant, il l'avait toute à lui. Personne pour les ennuyer — pas même son fidèle chauffeur Sammie, le fils du chauffeur de son défunt père. Pourtant, en temps normal, il faisait entièrement confiance à Sammie : ils avaient grandi et joué ensemble comme deux frères jusqu'à ce que Thomas prenne pleinement conscience de tout ce qui les séparait, et qu'il décide de remette Sammie à sa place — c'est-à-dire, celle de chauffeur.

Sammie avait donc pris ses fonctions dès que son nouveau *patron* avait obtenu son diplôme d'université. Il l'avait conduit où il voulait, à n'importe quelle heure du jour ou de la nuit, sans jamais poser de questions. Mais ce soir, Thomas n'avait même pas voulu de lui. Il tenait à ce que rien ni personne ne vienne s'interposer entre lui et sa femme, le soir de leurs retrouvailles.

Elle soupira dans son sommeil sans pour autant émerger de la torpeur où le somnifère l'avait plongée. Et il éprouva une sorte de jubilation à l'idée que, une fois encore, elle dépendait entièrement de lui. Plus tard, il serait bien temps de discuter de l'avenir ou du passé. Pour le moment, il devait prendre soin d'elle. Car, sans lui, elle était incapable de faire quoi que ce soit. Et cela lui plaisait infiniment.

Il cligna des yeux en croisant une voiture qui roulait pleins phares, puis se rappela les bons moments qu'il avait vécus avec Kate pendant leurs années de mariage. Les mauvais souvenirs, il ne voulait plus y penser. Ils étaient derrière eux ; ils appartenaient à un passé révolu. Aujourd'hui, les choses étaient différentes : elle était revenue pour l'aider à s'en sortir. Pour lui apporter son soutien. Et c'était tout ce qui comptait. Malgré leurs différends, leurs désaccords, elle avait accepté de refaire surface pour le sauver d'une condamnation injuste.

Il passa sans s'arrêter devant un bar dancing dont les néons colorés clignotaient joyeusement. Une autre fois, quand Kate se sentirait mieux, il l'emmènerait s'amuser dans un endroit comme celui-là, comme au bon vieux temps. Mais, ce soir, il voulait rester seul avec elle.

Kate ! Sa femme devant Dieu et les hommes, pour le pire et le meilleur… Si elle était réapparue au moment précis où il avait besoin d'elle, c'était bien le signe qu'elle tenait à lui. Qu'elle l'aimait toujours. Elle ne s'en rendait peut-être pas très bien compte, perturbée et épuisée comme elle l'était, mais il en était persuadé. Et il l'aiderait à le reconnaître. Elle était intelligente, douée, perspicace : il ne lui faudrait pas longtemps pour admettre qu'ils étaient liés à jamais par le cœur et le corps.

En tout cas, en attendant qu'elle y voie plus clair, il se promettait de ne pas la lâcher d'une semelle. Pour son bien à elle, naturellement.

Gazette de San Francisco,
dimanche 8 mai 2005, p. 1

COUP DE THÉÂTRE DANS L'AFFAIRE MONTGOMERY : LE SÉNATEUR RETROUVE SA FEMME ET LA LIBERTÉ !

Toutes les charges qui pesaient contre le sénateur Thomas Whitehead ont été abandonnées hier, à l'annonce du retour de sa femme disparue depuis près de deux ans. Kate Whitehead s'est présentée d'elle-même au commissariat, apportant ainsi la preuve vivante de l'innocence de son mari dans l'affaire de sa disparition inexpliquée. Par conséquent, les parallèles dressés par l'accusation entre cette affaire et celle de l'assassinat de Leah Montgomery ont perdu toute pertinence.

L'Etat de Californie ne dispose plus désormais de preuves suffisantes pour faire inculper M. Whitehead. Il aurait bien été question d'une allégation de chantage exercé par le sénateur sur Walter Mavis, l'ermite de la Montagne des Mineurs, pour obliger ce dernier à précipiter Mme Montgomery du haut de la falaise où elle a trouvé la mort, le mois dernier. Mais cette supposition a été écartée, faute de justificatifs valables. Rappelons que le vieux Mavis est un alcoolique notoire et qu'il souffre d'hallucinations plus ou moins récurrentes. Son témoignage est donc difficilement recevable.

Lorsque le sénateur est arrivé au commissariat, hier soir, peu après 21 heures, il a fait preuve d'une joie immense à la vue de sa femme qu'il croyait perdue à jamais. On ne sait pas grand-chose, pour l'instant, sur les deux années que Mme Whitehead a passées loin du domicile conjugal. Aucune information non plus n'a été donnée sur l'enfant qu'elle portait lors de sa disparition. D'après des sources confidentielles, la jeune femme, épuisée par les émotions, serait ressortie inconsciente du commissariat, dans les bras aimants de son époux, peu avant 22 heures.

Le sénateur n'a pas souhaité faire de déclaration à sa sortie du poste de police. Cependant, d'après un proche, il aurait laissé libre cours à ses larmes à l'annonce du retour de sa femme, puis il aurait annulé toutes ses activités pour courir la rejoindre, dans un élan de joie incontrôlable.

Interrogé sur l'affaire Montgomery pour laquelle le sénateur était suspecté en premier chef, le même porte-parole — qui souhaite garder l'anonymat — a déclaré que M. Whitehead n'était pas au courant de la grossesse de sa cavalière officielle. Il aurait cependant évoqué la moralité sans faille de Mme Montgomery, et la probable catastrophe qu'aurait représenté pour elle la naissance d'un enfant illégitime. Toujours selon cette source, le sénateur aurait suggéré une autre interprétation aux marques relevées sur le dos de la défunte : contrairement à ce que semblent penser les services de police, elles résulteraient vraisemblablement de la chute de Mme Montgomery à travers les branchages qui encombrent la pente rocailleuse de la Montagne des Mineurs. Il aurait ajouté que la thèse du suicide n'était pas aussi improbable que l'on voulait bien le faire croire : Mme Montgomery, désespérée à l'idée de trahir un amant sans doute important et peut-être déjà marié, aurait pu choisir de se précipiter dans le vide pour le protéger du déshonneur. Quant à l'identité du père de l'enfant que portait la disparue, le sénateur n'aurait pas émis de suggestion à ce propos.

— Carley ? Ici Thomas Whitehead.

Debout dans l'entrée du magnifique manoir que Kate et lui avaient reçu de ses parents en cadeau de mariage, le sénateur attendait une réponse de son interlocutrice, les yeux fixés sur le parterre de fleurs somptueuses qui s'étalait devant la fenêtre. Le soleil n'était pas encore levé, mais ce dimanche matin promettait d'être absolument superbe.

— Où est-elle ? fit la voix sèche de Carley. Qu'est-ce que tu as fait d'elle ?

Ravalant la réponse cinglante qui lui venait aux lèvres, Thomas s'obligea à compter lentement jusqu'à quinze. Il avait toujours détesté Carley, et il n'avait pas l'intention d'entrer dans son petit jeu.

— Je ne vois pas ce que tu veux dire, répliqua-t-il quand il eut récupéré son calme. J'aime ma femme profondément. J'ai passé la plus grande partie de la nuit à remercier Dieu de me l'avoir ramenée saine et sauve.

— De te l'avoir ramenée ? Tu veux dire qu'elle est chez toi ?

— Pas chez moi ; chez *nous*, corrigea Thomas d'un ton tranquille. Elle est à l'étage. Elle dort.

Il n'avait quitté la chambre que depuis une demi-heure, pour descendre faire du café et téléphoner à Carley. Il ne tenait pas à ce que cette petite garce aille partout raconter que Kate s'était de nouveau volatilisée dans la nature. Dieu sait de quoi elle était capable, cette peste de Carley Winchester !

— Attends une seconde ! Tu es en train de me raconter que Kate a débarqué chez toi hier soir, comme ça, et qu'elle t'a demandé si elle pouvait rester dormir ?

— Je n'ai jamais dit ça ! fit Thomas, tout en se concentrant sur la lumière dorée qui perçait enfin à travers les feuillages, prémices d'une journée exceptionnellement belle. Je suis allé la rejoindre au commissariat, et nous sommes partis ensemble.

— Elle serait venue avec toi de son plein gré ? rétorqua Carley d'un ton mi-sarcastique, mi-incrédule.

— En tout cas, elle ne s'est pas débattue, et je ne l'ai absolument pas forcée à me suivre. D'ailleurs, j'aurais eu du mal, étant donné les circonstances ! Tu n'as qu'à demander à la bonne dizaine de policiers qui nous ont vus quitter les lieux, si tu ne me crois pas. L'un d'entre eux lui a même apporté un verre d'eau, juste avant notre départ, pour qu'elle puisse avaler un cachet d'aspirine qui se trouvait dans son sac.

— Ce n'était pas de l'aspirine, c'était un tranquillisant ! explosa Carley. Tu lui as fait prendre un somnifère, espèce de traître !

Sous l'insulte, Thomas faillit perdre son calme. Si Carley était au courant de ce que contenait le sac à main de Kate au moment où elle s'était rendue au commissariat, cela voulait dire qu'elles s'étaient vues.

— Il n'y avait rien d'autre pour la soulager dans ses affaires personnelles, répondit-il d'un ton volontairement neutre. Elle avait tellement mal à la tête…

— Je ne sais pas ce que tu mijotes, Whitehead, mais je peux te dire que si tu as touché ne serait-ce qu'à un cheveu de Kate, je…

— Je te le répète, Carley Winchester : j'aime ma femme.

Profondément. Sincèrement. Je rends grâce au ciel de me l'avoir rendue saine et sauve, et…

— Pour ça, je te fais confiance ! Je viens d'entendre les infos à la radio. Dire qu'un salaud comme toi s'en tire indemne, une fois de plus… Ça m'écœure !

— Ce n'est pas que je veuille mettre un terme à cette charmante conversation, chère Carley, mais ma femme va se réveiller d'un moment à l'autre. Comme tu t'en doutes, je suis impatient de remonter m'occuper d'elle. Si je t'ai appelée, c'est pour te rassurer sur son sort. J'ai cru comprendre qu'elle avait prévu de passer la nuit dernière chez toi, et je ne voulais pas que tu t'inquiètes inutilement.

— Tu veux dire que c'est elle qui t'a demandé de m'appeler ?

— Comment crois-tu que j'ai eu ton numéro de portable ?

Il ne mentait pas, mais il ne répondait pas non plus à la question qui venait de lui être posée. Il laissait à Carley le soin de tirer les conclusions qu'elle voulait. Elle n'avait pas besoin de savoir qu'il avait trouvé son numéro griffonné sur un bout de papier au fond du sac de Kate. Il n'y avait d'ailleurs pas grand-chose d'autre dans ce sac. Il avait eu beau le fouiller minutieusement, il n'y avait déniché aucune information sur les deux années que sa femme avait passées loin de lui. Ni adresse, ni nom, ni téléphone, ni papiers d'identité…

— Tout ça ne me dit rien qui vaille, Whitehead, reprit Carley d'un ton soupçonneux. Dis à Kate que je m'occupe de Taylor jusqu'à ce qu'elle m'ait appelée personnellement, compris ?

A ces mots, Thomas eut l'impression que le jour radieux s'assombrissait d'un seul coup.

— Taylor ?

— Fais-lui la commission, c'est tout, rétorqua Carley plus sèchement que jamais.

Furieux à l'idée de recevoir des ordres de cette peste, il voulut protester.

— Attends, je…

Mais avant qu'il ait pu terminer sa phrase, Carley Winchester lui avait raccroché au nez. Sans autre forme de procès.

Taylor… c'était forcément le nom de ce satané gamin ! Dans un mouvement d'humeur, Thomas jeta le téléphone sur le canapé de cuir. Bon sang, personne n'avait mentionné l'existence de ce gosse, au commissariat ! Il en avait conclu qu'elle n'avait pas désiré s'encombrer d'un pareil fardeau. Qu'elle avait réfléchi. Revenir vers lui, c'était une chose, mais rentrer avec un fils illégitime en s'imaginant qu'il l'accueillerait à bras ouverts, c'était tout à fait différent. Il s'attendait à tout, sauf à ça…

S'attendre à voir arriver les événements au lieu de les planifier, voilà qui n'aurait pas manqué d'attirer sur lui les moqueries de son père…

Une demi-heure plus tard, il ruminait toujours cette découverte, assis à sa table de travail, les yeux fixés sur le ciel matinal qu'il ne voyait même pas.

Cette saleté de Carley Winchester lui avait dit qu'elle s'occuperait du gamin jusqu'à ce que Kate l'appelle. Ce qui voulait dire que cette dernière lui avait confié la garde temporaire de son bâtard.

Il calcula rapidement l'âge que devait avoir le gosse. Dix-neuf mois, probablement. Dire qu'il se retrouvait avec un sale môme de presque deux ans sur les bras, lui, Thomas Whitehead, sénateur de Californie !

Dans sa rage froide, il avait serré les accoudoirs de son fauteuil à s'en faire blanchir les articulations… Des émotions fortes comme celle-ci pouvaient lui être utiles, si elles étaient correctement canalisées. Cela décuplait ses forces et le poussait à agir. Et comme l'attaque constituait la meilleure des défenses depuis la nuit des temps…

Il se leva, s'étira consciencieusement, songeant à la femme superbe — *sa* femme — qui dormait toujours à l'étage. Comme par miracle, cette évocation transforma sa rage en une passion brûlante qui ne demandait qu'à s'exprimer. Il serait bien temps de lui reprocher son manque de constance, ainsi que cet enfant illégitime qu'elle lui imposait. Pour le moment, il avait d'autres choses en tête. Des choses beaucoup plus agréables.

D'un pas preste et agile, il monta l'escalier, souriant malgré lui. La vie dont il rêvait était à sa portée, désormais : une carrière fulgurante, une réputation presque intacte, et surtout, surtout, une femme digne de faire des envieux dans toute la Californie.

Contre ses jambes nues, les draps étaient divinement frais, souples et légers. S'étirant voluptueusement, Kate se retourna, à demi réveillée, cherchant à prolonger le plus possible cet instant de béatitude. Elle avait merveilleusement bien dormi, pour la première fois depuis longtemps.

Derrière elle, le matelas se creusa sous le poids d'un corps, cependant qu'une main masculine se glissait doucement sous les couvertures pour venir épouser la forme de sa hanche avant de glisser lentement le long de sa cuisse jusqu'à son genou. Kate se sentit frémir de délice sous la caresse tendre de Scott. Elle laissa échapper un gémissement étouffé, encourageant la main à poursuivre son exploration. Les doigts tièdes remontèrent jusqu'au creux de ses reins qu'ils effleurèrent amoureusement, puis suivirent la ligne de son dos avant de dessiner délicatement le contour d'un sein.

Elle savoura la douceur de cet instant de tendresse, attendant quelques secondes encore avant de rouler sur le dos pour offrir sa poitrine tout entière à cette caresse suave. Cette main qui parcourait son corps était si douce, si habile et si légère à la fois…

Mais d'un seul coup, le contact si agréable changea de nature. Deux doigts audacieux vinrent s'insinuer au plus secret de son corps, sans préliminaire, avec une brutalité qui lui fit l'effet d'un marquage au fer rouge. Arrachée à l'état bienheureux où elle se trouvait jusqu'alors, Kate se redressa vivement, et reconnut l'homme qui venait de s'immiscer sans la moindre gêne dans son intimité.

— Ne t'avise plus jamais de faire ça ! lança-t-elle en suffoquant.

— Kate, mon amour, voyons…, fit Thomas en retirant sa main.

— Et n'emploie pas le mot « amour » avec moi, coupa-t-elle d'un ton sec qui lui aurait valu une gifle, deux ans plus tôt.

Mais, aujourd'hui, elle n'avait plus peur des représailles. Elle était décidée à refuser tout contact intime avec ce porc qui lui répugnait littéralement. D'autant qu'elle avait connu le véritable amour avec un autre homme, bon, tendre et passionné à la fois. Maintenant, elle savait ce que « faire l'amour » voulait dire : c'était un acte merveilleux, et elle ne voulait pas retomber dans les petits jeux pervers que

Thomas lui avait imposés, autrefois. Plus jamais elle ne se laisserait souiller de cette façon.

Ses yeux bleu gris fixés sur elle, il hocha la tête pensivement, puis s'adossa aux oreillers. Ce n'était pas dans ses habitudes de s'avouer vaincu aussi rapidement, et Kate s'étonna de ce nouveau comportement.

— D'accord, mon cœur, je comprends, dit-il. Je ne suis qu'un homme, après tout, et les hommes ont plutôt tendance à penser que l'amour n'est qu'une conséquence de la sexualité, alors que les femmes voient les choses dans l'autre sens.

Kate resta bouche bée. Il lui fallut quelques secondes pour assimiler ce qu'il venait de dire, et qui ne lui ressemblait pas du tout.

Elle voulait se rendre dans la salle de bains, mais elle hésitait à se lever, craignant qu'il ne lui arrache le drap dans lequel elle s'était enroulée pour cacher sa nudité. Elle n'avait aucune envie d'être exposée sans défense à son regard lubrique.

— Comment as-tu… comment suis-je arrivée ici ? balbutia-t-elle.

La vraie question, celle qui lui brûlait les lèvres, c'était de savoir comment elle s'était retrouvée nue. Mais elle ne voulait pas entendre la réponse ; elle avait trop peur de découvrir que non seulement il l'avait déshabillée, mais qu'il avait aussi…

Cette seule idée lui donnait la nausée. Il l'avait sûrement caressée, après lui avoir ôté ses vêtements, pour se prouver qu'il était encore capable de provoquer une réponse physique chez elle. Mais si jamais il était allé plus loin, elle préférait ne jamais l'apprendre. Ça lui ferait trop horreur.

Heureusement, elle prenait la pilule depuis qu'elle avait changé de vie. Il n'y aurait donc aucune conséquence si Thomas l'avait... Elle se refusait à prononcer le mot, même en pensée. Le seul problème, c'était que pour mettre toutes les chances de son côté, il fallait absolument qu'elle trouve le moyen de retourner chez Carley chercher ses comprimés...

Elle eut un frisson de dégoût devant le démon qui la contemplait en souriant et qui représentait ses pires cauchemars. Mais, aujourd'hui, elle n'était plus la même créature effarée et impuissante que deux ans auparavant. Elle était forte : elle avait réussi à se recréer une existence et une identité sans que personne ne s'en doute. Elle était donc capable de s'en sortir. Et elle savait désormais ce que les mots « amour » et « confiance » voulaient dire.

— Tu ne m'as pas répondu, reprit-elle d'une voix plus assurée. Comment suis-je arrivée ici ?

— C'est moi qui t'ai amenée, évidemment. Quand le commissariat m'a fait prévenir, je suis aussitôt venu te rejoindre. Tu étais tellement épuisée que tu t'es évanouie dans mes bras. Je t'ai transportée jusqu'à la voiture pour te ramener à la maison et... te mettre au lit.

Ses pupilles avaient pris cet éclat particulier qu'elle avait appris à reconnaître — et à redouter — comme le signe d'une montée de désir. Pas de doute : à en juger par son air satisfait et émoustillé, le monstre s'était permis de la caresser intimement alors qu'elle était inconsciente.

Réprimant les insultes qui lui montaient aux lèvres, elle se borna à demander d'un ton sec :

— Où sont mes vêtements ?

Il fit un vague signe du menton vers l'autre bout de la chambre.

— Là-bas.

Elle regarda dans la direction qu'il lui indiquait, mais ne vit qu'une causeuse vide à l'endroit où se trouvait autrefois la chaise longue qu'elle affectionnait. Visiblement, il n'avait pas l'intention de l'aider à se rhabiller. Tant pis. Au moins, elle avait dormi tout son soûl, et se trouvait en meilleure condition pour lui tenir tête. Son cœur battait à coups précipités, mais il ne s'emballait pas ; elle était toujours plus ou moins maîtresse de ses émotions et de ses pensées. C'était déjà ça de gagné dans la bataille qui l'opposait à Thomas.

Certes, en apparence, il avait l'avantage. Elle aurait eu du mal à s'échapper sans ses vêtements. Sauf si cela devenait une question de vie ou de mort. Dans ce cas, elle ferait fi des convenances et s'enfuirait, habillée ou pas.

Elle le regarda dans les yeux, bien décidée à le défier. Pour la première fois, elle aurait peut-être assez de force pour lui résister. Il avait beau avoir des allures de gentleman avec ses cheveux naturellement blonds que la quarantaine n'avait pas altérés, sa coupe à la fois sexy et négligée qui lui donnait l'air perpétuellement jeune, ses larges épaules et la fine toison bouclée qui lui recouvrait le torse, il n'en restait pas moins un être méprisable, capable de détruire ceux qui tombaient imprudemment sous sa coupe.

Poursuivant son examen, elle prit conscience que lui aussi était complètement nu. Cela ne l'étonna guère, pas plus que ne la surprit la vigueur avec laquelle le sexe de son mari se dressait tout contre sa hanche. Il avait visiblement apprécié les caresses intimes auxquelles il s'était livré sur elle alors qu'elle n'avait pas encore émergé du sommeil, et il ne demandait qu'à poursuivre les jeux érotiques qu'il avait initiés.

Mais pas elle. A vrai dire, elle n'avait jamais ressenti un tel dégoût de toute sa vie.

21.

— Il faut que j'appelle Carley, fit Kate tout en resserrant le drap contre sa poitrine.

Elle avait besoin d'une alliée. Quelqu'un qui la soutienne dans cette épreuve. Carley était au courant pour Thomas ; elle connaissait ses vices secrets et sa méchanceté profonde. La première chose à faire, c'était de l'appeler pour échapper ensuite à l'atmosphère malsaine de cette maison entièrement régentée par son mari.

— C'est déjà fait.

— Bien sûr… Tu t'en es chargé, n'est-ce pas ?

Elle aurait dû s'en douter. Thomas avait l'art de tout régler. Et avec le sourire, en plus. Comme celui qu'il arborait à présent, et qu'elle avait appris à craindre après l'avoir adoré au début de leur relation.

Quand ils s'étaient rencontrés, elle ne connaissait rien aux hommes ni aux jeux amoureux. Elle avait embrassé passionnément ses lèvres bien dessinées, laissé sa langue lui taquiner l'intérieur de la bouche, accepté de bonne grâce les caresses qui préludaient invariablement à la prise de possession brutale de son propre corps par celui, si viril et fougueux, du seul partenaire qu'elle eût jamais eu.

Mais elle n'en éprouvait pas de véritable plaisir. Elle

était à ce point inexpérimentée qu'elle avait fini par croire Thomas lorsqu'il lui répétait qu'elle était frigide. Elle était vierge lorsqu'elle s'était donnée à lui pour la première fois, alors que lui avait déjà connu pas mal de femmes. Elle n'avait donc aucun point de comparaison, à l'époque. Mais depuis, les choses avaient changé. Elle savait que ce n'était pas elle la responsable.

— Et qu'est-ce que tu lui as dit ?

Les bras croisés, il haussa les épaules d'un air détaché.

— Que tu dormais. Et que j'appelais pour ne pas qu'elle s'inquiète. Elle m'a répondu qu'elle attendait que tu lui passes un coup de fil… Il faut qu'on s'organise pour récupérer Taylor.

Kate sentit son cœur s'emballer. Qui lui avait révélé le nom de son fils ? Qui lui avait dit que Carley s'en occupait pour le moment ? Elle ne se rappelait pas avoir parlé de Taylor à quiconque à part Amy Black, quand elle avait évoqué la possibilité de lui faire passer des tests ADN pour prouver la paternité de Thomas. Et cette dernière lui avait promis de rester discrète, afin d'épargner le petit garçon autant que possible.

Qu'est-ce que Carley avait bien pu penser d'elle en apprenant qu'elle avait réintégré le domicile conjugal ? Etait-elle déjà au courant de l'abandon des poursuites contre Thomas ? Croyait-elle que Kate avait quelque chose à voir là-dedans ?

Toujours souriant, beau comme un ange, Thomas n'avait pas quitté cette posture nonchalante qui aurait fait rêver plus d'une jeune fille romantique. En apparence, c'était le prince charmant : beau, riche et attentionné. Il avait cette faculté de garder une apparence irréprochable alors que sa conscience devait être constellée de taches indélébiles — comme le meurtre de Leah, par exemple.

Et il avait mentionné Taylor en précisant qu'ils allaient *s'arranger pour le récupérer…* Le récupérer, comme un vulgaire paquet ? Elle ne pouvait pas le laisser faire ça. Même si, pour l'en empêcher, elle devait renoncer définitivement à retrouver son fils chéri. Il fallait qu'elle protège Taylor du fou dangereux qu'elle avait si imprudemment épousé.

— Allons, mon petit cœur, ça fait bientôt deux ans — deux longues années que nous ne nous sommes pas vus. Je crois qu'on pourrait se… retrouver d'abord, non ? On s'occupera du reste après…

Tout en prononçant ces paroles d'une voix sucrée, il se pencha vers elle pour titiller la pointe de son sein à travers la cotonnade légère du drap, éveillant en elle une réponse involontaire — purement physique. Elle ne pouvait rien faire contre le sursaut de son corps, mais elle s'en voulut terriblement.

Elle le laissa poursuivre son petit jeu, indécise sur la conduite qu'elle devait adopter. Si elle ne protestait pas, elle était certaine de l'issue de ces préliminaires : il prendrait possession de son corps, comme il l'avait toujours fait. Si elle essayait de le repousser, il entrerait dans une colère noire et elle en subirait les conséquences.

De toute façon, elle était coincée. Elle pouvait choisir la passivité et le laisser caresser son autre sein, comme il était en train de le faire. Ou elle pouvait résister mais, dans ce cas, il la forcerait avec la brutalité qui lui était coutumière. Elle ne ferait pas longtemps le poids contre sa force virile décuplée par la rage et le désir, et il finirait par la pénétrer contre son gré, tirant plaisir de sa souffrance et des insultes dont il l'abreuverait copieusement. Elle n'aurait plus qu'à prier pour qu'il parvienne rapidement à l'orgasme et qu'il se retire d'elle.

Oui, qu'elle coopère ou qu'elle se débatte, elle allait devoir en passer par sa volonté avant de pouvoir se lever et rejoindre Carley. Alors, autant se résigner, et penser à autre chose pendant qu'il la faisait sienne.

D'une légère secousse, il fit glisser le drap que Kate avait remonté contre ses seins, sans qu'elle manifeste le moindre désaccord. Comme si elle avait assisté à une mauvaise pièce de théâtre, elle regarda ses doigts s'approcher de ses mamelons pour les envelopper d'une caresse plus appuyée. Puis il pencha la tête vers le sein le plus proche pour l'honorer de baisers humides. Renonçant à le repousser, de peur de déclencher sa colère, elle appuya sa nuque lasse contre les oreillers, pareille à une poupée inanimée. Si elle pouvait s'abstraire de son corps le temps qu'il fallait pour en finir avec ce pensum, elle parviendrait peut-être à ne pas devenir folle…

Si elle tenait assez longtemps. Car Thomas avait des capacités de résistance sexuelle impressionnantes. Il s'écoulerait peut-être une heure avant qu'il ne se laisse submerger par la jouissance — et il n'avait pas encore commencé à la pénétrer… A la pensée qu'il allait bientôt exiger d'elle qu'elle ouvre les jambes et qu'elle le laisse se livrer aux caresses qu'il avait entamées avant qu'elle ne se réveille complètement, elle eut envie de vomir.

— Non, je t'en prie…, geignit-elle doucement.

Elle savait pourtant que c'était inutile. Thomas ne tenait aucun compte de ses désirs. Parfois, elle se demandait même s'il ne tirait pas plus de plaisir de ses refus que de sa bonne volonté, et cela même au début de leur mariage, lorsqu'elle acceptait volontiers tout ce qu'il lui demandait et qu'elle prétendait atteindre l'orgasme en même temps que lui, dans son anxiété à plaire à ce mari expérimenté que tout le monde lui enviait.

— Quoi ?

Elle cligna des paupières, prenant conscience de ce qu'elle venait de dire, craignant les coups qui allaient certainement suivre son imprudente protestation…

— Quoi ? répéta-t-il.

Il savait parfaitement qu'elle ne voulait pas de ses caresses. Par le passé, elle avait gémi et crié des centaines de fois, sans même qu'il paraisse l'entendre. Mais cette fois, il semblait tenir compte de sa timide intervention.

— Je t'ai demandé d'arrêter.

Sans s'écarter, il leva les yeux vers elle. Enhardie par cette absence de réaction, elle osa balbutier :

— C'est juste que je… enfin, nous… il y a tellement de choses dont nous devons discuter, et…

Ce n'était pas ce qu'elle aurait voulu dire. Elle aurait souhaité lui hurler son dégoût, son exaspération, sa répulsion. Ils ne s'étaient pas vus depuis deux ans, et elle savait désormais qu'elle ne l'aimait pas — qu'elle ne l'avait sans doute jamais aimé. Elle voulait lui crier qu'elle n'était pas un jouet dont il pouvait disposer au gré de ses pulsions. Mais ce ne fut pas ces paroles haineuses qui sortirent de ses lèvres tremblantes.

— Je… je ne sais plus où j'en suis. Et je suis tellement… fatiguée. Je… je ne crois pas que je pourrai me… me concentrer sur… sur ce que tu veux… pas maintenant, en tout cas.

Avec une expression indéchiffrable, il se pencha de nouveau sur la pointe de son sein, qu'il embrassa voluptueusement.

Il lui lança un coup d'œil avant de recommencer son petit manège. Puis il lança d'un air amusé :

— D'après ce que je vois, ton corps n'est pas du même avis… Les pointes de tes seins sont magnifiquement dressées !

— Thomas, c'est une réaction purement physique. C'est l'air froid qui fait ça. Comme quand je sors de la douche ou que…

Elle allait dire : « comme quand j'allaitais Taylor », mais elle se reprit in extremis.

— … ou qu'il fait froid dehors. Ça n'a rien à voir avec le désir. Et, en ce moment, je n'ai pas du tout envie que tu fasses ce que tu as en tête.

— Tu n'étais pas si réservée, hier soir…

Oh, mon Dieu ! S'était-il livré à des attouchements plus poussés sur son corps inerte ? Avait-il… joui en elle ? Rien que d'y penser, elle se sentait humiliée, souillée au plus profond de son être. Elle ne s'était rendu compte de rien…

— Hier soir, je dormais !

— Non, avant, au commissariat, corrigea Thomas tout en la dévisageant attentivement. Quand je suis entré dans cette salle d'interrogatoire, tu t'es pratiquement jetée dans mes bras. Et, une fois que tu t'es sentie en sécurité, blottie contre ma poitrine, tu t'en es complètement remise à moi. Tu m'as laissé m'occuper de toi, te ramener ici et te mettre au lit sans protester. C'est bien la preuve que tu avais besoin de moi pour te sentir soulagée.

— Hier soir, j'étais incapable de me débrouiller toute seule, c'est vrai. J'étais désemparée et tellement épuisée que je ne savais plus où j'en étais. Quand tu es arrivé, je venais de subir huit heures d'interrogatoire non stop, et j'avais entendu tant de choses difficiles à supporter. J'avais…

Elle s'arrêta brusquement, consciente d'en avoir déjà trop dit.

Il savait parfaitement pourquoi elle l'avait quitté, deux ans auparavant. Leur relation était devenue terriblement conflictuelle… Alors, comment pouvait-il prétendre qu'elle s'était volontairement abandonnée dans ses bras, la veille au soir ? C'était lui qui l'avait serrée contre lui, et il aurait fallu qu'elle se trouve en bien meilleure forme physique et psychologique pour parvenir à le repousser. En tout cas, ce n'était certainement pas elle qui avait demandé à quitter le commissariat en sa compagnie ni à rentrer dans cette maison qu'elle haïssait, désormais…

— Tu disais ? fit Thomas en la regardant au fond des yeux, d'un air inquiétant.

Kate se raidit instinctivement, attendant l'attaque qui n'allait pas tarder à suivre. Pourtant, elle ne regrettait pas d'avoir protesté. Elle ne réussirait peut-être pas à l'empêcher de posséder son corps car, si elle se mettait à crier, personne ne viendrait lui porter secours, et si elle tentait de lui échapper, il la rattraperait sans difficulté. Mais, au moins, elle aurait fait preuve de combativité mentale : s'il la violait, ce serait contre sa volonté, et il le saurait.

— Je disais que je n'étais pas disposée à satisfaire ton désir, répondit-elle d'un ton faussement calme, alors qu'elle aurait voulu lui cracher son dégoût au visage.

La pression contre sa hanche s'accentua un bref instant, puis s'évanouit comme elle était venue. D'une main, Thomas remonta le drap contre elle avant de se rasseoir confortablement dans le lit.

— Bon, eh bien, dans ce cas, laissons tomber, fit-il d'un ton neutre.

Elle n'en crut pas ses oreilles. Pour une fois qu'il tenait compte de son avis ! Etait-ce déjà arrivé ? Oui, une fois, à propos d'un canapé qu'elle détestait et que sa belle-mère voulait absolument leur imposer. Mais ça n'avait pas dû représenter un gros sacrifice pour lui, étant donné qu'il détestait cordialement sa propre mère…

Il se pencha vers le pied du lit où trônait un magnifique coffre de bois sculpté pour en sortir l'ensemble de soie bleu marine que Carley lui avait prêté et qu'elle portait, la veille. Il était tout chiffonné, mais il n'avait pas l'air abîmé, heureusement.

— Tu n'as qu'à mettre ça en attendant qu'on aille récupérer tes affaires au garde-meuble.

Kate eut besoin de quelques secondes pour comprendre ce qu'il venait de dire le plus calmement du monde.

— Parce que tu… tu as gardé tous mes vêtements ?

Thomas, qui s'était levé pour se diriger vers la salle de bains, fit une pause et se retourna pour la regarder bien en face.

— J'ai toujours espéré, au fond de moi, que tu reviendrais un jour.

Sur ce, il continua son chemin, et ferma soigneusement la porte derrière lui. A peine avait-il disparu derrière le lourd battant de chêne que Kate se levait d'un bond pour enfiler ses vêtements à la hâte. Elle aurait dû se sentir rassurée par ce changement de comportement qui l'arrangeait plutôt. Mais elle n'arrivait pas à se défaire d'un sentiment de malaise tenace. Les yeux rivés à la porte de la salle de bains, elle se demandait quelle nouvelle tactique diabolique avait bien pu germer dans l'esprit tortueux de Thomas pour qu'il agisse de la sorte. En tout cas, il y avait fort à parier que tôt ou tard, cela se retournerait contre elle.

Dès qu'elle entendit l'eau couler dans la salle de bains, Kate descendit l'escalier pour récupérer le sac à main qu'elle avait emprunté à Carley. Au bout de quelques minutes d'une recherche infructueuse, elle abandonna, pressée par le temps, et sortit les mains vides.

— Bienvenue à la maison, madame Whitehead ! lui dit Sammie, le chauffeur particulier de Thomas, en surgissant brusquement à son côté.

Kate sursauta légèrement. Il était arrivé de nulle part, et elle ne croyait pas aux coïncidences. Mais de là à s'imaginer que Thomas la faisait surveiller à domicile, il y avait un pas qu'elle ne tenait pas à franchir. Elle avait déjà suffisamment de problèmes à régler sans s'encombrer, en prime, d'un début de paranoïa !

— Merci, Sammie. C'est bon de vous revoir, répondit-elle avec sincérité.

Elle avait toujours apprécié l'employé le plus fidèle de Thomas, sans pour autant se leurrer : il ne la servait pas *elle* ; il était entièrement attaché à la personne et aux desiderata de son mari. Et de lui seul. Même si, elle en était persuadée, Sammie n'était pas dupe des grands airs généreux qu'affichait son patron. C'était au contraire l'une des rares personnes qui savaient à quel point Thomas était dur et calculateur. Cependant, la compensation financière que le chauffeur percevait en échange de ses services avait de quoi faire taire même le plus honnête des employés.

Sur un petit signe de tête courtois, elle s'apprêta à quitter la propriété. Sans surprise, Sammie lui emboîta le pas et s'enquit d'un ton empreint de respect :

— Y a-t-il un endroit où je peux vous déposer ?

— Non merci, répondit la jeune femme avec un regard qu'elle espérait intimidateur, avant de le contourner sans paraître remarquer son manège.

Mais le chauffeur ne s'avouait pas vaincu pour autant. En deux enjambées, il fut de nouveau devant elle.

— M. Whitehead m'a dit que je devais vous conduire où vous le désiriez, insista-t-il. Vous ne voudriez pas que j'aie des ennuis ?

Deux ans plus tôt, ce chantage déguisé aurait marché à merveille. Mais Kate avait changé, depuis : elle ne voulait plus rentrer dans le petit jeu d'influences où son mari excellait. Il n'était plus question pour elle de protéger l'entourage de Thomas de son comportement instable et dangereux. Elle refusait d'être de nouveau la victime sacrificielle — le bouc émissaire.

— Vous voulez dire qu'il vous a ordonné de ne pas me quitter d'une semelle ? fit-elle d'un ton ironique, tout en continuant sa route d'un pas décidé. Mais, vous savez, il peut bien se fâcher contre vous, ça ne me regarde pas le moins du monde. Je suis libre de mes mouvements, et si je décide de m'en aller, vous n'avez rien à dire. C'est bien clair ?

Il revint à la charge, les mains en avant comme pour l'empêcher de mettre ses paroles en acte. Cependant, elle crut percevoir une hésitation de sa part. Il ne devait pas avoir reçu pour instructions de la ramener manu militari au domicile conjugal…

— Bien entendu, vous avez tout à fait le droit d'aller où bon vous semble, madame, mais laissez-moi vous y emmener en voiture. Il y a plus d'un kilomètre d'ici au centre-ville, et…

— Et je suis habituée à marcher, maintenant, Sammie, rétorqua Kate avec un sourire narquois, tout en accélérant l'allure.

Elle atteignit la grille d'entrée, et ouvrit le portillon réservé aux piétons.

— Vous direz à M. Whitehead que je sais où le joindre si j'ai besoin de lui parler.

— Mais…

— Si vous m'approchez de trop près ou que vous posez la main sur moi, Sammie, je vous jure que je vous fais poursuivre pour harcèlement ! lança-t-elle d'un ton nettement moins aimable.

Il s'arrêta net, comme choqué par le changement d'attitude de sa patronne. Il devait se demander ce qui avait bien pu la faire changer à ce point.

Mais, de toute façon, Kate se fichait pas mal de ses états d'âme. L'important, c'était qu'il ne cherchât pas à la rattraper. Elle avait gagné, du moins pour l'instant : elle était sortie sans dommage du manoir des Whitehead. Restait maintenant à tenir bon.

Même si elle avait de plus en plus confiance en elle, le simple fait de se retrouver dans l'environnement où elle avait passé les pires années de son existence l'avait minée émotionnellement. Pendant l'heure qui suivit, elle marcha d'un pas rapide, résistant à l'envie de se cacher derrière chaque arbre pour vérifier que personne ne la suivait. Elle choisissait les endroits les moins exposés, passant par les jardins et l'arrière des maisons cossues du quartier, sans jamais cesser de regarder par-dessus son épaule, comme une bête traquée.

Calme-toi ! lui soufflait une petite voix intérieure qui parvenait à peine à couvrir les battements précipités de son cœur. Elle n'avait aucune raison de s'inquiéter — et pourtant... pourtant, elle sentait ses jambes se dérober sous elle.

Arrête de paniquer pour rien ! murmura de nouveau sa petite voix. Elle avait l'avantage sur Thomas dans cette histoire : elle se savait capable de disparaître sans laisser de trace si les circonstances l'exigeaient. Après tout, elle l'avait déjà fait une fois...

Et puis, il y avait Taylor qui s'était réveillé ce matin sans sa maman, pour la première fois de sa vie. Il fallait qu'elle le rejoigne, qu'elle le serre dans ses bras pour l'assurer de son amour et de son soutien. Il ne devait pas souffrir de la situation délicate où elle s'était mise, bien imprudemment.

Quand Kate arriva chez Carley, épuisée par sa course folle, il était plus de midi. Elle avait dû faire un long détour pour entrer par la porte de derrière sans attirer l'attention de Sammie, qu'elle avait vu stationner dans une voiture inconnue non loin de l'entrée principale de la maison des Winchester. Il ne fallait surtout pas que l'on remarque sa présence, sinon son fils ne serait plus en sécurité.

Tremblante, affamée, au bord des larmes, elle frappa discrètement, et la porte s'ouvrit presque aussitôt, comme si elle avait été attendue.

— Kate ! s'exclama un petit homme aux yeux étincelants d'intelligence. Enfin, te voilà ! Entre vite !

C'était Benny Winchester, le mari de Carley. Avec un sourire chaleureux, il l'attira à l'intérieur, referma rapidement la porte et la serra dans ses bras.

— Carley n'en pouvait plus d'attendre de tes nouvelles, dit-il après quelques secondes, tout en s'écartant d'elle pour la contempler avec un plaisir évident.

Si elle avait changé en l'espace de deux ans, lui n'avait pas bougé. Sauf que sa calvitie naissante était peut-être un peu plus prononcée qu'avant. Mais, à part ce détail, il avait exactement la même allure : il portait ses éternels pantalons de toile sombre, une chemise dont il avait roulé les manches au-dessus du coude, et des mocassins marron foncé.

Non, il n'avait pas du tout changé.

— Thomas m'a pris le sac à main que Carley m'avait prêté, dit Kate avec un sourire crispé. Et aussi tout l'argent qu'il y avait dedans. Je...

Elle s'interrompit en voyant le regard compatissant que lui lançait Benny. Un peu rassérénée, elle s'empressa de poursuivre :

— Je ne sais pas comment vous remercier, toi et Carley. Je te jure que je vous rembourserai jusqu'au dernier cen...

— Tu veux rire ? coupa Benny avant qu'elle ait pu terminer sa phrase. Il n'en est pas question. Nous sommes tous avec toi. Quoi qu'il puisse advenir.

Le cœur débordant de gratitude, Kate eut envie de sauter au cou de Benny. Dire que, pendant deux ans, elle ne s'était rappelé que les mauvais souvenirs de sa vie à San Francisco — ceux de son enfance puis de son adolescence passées sous la coupe d'un père riche et violent, et ceux de sa vie de femme passée sous l'influence d'un mari tout aussi fortuné et abusif. Elle s'était crue la plus mal lotie du monde, mais elle découvrait aujourd'hui à quel point elle avait eu de la chance dans son malheur, puisqu'elle possédait des amis tels que Carley et Benny Winchester. Et qu'elle pouvait compter sur eux plus que jamais.

***

Après l'avoir emmenée à Sacramento pour qu'elle fasse quelques achats de première nécessité, Benny conduisit Kate jusqu'à un splendide chalet de deux étages perdu au cœur de la forêt, à une bonne heure de route de San Francisco. Devant la maison de bois joliment décorée, ils retrouvèrent Carley. La jeune femme tenait Taylor dans ses bras.

— Maaaman ! Maaamaaan ! s'exclama le petit garçon en voyant sa mère descendre de voiture et s'élancer vers lui.

Les larmes aux yeux, le cœur battant, Kate se précipita à la rencontre de son fils pour le serrer contre sa poitrine et humer avec délice l'odeur familière de son cou potelé. Elle avait enfin retrouvé cette partie d'elle-même qui lui manquait tant dès qu'elle s'en éloignait ne serait-ce qu'une seconde.

Taylor accueillit d'abord d'assez bonne grâce cette manifestation de tendresse. Mais sa patience ne dura pas longtemps, et il gigota pour que sa mère le repose à terre. Aussitôt après, il se mit à taper du pied dans son ballon multicolore avec une vivacité impressionnante.

Pleurant et riant à la fois, Kate regarda son fils avec adoration.

— Il n'a vraiment pas l'air perturbé d'avoir été séparé de moi quelques heures, fit-elle avec un mélange d'étonnement et de fierté.

— C'est normal, lui dit Carley d'un air pensif : il est parfaitement équilibré. Et ça, grâce à toi.

Surprise par le ton mélancolique qu'avait employé son amie, Kate se tourna vers elle en fronçant les sourcils.

— Je croyais que tu détestais les enfants ? Que tu n'en voulais surtout pas ?

La jeune femme échangea un regard significatif avec son mari avant de répondre :

— Eh bien, tu sais, en vieillissant, on se pose de plus en plus de questions. Et moi, je me rends compte que je me trompais sur certains points…

La perplexité de Kate fit place à un sourire ravi.

— Tu veux dire que… que vous envisagez d'avoir un enfant ?

— En fait, ça fait à peu près deux ans qu'on essaie, reprit Carley d'un air un peu triste. Mais comme ça n'a pas marché tout seul…

Posant une main sur l'épaule de sa femme, Benny prit le relais :

— La semaine prochaine, nous devons faire une nouvelle tentative d'insémination artificielle. Et si tout va bien, cette fois-ci sera la bonne — du moins, c'est ce qu'on espère tous les deux.

Taylor laissa échapper un cri plus perçant que les autres : sa balle venait de rouler le long d'une petite pente douce recouverte de mousse et d'herbe verte, hors de sa portée. Il s'élança de toute la vitesse de ses petites jambes pour la rattraper, sous le regard amusé de sa mère.

Kate reporta bien vite son attention sur ses amis, impatiente d'en savoir plus.

— Ça fait combien de fois que vous essayez avec cette méthode ?

Les deux ans qu'elle avait passés loin de San Francisco lui avaient fait manquer tellement de choses ! Elle aurait voulu pouvoir soutenir la sœur de sa meilleure amie dans cette épreuve difficile, et tout ce qu'elle pouvait faire, c'était lui demander des détails pour essayer de rattraper le temps perdu. Au moins, elle serait à ses côtés pour la suite — elle s'en faisait la promesse solennelle.

Ce fut Benny qui répondit :

— Trois.

— Les deux premières ont échoué, précisa Carley avec un air à la fois coupable et résigné qui serra le cœur de son amie. Et puis, il y a trois mois, j'ai fait une fausse couche…

— Pas très longtemps avant la disparition de Leah, murmura Kate, visiblement désolée.

Carley hocha la tête, les yeux brillants de larmes.

— Juste quand j'avais besoin d'elle…, souffla-t-elle avant de reprendre le contrôle de ses émotions avec le courage et l'aplomb qui la caractérisaient. C'est pour cette raison que Leah m'avait mise au courant pour son bébé dont le père refusait la responsabilité. Elle nous avait demandé, à Benny et à moi, si nous accepterions de l'adopter…

Une grosse boule dans la gorge, Kate regarda tour à tour Carley et son mari. Elle comprenait maintenant pourquoi Benny Winchester était prêt à se battre contre Thomas jusqu'au bout. En faisant disparaître Leah, le sénateur avait aussi pris la vie du futur enfant adoptif des Winchester. Et ça, Benny ne le lui pardonnerait pas.

22.

— On ne peut pas rester cachées indéfiniment, murmura Carley.

— Tu as raison, dit Kate d'une voix inquiète. Il va finir par nous trouver, de toute façon.

— Voyons, mes chéries, vous ne vous cachez pas ! Vous prenez simplement le temps de vous organiser, intervint Benny avec un enthousiasme communicatif qui fit sourire Kate.

Assise à un bout du grand canapé matelassé qui trônait dans la pièce principale du chalet, elle soufflait paresseusement sur la tasse de chocolat fumant que le mari de Carley lui avait mise d'autorité dans les mains. C'était lui qui les avait incitées à ne rien faire de tout l'après-midi, et elle devait avouer que c'était plus qu'agréable. Il avait préparé des steaks grillés et il s'était occupé de Taylor qui, à présent, dormait tranquillement à l'étage.

Dans le calme de cette fin de soirée autour de la cheminée, les trois adultes commençaient seulement à envisager l'avenir.

— Je croyais que les pauses, c'était pour calmer les enfants turbulents, dit Kate avec un petit rire.

Sa vie était complètement sens dessus dessous. Elle n'avait

pas encore récupéré son identité ; elle était toujours mariée à un type qu'elle détestait et craignait plus que le diable, alors qu'elle était amoureuse d'un autre homme qu'elle ne reverrait probablement jamais. Elle devait protéger coûte que coûte son fils d'un père indigne, qui ne l'avait jamais reconnu comme sien, et qui était sans doute coupable de meurtre commandité... Et pourtant, elle se sentait en sécurité, protégée par l'affection sincère de ses amis. Même si ce n'était qu'une illusion, elle en éprouvait une reconnaissance infinie. Cela lui donnait au moins le courage d'affronter les épreuves qui l'attendaient sur la route qu'elle allait devoir emprunter.

Elle avait eu sa mère au téléphone, quelques heures auparavant. Vera Peters était en Europe pour un voyage touristique bien mérité, mais elle avait assuré à sa fille qu'elle allait sauter dans le premier avion et regagner San Francisco pour lui apporter son aide...

— Je ne suis pas revenue d'entre les morts pour me cacher de nouveau, fit Kate d'un ton pensif, les yeux fixés sur les flammes joyeuses qui bondissaient dans la cheminée.

Il faisait frisquet dehors, depuis que le soleil s'était couché, mais, à l'intérieur du chalet, une chaleur bienfaisante régnait, grâce au feu de bois que Benny avait allumé à grand renfort de brindilles sèches et de bûches. Il n'avait laissé que deux lumières artificielles allumées lorsqu'il était redescendu de la chambre de Taylor, après s'être assuré que le petit garçon ne manquait de rien. A présent, ils étaient tous trois réunis dans le salon, apaisés par l'atmosphère chaleureuse qui émanait de l'âtre.

— C'est vrai, admit Carley. Le problème, c'est que Thomas devrait être en prison à l'heure qu'il est.

Alors que le sénateur s'en tirait à bon compte : il avait

été remis en liberté sans que rien ne soit inscrit à son casier, et il s'attendait à ce que sa femme reprenne son ancienne existence comme si de rien n'était. Décidément, il était très fort…

Kate secoua la tête.

— Cela fait des années que je connais Thomas, dit-elle, et je peux vous dire une chose : je sais ce dont il est capable. Pourtant, sur ce coup-là, il m'a totalement bluffée. Comment peut-il faire comme si les deux années précédentes n'avaient jamais existé ? Enfin, il s'est passé tellement de choses pendant cette période ! Pour commencer, je l'ai quitté brutalement — je me suis enfuie, en fait. J'ai changé de nom, j'ai tout fait pour qu'il ne retrouve jamais ma trace et que je sois débarrassée de lui pour de bon. Et maintenant, il voudrait faire comme si je lui avais tout pardonné et me « reprendre » par pure bonté d'âme ? Il n'a plus toute sa tête. Ou alors, il mijote quelque chose, mais quoi ?

C'était tellement bizarre ! Elle n'arrivait pas à comprendre l'esprit tortueux de cet homme qu'elle croyait pourtant connaître. Comment trouver une solution, dans ce cas ? Il lui manquait une donnée essentielle dans l'équation qu'elle s'efforçait de résoudre…

— Vous comprenez, j'ai peur — mais je ne sais pas de quoi, et c'est peut-être ça le pire, ajouta-t-elle à mi-voix, comme effrayée par ses propres paroles.

— Peur comment ? fit Benny en revenant s'asseoir dans son fauteuil, un verre de whisky soda à la main.

— Je… C'est difficile à dire, commença Kate en cherchant ses mots. Thomas a un don de persuasion tout à fait étonnant. Il assène des vérités de façon tellement péremptoire que chacun finit par le croire. Même si ses déclarations étaient complètement absurdes, au départ. Il est capable de convaincre n'importe qui de n'importe quoi. C'est comme si… comme s'il était investi d'une sorte de pouvoir suprême. Comme s'il possédait un genre de tableau de commandes universel : quand il pousse le bouton ou qu'il tire la manette de son choix, les gens s'exécutent, exactement comme s'il les contrôlait de l'intérieur. Comme s'il disposait de la force nécessaire pour transformer les gens en marionnettes ou en robots programmés pour accomplir ses quatre volontés.

Une expression horrifiée se peignit sur le visage de Carley.

— Tu as raison, Kate, dit-elle en serrant sa tasse de tisane à s'en faire mal aux mains. Ce n'est pas la première fois que j'entends ce genre de commentaires sur Thomas. Leah m'avait dit à peu près la même chose, peu de temps avant sa disparition…

Avec un léger tintement qui fit sursauter ses deux compagnes, Benny posa son verre sur la table et se redressa pour croiser les mains d'un air très professionnel.

— Bon. Récapitulons. A mon avis, Kate, tu ne vas pas être en sécurité très longtemps dans ce refuge. Si Thomas n'est pas déjà au courant de l'endroit où tu te trouves, il ne tardera pas à l'apprendre, étant donné le nombre de personnes qu'il connaît un peu partout et qui se feront une joie de l'informer. Et même s'il n'est pas prévenu directement par une de ses connaissances, il entendra forcément parler du chalet de Zack Wilson par quelqu'un qui l'aura entendu chez quelqu'un d'autre, lequel sait que lui et moi étions camarades de chambre à la fac, etc., etc. Le monde est petit, surtout dans les cercles que nous fréquentons. Il n'aura pas trop de mal à faire les recoupements qui s'imposent et à te dénicher ici. Par conséquent, il faut trouver une autre solution.

Il s'interrompit, le temps de lancer un regard sérieux aux deux femmes qui l'écoutaient avidement.

— Le mieux, ce serait sans doute que tu retournes en ville, Kate. Si demain matin, tu étais de retour chez nous, à San Francisco, je serais nettement plus tranquille. Là-bas, au moins, tu bénéficieras d'un confort et d'une sécurité sans faille. Surtout si nous rentrons avec toi pour t'épauler.

La jeune femme acquiesça de la tête, imitée par Carley. C'était effectivement la meilleure solution, dans l'immédiat.

— Et ensuite ? demanda-t-elle. Qu'est-ce qu'on fera ?

— Le problème, c'est que Thomas Whitehead est un charmeur né doublé d'un manipulateur de génie, fit Benny d'un air préoccupé. Et il possède une puissance indéniable, grâce à sa fortune colossale et à ses appuis politiques. Sans oublier son intelligence hors du commun. Il ne ment pas à proprement parler. Il déforme la vérité sans jamais commettre l'erreur de la nier complètement. Du coup, il jouit d'une forte crédibilité auprès du public et des médias…

— Sur tous ces points, je suis d'accord à cent pour cent, dit Kate. Mais je ne vois pas où tu veux en venir. Notre problème principal, c'est Taylor. Il est le fils de Thomas, Benny, et on ne peut rien y faire. Thomas est le premier homme que j'aie connu, et pendant tout le temps qu'a duré notre union, je n'ai jamais posé les yeux sur aucun autre. Même si j'en avais eu envie, je n'aurais jamais osé : j'avais trop peur des représailles.

— Et Thomas avait également fait un enfant à Leah ! rappela Carley en s'adressant à son mari.

— Je sais, je sais, fit Benny en hochant gravement la tête. Mais vous allez comprendre pourquoi je vous parlais de tout ça dans deux secondes.

Prenant un air très théâtral, il regarda les deux jeunes femmes tour à tour avec de grands yeux.

— Réfléchissez un peu. Et si Thomas avait réellement subi une vasectomie ? S'il disait la vérité ? Après tout, un médecin a constaté que la cicatrice presque invisible sur son bas-ventre était bien due à une opération de ce genre. Ce qui veut dire qu'il a subi une vasectomie et qu'il se croit sincèrement incapable de procréer. Il ne se risquerait pas à mentir aussi complètement — ce n'est pas son style.

— Tu… tu crois que le procédé aurait pu s'inverser ? s'exclama Carley. J'ai entendu parler de ça dans une émission médicale, à la télé. Mais apparemment, c'est un cas très rare. Ça n'arrive presque jamais.

— C'est l'une des possibilités. L'autre, plus probable à mon avis, serait que l'opération ait été bâclée. Le médecin qui l'avait pris en charge à l'époque a été radié du corps médical, non ? Ce n'est certainement pas sans raison…

Toute cette histoire semblait proprement incroyable. Pourtant, Kate avait bien l'impression que Benny avait mis le doigt sur quelque chose d'essentiel. Ils avaient sûrement découvert une explication à une partie du problème. Mais comment l'utiliser à leur avantage ?

— Amy Black, le procureur chargé de l'affaire, m'a dit qu'aucun test n'avait été fait pour contre-expertiser le double verdict médical fourni par Thomas. La preuve de son incapacité à procréer semblait irréfutable. Mais si l'on considère ta suggestion, Benny, alors tout concorde. C'est vrai que Thomas met un point d'honneur à ne jamais mentir complètement. Il préfère ne divulguer qu'une partie de la vérité — celle qui l'arrange, bien sûr — ou alors ne rien dire du tout. Il a toujours répété que, de cette façon, il garantissait son intégrité aux yeux du monde.

— Bon, eh bien, dans ce cas, c'est très simple ! lança Carley avec un grand sourire. Il suffit de faire faire un test ADN à Taylor, et le tour est joué !

Elle était éblouissante, comme toujours, avec sa masse de cheveux noir bleuté qui se détachait sur son jogging de satin rose. Même dans l'intimité, elle gardait une classe folle.

— Ils font ça par échantillonnage buccal, maintenant, expliqua-t-elle d'un ton posé. C'est indolore, et ça ne prend pas plus de quelques secondes. Aucun risque pour la santé de Taylor.

Kate approuva d'un hochement de tête. Elle était au courant : elle avait fait des recherches sur Internet avant de prendre sa décision. Pourtant, une autre idée la tracassait.

— Etant donné que Thomas est en liberté… je me demande si c'est une bonne chose qu'il apprenne que Taylor est bien son fils. Déjà qu'il insiste pour me récupérer, moi… Il a dû appeler au moins dix fois aujourd'hui, non ?

En effet, Benny avait filtré plusieurs appels de Thomas pendant la matinée, entre l'heure où Kate s'était glissée hors du manoir des Whitehead et le moment où elle était arrivée chez les Winchester. Et Carley avait reçu au moins autant de coups de fil sur son téléphone portable pendant le reste de la journée. A tel point qu'elle avait fini par le couper.

— C'est juste, admit Benny. S'il acquiert la certitude que le gamin est son fils, il va revendiquer ses droits, à coup sûr.

— Pas question ! s'exclama Kate, tout en reposant brutalement sa tasse sur la table basse. Je préférerais mourir plutôt que de le laisser approcher Taylor. Je ne permettrai pas qu'il s'en prenne à lui comme il s'en est pris à tout son entourage pendant des années !

— Ne parle pas de malheur ! lui reprocha Carley. Etant donné les circonstances récentes, on ne sait jamais…

— Mais je ne parlais pas à la légère ! lança Kate avec véhémence.

Puis elle s'interrompit devant le regard choqué de son amie.

— Désolée, Carley. Je n'avais pas l'intention de te rappeler des mauvais souvenirs. Je… je ferai plus attention aux mots que j'emploie, à l'avenir. C'est promis.

— Merci, fit Carley, le visage crispé. Je veux bien me battre contre ce type, mais pas au prix d'une autre disparition. Surtout si ça touche encore quelqu'un que j'aime profondément. Honnêtement, si ça devait se produire, je… je ne crois pas que j'y résisterais.

— Je sais, murmura Kate en tendant la main vers celle de son amie pour l'étreindre avec affection.

— Je comprends ta répugnance à laisser Thomas entrer en contact avec son fils, dit Benny d'un air soucieux qui fit battre plus vite le cœur de Kate. Mais as-tu pensé à ce qui se passerait dans le cas contraire ?

Elle secoua la tête. Elle n'avait pas vraiment réfléchi à l'autre versant du choix qu'elle devait faire, tant sa réaction première avait été épidermique : rien que d'imaginer Taylor à la merci de Thomas, elle en avait des sueurs froides. Surtout après toutes les précautions qu'elle avait prises pendant deux ans pour qu'il n'eût jamais vent de sa paternité !

— Disons que tu refuses de retourner avec ton mari, dit Benny. C'est bien ça, n'est-ce pas ?

— Absolument, acquiesça la jeune femme.

— Bien. Connaissant Thomas, il ne va pas se remettre en question, ne serait-ce qu'une fraction de seconde. Il va forcément se poser en victime, sans accepter la moindre part de responsabilité dans cette situation bloquée. A qui crois-tu qu'il va en vouloir ?

— A moi ?

— Peut-être partiellement, mais au fond, ce qu'il veut, c'est te récupérer, toi. Du coup, il te trouvera des excuses. Ce qui nous laisse une seule personne à accuser pour l'échec de votre relation…

Kate eut soudain l'impression que tout son sang s'était figé dans ses veines. Elle balbutia d'un air hagard :

— Et cette personne… c'est… c'est Taylor…

Une terreur sans nom s'empara d'elle au moment même où elle prononçait ces paroles. Elle n'avait échappé à l'enfer que pour se trouver précipitée dans un monde encore plus atroce.

— Donc, tu… tu penses que je devrais quand même faire passer des tests ADN à Taylor… pour le protéger, en somme ?

— En tout cas, ça mérite que l'on s'y arrête un instant, fit Benny d'un air navré. Un homme comme Thomas Whitehead ne va pas faire exécuter froidement son unique héritier.

— Tu veux dire qu'il pourra le maltraiter tant qu'il veut, anéantir son esprit et son âme, le réduire à l'état d'esclave sans volonté, mais qu'il ne touchera pas à sa vie, c'est ça ? ironisa Carley d'un ton amer.

— Ça, c'est l'autre volet de la possibilité que j'évoque, malheureusement, reprit Benny d'un air grave. Tout ce dont je suis sûr, c'est que Thomas a besoin de toi, Kate. Son image compte énormément pour lui, et, ces derniers temps, elle en a pris un sale coup. Ton brusque retour à ses côtés pourrait effacer la plus grande part, si ce n'est la totalité, des allégations qui lui causent du tort. L'accusation a déjà abandonné toute poursuite contre lui, simplement parce que, avec le retour de son épouse légitime au moment où il avait le plus besoin d'appui, le verdict du jury était couru d'avance : il aurait toutes les chances d'être acquitté à l'unanimité. Les gens verront forcément ta présence comme une preuve de la bonne foi de Thomas : si tu reviens miraculeusement sur le devant de la scène juste quand les choses allaient mal tourner pour lui, ils concluront forcément à son innocence dans toute cette affaire.

Benny s'interrompit un bref instant pour faire les cent pas dans la pièce. Arrivé devant la cheminée, il s'arrêta pour contempler pensivement les flammes rougeoyantes avant de se retourner vers les deux jeunes femmes qui n'avaient pas bougé du canapé.

— Si tu acceptais de reprendre la vie commune, il s'en tirerait plutôt bien. Il redorerait son blason instantanément. Mieux encore, il retrouverait le statut enviable de victime. Les accusations portées contre lui auraient l'air de pures inventions, et il récupérerait aussitôt la sympathie et la compassion de l'opinion publique. Peut-être même que tout cela donnerait un nouveau souffle à sa carrière...

— Et dans le cas où je refuse de reprendre la vie commune ? fit Kate d'une voix étranglée.

Personne dans la pièce ne semblait vouloir répondre à cette question. De longues minutes s'écoulèrent en silence, chacun cherchant désespérément une alternative au tableau peu réjouissant que Benny venait de brosser.

Sans prévenir, Carley prit le coussin sur lequel elle s'était appuyée jusqu'ici, et le jeta rageusement à l'autre bout de la pièce, dans un geste qui trahissait son impuissance.

— Je ne veux pas qu'il t'arrive la même chose qu'à Leah, fit-elle entre ses dents. Il faut empêcher ce monstre de continuer à faire le mal.

— Si je retournais avec lui, je laisserais mon fils aux mains destructrices d'un homme instable et dangereux, dit Kate d'une voix brisée. Il se chargera de son « éducation », ce qui veut dire qu'il profitera de n'importe quelle occasion — un verre de lait renversé sur ses coûteux parquets, une tache de compote sur un de ses fauteuils de soie, un cri un peu trop perçant — pour lui donner des coups de ceinture. Et ça jusqu'à ce qu'il ait anéanti en lui toute velléité de résistance ou d'affirmation de soi… Je ne pourrais pas supporter ça. J'en suis certaine.

Benny haussa les sourcils sans rien dire.

— Je me demande si on ne pourrait pas confier Taylor à une personne de confiance — ta mère, par exemple — pendant quelque temps.

Sa mère… ou Scott, songea Kate au milieu de sa détresse. Avec Scott, Taylor serait en sécurité. Sur tous les plans. Y compris affectivement.

Il y avait aussi Carley et Benny. Elle savait pouvoir compter sur eux — et ils seraient tellement heureux de lui rendre ce service qui les comblerait également…

Mais l'idée de se séparer de son enfant lui déchirait le cœur. Il était sa seule raison de vivre, et si elle l'abandonnait à d'autres, elle ne s'en remettrait pas.

— Il faut empêcher cet homme d'agir à sa guise, répéta Carley avec une intonation dramatique. On ne peut pas le laisser faire ça à Kate et Taylor. On n'en a pas le droit. Surtout envers un petit être innocent qui doit avoir une chance de vivre normalement.

Benny avait repris sa marche pensive à travers la pièce. Tout en réfléchissant, il frotta son menton à la barbe naissante.

— Les gens comme Thomas Whitehead réussissent, il

faut bien l'admettre, dit-il lentement, comme à regret. Mais leur gloire ne dure qu'un temps.

Kate le fixa avidement, suspendue à ses lèvres. S'il avait une idée capable de leur redonner espoir, elle était prête à la suivre aveuglément.

— Qu'est-ce qui pourrait bien l'atteindre ? reprit Benny, comme pour lui-même. Il faudrait trouver. Pour le battre à son propre jeu…

— Si on pouvait révéler à tout le monde sa vraie nature, ce serait la fin pour lui, grommela Carley. Il ne s'en relèverait pas…

— Moi, je veux bien, dit Kate. Mais comment ?

Avec un soupir, Benny se rassit dans son fauteuil et croisa soigneusement les mains sur ses genoux.

— Tout le problème est là. Il faut qu'on trouve un plan d'attaque, et vite. A mon avis, il nous reste peu de temps pour nous retourner.

Dans les luxueux bureaux qu'il possédait en ville, Thomas Whitehead faisait les cent pas, lui aussi. Tendu à l'extrême, il sursautait à chaque bruit.

Cela faisait vingt-quatre heures que Kate avait quitté le manoir des Whitehead pour se rendre dans un endroit secret — mais où donc ? Il avait renvoyé son incapable de chauffeur, mais ça ne lui disait toujours pas où sa femme avait bien pu se réfugier.

Il refusait de la perdre une seconde fois. Maintenant qu'il savait qu'elle était en vie, il ne la laisserait pas repartir. L'espèce d'idiot qu'il avait engagé pour la retrouver était revenu bredouille de San Diego, avec pour seule indication une vague histoire de pressing à Coronado. Pour un détective privé, il manquait sérieusement de mordant !

Un klaxon retentit dans la rue, suffisamment insistant pour arracher Thomas à ses réflexions. Furieux contre l'imbécile qui s'obstinait à faire du bruit pour rien, il s'approcha de la fenêtre, essayant de repérer le véhicule responsable de ce vacarme. Il y avait un embouteillage terrible à cause d'un accident, et les voitures étaient immobilisées pare-chocs contre pare-chocs. Klaxonner ne servait absolument à rien dans ce cas précis.

Pourquoi cet abruti ne s'arrêtait-il pas ? Pourquoi n'appelait-il pas les secours avec son portable au lieu de rester comme un crétin derrière son volant ? Il aurait dû se sentir soulagé de ne pas être dans l'un des véhicules accidentés ! Ce n'était pas sa famille à lui qui allait recevoir un coup de téléphone de l'hôpital ou de la morgue !

Par association d'idées, Thomas jeta un coup d'œil impatient à sa montre. Le médecin aurait dû le rappeler depuis déjà un quart d'heure. Il était en retard — et rien n'énervait le sénateur Whitehead autant que les retards…

Pourtant, il n'avait rien d'autre à faire qu'attendre. Il trouverait bien le moyen de récupérer Kate tôt ou tard. Mais si le médecin à qui il avait demandé de nouveaux tests l'appelait avec une réponse positive, il pourrait rentrer chez lui complètement libéré. Sans le moindre doute sur la traîtrise de sa femme — ou de sa maîtresse, d'ailleurs. Alors que, dans le cas contraire…

Il s'avança lentement vers le minibar, en sortit une bouteille de whisky et s'en servit un verre qu'il avala d'un seul trait. Il ne grimaça même pas sous la brûlure familière de l'alcool, trop occupé à démêler les sentiments contradictoires qui le tourmentaient. Les résultats médicaux avaient quatre-vingt-dix-neuf pour cent de chances d'être positifs, ce qui l'arrangerait très nettement. Il ne voulait pas s'encombrer d'un marmot pleurnichard. Il n'en avait jamais voulu, d'ailleurs. Si, par le plus grand des hasards, les deux femmes qui l'avaient accusé de leur avoir fait un enfant avaient dit la vérité — donc, s'il était effectivement le père de ce petit Taylor —, cela ne changerait pas grand-chose à sa vie. Ça renforcerait juste l'image parfaitement accomplie qu'il s'efforçait de présenter au public depuis des années. Une image policée qu'il avait passé toute sa vie à fignoler afin de la rendre impeccable.

Mais, s'il y réfléchissait bien, l'idée d'avoir engendré une descendance avait tout de même quelque chose de fondamentalement satisfaisant. Etre capable de perpétuer le nom de Whitehead, de créer une nouvelle génération de mâles dévoués à la cause politique, comme lui…, ça commençait à lui procurer une sensation grisante de puissance et de rayonnement. Et puis, l'idée d'effacer le souvenir de son père rigide et égoïste, grâce à son accomplissement personnel et à la transmission de ses valeurs à son propre fils, avait également de quoi le remplir d'une fierté bien légitime…

— J'ai quelque chose à t'avouer, dit Kate après une seconde d'hésitation.

Carley et elle étaient assises à la grande table du chalet, où elles sirotaient leur café matinal, tout en gardant un œil sur Taylor qui s'amusait tout seul, non loin de là. On était déjà lundi, et elles attendaient que Benny prenne la voiture pour retourner en ville. Il y avait un certain nombre de démarches administratives à accomplir pour que Kate puisse récupérer ses papiers d'identité et ses cartes de crédit nominatives, et le mari de Carley pouvait certainement faire accélérer les choses. Bien sûr, il n'avait pas le carnet d'adresses du sénateur Whitehead ni son influence, mais il connaissait pas mal de monde, malgré tout. Avec un peu de patience, il parviendrait sans doute à un résultat tout à fait satisfaisant.

Pour passer le temps, Kate avait montré à Carley comment confectionner une sorte de pâte à modeler maison en mélangeant de la farine et de l'eau. Résultat : Taylor s'amusait comme un fou. Il n'avait pas réclamé Scott depuis un bon moment, lui qui semblait tellement s'ennuyer de son « papa ».

— Quoi donc ? fit Carley en fronçant les sourcils.

— L'autre jour, au commissariat, Amy Black a dit que seuls toi, Thomas et moi étions au courant pour la colline où on a retrouvé... enfin, tu vois ce que je veux dire.

Elle évita de regarder son amie en face, mais elle avait besoin de tout lui dire. Elle lui devait bien cela.

— Elle venait de m'annoncer que ça ne pouvait pas être Thomas qui avait tué Leah, et j'ai complètement perdu les pédales, poursuivit Kate à la hâte, en gardant les yeux baissés, de peur de ne pas aller jusqu'au bout de sa confession. J'ai pensé à Taylor qui se trouvait avec toi à ce moment-là, et j'ai paniqué. Je... j'ai douté de toi, Carley. Si tu savais comme je m'en veux !

— Oh, ma chérie, ce n'est que ça ? Voyons, tu n'as pas à t'en faire ! répondit Carley, le visage éclairé par un sourire ému.

Avec précaution, elle repoussa une mèche de cheveux qui barrait la joue de son amie, et la lui glissa derrière l'oreille, de façon presque maternelle.

— Mais, Carley, c'est grave ! protesta la jeune femme, rassérénée malgré elle par la marque d'affection que lui témoignait son amie. Pendant une seconde, j'ai vraiment cru dur comme fer que c'était toi qui avais tué Leah !

Carley laissa échapper un petit rire insouciant.

— Mais non, tu n'y as pas cru ! Tu étais simplement débordée, submergée d'émotions et d'inquiétude. La pression qui pesait sur tes épaules était trop lourde, voilà tout. Surtout que tu n'avais pas dormi depuis longtemps…

Kate se sentait pourtant coupable, et elle avait du mal à réagir aussi sainement que Carley.

— Carley, j'ai douté de toi. Pendant un instant, je ne t'ai pas fait confiance. C'est terrible…

— Voyons, Kate, c'est ridicule. C'est bien moi que tu es venue trouver, non ? C'est à moi que tu as confié ton fils, pas vrai ? Et en ce moment, c'est avec moi que tu te trouves, n'est-ce pas ? C'est bien la preuve que tu ne m'as jamais retiré ta confiance, même si tu as paniqué pendant quelques instants. Alors, arrête de te tourmenter inutilement. Pas la peine de se rajouter des faux soucis ; on a déjà bien assez à faire avec les vrais. Donc, on n'en parle plus. Tu veux bien ?

Un sourire tremblant aux lèvres, touchée par la sollicitude de son amie, Kate acquiesça silencieusement. Si elle avait eu besoin d'une preuve de l'affection que lui vouait Carley, elle venait d'en recevoir une tout à fait solide.

— Et maintenant, est-ce que je peux te demander quelque chose ?

— Bien sûr, répondit Kate, tout en jetant un énième coup d'œil en direction de son fils.

Connaîtrait-elle un jour le repos, la tranquillité, la vie normale à laquelle elle aspirait depuis si longtemps ? Elle en doutait fort. Pourtant, sa décision était prise : dès demain, elle retournerait à San Diego. Mais pas pour s'y réinstaller.

Uniquement pour demander à Scott de s'occuper de son fils pendant qu'elle se trouvait dans cette situation critique. S'il voulait bien s'en charger, le temps qu'elle règle ses affaires avec Thomas, elle se sentirait soulagée — même si cela signifiait qu'elle resterait éloignée de Taylor pendant un certain temps.

C'était beaucoup demander à Scott, et elle en était consciente, après la façon pour le moins abrupte dont elle lui avait fait ses adieux. Mais elle n'avait pas d'autre solution pour protéger Taylor. Après tout, Scott aimait le petit garçon comme s'il s'était agi de son fils ; il s'était toujours comporté comme un père à son égard, et cette fois encore, elle était sûre qu'il accepterait sa requête.

De toute façon, elle était prête à le supplier à genoux s'il le fallait. Pour Taylor, son fils unique, la chair de sa chair, elle était capable de tout.

Une fois qu'elle aurait obtenu le consentement de Scott, elle reviendrait à San Francisco pour se réinstaller chez Thomas, comme si de rien n'était. Et elle jouerait le rôle de l'épouse parfaite qu'il entendait lui voir endosser jusqu'à ce qu'elle eût réuni assez de preuves pour le faire condamner. Ça n'allait pas être facile, mais elle tiendrait le coup. Elle s'accrocherait à l'idée de retrouver son fils sain et sauf, et elle parviendrait au bout de la route difficile qu'elle s'apprêtait à prendre. Une fois débarrassée de Thomas, elle pourrait enfin souffler et profiter du bonheur d'avoir son enfant rien qu'à elle.

C'était, du moins, ce dont Carley, Benny et elle étaient convenus après des heures de réflexion. Il n'y avait pas d'autre issue. Ils avaient déjà bien trop souffert tous les trois à cause de Thomas : ils n'avaient pas l'intention de redonner au sénateur Whitehead l'occasion de renouveler ses méfaits. Si Taylor tombait entre ses mains, le pire était à envisager ; et si Kate retournait vivre à ses côtés sans une stratégie bien définie, elle risquait d'y passer, elle aussi. Voilà pourquoi il leur fallait jouer serré, désormais.

— Cette personne que tu connais à San Diego, reprit Carley, arrachant Kate à ses ruminations lugubres, tu ne veux pas nous donner son nom pour protéger Taylor, et je le comprends très bien. Il doit s'agir de quelqu'un de bien, puisque tu lui fais suffisamment confiance pour lui confier ton fils. Cette personne mystérieuse… ce ne serait pas un homme, par hasard ?

Et quel homme ! faillit lancer Kate avant de se mordre les lèvres. Jusqu'ici, elle n'avait pas voulu révéler l'identité de Scott à Carley ; ce n'était pas le moment de se trahir ! Et il ne s'agissait pas seulement de préserver la sécurité de son fils : il existait d'autres motifs plus intimes qu'elle n'osait même pas s'avouer…

— Pourquoi cette question ? fit-elle d'un ton faussement détaché qui lui fit horreur.

On aurait dit une conférence de presse à la Thomas Whitehead : éluder les questions gênantes par d'autres, c'était sa spécialité.

— Cette nuit, quand tu nous racontais ton histoire en détail, tu nous as dit que tu n'avais jamais regardé d'autre homme que Thomas pendant votre vie commune. Mais tu n'as pas précisé ce que tu avais fait sur ce plan-là pendant les deux ans que tu n'as pas passés avec lui… quand vous étiez mariés mais séparés de fait.

— Nous sommes toujours mariés, je te le rappelle !

— Tu triches, Kate : ça n'est pas une réponse.

— Je ne t'en dirai pas plus.

— Comme tu voudras..., murmura Carley, une expression blessée dans ses beaux yeux sombres.

Kate se sentit bourrelée de remords. Elle détestait avoir à cacher des choses à son amie la plus fidèle. Après tout, elles étaient sur le même bateau, toutes les deux, et Benny aussi. Ensemble, ils allaient tout faire pour coincer Thomas : une fois que sa méfiance serait endormie, Kate se débrouillerait pour fureter dans ses affaires personnelles et pour l'épier constamment. A force de patience et de témérité, elle finirait bien par trouver la faille dans son armure clinquante, le défaut qui permettrait à Carley et Benny d'intenter un procès contre lui... La logique aurait donc voulu qu'elle partage tout avec ses partenaires. Mais Scott, c'était une autre histoire — trop privée, trop intime.

— De toute façon, dit-elle en soupirant, je ne peux décemment pas demander à quelqu'un de m'attendre ou d'espérer quelque chose de concret alors que je vais me remettre en ménage avec mon mari !

A l'idée des jours et des nuits qu'elle allait devoir passer avec Thomas, elle éprouvait un malaise teinté d'angoisse. Il fallait qu'elle se raccroche dès à présent à des pensées positives. Au moins, demain, quand elle rentrerait de San Diego sans son fils, elle aurait la joie de passer un moment avec sa mère avant de s'enterrer volontairement dans le manoir des Whitehead — pour Dieu sait combien de temps !

— Il faut qu'on trouve une autre solution, Kate, fit Carley comme si elle avait deviné l'état d'esprit morose de son amie. Je ne peux pas supporter l'idée de te voir repartir chez ce monstre. Songer que tu vas vivre à ses côtés, subir ses sautes d'humeur, dormir dans le même lit que lui...

— C'est comme ça, Carley, l'interrompit doucement Kate, étrangement réconfortée par le dégoût que manifestait son amie à l'égard de l'existence qu'elle s'apprêtait à reprendre momentanément. Si on y réfléchit bien, j'ai déjà vécu cet enfer pendant des années, sans le moindre espoir de voir les choses s'améliorer. Alors que, cette fois, c'est différent : c'est pour une cause qui me tient à cœur — venger la mort de Leah et rétablir la justice. Sans parler de Taylor. Je refuse de vivre avec lui dans la crainte d'être découverte, comme c'était le cas ces deux dernières années. Après tout, les coupables, ce n'est pas nous !

Comme pour souligner ces propos pleins de bon sens, le petit garçon se mit à rire, les mains pleines de pâte à modeler, avant de rouler sur le sol, un sourire aux lèvres, quêtant l'admiration des deux femmes qui le regardaient avec tendresse.

23.

Benny était décidément capable d'accomplir des miracles. Dans l'après-midi du lundi, Kate se retrouva devant la porte du commissariat le plus proche du domicile des Winchester avec une déclaration sous serment contresignée par un juge. Après l'avoir fait poser devant un objectif pour établir une nouvelle photo d'identité conforme au règlement, on la pria de patienter dans un petit bureau privatif, le temps que toute la paperasse administrative soit réglée.

Lorsqu'elle ressortit pour rejoindre Carley, elle avait en poche un permis de conduire tout neuf à son nom, signé, tamponné et authentifié.

— Alors, ça te fait quoi ? lui demanda son amie en la prenant par le bras pour la guider vers la voiture qu'elle avait garée non loin du commissariat.

Elles n'avaient pas terminé leur journée ; elles devaient encore se rendre à la banque afin que Kate récupère le plein accès à ses comptes. Ensuite, elles pourraient retourner chez les Winchester pour dîner en compagnie de Benny et de Taylor.

Songeuse, Kate retourna la question innocente de son amie dans son esprit troublé. En vérité, elle se sentait sur le point d'éclater en sanglots — de soulagement ou d'inquiétude, elle n'aurait su le dire. Une chose était sûre, en tout cas : elle était de nouveau quelqu'un. Et elle ne vivait plus dans le mensonge.

Malgré tout, elle jeta un coup d'œil circonspect autour d'elle, par habitude. Dans la lumière éclatante de ce bel après-midi, elle dut cligner des yeux pour ne pas être éblouie. Elle aurait été bien incapable de repérer une personne en train de la suivre ou de l'espionner, avec le nombre de voitures qui se pressaient dans la rue où Carley et elle venaient de déboucher… Il était donc parfaitement inutile de rester sur le qui-vive ; ça ne servait qu'à la stresser davantage.

Avec un petit sourire, elle se tourna vers son amie, qui attendait toujours une réponse de sa part.

— Ce que ça me fait ? Je suis contente d'avoir suivi ton conseil pour ma coupe de cheveux. Les boucles souples lâchées sur les épaules, ça rend vraiment très bien sur mes nouvelles photos d'identité !

Elle ne mentait pas ; sa nouvelle coiffure lui donnait de l'assurance, tout comme sa tenue flambant neuve, qui aurait fait plus d'une envieuse. Vêtue d'un pantalon de lin noir et d'un chemisier de soie blanche élégamment rehaussé de galons noirs, elle était à son avantage, et elle le sentait dans les regards admiratifs qui la suivaient.

— Il n'y a pas que ta coupe de cheveux, fit Carley d'un air taquin. J'ai du mal à te reconnaître avec tout ce maquillage !

Kate soupira en s'installant dans la voiture de Carley.

— Eh bien, je me suis dit…, puisque Kate Whitehead est de retour, autant faire les choses en grand et reprendre mes bonnes vieilles habitudes…

Carley prit le temps de tourner la clé de contact avant

de lui lancer un de ces regards pénétrants dont elle avait le secret.

— Personnellement, je dois dire que ton look nature me manque un peu.

Carley venait d'exprimer à voix haute ce que Kate pensait tout bas. Mais elle tenait malgré tout à préserver les apparences, comme si une tenue impeccable et un maquillage savant avaient pu lui tenir lieu d'armure dans les épreuves qu'elle s'apprêtait à affronter. Après tout, sa vie et celle de son fils dépendaient en grande partie de sa capacité à feindre une assurance qu'elle était loin de ressentir.

A bord de la luxueuse voiture de Carley qui traversait les rues de San Francisco, Kate ne disait pas grand-chose, trop occupée à scruter ce paysage autrefois familier. Une intense nostalgie l'envahissait à la vue de cette ville qu'elle avait toujours aimée : les ruelles étroites et escarpées, les collines qui donnaient un aspect presque montagneux à l'ensemble, les quais animés et les centaines de passants affairés qui se pressaient sur les trottoirs encombrés. A San Francisco, il y avait un *je ne sais quoi* dans l'air qui vous donnait en permanence l'impression que quelque chose d'extraordinaire pouvait se produire à tout moment. Et aussi une atmosphère particulière, une ambiance spéciale qui rendait cette ville accueillante pour chacun, quel que fût son histoire.

Oui, San Francisco était un endroit agréable, chaleureux, et Kate était heureuse de s'y retrouver.

— Quand as-tu prévu d'appeler ton cher et tendre pour lui dire que tu arrivais bientôt avec Taylor ? fit soudain Carley d'un air faussement négligent.

Kate lança un coup d'œil de biais à son amie, qui n'avait pas quitté la route des yeux.

— Je n'ai rien dit qui puisse te permettre de parler de cette personne dans ces termes ! Je n'ai même jamais dit qu'il s'agissait d'un homme !

— Je sais, je sais, marmonna Carley. Mais quand vas-tu te décider à prévenir ce… *cette personne* ?

Kate secoua la tête, passablement irritée par l'insistance pourtant bienveillante de son amie.

— Je n'ai pas l'intention de l'appeler.

En guise de réponse, Carley se contenta de tapoter le volant d'un ongle parfaitement manucuré, comme une institutrice face à un élève récalcitrant.

— J'ai mes raisons, reprit Kate. Si jamais Thomas a mis ta ligne sur écoute, je préfère éviter de lui donner des pistes.

— Oh ! fit Carley en tournant brièvement la tête dans sa direction pour lui adresser un sourire compréhensif. J'avoue que je n'avais pas pensé à ça !

Mais Kate n'était pas absolument sincère avec son amie. En réalité, la simple idée de revoir Scott, ne fût-ce qu'une heure, suffisait à la mettre dans tous ses états. Et même le fait d'entendre sa voix au téléphone risquait de lui faire perdre de vue le plan infaillible qu'elle s'était fixé. Car elle était toujours profondément amoureuse de lui ; c'était là sa seule faiblesse. Si elle avait écouté son cœur, elle aurait tout laissé tomber pour courir se blottir dans les bras protecteurs de son amant. Et elle n'en avait pas l'intention. Elle voulait à tout prix venger Leah et son enfant, qui n'avait pas eu la chance de voir le jour, contrairement à Taylor. Pour ça, il n'y avait qu'une solution : prendre Thomas à son propre piège. Sa liberté et la paix de sa conscience étaient à ce prix.

A la banque, ce fut Carley qui prit la parole pour demander à voir une certaine Marissa qui avait été la conseillère clientèle de Kate. Par précaution, elle ne mentionna pas le nom de son amie, restée en retrait pour éviter d'attirer l'attention sur elle. Inutile d'ameuter les populations sur sa soudaine réapparition : cela ne ferait que compliquer les formalités administratives.

La réceptionniste fronça les sourcils, tout en consultant le registre des employés.

— Voyons, voyons... Ah oui ! Marissa a pris son après-midi. Je suis désolée, mais elle ne pourra pas vous recevoir. Peut-être y a-t-il une autre personne susceptible de vous aider ?

Kate fit un pas en avant.

— Peut-on voir le directeur ? M. Doug Cloud ?

L'air sincèrement navré, la réceptionniste secoua la tête de droite à gauche.

— Malheureusement, non. Lui aussi a pris son après-midi.

Elle se pencha vers ses interlocutrices pour ajouter sur le ton de la confidence :

— Il est allé faire une partie de golf avec le sénateur Whitehead. Vous vous rendez compte ?

— Eh bien, dites donc ! siffla Carley d'un air admiratif qui lui valut un coup d'œil amusé de la part de Kate. Et ça lui arrive souvent ?

— Pas du tout ! C'est la première fois, en fait. C'est pour ça qu'il n'a pas hésité à se libérer. Vous imaginez : le sénateur en personne qui lui demande d'être son partenaire !

— Nous pourrions peut-être voir le directeur adjoint ou un autre responsable ? intervint Kate.

— Bien sûr, bien sûr, s'empressa de répondre la réceptionniste, un doigt sur sa liste. Tenez, M. Roger Whittal vient justement de terminer un entretien. Si vous voulez bien attendre ici quelques instants, je vais l'avertir de votre présence, et il vous recevra sans tarder.

Avec un sourire, elle leur indiqua des sièges d'un geste plein de prévenance. Les deux jeunes femmes ne purent faire autrement que de hocher la tête en signe d'acquiescement.

Comme elles s'éloignaient de quelques pas, Carley marmonna d'un air contrarié :

— On dirait que les contacts de Benny ne sont pas aussi fiables qu'il le croyait…

— Thomas fait cet effet-là à pas mal de monde, tu sais, murmura Kate en cachant à grand-peine sa déception.

Elle se laissa tomber dans un fauteuil avec l'impression qu'une épée de Damoclès était suspendue au-dessus de sa tête. Pour se donner une contenance, elle croisa les bras et calqua son attitude sur celle de son amie, nettement plus douée pour dissimuler ses sentiments.

Dans quoi s'était-elle embarquée ? Elle aurait dû se douter que les choses ne seraient pas si faciles. Elle avait trop présumé de ses forces, sans doute parce qu'elle avait déjà réussi l'impossible une fois : échapper à Thomas Whitehead. Mais elle aurait dû se rappeler que son mari avait des antennes, et aussi des sbires à sa solde dans à peu près tous les secteurs imaginables. Des responsables de fast-foods aux conseillers municipaux, toutes les personnes qui comptaient un tant soit peu à San Francisco avaient des chances d'être liées à lui. Comme une pieuvre dont les tentacules s'étendent chaque jour un peu plus loin, le sénateur Whitehead tenait la ville en son pouvoir.

— Il en met du temps, ce directeur adjoint ! grommela

Carley en jetant des coups d'œil furibonds en direction de la réceptionniste pendue à son téléphone. Si ça continue, il va y avoir des têtes qui vont tomber dans cette banque !

— Pas si Thomas s'y oppose, chuchota Kate d'un ton résigné.

Carley ne répondit rien, et elle n'en fut pas surprise. Dans certains cas, l'évidence s'imposait d'elle-même. Pourtant, elle aurait aimé voir son amie s'emporter : cela aurait signifié qu'il leur restait un mince espoir de sortir victorieuses de ce pétrin.

Au lieu de cela, elles en étaient réduites à attendre le bon vouloir d'un inconnu. Alors que le temps pressait. Kate sentit un début de migraine lui serrer les tempes, signe immanquable que le stress qui la tenaillait avait atteint un niveau critique. Elle commençait aussi à avoir froid partout, malgré la température agréable qui régnait dans la pièce.

L'heure tournait, et elles en étaient toujours au même point. Elle jeta un œil sur la pendule : Taylor allait bientôt se réveiller de sa sieste, et il la réclamerait à cor et à cri. Cette visite à la banque aurait dû être terminée depuis longtemps…

A cet instant, une voix masculine se fit entendre :

— Mme Kate Whitehead ?

Elle sursauta. L'homme qui venait de l'interpeller n'était pas sorti de l'un des bureaux situés derrière la réception, mais il était apparu à leurs côtés, comme un diable sortant d'une boîte. Et il n'était pas seul.

— Oui ? fit-elle dans un murmure presque inaudible, tout en se levant machinalement.

— Inspecteur Rodriguez, madame, fit l'homme en brandissant une plaque d'identité où était apposé le tampon de la police de San Francisco.

Oh, mon Dieu ! faillit s'exclamer Kate, prise d'un accès de panique incontrôlable. S'il était arrivé malheur à Taylor…

— Et voici l'inspecteur Martinson, ajouta le nommé Rodriguez en désignant un homme grand et blond qui se tenait à ses côtés.

Si Thomas avait osé envoyer ses hommes de main pour s'emparer de son fils, elle se jurait de lui faire payer sa méchanceté, aussi longtemps que…

— Nous allons vous demander de nous suivre au poste pour quelques questions, madame…

Autour d'eux, un petit attroupement s'était formé. Etourdie, Kate sentait plus qu'elle ne les voyait les regards curieux qui pesaient sur elle. Elle fut reconnaissante à Carley lorsque celle-ci lui prit la main avec fermeté, et déclara en s'adressant aux détectives :

— Mme Whitehead a déjà répondu à toutes les questions de la police.

Sans quitter Kate du regard, l'inspecteur Rodriguez expliqua :

— Si vous refusez de coopérer tout de suite, madame, vous ne nous laisserez pas d'autre choix que celui d'intenter des poursuites contre vous. Par ailleurs, nous nous verrons forcés d'établir un mandat d'arrêt vous concernant. Alors, autant nous suivre dans le calme et la dignité.

— Des… des poursuites ? Contre moi ? répéta stupidement Kate. Mais… mais pour quel motif ?

— Refus de partager la garde.

Sans le bras secourable de Carley qui la maintenait debout, la jeune femme se serait effondrée.

— Que… Comment ? lança-t-elle, la gorge sèche.

Elle eut à peine le temps d'adresser un regard désespéré

en direction de son amie que les deux inspecteurs l'entraînaient vers la sortie. Désarmée, complètement perdue, elle se laissa emmener comme une poupée de chiffon.

Encore une manœuvre de Thomas ! Dire que Taylor risquait de tomber sous sa coupe…

— Vous n'avez pas le droit de m'enlever mon enfant !

Cela faisait plus d'une heure que Kate était retenue au commissariat. Elle avait l'impression de se trouver exactement dans les mêmes conditions que deux jours auparavant, lorsqu'elle avait passé l'après-midi à répondre aux questions d'Amy Black et de ses collègues. Sauf que cette fois-ci, le procureur n'était pas présent et que la situation était nettement moins confortable. Il suffisait de contempler les visages fermés des deux inspecteurs qui l'interrogeaient pour s'en rendre compte.

Elle avait, bien entendu, songé à demander la présence d'un avocat, mais comment en trouver un qui ne fût pas soumis à l'influence redoutable de Thomas ? Elle avait donc décidé de prendre son mal en patience et d'attendre le moment propice pour joindre Benny. Lui, au moins, saurait la conseiller efficacement : il lui dirait qui appeler, à qui faire confiance, quoi dire et quoi faire. Le problème, c'était que pour l'instant, les deux tentatives qu'elle avait faites pour lui téléphoner s'étaient soldées par un échec. Il était injoignable — et elle devait donc tenir bon toute seule face aux menaces à peine voilées des deux inspecteurs.

Les menaces… elle y était habituée. La vie auprès d'un père violent puis d'un mari abusif s'était chargée de lui apprendre les règles de ce petit jeu. Seulement, elle n'était pas sûre de savoir comment s'y prendre pour en sortir victorieuse.

Pourtant, elle ne pouvait pas perdre — elle n'en avait pas le droit. Les enjeux étaient trop importants, cette fois : elle n'était pas seule en cause. Il y avait aussi — et surtout — le bonheur de son fils.

— Comme nous vous l'avons déjà expliqué, aucune accusation n'a été portée contre vous, reprit l'inspecteur aux cheveux blonds qui répondait au nom de… comment s'appelait-il, déjà ? Martinson ? Elle avait l'impression d'avoir une passoire à la place du cerveau, depuis qu'on lui avait fait quitter la banque manu militari.

— J'ai déjà répondu à toutes vos questions, dit-elle d'une voix lasse. Qu'est-ce que vous voulez de plus ?

Elle n'arrivait pas à comprendre où ils voulaient en venir.

— Vous reconnaissez que le petit est bien le fils du sénateur Whitehead ? fit l'inspecteur Rodriguez.

— Je n'ai jamais prétendu le contraire !

— Pourtant, son nom n'apparaît pas sur le certificat de naissance de Taylor.

— Je vous ai expliqué mes raisons, inspecteur, et je vous les répète : mon mari était violent !

Elle leur avait déjà raconté cent fois son histoire : ce que Thomas lui avait fait subir pendant des années, les vexations qu'elle avait endurées, la peur de mourir ou de perdre son enfant… bref, tout ce qui avait motivé sa fuite. Mais les deux inspecteurs s'ingéniaient à lui faire répéter les mêmes choses, en espérant sans doute qu'elle finirait par se contredire. Et elle en avait par-dessus la tête.

— Pourtant, vous n'avez jamais porté plainte contre votre époux, reprit Martinson. Vous n'avez fait aucune déclaration à la police, pas plus que vous n'avez fait constater des coups ou blessures auprès d'un médecin quelconque.

Assise à la table de formica qui constituait, avec quatre chaises en mauvais état, le seul mobilier de la salle dénudée où on la retenait, Kate lança un regard plein de reproche à l'homme qui venait de lui jeter au visage la triste histoire de sa vie.

— Je vous l'ai déjà dit : mon mari est puissant et respecté. A quoi cela aurait-il servi ? Personne ne m'aurait crue, de toute façon…

Accablée, elle s'efforça d'avoir des pensées positives. Au moins, Taylor était en sécurité. Il devait toujours être au zoo en compagnie de Benny — ce qui expliquait qu'elle n'arrive pas à le joindre au téléphone. Oui, son fils était sain et sauf — pour le moment…

Au fond, elle n'était pas persuadée de ce qu'elle se répétait intérieurement. Si les deux inspecteurs la retenaient aussi longtemps, c'était sûrement pour donner à Thomas le temps d'agir derrière son dos… Et s'il avait déjà fait kidnapper Taylor ?

De nouveau, les deux hommes plongèrent dans un silence obstiné, sans pour autant la quitter des yeux. Encore une heure ou deux, et elle craquerait complètement. Après tout, qui les empêcherait de l'envoyer en prison s'ils en avaient envie ? Personne. Et dans ce cas, qu'adviendrait-il de son fils ?

Elle se figea, glacée de terreur à cette idée. Dire qu'elle avait abandonné l'existence à peu près normale qu'elle avait réussi à se construire pour sauver son mari d'une condamnation injuste et que, maintenant, c'était elle qui risquait d'aller en prison ! Quelle ironie !

Elle sentit son estomac se contracter, et serra les dents,

refusant de s'humilier davantage en cédant à la nausée qui menaçait de la submerger.

Si on la condamnait, elle n'aurait plus aucun moyen de protéger Taylor. Il tomberait forcément sous la coupe de son père…

A cet instant précis, la porte de la salle d'interrogatoire s'ouvrit à la volée.

— Kate ! Mon dieu, ma chérie ! J'ai fait aussi vite que j'ai pu…

Elle aurait dû éprouver une certaine surprise à voir Thomas arriver ainsi, en tenue de golf, les cheveux légèrement ébouriffés comme s'il s'était précipité à sa rescousse. Mais au fond d'elle-même, elle se doutait qu'il finirait par débarquer au commissariat.

Elle avait vu juste : les deux inspecteurs s'étaient simplement chargés de la retenir assez longtemps pour que Thomas fût prévenu et qu'il pût remettre la main sur elle. Le cauchemar continuait…

— Votre mari aimerait vous entendre reconnaître devant témoins que Taylor est bien son fils, dit Rodriguez d'un air professionnel qui cadrait mal avec l'espèce de jubilation qui vibrait dans sa voix.

Kate eut envie de crier à cet homme qu'elle les détestait, lui et son collègue, pour l'épreuve qu'ils lui faisaient endurer. Au lieu de cela, elle se borna à répondre d'une voix morne :

— C'est la vérité : Taylor est bien son fils.

— HOURRA !

Elle sursauta, effarée. Ce cri d'enthousiasme était sorti, contre toute attente, de la bouche de son mari. Si elle s'attendait à une telle réaction de sa part… Une fois de plus, il prenait largement l'avantage sur elle.

— Félicitations, monsieur ! fit Martinson d'un air pénétré avant de serrer chaleureusement la main de Thomas, aussitôt imité en cela par son collègue.

Abasourdie, Kate regarda les deux inspecteurs congratuler son mari. Elle n'y comprenait plus rien. Elle aurait voulu quitter cet endroit où le monde semblait tourner à l'envers, courir pour échapper à l'espèce de folie qui semblait s'être emparée de son existence. Mais elle n'osait esquisser le moindre geste car tout ce qu'elle ferait ou dirait risquait d'être retenu contre elle, maintenant qu'on la considérait comme une coupable présumée.

— Merci, merci infiniment à vous deux, dit Thomas avec effusion, un sourire ému aux lèvres.

Dans le brouillard qui lui obscurcissait l'esprit, Kate crut même le voir essuyer discrètement une larme — lui qui ne manifestait jamais la moindre émotion en public. C'était peut-être sa nouvelle tactique ? En tout cas, si elle ne l'avait pas connu par cœur, elle aurait juré qu'il était sincère, que la nouvelle qu'il venait d'apprendre lui faisait vraiment plaisir. Le hic, c'était que cette démonstration venait un peu tard.

— Tu le savais, Thomas, fit Kate d'un ton amer. Je te l'avais dit, il y a deux ans.

Il se tourna vers elle avec un sourire crispé, comme s'il venait seulement de se rappeler sa présence.

— Je sais bien, dit-il lentement. Mais jusqu'à ce que le test me confirme que j'étais capable d'être père, je n'avais aucune preuve de ta bonne foi. A présent, je sais que tu disais vrai.

Elle le fixa d'un air hébété.

— Tu… tu veux dire que tu te croyais vraiment stérile ? lança-t-elle, mi-moqueuse, mi-intriguée.

Benny avait évoqué cette possibilité, mais sur le moment, elle n'y avait pas ajouté foi. Thomas était un être tellement retors... S'était-elle trompée sur son compte ? Avait-il réellement cru qu'il ne pouvait pas être le père de Taylor ? Pas plus que celui du bébé que portait Leah ?

Cette nouvelle donnée changeait beaucoup de choses. Le fait que Thomas fût persuadé de ne pas pouvoir donner la vie expliquait peut-être sa fureur à l'égard des deux femmes qui avaient partagé sa vie. Avait-il cru qu'elles lui étaient infidèles ? Qu'elles s'étaient fait faire un enfant par un autre homme ? Etait-ce pour cette raison qu'il avait cherché à les supprimer toutes les deux ?

Etourdie par cette nouvelle découverte, Kate ne savait plus que dire. Ce fut Thomas qui reprit la parole d'un air grave.

— Quand j'avais vingt et un ans, dit-il, on m'a fait une vasectomie.

— Mais... mais tu ne me l'avais jamais dit ! balbutia Kate.

— Je l'ai caché à tout le monde.

C'était donc vrai... Mais par quel miracle Thomas était-il redevenu capable de procréer ? Le procédé s'était-il inversé avec le temps ? Ou alors, l'opération avait-elle raté ?

— J'exige un test de paternité dans les plus brefs délais, dit-il à Rodriguez.

Comme dans un rêve, Kate s'entendit protester faiblement :

— Mais je viens de te dire que Taylor est ton fils !

— Je sais, je sais, coupa Thomas d'une voix mouillée d'émotion. Mais mon nom n'apparaît pas sur son certificat de naissance, et je tiens tellement à ce que tout le monde sache qu'il est mon fils ! Pour ça, il me faut une preuve légale ; sinon, je n'aurai pas gain de cause devant la cour de justice.

— Tu n'as pas besoin de lui faire subir un test ADN pour ça ! rétorqua Kate presque automatiquement. Il suffirait que je te signe une déclaration sous serment.

Au regard que lui renvoya Thomas, elle comprit qu'il y avait déjà pensé. Il avait tout organisé à l'avance… Mais alors, pourquoi semblait-il hésiter ?

— Que désirez-vous qu'on fasse maintenant, monsieur ? intervint Rodriguez d'un ton poli, presque obséquieux.

Et soudain, Kate comprit le but des manœuvres de Thomas : elle n'irait sûrement pas en prison. Pour cela, il aurait fallu que son mari porte plainte contre elle, et il ne le ferait pas. Cela aurait risqué de ternir son image publique. Chercher à se venger de l'épouse qu'il avait toujours prétendu aimer malgré toutes ses supposées frasques aurait fait trop de tort à sa carrière. Il fallait que le public l'admire pour sa grandeur d'âme et sa générosité hors du commun ; et le meilleur moyen d'y parvenir, c'était d'accueillir à bras ouverts, si possible la larme à l'œil, la femme et le fils que tout le monde croyait perdus depuis longtemps.

— Cela dépend… de toi, chérie, reprit Thomas en s'asseyant à côté de Kate pour presser tendrement sa main glacée entre les siennes.

Elle tressaillit, faillit s'écarter brusquement de lui, comme brûlée par son contact, mais se reprit de justesse. Elle n'allait pas lui révéler si vite à quel point il lui faisait horreur. Elle devait s'assurer de pouvoir le coincer si elle voulait se débarrasser de lui définitivement — et le moment n'était pas encore venu.

Puisqu'elle en avait l'occasion, autant appliquer la tactique qu'elle avait mise au point avec Benny et Carley. Il fallait qu'elle arrive à le prendre à son propre piège, et pour ça, elle devait jouer selon ses règles suffisamment longtemps pour l'amener à se dévoiler. Elle savait déjà que son image comptait par-dessus tout ; peut-être trouverait-elle là une faille qui lui permettrait de le montrer enfin au monde dans toute sa monstruosité ?

Comment allait-elle s'y prendre ? Elle n'en avait pas la moindre idée pour l'instant. Mais elle comptait bien s'accrocher à cet espoir ténu et garder son sang-froid jusqu'au dénouement final. Quoi qu'il advienne.

Pour l'heure, Thomas continuait à jouer son rôle de mari aimant. Avec une lueur de compassion dans ses yeux bleus, il se pencha vers elle.

— Je sais que tu as connu des épreuves que la plupart des femmes n'arriveraient pas à supporter, lui dit-il.

S'il voulait parler de leurs années de mariage, alors oui, il avait raison, songea Kate sans desserrer les dents.

— Je sais aussi que tu n'es pas dans ton état normal, actuellement…

Où voulait-il donc en venir ?

— Pour toutes ces raisons, je suis prêt à te pardonner ta fugue d'hier. Je suis même disposé à oublier la douleur atroce que tu m'as fait revivre en m'abandonnant brusquement, comme tu l'avais fait il y a deux ans. A l'époque, j'avais failli mourir de chagrin… Tu m'as fait du mal, Kate, mais je veux bien mettre ta conduite sur le compte de ton bouleversement psychologique et émotionnel.

Il avait répété ce petit discours avant de venir au poste, c'était évident. Il avait du mal à trouver le ton juste, et ses paroles sonnaient faux aux oreilles de Kate.

Elle s'étonna de la clairvoyance dont elle faisait preuve,

à présent. Mais comment avait-elle pu se laisser prendre à cette mascarade aussi longtemps ?

Il la regarda longuement, comme s'il attendait quelque chose d'elle. Quoi ? Des excuses ? Si c'était le cas, ils risquaient de passer le reste de leur vie dans cette salle car jamais plus elle ne s'abaisserait devant lui. Elle ne l'avait que trop fait par le passé, et cela n'avait rien changé à leur relation malsaine.

Avec un soupir, il poursuivit son petit laïus :

— Mais désormais, nous ne sommes plus seuls en jeu : il faut que je pense à mon fils. Je ne peux plus me permettre de laisser mon amour pour toi obscurcir mon jugement.

Ce qui ne voulait pas dire qu'il allait la faire envoyer en prison pour refus de droit de garde. Il ne prendrait jamais une telle décision : cela nuirait trop à son image de marque. Elle aurait donc dû se sentir soulagée, du moins en partie. Et pourtant, elle ne pouvait se défendre d'un sentiment d'oppression tenace. Comme si une menace encore plus terrible pesait sur elle et sur Taylor.

Thomas avait fini par se taire, et il semblait perdu dans ses pensées. Elle s'obligea à mettre à profit le délai qu'il lui accordait pour réfléchir plus intensément que jamais, cherchant à pénétrer les méandres de l'esprit tortueux de son mari. Que pouvait-il bien avoir imaginé pour se venger d'elle sans pour autant s'attirer les foudres de l'opinion publique ? Pour triompher une fois de plus ?

En tout cas, il paraissait étrangement désireux de récupérer le fils qu'il avait pourtant failli tuer lorsqu'il s'était déchaîné contre Kate, deux ans plus tôt. Bien entendu, il y avait une raison toute simple à ce soudain engouement pour un enfant qu'il n'avait jamais désiré. Le couple parfait qu'il avait toujours prétendu former avec sa femme devenait une famille, ce qui était encore mieux : les gens trouvaient généralement les pères de famille plus dignes de confiance que les célibataires. Surtout s'ils clamaient haut et fort leur fierté et leur amour pour leur progéniture. Thomas voulait sans doute se servir de Taylor comme il s'était servi de Kate pendant des années pour peaufiner son personnage public et gagner des électeurs.

Comme pour confirmer ce qu'elle pensait tout bas, il reprit d'une voix chargée de tendresse :

— Je t'aime, Kate, tu le sais. Et tout ce que je veux, c'est que nous soyons réunis, Taylor, toi et moi. Nous allons rentrer à la maison tous les trois et mener enfin une vraie vie de famille.

Debout contre le mur d'en face, bras croisés, les deux inspecteurs paraissaient absolument fascinés par le charisme du sénateur. Sans doute se croyaient-ils privilégiés parce qu'ils assistaient à une scène émouvante au cours de laquelle l'une des personnalités les plus en vue de San Francisco devenait tout à coup un homme comme les autres — un époux amoureux et un père modèle.

En tout cas, c'était ce que laissait penser l'expression émerveillée et respectueuse de leurs visages, se dit Kate avec un serrement de cœur. Elle ne comprenait pas comment les gens pouvaient se laisser prendre aussi facilement aux simagrées de Thomas. C'était à pleurer de rage.

Elle eut envie de lui hurler qu'elle ne rentrerait jamais « à la maison », pour la bonne et simple raison qu'elle ne pouvait plus le supporter. Mais elle se contenta de se mordre les lèvres, sachant qu'elle n'avait aucun intérêt à s'énerver. Elle était en position de faiblesse, avec ces deux gorilles imbéciles qui croyaient dur comme fer aux bonnes intentions de son tortionnaire. Si elle manifestait le moindre signe de refus, ils s'offusqueraient de son attitude et se ligueraient contre elle. Et puis, elle savait par expérience que si elle cédait sans mot dire aux desiderata de Thomas, il serait moins dur avec elle une fois qu'ils se retrouveraient en tête à tête.

Elle s'abstint donc de tout commentaire, laissant le sénateur Whitehead continuer son monologue.

— Donc, si tu acceptes de me suivre sans protester, de me présenter mon fils et de reprendre notre vie commune avec lui, je suis prêt à abandonner toutes les poursuites que je serais en droit d'engager contre toi pour m'avoir privé de mon enfant pendant presque deux ans.

Comme il y allait ! Si elle l'avait « privé de son enfant », c'était pour protéger Taylor ! Tant de mauvaise foi l'ulcérait, et elle ne put se retenir de murmurer :

— Tu me prends en otage, c'est bien ça ?

Elle ne se faisait aucune illusion : si elle retournait vivre avec lui, il la ferait suivre vingt-quatre heures sur vingt-quatre, sept jours sur sept. Surtout après la petite escapade qu'elle s'était autorisée, le lendemain même de son retour au domicile familial.

— Tu ne peux pas savoir la peine que tu me fais en disant des choses pareilles, fit Thomas d'un air choqué. Je ne cherche pourtant qu'à te protéger, mon cœur — de toi-même, s'il le faut.

Il lui caressa doucement la main, comme pour prévenir une réaction hystérique de sa part. Il jouait décidément son rôle à la perfection.

— Tu es clairement en proie à des émotions qui te dépassent, ma pauvre chérie, reprit-il d'une voix empreinte de compassion. Exactement comme quand tu as disparu il y a deux ans, et que tu étais psychologiquement instable. Probablement à cause du bouleversement hormonal auquel ta grossesse t'avait soumise. Ce sont des choses qui arrivent, et il n'est pas toujours évident d'y faire face…

Furieuse du ton condescendant qu'il employait avec elle, Kate eut envie de le gifler. Encore une fois, elle dut se réfréner. Il était vraiment très fort — trop fort pour elle, sans doute. Il faisait partie de ces gens qui gagnent à tous les coups, quelle que soit la situation dans laquelle ils se trouvent.

— Je veux que tu reviennes à la maison, continuait-il sur le même ton suave, comme s'il s'adressait à une enfant capricieuse. Mais je veux aussi m'assurer du bien-être de mon fils.

Si elle l'avait pu, elle aurait éclaté d'un rire amer. Le bien-être de Taylor ? Avec le tempérament explosif et instable qui était le sien, Thomas ne pouvait absolument pas y prétendre !

— Dis-moi ce que tu décides, Kate chérie. Veux-tu que nous allions récupérer notre enfant tous les deux, ou préfères-tu te séparer de lui ?

Le marché qu'il lui proposait était tout simplement atroce : elle avait le choix entre deux types d'enfer, ni plus ni moins.

Sauf que dans le premier cas, elle aurait au moins une petite étincelle d'espoir : si elle pouvait garder Taylor avec elle, même en restant sous la coupe de Thomas, elle aurait une chance de ne pas devenir folle de douleur. Et puis, elle pourrait mettre à exécution le plan qu'elle avait élaboré avec ses amis. Peut-être que de cette façon, justice serait enfin faite ?

Sa décision était prise. Elle allait reprendre la vie commune et jouer son rôle d'épouse parfaite et de mère comblée jusqu'à ce qu'elle ait réuni suffisamment de preuves pour faire condamner ce mari qu'elle haïssait. Le moindre petit détail pouvait avoir son importance, et la situation d'épouse lui offrirait un excellent poste d'observation. Elle aurait un droit de regard sur les activités de Thomas, et elle saurait l'utiliser. Mouvements suspects sur leur compte commun, disparition inexpliquée d'argent liquide, versements sans motif ni destinataire, coups de téléphone ou messages pouvant servir les intérêts privés du sénateur… Elle ne se gênerait pas pour fureter partout, écouter aux portes, fouiller les poches de tous les costumes de son mari si c'était nécessaire, et elle finirait bien par trouver la faille dans l'armure étincelante qu'il s'était forgée.

Certes, elle aurait préféré laisser son fils en dehors de tout ça, mais puisque Thomas ne lui laissait pas d'autre solution, elle le garderait avec elle. Au moins, Taylor ne serait pas seul face à un père violent : elle lutterait jusqu'à son dernier souffle pour le protéger des sautes d'humeur de son géniteur.

Lorsqu'elle reprit la parole, ce fut d'une voix plus assurée qu'elle ne l'aurait cru.

— Bien. Je vais donc appeler Carley pour la prévenir que nous passons chercher Taylor.

24.

Accroupi derrière les buissons qui lui servaient de cachette, il vit la limousine noire glisser lentement vers le manoir dans l'allée impeccablement entretenue. C'était bientôt l'heure du dîner, et son estomac le lui rappela en gargouillant à qui mieux mieux. Mais il ne bougea pas d'un pouce. De toute façon, son grand corps était tellement ankylosé qu'il se demandait s'il allait pouvoir le déplier…

Les yeux rivés à l'élégante voiture qui venait de s'arrêter devant le perron sculpté, il se tint coi. Il savait que, selon son habitude, Whitehead n'allait pas tarder à sortir de l'habitacle molletonné pour gravir les marches d'un pas sportif avant de disparaître à l'intérieur du bâtiment qui comptait parmi les plus somptueux de San Francisco. Il traverserait le vestibule d'une seule traite avant d'allumer la lumière dans la pièce suivante — probablement son bureau. Derrière la fenêtre aux voilages crème, on verrait son ombre se diriger tout droit vers le bar d'où il sortirait une bouteille. Il se verserait une bonne rasade d'alcool — probablement du whisky hors d'âge, à en juger par la forme de la carafe et du verre — et viderait son verre illico, avant de s'en servir un autre qu'il siroterait plus calmement, debout devant la vitre, son profil un peu déformé à cause de l'éclairage tamisé et du voilage censé empêcher les regards indiscrets d'un hypothétique public.

Quelques instants plus tard, la lumière du bureau s'éteindrait, comme chaque soir. Le sénateur avait des habitudes immuables, comme un vieux garçon. C'était du moins ce que Scott avait pu conclure de ses deux nuits d'observation.

Tout comme il avait pu noter qu'elle n'était visiblement pas avec son mari. Ni dans la limousine ni dans le bureau. Pas plus ce soir que la veille.

Où se cachait-elle donc ? Il n'en savait rien. La seule chose à faire, c'était d'attendre au même endroit, non loin de sa maison, en espérant qu'elle finirait par se montrer. Alors seulement, il serait rassuré sur son compte.

Il en était là de ses réflexions quand le chauffeur sortit de la voiture. Ce n'était pas le même que la veille : Whitehead avait sûrement eu vent des indiscrétions de l'homme qu'il employait auparavant et que Scott avait soudoyé pour qu'il lui fournisse les codes d'accès et qu'il lui indique les précautions à prendre pour pénétrer dans la propriété du sénateur. Le gars qui l'avait renseigné avait dû se faire licencier sans indemnités — tant pis ! Au moins, ses informations s'étaient révélées exactes puisque Scott était à l'intérieur.

Sans doute le nouvel employé allait-il se diriger vers les dépendances du manoir où logeaient les domestiques. Mais contre toute attente, Scott le vit ouvrir la portière arrière de la limousine et s'incliner respectueusement.

Retenant son souffle, il distingua une longue jambe gainée de soie au bout de laquelle était attaché un escarpin de daim qui devait venir tout droit d'Italie. Une jambe fuselée, superbe, qu'il crut reconnaître. Ensuite, le reste du corps suivit — et il faillit laisser échapper une exclamation de surprise à la vue de la jeune femme splendide qui sortait de la voiture.

Avec ses cheveux luisants dont les boucles encadraient artistement son visage, ses traits rehaussés d'un maquillage subtil qui la mettait magnifiquement en valeur, sa bouche plus séduisante que jamais et ses yeux soulignés de noir, il eut du mal à la reconnaître. Pourtant, c'était elle. Il le sut au pincement familier qu'il ressentait au niveau du cœur.

Il soupira. De soulagement ou de déception ? Il n'aurait su le dire. Mais une chose était sûre : elle était bien vivante. Et il ne s'était pas trompé en venant rôder autour du manoir des Whitehead.

Il dut faire appel à toute sa volonté pour ne pas courir la prendre dans ses bras. Il aurait tellement aimé la sentir contre lui, embrasser ses lèvres pleines, caresser sa chevelure satinée, humer le parfum délicat de sa peau… Mais il se maîtrisa : il n'était pas là pour se laisser aller à un sentimentalisme hors de propos.

Il écarta légèrement les branches qui lui bouchaient la vue pour dévorer la jeune femme du regard. Dans un mouvement gracieux, elle se pencha à l'intérieur de la voiture, puis se redressa presque aussitôt en portant son fils dans ses bras.

Une bouffée d'envie mêlée de tristesse submergea Scott. Il n'aurait peut-être pas dû venir, finalement. Puisqu'ils étaient ensemble, ils n'avaient pas besoin de lui. Après tout, ils formaient une famille, à présent…

Une part de lui-même lui soufflait de s'en aller, pour éviter de souffrir inutilement à force de contempler ce foyer harmonieux où il n'avait pas sa place. Mais une voix intérieure le forçait à rester là, sans savoir vraiment ce qu'il attendait. Les minutes s'écoulèrent lentement ; dans la lumière déclinante du couchant, il étendit précautionneusement une jambe, puis l'autre. A la faveur de l'obscurité, il allait bientôt pouvoir se lever pour détendre ses membres engourdis. Mais, pour cela, il devait attendre encore un peu.

Une heure passa, puis une autre, puis une autre encore. A l'intérieur de la demeure des Whitehead, des lumières s'étaient allumées, puis éteintes dans différentes pièces que Scott imaginait somptueuses, décorées avec le goût très sûr dont faisait preuve la jeune femme qu'il espérait voir une dernière fois avant d'aller se coucher pour rêver d'elle. La vie privilégiée des habitants du manoir suivait son cours — sans lui.

Enfin, trois bonnes heures après le retour du sénateur et de sa famille, la fenêtre de ce qu'il avait deviné être la chambre conjugale s'illumina à l'étage, et il aperçut le couple.

Comme un passant hypnotisé par le spectacle atroce d'un accident de voiture ou d'un vol à main armée, il vit l'homme s'approcher de la femme. Comme la nuit précédente, les voilages presque transparents ne cachaient pas grand-chose. Les yeux écarquillés, vaguement écœuré à l'idée d'être un voyeur involontaire, Scott resta immobile pendant que l'homme levait la main vers l'encolure du chemisier blanc de sa compagne. Même à la distance où il se trouvait, Scott n'avait pas de mal à deviner les intentions du propriétaire des lieux : sur le fond lumineux, ses gestes se détachaient parfaitement.

Un à un, les boutons du chemisier immaculé furent défaits par les doigts experts du sénateur Whitehead. Lentement. Sensuellement. Il était clair qu'il se trouvait en terrain conquis. La jeune femme ne protestait pas le moins du monde. C'était dans l'ordre des choses, en somme.

Horrifié, dégoûté de lui-même autant que de la scène qui

se jouait devant ses yeux, Scott eut envie de crier à Tricia qu'elle pouvait encore dire non.

— Ne te laisse pas faire, Trish ! murmura-t-il entre ses dents, d'une voix sans timbre que la douleur étranglait encore un peu plus. Envoie-le balader ! Fais quelque chose… je ne sais pas, moi : crie, défends-toi, pars en courant ! Mais ne le laisse pas te faire ça devant moi, par pitié !

Elle n'eut pas l'air de l'entendre : la façon servile dont elle se soumettait lui fit terriblement mal. Sans qu'elle bouge d'un centimètre ou qu'elle esquisse le moindre mouvement de recul, l'homme fit glisser le chemisier le long de ses bras inertes, révélant son buste voluptueux seulement vêtu d'un soutien-gorge de dentelle blanche. Scott voulut fermer les yeux pour ne pas souffrir davantage, mais il était comme hypnotisé par le spectacle de ces mains viriles et mates sur ce corps si féminin. C'était du masochisme de rester là, à regarder la femme qu'il aimait se faire caresser par un autre homme. Mais c'était plus fort que lui. Il fallait qu'il le voie de ses propres yeux.

Au moment où le sénateur dégrafa le dernier rempart qui masquait la poitrine parfaite de la jeune femme, Scott crut devenir fou. Impudiques, les seins ronds dont il avait tant aimé explorer les contours se dressèrent sous les doigts impatients de l'autre. Elle ne s'écartait toujours pas, semblant accepter la caresse de celui que Scott aurait volontiers étranglé sur place. Lorsqu'il se pencha vers un mamelon tendu pour en prendre l'extrémité entre ses lèvres, c'en fut trop pour les nerfs de Scott. Il détourna les yeux, le cœur battant furieusement, les mains saisies de tremblements incontrôlables.

Dire qu'il avait cru connaître le pire lorsqu'il avait dix-huit ans et qu'il était resté impuissant sur le bord de la route, à regarder la jeune fille avec laquelle il pensait faire sa vie s'éteindre lentement… Il s'était trompé : le pire, c'était ce qu'il vivait maintenant.

— Mmm… C'est bon, hein ? fit Thomas d'une voix rauque.

Son souffle chaud fit frémir Kate, non pas de plaisir mais de dégoût.

Elle n'avait qu'une envie depuis qu'il avait commencé à la toucher de cette façon : s'éclipser pour aller prendre une douche brûlante. Peut-être l'eau savonneuse dissiperait-elle la sensation qu'elle avait d'être salie, souillée, avilie par le contact de cet homme qui lui faisait horreur…

— Non, Thomas, dit-elle froidement. C'est tout sauf « bon ». Je t'ai dit hier matin que je ne voulais pas que tu me fasses ce genre de choses.

Comme s'il n'avait rien entendu, il continua à taquiner son mamelon de la langue, tout en passant et repassant ses doigts sur son autre sein pour en faire durcir l'extrémité.

— Peut-être, mais, depuis, notre situation a quelque peu changé, finit-il par répondre avant de lui mordiller le bout du sein.

Sous la morsure un peu trop appuyée, Kate faillit reculer instinctivement. Mais elle se contint, sachant que toute manifestation de douleur ou d'impatience ne ferait qu'aggraver la situation : Thomas aimait qu'elle ait mal et qu'elle refuse ses avances. Cela lui donnait une sensation de puissance qui décuplait son propre plaisir.

Au lieu de protester, elle se concentra donc sur autre chose. La pensée que son fils dormait paisiblement dans sa chambre, de l'autre côté du palier, la rasséréna un peu. Au début, Taylor avait refusé tout net d'aller dans les bras de son père, et Kate avait craint que ce comportement ne lui attire les foudres de son père. Mais il avait passé le reste de la soirée à examiner en détail la nouvelle figure masculine qui était apparue dans son entourage, et cela avait eu l'heur de plaire à Monsieur le Sénateur. Il avait pris la curiosité enfantine de son fils pour une marque d'admiration et de respect. Bref, il avait été flatté. Et, à présent, le petit garçon dormait tranquillement, tandis que Kate se trouvait seule avec Thomas dans la chambre où elle avait passé les heures les plus abjectes de son existence de femme mariée.

— Notre situation a changé, tu dis ? s'obligea-t-elle à répéter le plus calmement possible. Mais de quelle manière ?

Elle gagnait du temps, voilà tout. Juste un sursis avant que Thomas ne laisse libre cours à ses plus bas instincts. Elle savait que ce n'était qu'une question de minutes. L'image de Taylor qui l'avait tranquillisée l'instant d'avant lui sembla soudain incongrue, inconvenante même, dans la position où elle se trouvait. Elle ne voulait pas penser à son fils alors qu'elle avait tellement honte de sa conduite passée et présente. Une femme qui se laissait humilier et traiter comme une vulgaire prostituée par son propre mari n'était pas digne d'être une mère. Tout comme un homme aussi dépravé que Thomas n'aurait pas dû pouvoir prétendre au titre de père. D'ailleurs, quand Taylor avait réclamé « Chien » et « Paapaaa », au moment d'aller dormir, il ne songeait sûrement pas à l'homme qui était en train de soumettre sa mère à de véritables tortures psychologiques.

Tout cela parce qu'elle avait fait une erreur monumentale, bien des années auparavant. Parce qu'elle avait été trop aveugle et trop stupide pour ne pas déceler la folie dans les yeux bleus de l'homme qu'elle avait épousé pour échapper à une enfance et une adolescence sordides. Quelle idiote elle avait été ! Elle n'avait que ce qu'elle méritait, au fond.

A cet instant, elle crut entendre la voix de Leah lui murmurer : *Ne raconte pas de bêtises ! Ce n'est pas ta faute. Tu n'es pas la seule à t'être laissé prendre au piège. C'est lui, le coupable.*

Etrange qu'elle prête de tels propos à son amie. Du vivant de Leah, jamais Kate ne lui avait confié quoi que ce fût sur ses déboires conjugaux. Elle lui racontait tout, sauf les détails de sa relation avec Thomas. Parce qu'elle en avait trop honte.

Ironie du sort, Leah avait dû connaître les mêmes horreurs que Kate lorsqu'elle s'était laissé entraîner dans une relation intime avec l'homme qui avait fini par la supprimer. Si elles en avaient discuté avant, peut-être que tout cela ne serait jamais arrivé — et elle, Kate, n'en serait pas là, à subir les attouchements du meurtrier de sa meilleure amie dans l'hypothétique espoir de venger sa mort.

— Ce qui a changé, c'est que nous sommes officiellement réunis, dit Thomas en relevant légèrement la tête pour la regarder au fond des yeux avec cet air de propriétaire qu'elle avait appris à redouter. Par conséquent, ce soir, je compte bien profiter de l'avantage qu'il y a à posséder une épouse à part entière.

— Même si je ne suis pas d'accord ? osa demander la jeune femme, étonnée de sa propre audace et de la fermeté de sa voix.

Il eut un grand sourire qui lui glaça le sang. Elle avait compris, peu de temps après leur mariage, pourquoi il tenait particulièrement à ce que les domestiques n'habitent pas ce qu'il appelait pompeusement « la maison des maîtres »... En songeant à ce qui l'attendait, ce soir, elle en avait la nausée. Dire qu'elle avait presque réussi à oublier les horreurs auxquelles il l'avait obligée à participer des années durant…

— Evidemment, fit-il d'une voix suave. Je dirais même que c'est encore mieux si tu n'es pas d'accord. J'arrive toujours à te convaincre, et tu le sais parfaitement. Tu en passeras par où je veux, comme toujours. Parce que, au fond, tu n'es qu'une vicieuse, Kate. Tu aimes ça, que je te force la main, n'est-ce pas ?

Il allait lui faire mal volontairement. Il n'avait pas changé, malgré ce qu'il avait tenté de lui faire croire au moment où il l'avait récupérée au commissariat. Mais, cette fois-ci, elle ne se laisserait pas humilier moralement. Elle n'était pas une femme aux pulsions sexuelles morbides, comme il le prétendait, et comme elle avait bien failli le croire, autrefois. Elle le savait parce qu'elle avait connu autre chose, depuis.

— Non, Thomas. Je n'aime pas ça. Et je ne suis pas une vicieuse.

— C'est ça ! s'esclaffa-t-il. Et tu vas sans doute essayer de me faire croire que pendant tout le temps où tu es restée loin de moi, tu n'as couché avec personne ! Ne me prends pas pour un idiot, Kate chérie !

Pourtant, c'était bien ce qu'elle avait l'intention de lui soutenir. Elle allait nier jusqu'à l'existence de Scott, alors que c'était à lui qu'elle devait d'avoir recouvré un peu de confiance en elle et de dignité. De toute façon, elle n'avait pas le choix. Si elle disait la vérité, Thomas la rouerait de coups. Et qui s'occuperait de Taylor si elle succombait à son accès de violence ?

S'efforçant de ne pas ciller, elle regarda dans les yeux le seul homme qu'elle eût jamais haï viscéralement, et ouvrit la bouche pour proférer le mensonge qui devait lui permettre de sauver sa peau. Mais il la devança, rugissant soudain :

— Tu as couché avec un homme, je le sais !

— Non, Thomas, je... je n'ai..., balbutia Kate, surprise par la fureur soudaine qui emplissait les pupilles dilatées de son mari.

A la terreur qui transparaissait si distinctement dans sa propre voix, elle sut qu'elle avait perdu d'avance. Elle n'avait même pas été capable de tenir tête à Thomas plus d'une journée. Maintenant qu'elle lui avait laissé deviner sa peur, il allait se déchaîner, sûr de la tenir en son pouvoir.

— Espèce de salope ! Ordure ! hurla-t-il en la giflant à toute volée, effaçant en une fraction de seconde les deux ans de répit auxquels elle avait goûté. Tu n'es qu'une sale petite pute !

Comme toujours, les insultes qu'il lui lançait semblaient décupler son excitation. Les yeux luisants, la bouche tordue en un sourire mauvais, il empoigna la jeune femme par les cheveux.

D'un geste instinctif qu'elle croyait avoir oublié depuis le temps, elle leva les mains pour se protéger. Il la gifla une nouvelle fois, meurtrissant sa bouche au passage, puis saisit ses seins à pleines mains, sans aucune douceur, et les pétrit violemment, lui arrachant un gémissement.

— Il t'a prise comme ça, hein, sale petite garce ? ricana-t-il, jouissant de la voir souffrir. Et ça t'a fait crier, hein ?

— Thomas, non ! Arrête !

Avec l'énergie du désespoir, Kate le repoussa et s'élança vers la porte de la chambre. Elle avait presque atteint le milieu du palier lorsqu'il la rattrapa. La saisissant par le bras avec une force que sa fureur démultipliait, il lui fit faire volte-face et l'écrasa contre son torse, une lueur malsaine dans ses yeux bleu glacier.

— Non, Thomas, pas ici ! Taylor qui dort à côté ! lui rappela-t-elle, espérant sans trop y croire que le tout nouveau sentiment paternel qu'il avait manifesté à l'égard du petit garçon l'épargnerait momentanément.

Mais au lieu de se calmer, Thomas s'assombrit davantage. Horrifiée, elle regarda ses pupilles se teinter d'une lueur de folie meurtrière. Il n'y avait plus la moindre trace de raison dans son regard — seulement un éclat terrifiant qui faillit la faire hurler d'angoisse. Sans le vouloir, elle avait déchaîné cette colère nourrie de sexe qu'elle connaissait déjà.

— Il n'est pas de moi, hein ? cria-t-il en la saisissant par les épaules et en la secouant si fort qu'elle sentit ses dents s'entrechoquer. Je le savais ! J'en étais sûr ! C'était trop beau pour être vrai, cette histoire que tu m'as servie ! Une traînée de ton espèce, me donner un fils ? Tu t'es bien foutue de moi, hein, petite pute ! Et tu pensais que j'allais me faire avoir aussi facilement ? Salope !

Comme si le contact de la jeune femme lui répugnait tout à coup, il la repoussa avec une telle violence qu'elle trébucha et tomba en arrière. Lorsque sa tête heurta le sol, elle faillit perdre connaissance.

Les oreilles bourdonnantes, les yeux à moitié obscurcis par un voile opaque, elle le vit se ruer dans la chambre de Taylor et allumer la lumière.

— Non ! hurla-t-elle d'une voix suraiguë. Non ! Ne lui fais pas de mal !

En entendant le cri de son fils réveillé en sursaut, tout son corps réagit instantanément. Galvanisée par l'instinct maternel, elle se remit debout et tituba jusqu'à l'entrée de la pièce où Thomas avait disparu. Là, elle faillit s'évanouir de terreur : Taylor gigotait entre les mains de son père, qui l'avait sorti de son lit et le tenait devant lui, une expression écœurée sur son visage déformé par la folie.

Au soupir horrifié qu'elle laissa échapper, Thomas se retourna vers elle d'un air accusateur.

— De qui est-il, ce bâtard ? hurla-t-il par-dessus les cris du petit garçon qui, pris de panique, donnait des coups de pied dans le vide.

— Mmm… Maamaaan ! Maaaamaaaan !

Le cœur battant à coups précipités, les larmes aux yeux, Kate tendit les mains vers son fils qui roulait des yeux terrifiés. C'était trop affreux de le voir ainsi, si fragile, entre les mains dangereusement puissantes de son maniaque de père. Un mot malheureux de sa part, et il risquait la mort.

— De toi ! Cet enfant est le tien ! Je te le jure, Thomas ! cria-t-elle d'une voix étranglée.

Il fallait absolument qu'il la croie : elle disait la vérité, et la vie de Taylor dépendait de son pouvoir de persuasion.

Prise dans une sorte de transe, elle s'accrocha au bras de son mari, dans une attitude de supplication. Sans se soucier de sa nudité ni des larmes qui roulaient sans discontinuer le long de ses joues rougies par les gifles, elle tenta de plonger son regard au fond des yeux de Thomas, pour le convaincre qu'elle disait vrai.

— Je t'en prie, Thomas ! reprit-elle en sanglotant, les tempes vrillées par une douleur inouïe tandis qu'elle essayait de recouvrer son souffle. On a fait le test ADN ce matin, tu ne te souviens pas ? Tu crois vraiment que j'aurais accepté si je n'avais pas été certaine que Taylor est bien ton fils ? Il est à toi, Thomas, je te le jure sur sa propre tête ! Tu m'entends ? Tu auras la confirmation demain, et tu verras que je ne te mens pas. Taylor est ton fils, Thomas ! *Ton fils !*

Elle avait mal partout, et la tête lui tournait comme si elle allait s'évanouir. Mais elle se pendait toujours de tout son poids au bras de son mari : elle ne le lâcherait pas tant qu'il n'aurait pas reposé le petit garçon dans son lit à barreaux.

— Espèce de salope ! hurla Thomas avant de lui décocher un violent coup de coude en pleine figure.

Sous le choc, elle vit des étoiles tourbillonner. La lèvre fendue, elle sentit le goût âcre et douceâtre de son propre sang lui couler sur la langue. Mais elle ne lâcha pas prise pour autant.

— Tu n'as personne ! Tu n'es qu'une pauvre idiote qui devrait s'estimer heureuse d'être mariée avec moi !

C'était l'un des refrains favoris de Thomas. Elle l'avait entendu des dizaines de fois, et elle savait ce qui allait suivre — les coups et les insultes qui redoubleraient jusqu'à ce que, vaincue, elle se laisse prendre sauvagement, comme une bête.

Si elle s'abaissait jusqu'à subir passivement ses assauts furieux, cela durerait moins longtemps — c'était ce que l'expérience lui avait enseigné par le passé. Aussi se laissa-t-elle lentement glisser à terre, presque résignée, priant pour que sa soif de vengeance irraisonnée se termine le plus vite possible. Pour un peu, elle lui aurait demandé de l'assommer complètement afin d'être inconsciente pendant cette sorte de viol…

— Mamaan ! Maamaaan ! criait Taylor.

Il devait être littéralement terrorisé, lui qui n'avait jamais connu que des paroles douces et de la tendresse ! Pour l'épargner, elle devait se plier aux caprices vicieux de son père : il n'y avait pas d'autre solution.

— T… Thomas ! balbutia-t-elle tout en se traînant à

genoux jusqu'aux pieds de son tortionnaire. Fais ce… ce que tu veux de moi. Je… je suis ta femme. Tu peux me faire tout… tout ce que… ce dont tu as envie. Mais…

Elle s'interrompit, secouée par une quinte de toux, écœurée par le goût du sang qui coulait dans sa gorge.

— Mais, je t'en supplie, ne… ne lui fais pas de mal ! Tu… C'est ton fils, T… Thomas ! Je te jure que c'est… que c'est ton enfant…

Cette fois, les paroles de Kate parurent arriver jusqu'au cerveau de son mari. Il regarda tour à tour son visage ruisselant de larmes, puis le petit garçon qui se débattait entre ses mains, comme s'il avait voulu courir jusqu'aux bras protecteurs de sa mère.

— Arrête, fiston ! commanda-t-il en secouant brusquement le petit corps fragile, comme il l'aurait fait avec un jouet récalcitrant.

Kate crut que son cœur allait s'arrêter de battre. Si Thomas continuait à secouer Taylor de la sorte, les vertèbres du petit garçon n'y résisteraient pas.

— S… son cou ! Attention à son cou ! s'exclama-t-elle, paniquée.

Trop obnubilée par le danger que courait son fils, elle ne vit pas venir le coup de pied que Thomas lui envoya en plein dans le ventre. Le souffle coupé, elle se plia en deux de douleur.

— Sale petite pute ! Quand tu seras morte, je serai bien content, tu m'entends ? Je bande rien que d'y penser ! cracha-t-il, un rictus déformant ses lèvres minces. Personne ne viendra te pleurer quand tu auras enfin débarrassé le plancher ! Le monde se portera plutôt mieux, une fois que tu auras crevé comme la sale chienne que tu es !

Il avait peut-être raison, en fin de compte, songea la

jeune femme, à moitié sonnée par le choc qu'elle venait d'encaisser.

— Maamaaan ! hurlait toujours Taylor d'un ton hystérique.

— D… donne-le moi ! supplia Kate, sans parvenir à émettre autre chose qu'une plainte rauque, tant sa respiration était devenue douloureuse.

— Regarde-moi ça ! rugit Thomas, tout en secouant l'enfant de plus belle, comme saisi d'une joie mauvaise à la vue du petit corps hoquetant de sanglots. Ce petit monstre ne peut pas être à moi ! Si c'était mon fils, il m'obéirait et il arrêterait de brailler ! Les Whitehead suivent toujours scrupuleusement les ordres de leur père. Mais, lui, à qui obéit-il, hein ? Réponds, traînée !

— Mmm… Maaaa… maaan ! MMMAAMAAAN !

— Rends-le moi, Thomas ! s'écria Kate, touchée au plus profond d'elle-même par les pleurs complètement affolés de son enfant.

A cet instant, elle vit l'espèce de maniaque qu'elle avait cru capable d'éprouver des sentiments paternels se diriger vers la fenêtre avec un sourire torve.

— Tu le veux vraiment, ce bâtard, hein ? fit-il dans un chuchotement plus terrible que ses hurlements tant il trahissait sa folie. Dis-moi à quel point tu veux le récupérer, ce sale petit fils de pute !

— Thomas… Non, je t'en prie !

A moitié suffoquée par la panique, elle se demanda confusément combien de temps son cœur tiendrait, soumis à un tel régime de douleur et de terreur. S'il continuait à la torturer ainsi, elle allait mourir.

— Maamaaan ! Pa' terre, moi ! Pa' terre !

— Tu entends, ma chérie ? Il veut qu'on le repose par

terre, répéta Thomas d'une voix presque amusée qui la glaça jusqu'aux os. Qu'est-ce que tu en dis ? Ça a l'air de lui faire envie, non ? On essaie ?

D'une main, il ouvrit la fenêtre toute grande. Puis il suspendit Taylor au-dessus du vide…

Cette espèce de fou était bien capable de le lâcher du premier étage !

— Papaaa ! P… paapaaaa ! se mit à crier le petit garçon, terrorisé par ce nouveau revirement de situation.

Trop affolée pour bien saisir l'ironie de cet appel, Kate voulut se précipiter vers la fenêtre pour arracher son fils aux mains du dément qu'il venait d'appeler *papa* pour la première fois. Mais elle fut retenue en arrière par un bras viril qui la ceintura, l'arrêtant dans son élan.

Comme elle se débattait avec l'énergie du désespoir, une voix grave et mâle résonna à ses oreilles bourdonnantes :

— Non, mon cœur, n'y va pas ! Si tu t'approches trop, il va lâcher le petit…

Echevelée, tremblante comme une feuille, Kate se demanda pendant une fraction de seconde si elle n'avait pas, elle aussi, basculé dans la folie. Cette voix, ce contact ferme et rassurant à la fois, cette odeur de peau épicée… c'était…

Mais non, c'était impossible. Elle avait dû s'évanouir de terreur, et, à présent, elle divaguait. Personne ne viendrait à son secours. Ni au secours de Taylor… Tout était perdu.

Anéantie par la panique, elle vit que Thomas ne tenait plus l'enfant que d'une seule main.

— Tu le veux, ton sale marmot ? lui lança-t-il d'un air moqueur, son beau visage cruel déformé par un sourire diabolique. Eh bien, viens le chercher, petite traînée !

Approche ! Regarde comme il va bien s'écraser par terre ! Comme une pierre !

Battant des paupières, Kate eut juste le temps de voir Scott plonger pour récupérer le petit garçon que Thomas venait de lâcher complètement. Puis elle sombra dans l'inconscience.

— Bonjour !

Clignant des yeux, éblouie par une lumière si intense qu'elle ne pouvait provenir que du paradis dont ses livres d'enfant lui parlaient, Kate soupira. Elle devait être enfin arrivée au bout du tunnel — au ciel. La preuve : cet éclat aveuglant. Et la voix de Scott qui l'accueillait parmi les bienheureux…

— Bonjour, répondit-elle en esquissant un sourire, sans s'inquiéter de la présence désincarnée de l'homme qu'elle avait tant aimé sur terre.

Bizarre, pourtant, comme le simple fait d'ouvrir la bouche lui faisait mal. Au paradis, on n'était plus censé éprouver de douleur corporelle, puisqu'on était mort…

— Comment ça va ?

Elle perçut un mouvement à côté d'elle, puis la caresse légère d'une main sur la sienne. Vraiment, c'était étrange. Peut-être les âmes étaient-elles capables de rêver de sensations physiques ? Si c'était le cas, les gens racontaient des bêtises sur ce qu'on ressentait après la mort — ou plutôt sur ce qu'on ne ressentait pas.

— Bien, répondit-elle.

— C'est sûr ? fit la voix grave de Scott, cependant que le léger poids quittait sa main pour se poser délicatement sur son front, comme une aile d'ange qui l'aurait frôlée un instant. Tu n'as pas l'air très en forme, pourtant.

— Oh ! Je… désolée, bredouilla la jeune femme.

Décidément, elle n'en revenait pas. Elle sentait des choses, elle entendait des voix, elle avait mal partout : aux lèvres, à la gorge, à la tête… Le paradis ne ressemblait à rien de ce qu'on lui avait raconté quand elle était petite.

— Il ne faut pas t'excuser, ma chérie, reprit la voix masculine avec une intonation si pleine d'affection qu'elle eut envie de pleurer.

Elle cligna une nouvelle fois des yeux, étonnée des formes indistinctes qu'elle commençait à voir apparaître sur le fond lumineux qui l'éblouissait. La voix continuait — un doux murmure presque musical, comme une berceuse, un balancement chuchoté.

— Ne sois pas désolée. Tu es la femme la plus intelligente, la plus courageuse, la plus adorable qui soit. Tu es forte, merveilleuse, extraordinaire. Bien plus admirable que tous les gens que j'ai pu rencontrer sur cette terre.

Sur cette terre ? Mais elle était au ciel…

— Je… j'ai mal…, bredouilla-t-elle avec difficulté.

— Je sais, mon cœur. Je sais, lui répondit la voix grave, vibrant de tendresse et de compassion.

Il avait l'air désolé, lui aussi. Etrange, pour un ange…

— Taylor ? chuchota-t-elle en essayant de tourner la tête pour chercher son fils du regard.

— Il est là, fit la voix merveilleusement apaisante tout contre son cou. Tout va bien, ne t'inquiète pas pour lui.

— Oh… merci…, fit-elle dans un souffle, tout en refermant les yeux, épuisée par l'effort qu'elle venait de fournir.

*
* *

Il faisait noir. Si noir. Elle avait peur.

— Il… il y a quelqu'un ? demanda-t-elle, surprise par le son désagréable de sa propre voix et par la sensation râpeuse que produisait sa langue dans sa bouche sèche.

— Kate ? Oh, mon Dieu ! Tu te réveilles enfin, ma chérie !

— M… Maman ?

— Ça fait trois jours que je suis à ton chevet, mon petit cœur. Scott et Carley m'ont relayée de temps en temps, mais je ne voulais pas te quitter. J'ai eu si peur pour toi, ma petite fille ! Je craignais tellement que tu n'émerges jamais de cet affreux coma !

— Maman ? répéta la jeune femme sans bien comprendre le flot de paroles que ses oreilles bourdonnantes venaient d'enregistrer. Tu… tu peux allumer une lumière ?

Elle avait la bouche pâteuse, et l'impression que ses dents et sa langue avaient été remplacés par des billes qui crissaient les unes contre les autres. Ce n'était vraiment pas confortable. Ni pratique pour parler. Elle avait si mal…

— Bien sûr, mon amour.

Elle entendit un déclic et dut aussitôt refermer les yeux, aveuglée par la violence de la lumière.

— Aïe ! marmonna-t-elle de la même voix éraillée. Ça fait mal !

— Ah, notre malade s'est enfin réveillée ! Parfait ! fit une voix masculine qu'elle ne reconnaissait pas.

Elle eut envie de rouvrir les yeux pour vérifier qu'elle était effectivement réveillée. Mais, même à travers ses paupières fermées, la lumière était si vive qu'elle avait peur d'être définitivement aveuglée. Et puis, la douleur devenait si forte…

— Oui, elle a émergé, reprit la voix de sa mère juste à

côté d'elle. Et elle a parlé de façon tout à fait cohérente. C'est merveilleux, non ?

— Que... Pourquoi vous parlez de moi à la troisième personne, comme si je n'étais pas là ? coupa Kate d'un ton irrité. Je... j'ai mal, moi ! J'ai très mal, même... Vous ne pourriez pas faire quelque chose pour atténuer ma douleur ?

— Si, bien sûr que si, s'empressa de répondre la voix d'homme qu'elle n'arrivait toujours pas à identifier.

Avant qu'elle ait pu demander qui venait de parler, une sensation de soulagement intense l'envahit tout entière.

Deux semaines s'étaient écoulées, lui avait dit Carley. Ou était-ce Scott ? Ou encore Benny ? Kate ne savait plus. Ils venaient la voir à tour de rôle, parfois même tous ensemble, et ils avaient l'air si réjouis qu'elle se demandait vaguement s'ils ne participaient pas à une gigantesque fête dont elle se sentait exclue.

Elle avait encore du mal à organiser ses pensées de façon cohérente. La seule personne qu'elle reconnaissait instantanément était cet homme jeune et roux dont elle avait entendu la voix masculine avant de sombrer dans une torpeur bienheureuse, et dont elle savait désormais qu'il était son médecin attitré.

Depuis une semaine, elle était capable de distinguer les choses et les gens qui apparaissaient dans son champ de vision. C'était plutôt bon signe, lui avait confié le médecin avec un large sourire. Elle avait encore mal partout, mais au moins, elle avait récupéré l'essentiel de ses facultés.

Ouvrant les yeux, elle tourna lentement la tête pour voir si elle était seule. Le silence qui régnait dans sa chambre était total. Pourtant, il y avait quelqu'un dans le fauteuil placé à quelques pas de son lit d'hôpital : la tête inclinée sur le côté, comme si le sommeil l'avait saisi alors qu'il la contemplait pensivement, Scott dormait. Elle le regarda quelques secondes sans bouger, heureuse de sa présence. Puis, comme s'il avait perçu l'attention dont il faisait l'objet, il ouvrit les yeux et lui adressa un sourire émerveillé.

— Bonjour, murmura-t-elle en lui renvoyant un timide sourire, malgré la difficulté qu'elle éprouvait à faire bouger les muscles de son visage douloureux.

— Bonjour, répondit-il tendrement.

— Que… quelle heure est-il ?

Les volets de sa chambre étaient clos. Seule une veilleuse éclairait faiblement la pénombre où elle se trouvait plongée.

— 1 heure du matin, répondit Scott sans cesser de sourire.

Une expression de fierté éclairait son visage encore chiffonné de sommeil, comme si la question innocente qu'elle venait de poser avait constitué un véritable exploit.

— Tu n'as pas besoin de prendre cet air bizarre, bougonna Kate pour cacher son émotion. Je suis bien réveillée, cette fois. Je… je crois, du moins.

Il se leva et s'approcha doucement du lit où elle était allongée pour se rasseoir avec précaution sur un coin de son matelas.

— Comment te sens-tu ? reprit-il d'un air soucieux.

— Comme si j'avais pris un express en pleine figure, répondit-elle en esquissant une grimace comique.

Ce minuscule effort lui avait causé une douleur étonnamment vive. Mais elle se félicita de sa tentative en voyant le visage de Scott s'illuminer de nouveau.

— Tu racontes des blagues, fit-il sur le ton de la plaisanterie qu'elle avait elle-même adopté. Tu n'as pas l'air si mal en point pour une rescapée !

Sous son regard attentif, elle se sentit rougir. Elle devait être absolument affreuse à regarder. Mais cela ne semblait pas gêner son interlocuteur.

Prise d'une inquiétude bien féminine, elle se hasarda à poser la question fatidique :

— Est-ce que... est-ce qu'il va falloir qu'on m'opère ? Qu'on me fasse de la chirurgie esthétique ?

A son grand soulagement, Scott secoua la tête.

— Non, tu n'en auras pas besoin. On t'a remis les os de la mâchoire en place dès ton arrivée ici. A part ça, tu n'as que des égratignures et des bleus. Un peu de patience et de repos, et cet épisode ne sera plus qu'un mauvais souvenir.

— Un de plus..., murmura Kate en frissonnant. Je ne suis pas sûre de recouvrer un jour un état normal...

— Mais si, mon cœur. Bien sûr que tu y arriveras ! Je suis là pour t'aider. C'est promis.

Le cœur rempli de gratitude, elle leva les yeux vers lui. Elle aurait voulu lui demander de la serrer très fort, mais elle craignait que ça ne lui fasse mal. Elle se contenta donc de chuchoter :

— Je t'aime, Scott.

Le regard débordant d'émotion qu'il lui adressa la réconforta aussi merveilleusement qu'une étreinte passionnée.

D'une voix chavirée, il murmura en retour :

— Je t'aime aussi, Kate. Plus que je ne saurais le dire.

Elle soupira, comblée. Il venait d'exprimer exactement ce qu'elle ressentait au plus profond d'elle-même. Et elle en était heureuse. Infiniment heureuse.

25.

— Je… je peux te toucher ? s'enquit-il d'une voix rauque, en chuchotant presque.

— Bien sûr.

— Je ne veux pas te faire de mal…

— Voyons, Scott, j'ai mal, de toute façon. Je me demande même si ça finira un jour. Alors, ce n'est pas une petite douleur de plus qui va me tuer…

Il eut un rire très doux.

— Effectivement, tu vas nettement mieux.

— Oui, répondit-elle, tout en sentant de grosses larmes perler à ses paupières et rouler le long de ses joues. Pour le meilleur et pour le pire…

— Qu'est-ce que tu veux dire ? demanda Scott en se penchant sur elle pour essuyer tendrement ses pommettes.

A son contact, elle ne put retenir un mouvement de recul. Une douleur aiguë venait de l'assaillir, et elle émit un gémissement plaintif.

— Pardon, ma chérie. C'est ta mâchoire ; il te l'a cassée, et elle est encore très sensible.

Avec précaution, Kate hocha la tête, s'étonnant de la violence de sa propre réaction.

— Il a bien failli me tuer, cette fois.

— Oui, il s'en est fallu de peu.

Sans qu'elle parvienne à se retenir, elle sentit les larmes recommencer à rouler sur ses joues.

— Ça va aller, Kate, tu verras… Ça va aller, chérie, dit Scott de la même voix apaisante qu'il employait avec elle depuis sa sortie du coma.

Elle aimait entendre son vrai prénom dans la bouche de l'homme qu'elle adorait un peu plus chaque jour.

— Tout va rentrer dans l'ordre, poursuivit-il calmement. Il ira en prison, et pour longtemps, je te le promets.

Malgré l'assurance de Scott, Kate n'était pas aussi convaincue que lui. Thomas avait l'art de se tirer des situations les plus inextricables — elle en avait fait l'amère expérience. Certes, cette fois-ci, il aurait peut-être un peu de mal à se disculper puisque Scott avait assisté à la scène et pourrait témoigner. Mais au fond d'elle-même, elle restait convaincue que son mari s'en sortirait indemne grâce à un tour de passe-passe encore inédit. Il avait plus d'une corde à son arc. Il suffisait que l'un des avocats mandatés par le bureau du procureur commette une erreur, même minime, et les hommes de Thomas s'en empareraient pour annuler tout ou partie de la procédure…

Et même si le procès avait finalement lieu, elle était certaine que la sentence serait minimale. Au mieux, Thomas écoperait d'une peine légère qu'il purgerait dans une prison spécialement aménagée pour les privilégiés de son genre. Et, dans un an ou deux, il serait relâché pour bonne conduite — s'il n'était pas tout simplement remis en liberté sous caution, à peine la sentence prononcée.

Kate pleurait à chaudes larmes, maintenant ; elle était incapable de s'arrêter.

— Allons, allons, qu'est-ce qu'il y a ? fit Scott, comme s'il s'adressait à une enfant effrayée par un mauvais rêve.

L'inquiétude qu'elle pouvait lire sur son visage lui serra le cœur. S'il la regardait aussi intensément, c'était sans doute qu'il avait une nouvelle terrible à lui annoncer. Quelque chose dont elle se doutait plus ou moins, mais que son esprit refusait d'envisager clairement…

Elle aurait pu lui dire que les larmes qu'elle versait ne le concernaient en rien. Que c'était sur elle qu'elle s'apitoyait. Parce qu'elle était persuadée que Thomas Whitehead ne la laisserait jamais en paix. Mais elle n'arrivait pas à trouver les mots pour exprimer son désespoir.

Elle inspira profondément, et tenta de se calmer afin de pouvoir parler distinctement. Peine perdue : les larmes affluèrent de plus belle à ses yeux déjà rougis.

— Taylor…

A peine avait-elle prononcé son nom qu'elle ressentit une douleur physique presque aussi insoutenable que l'accablement moral qui la glaçait lentement. Il… il est mort, n'est-ce pas ? Il l'a t… tué ?

— Non ! Pas du tout ! s'exclama Scott en bondissant sur ses pieds pour se précipiter à grandes enjambées dans la pièce adjacente — probablement la salle de bains.

Il allait lui rapporter des mouchoirs en papier, sûrement. Elle faillit l'appeler en avisant une boîte presque pleine sur la tablette à côté de son lit, mais son cri mourut dans sa gorge noyée de larmes inextinguibles.

Il mentait, c'était évident. Taylor était mort — elle se rappelait l'avoir vu tomber dans le vide… Elle aurait préféré que Scott lui dise la vérité ; elle avait eu le temps de s'y préparer depuis qu'elle avait repris connaissance. Mieux valait encaisser le choc de cette nouvelle maintenant plutôt que de repousser l'horrible réalité à plus tard. De toute façon, elle en sortirait brisée.

Avant qu'elle ait eu le temps de comprendre ce qui se passait, Scott était de retour, poussant devant lui un objet blanc monté sur roulettes qui avait l'air d'être…

Mais oui, c'était bien un lit d'enfant ! Avec des barreaux, des couvertures blanches et… une forme emmitouflée dont seul le petit visage alangui émergeait. Un visage qu'elle connaissait par cœur, aux joues rosies par le bien-être, aux yeux fermés, à la bouche légèrement entrouverte. Un visage paisible d'où sortait une respiration calme et tranquille.

— Il devait quitter l'hôpital aujourd'hui, mais tout le monde est tombé d'accord pour le laisser encore un peu près de toi.

— Taylor ? balbutia Kate en se relevant sur les coudes pour mieux contempler le petit garçon endormi, sans se soucier de la douleur fulgurante qui lui traversait les côtes.

Elle tendit le bras, et posa ses doigts tremblants sur la tête de son fils, émerveillée et craintive à la fois.

— Mon Dieu, Taylor, c'est bien toi ! répéta-t-elle en versant cette fois des larmes de joie.

Son émotion devait être contagieuse, car ce fut d'une voix tout aussi émue que Scott lui glissa à l'oreille, les yeux brillants :

— Il a atterri dans un massif de fleurs. Il a été un peu égratigné dans la descente ; il a fallu lui faire quelques points de suture et soigner ses ecchymoses, mais il n'y a pas eu d'autres conséquences, ni au niveau des vertèbres ni au niveau du cerveau. Il a été choqué, c'est tout. Mais il est tiré d'affaire — par quel miracle, je n'en sais rien…

Trop soulagée pour répondre, Kate resta un long moment silencieuse, à contempler son fils endormi comme s'il s'était agi de la huitième merveille du monde. Puis, d'une voix chevrotante, elle demanda enfin, sans le quitter des yeux :

— Qui va s'occuper de lui en attendant que je sois de nouveau sur pied ? Il ne peut pas rester à l'hôpital indéfiniment… Qui va prendre soin de lui ?

— Nous, répondit Scott en sortant une feuille de papier pliée en quatre de la poche arrière de son jean. Toi et moi. Et, en attendant que tu puisses lui courir après, je me charge de tout.

Il avait déplié la lettre, qu'elle reconnut parfaitement. C'était celle qu'elle avait rédigée et imprimée chez Scott avant de le quitter, et qu'elle avait l'intention de déposer chez un notaire après son passage à la banque, le jour où elle s'était fait reprendre par les sbires de Thomas. Pourtant, il lui semblait que des années-lumière s'étaient écoulées depuis qu'elle avait fourré ce papier dans son sac de voyage.

— Tu… tu veux dire qu'il peut rester ici ? Avec moi ?

Scott eut un petit sourire satisfait.

— Absolument, ma chérie.

— Quand aura lieu le procès ? demanda Kate d'une voix fatiguée, plus d'une heure après son réveil.

— La semaine prochaine. Les choses ont été accélérées. On dirait que le sénateur est nettement moins populaire depuis qu'il se trouve en garde à vue…

— C'est drôle, tout de même ! Il a été élu en grande partie grâce à la fermeté qu'il prônait vis-à-vis des criminels et à son programme d'application des peines préventives.

— Juste retour des choses, non ? fit Scott d'un ton ironique, tout en s'asseyant à côté d'elle pour lui prendre la main. Après toutes les atrocités qu'il a commises, il va sûrement devoir cohabiter un bout de temps avec les fameux criminels qu'il fustigeait et qui, bien entendu, le détestent cordialement. Il risque de passer de sales quarts d'heure, crois-moi !

— Peut-être..., admit Kate du bout des lèvres. Mais je crois plutôt qu'il sera relâché d'ici peu.

— J'en doute, ma chérie.

Moins confiante que lui, elle tenta de secouer la tête. Mais elle avait à peine esquissé ce mouvement désabusé qu'elle sentit une sourde douleur lui vriller les tempes. Epuisée, elle relâcha les muscles tendus de son cou et se laissa retomber sur l'oreiller. Allongée sur le dos, les paupières mi-closes, elle contempla l'homme qu'elle aimait, installé dans une chaise de repos à quelques centimètres de son lit. Il avait raccompagné Taylor dans la chambre adjacente pour que le ballet des infirmières ne le réveille pas. Sur son visage, elle pouvait lire un calme tranquille qu'elle-même était bien loin de ressentir.

— Nous n'avons pas le droit de nous voiler la face, Scott, reprit-elle d'une voix atone. Thomas Whitehead fait partie de ces gens qui s'en tirent, quoi qu'ils aient pu faire. C'est comme ça. Parfois, contrairement à ce que disent les belles histoires pour les enfants, ce sont les méchants qui gagnent. Il m'a fallu du temps, mais je me suis faite à cette idée : même si j'arrive un jour à surmonter toutes ces épreuves pour devenir une femme comme les autres, je dois accepter le fait que je ne serai jamais complètement débarrassée de cette menace. Je ne serai jamais tranquille à cent pour cent. Il faudra toujours que je me tienne sur mes gardes. Parce qu'il finira forcément par me rattraper. Thomas fait partie de ma vie, et il n'en sortira jamais totalement. Quoi que je puisse faire.

Au regard triste que lui lançait Scott, elle sut qu'il la comprenait. Qu'il la soutenait. Et que, comme elle, il acceptait l'inévitable : leur destinée était liée à celle de Thomas Whitehead. Inexorablement.

Deux jours plus tard, quand Kate émergea de sa sieste quotidienne, Carley était à son chevet, et elle tenait dans ses bras Taylor qui dormait.

— Bonjour, madame ! lança-t-elle. Alors, comment tu te sens ?

— Pas encore prête à grimper aux arbres comme quand on était petites, répondit Kate avec un sourire. Mais j'ai tout de même réussi à faire deux fois le tour du service, ce matin. Et toute seule !

Avec une grimace comique, Carley roula des yeux, comme si cette prouesse forçait l'admiration.

— Eh bien, dis-moi ! Chapeau ! Et tu as assommé combien de pauvres innocents avec ton fidèle acolyte ?

Elle parlait du pied à perfusion auquel Kate était reliée en permanence depuis deux bonnes semaines. La jeune femme s'y était habituée, mais elle ne serait pas fâchée lorsqu'on le lui enlèverait enfin. Il lui tardait de pouvoir reprendre son fils dans ses bras sans être obligée de faire attention aux fils et aux tubes qui pendaient autour d'elle. C'était prévu pour le lendemain, et elle avait hâte d'y être.

— Pas un seul ! répondit-elle sur le ton de la plaisanterie. Pour une fois, j'ai été un vrai petit ange…

Les deux femmes échangèrent un regard plein d'amusement, mais aussi de tendresse émue. Puis, reportant son attention sur Taylor, qui dormait toujours dans ses bras, Carley reprit :

— Ce petit gars fait des ravages auprès des infirmières, tu sais ? Il est devenu la coqueluche du service.

— Tant mieux ! Je suis tellement soulagée qu'il ait pu rester près de moi jusqu'à ce que je sorte de l'hôpital ! Je sais bien que c'est contraire au règlement, mais vous avez vraiment fait des miracles, Scott et toi.

— Bah, ça n'a pas été très difficile, dit Carley d'un air faussement modeste. Je crois que tout le monde s'est rendu compte que tu te rétablirais beaucoup plus facilement si on te laissait ton petit garçon. Et réciproquement, d'ailleurs.

Kate ne put qu'acquiescer silencieusement. Et Carley reprit aussitôt la parole, les joues rouges, l'air tout excitée.

— En parlant de ça, j'ai une grande nouvelle à t'annoncer…

— Tu es enceinte ? s'exclama Kate.

C'était plus une affirmation qu'une question. Et, à en juger par le sourire que Carley lui adressa, elle avait vu juste.

Serrant la main de son amie dans la sienne, Kate se dit que cette nouvelle grossesse était de bon augure pour leur avenir à tous. Après tant de dangers et une double disparition qui les avait tous éprouvés durement, la vie continuait. Pour la première fois depuis des années, elle sentit une vraie sérénité l'envahir : l'avenir valait la peine qu'on se batte pour lui, s'il était capable de receler des merveilles du genre de celle qu'elle venait d'apprendre.

— J'ai réfléchi à quelque chose dont j'aimerais bien discuter avec toi, déclara Scott, quelques jours plus tard.

Assis sur une couverture en compagnie de Taylor, il

explorait avec le petit garçon les méandres d'une grosse maison de plastique coloré dont les portes, les fenêtres coulissantes et le mobilier aux formes diverses semblaient les amuser follement tous les deux.

— Je t'écoute, répondit Kate en souriant au spectacle qu'offraient les deux hommes de sa vie.

Vêtue d'une chemise de nuit et d'un peignoir de soie, elle était confortablement assise dans son lit d'hôpital. Si tout allait bien, le Dr Grant lui donnerait l'autorisation de sortir dès le lendemain, lors de sa visite quotidienne.

— Voilà, reprit Scott après une courte hésitation. J'ai compris que je m'étais trompé sur un point essentiel — un point autour duquel toute mon existence s'organisait.

Le cœur battant, la jeune femme attendit qu'il précise sa pensée. Elle se doutait déjà que c'était très important pour Scott — et donc pour elle. Et que c'était grave, à en juger par l'air pénétré qu'il avait pris pour faire cette déclaration à laquelle elle ne comprenait rien.

Comme il ne semblait pas vouloir continuer, ce fut elle qui lui demanda avec une certaine inquiétude :

— De quel point essentiel s'agit-il ?

Sans lever les yeux de la maison de plastique, Scott garda le silence encore quelques secondes, puis déclara comme à regret :

— Je croyais que, en refusant d'élaborer un plan de vie, je parviendrais à éviter que le pire moment de mon existence ne se renouvelle un jour.

Elle ne sut que répondre. Il semblait suggérer qu'il s'était trompé, jusque-là, mais cela signifiait-il qu'il était prêt à envisager l'avenir, désormais ? Un avenir où Taylor et elle auraient leur place ? Ou était-ce une façon détournée de lui annoncer qu'il avait connu trop de choses atroces en sa compagnie pour consolider leur situation précaire ? Ils avaient beaucoup discuté, tous les deux, ces derniers temps, en particulier de l'amour qu'ils ressentaient l'un pour l'autre et que les épisodes dramatiques qu'ils avaient vécus avaient renforcé. Mais jamais ils ne s'étaient risqués à parler de l'évolution de leur couple.

— Comment faut-il que je m'y prenne ? demanda Scott.

Interloquée, Kate jeta un coup d'œil à la maison de plastique. A qui s'adressait-il ? A elle ou à Taylor ? Parlait-il du jeu de construction ou de leur situation ? Elle avait du mal à suivre.

— Comment tu dois t'y prendre… pour quoi faire ?

Il la regarda bien en face, une expression sérieuse et pleine de désarroi dans ses beaux yeux sombres.

— Pour empêcher le pire moment de mon existence de se renouveler un jour.

— Ça, c'est à toi de me le dire, Scott !

Soutenant le regard de la jeune femme, il soupira.

— Tout ce que je peux te dire, c'est que j'espère ne jamais avoir à revivre l'instant terrible où tu t'es éloignée de moi, seule avec Taylor dans les bras. Je ne veux plus que tu me quittes. C'est ça, le pire qui puisse m'arriver.

Kate esquissa un sourire tremblant. Si les épreuves qu'ils avaient traversées pouvaient leur permettre de se rapprocher à présent, alors elles n'avaient pas été inutiles.

— Paaapa ! 'Gade, papa ! s'exclama le petit garçon en se regardant dans le minuscule miroir de la maison en plastique. La glace miniature réfléchit son image, pour sa plus grande joie.

C'était aussi de la joie qui se reflétait sur le visage de

Scott. Une joie mêlée de panique devant l'attachement si naturel que lui témoignait Taylor.

A cet instant, Kate reprit d'une voix douce :

— Qu'est-ce que tu dirais d'avancer à notre rythme, tranquillement ? On verra comment ça se passe…

— Bonne idée.

Incapable de détacher son regard de cet homme qui venait de lui ouvrir la porte de son cœur, elle murmura :

— Je t'aime, Scott.

— Je t'aime aussi…, Kate.

— Tu peux m'appeler Trish si tu préfères.

Scott secoua la tête.

— Non. Plus de mensonges entre nous.

— Mais maintenant que tu connais mon vrai nom, celui de *Trish* pourrait nous servir juste à tous les deux, tu ne crois pas ? suggéra la jeune femme. Ce serait notre secret, un petit nom connu de nous seuls. Parce que, cette Trish, je… je l'aime beaucoup, tu sais ? Je crois même que je lui dois la vie.

Scott se leva pour déposer un baiser léger sur sa bouche encore endolorie. Et, la main posée sur son épaule soyeuse, il lui chuchota à l'oreille d'un ton qui la fit fondre :

— En tout cas, moi, je sais qu'elle m'a sauvé la vie.

— Monsieur McCall, pouvez-vous raconter au jury la raison pour laquelle vous vous trouviez sur la propriété des Whitehead le 9 mai au soir ?

— Je savais que Kate était retournée là-bas pour reprendre sa place auprès de Thomas Whitehead, qui avait été violent avec elle par le passé. Je voulais simplement m'assurer qu'elle allait bien.

Il aurait voulu ajouter que la jeune femme n'avait décidé de reprendre la vie commune avec son mari que dans l'espoir d'apporter un témoignage convaincant dans l'affaire du meurtre de sa meilleure amie. Mais il avait déjà discuté de ce point avec les avocats de Kate, et il savait qu'il serait vain d'y faire allusion dans le procès en cours. Ils devaient se montrer extrêmement prudents dans leurs déclarations et leurs démarches procédurières s'ils ne voulaient pas que la partie adverse réclame le non-lieu ou fasse ajourner le jugement indéfiniment sous prétexte d'accusations illégitimes. Le procès avait commencé, mais nul ne pouvait affirmer qu'il aboutirait à la condamnation de Whitehead. Et, même une fois la sentence prononcée, le sénateur pourrait encore faire appel pour casser le jugement. D'où les précautions dont il fallait s'entourer en permanence.

Scott s'obligea à garder les yeux fixés sur le procureur. S'il jetait un regard au grand homme blond vêtu d'un complet bleu pâle impeccable, il oublierait qu'il n'était pas chez les hommes des cavernes, mais dans une cour de justice, et il serait tenté de le tuer de ses propres mains.

Et, s'il regardait Kate, assise sur un banc de bois, il n'était pas certain de tenir le temps de l'audience. Il savait à quel point cette épreuve était pénible pour la jeune femme, tant psychologiquement que sur le plan physique : elle se remettait seulement des coups et blessures sévères infligés par Thomas, un mois plus tôt. Et ce procès qui durait depuis déjà trois jours constituait pour elle une épreuve supplémentaire, et non des moindres. S'ils n'avaient pas été obligés d'en passer par là pour qu'elle fût libérée de la menace que représentait le sénateur, il aurait envoyé au diable juges et avocats, et il se serait envolé avec elle et Taylor pour une cure de repos aux Caraïbes. Il leur aurait réservé un bungalow dans un hôtel de luxe, avec plage privée, et elle n'aurait rien fait pendant deux semaines que lézarder au soleil, siroter des cocktails exotiques et jouer avec son fils. Un moyen infaillible pour qu'elle oublie la pression atroce qui pesait sur ses frêles épaules depuis qu'elle s'était ouvertement opposée à Thomas Whitehead.

— Pouvez-vous nous décrire précisément ce que vous avez vu ce soir-là ?

Scott dut se faire violence pour ne pas desserrer la cravate de soie rouge qui lui enserrait le cou. On était en juin et il faisait chaud — une raison supplémentaire de fuir cette pièce étouffante où la tension ambiante ajoutait à sa nervosité.

Il eut un regard vers le fond de la salle d'audience, et il eut le temps de capter le petit signe d'encouragement que lui envoyait son père. Quant à sa mère, assise juste à côté, elle tenait Taylor sur ses genoux, pour pouvoir le faire sortir à la seconde où il commencerait à s'impatienter. Malgré le soulagement que lui procurait ce tableau familier, Scott se prit à regretter que ses parents fussent présents. Il aurait préféré qu'ils n'assistent pas à la suite. C'était déjà bien assez éprouvant pour Kate d'entendre sa vie privée déballée devant tout le monde.

Heureusement, la jeune femme était bien entourée : Carley et Benny se tenaient à ses côtés, et Scott savait pouvoir compter sur leur soutien moral et sur leur affection sans faille.

Inspirant profondément pour poser sa voix, il prit la parole, tout en évitant de regarder quiconque dans la salle.

— J'ai vu l'accusé et sa femme pénétrer dans une pièce à l'étage de leur manoir. Les rideaux étaient ouverts et la lumière allumée, ce qui m'a permis d'assister à toute la scène.

Il répétait soigneusement les formules dont lui, Kate et le procureur Black étaient convenus ensemble, le matin même. Il fallait absolument qu'il s'en tienne à un témoignage fidèle, pour éviter toute objection de la part de la défense.

— Faisait-il noir à l'extérieur de la maison ? intervint Amy Black, comme c'était prévu.

— Oui.

Après une courte pause pendant laquelle elle adressa au jury un de ces regards entendus dont elle avait le secret, le procureur Black, très digne dans son tailleur gris, fit un geste discret en direction de Scott.

— Continuez, je vous prie.

— L'accusé a commencé à déshabiller Kate. Puis il s'est mis à la caresser.

Il déglutit avec difficulté, la bouche soudain sèche. Amy Black s'était légèrement décalée vers lui, et il s'accrocha à son regard franc et droit. C'était dur, mais elle allait l'aider à se sortir honorablement de cette pénible déclaration. Elle le lui avait promis.

— De quelle façon la caressait-il ?

— Il… Il a déboutonné son chemisier… Puis il le lui a ôté…

— A-t-il agi de la même façon avec le soutien-gorge de la plaignante ?

— Oui.

Amy Black hocha la tête, sans pour autant quitter Scott des yeux. Il crut presque l'entendre l'exhorter à continuer, pour Kate. Il devait aller jusqu'au bout. C'était la seule façon de venir en aide à la femme qu'il aimait, même s'il était affreusement douloureux d'évoquer ce souvenir en public.

— Il s'est mis à toucher et embrasser ses seins.

— Quelle a été la réaction de la plaignante ?

— Elle a secoué la tête avant de reculer. Visiblement, ils se disputaient à propos de quelque chose de grave.

— Que s'est-il passé ensuite ?

— Il l'a giflée. Deux fois…

— Et après ?

— Elle s'est arrachée à son étreinte pour courir vers la porte. Elle a quitté la pièce, et il l'a suivie…

A cet instant, Scott se rappela in extremis qu'il devait regarder le jury pour appuyer ses propos plus fortement. Ce qu'il s'empressa de faire, les yeux brillants.

— C'est alors que j'ai brisé la fenêtre de la porte de derrière pour pénétrer dans la maison. Le temps que je monte à l'étage, ils étaient arrivés dans la chambre du petit. Mme Whitehead saignait abondamment de la bouche et paraissait à la limite de l'inconscience. Son corps gisait à terre, comme cassé en deux.

Il n'oublierait jamais l'horreur de cette vision, même s'il devait vivre cent ans.

— Où se trouvait le jeune Taylor, à ce moment-là ?

— M. Whitehead le tenait à bout de bras au-dessus du vide, par la fenêtre ouverte.

Les membres du jury ne purent s'empêcher de frémir à cette évocation. Alors, pendant une fraction de seconde, Scott éprouva un sentiment de triomphe à l'idée que leur stratégie allait peut-être se révéler payante. S'il parvenait à émouvoir les jurés, la partie serait à moitié gagnée.

— Continuez, je vous prie.

Avant d'obtempérer, il jeta un bref coup d'œil vers le

fond de la salle, et constata avec soulagement que sa mère et Taylor avaient disparu. Son père, par contre, était encore là. Le dos bien droit sur son banc inconfortable, il fixait sur son fils un regard intense, plein de sollicitude. Sa présence était rassurante, encourageante — et Scott lui en saurait éternellement gré.

De même qu'il serait toujours reconnaissant à ses parents de la chaleur avec laquelle ils avaient accueilli Kate au sein de leur foyer. Ils avaient été tout aussi enthousiastes lorsqu'ils avaient rencontré Vera, qui se tenait aujourd'hui au premier rang, près de Carley et de sa mère. Dans les épreuves, les femmes de ces différentes familles s'étaient rapprochées, et elles avaient constitué une sorte d'union sacrée qui les avait tous rendus plus forts.

Les amis que Kate s'était faits quand elle vivait avec lui sous le nom de Tricia s'étaient également déplacés : Patsy et Arnold Miller avaient remonté toute la côte Ouest en voiture pour la soutenir pendant le procès et pour apporter leur témoignage, si nécessaire.

Rasséréné par toutes ces présences amicales, Scott s'éclaircit discrètement la gorge avant de reprendre la parole d'une voix ferme :

— Kate a titubé en direction de M. Whitehead ; elle le suppliait de ne pas faire mal à son fils. A cet instant, j'ai eu terriblement peur qu'il ne lâche le petit garçon du premier étage, par défi. Alors, j'ai tiré Kate en arrière. J'espérais faire jouer l'élément de surprise ainsi que ma force physique plus développée que celle de l'accusé pour le ceinturer et le forcer à reculer avec Taylor…

Il dut s'interrompre une fois de plus, la gorge serrée par l'émotion, les yeux remplis de larmes.

— J'ai réussi à le maîtriser, mais trop tard pour l'empêcher de jeter le bébé par la fenêtre…, reprit-il d'une voix brisée qu'il avait du mal à reconnaître.

Au bref hochement de tête d'Amy Black, il sut qu'il pouvait s'arrêter là. Il en avait dit suffisamment pour espérer convaincre le jury.

— Monsieur McCall, vous avez insinué, si je ne m'abuse, que les privautés auxquelles s'étaient livrés devant vos yeux le sénateur Whitehead et son épouse auraient été commises contre le gré de cette dernière.

— Je maintiens cette déclaration.

— Vous avez l'air bien sûr de vous sur ce point.

— Mais c'est que je le suis.

— Permettez-moi de m'interroger sur la raison de cette assurance, fit l'avocat de la défense, tout en s'approchant davantage de la barre où Scott témoignait. J'avoue que je n'arrive pas à vous suivre. Mais peut-être ai-je manqué un détail dans la description que vous nous avez faite de la scène à laquelle vous avez assisté, scène s'étant déroulée entre mon client et sa femme…

Ce n'était pas une question, et Scott n'y répondit donc pas. Il s'obligea à garder un visage impassible alors que, intérieurement, il bouillait de colère. Si seulement le procès pouvait se terminer au plus vite ! Il n'avait qu'une envie : quitter cette salle, prendre Kate dans ses bras et l'emmener chez eux avec Taylor.

— Quelle a été la réaction de Mme Whitehead lorsque son mari a déboutonné son chemisier ? continua l'avocat sur un ton faussement intrigué.

— Elle n'en a eu aucune, répondit Scott d'une voix sourde.

— Sans doute parce qu'il avait agi très rapidement ? Si vite qu'elle n'a pas eu le temps ni la possibilité de protester ?

Scott voyait clairement où voulait en venir l'avocat de la défense, mais il n'avait pas le droit de mentir.

— Non, répondit-il laconiquement.

— Et quand M. Whitehead s'est mis à — quel mot avez-vous employé, déjà ? Ah, oui ! A *caresser* les seins de son épouse... A-t-elle eu un geste de refus ? Quelque chose qui ait pu ressembler à un signe de désaccord ? L'a-t-elle repoussé, par exemple ?

— Non.

— A-t-elle reculé au moment où il se livrait à ces caresses ?

— Non, pas à ce moment-là, mais...

— Merci, monsieur McCall, ce sera tout sur ce point. J'ai une autre question à vous poser. Comment pouvez-vous être aussi certain que les blessures que vous avez vues sur Mme Whitehead, au moment où vous avez pénétré dans la chambre de l'enfant, ont bien été infligées par M. Whitehead ?

— Je l'ai vu la gifler ! cria Scott.

— Certes, mais vous conviendrez qu'une petite tape sur la joue, ça n'a pas grand-chose à voir avec une tentative de meurtre ! susurra l'avocat, tout en se penchant davantage vers Scott.

— Il l'avait déjà frappée auparavant.

— Objection, Votre Honneur ! Il n'existe pas de preuve permettant d'appuyer cette accusation.

— Objection retenue.

— En réalité, monsieur McCall, vous ne pouvez pas affirmer comment Mme Whitehead a été blessée ni par qui ni à quel moment. Vous n'avez pas été témoin de la scène. Si je me réfère à votre témoignage, lorsque les coups sont censés avoir été portés, vous étiez en train de pénétrer par effraction dans le domicile des Whitehead. Est-ce exact ?

Scott serra les poings de frustration. Il aurait volontiers cogné de toutes ses forces dans le visage satisfait de l'avocat qui le regardait d'un air goguenard. Jamais il ne se serait cru capable d'éprouver une telle rage ni un tel sentiment d'impuissance.

— C'est exact, répondit-il d'une voix sourde.

— Merci. Je n'ai pas d'autres questions, Votre Honneur.

— Pouvez-vous décliner votre identité devant la cour, s'il vous plaît ?

— Kate Whitehead.

— Merci, madame Whitehead. Que pouvez-vous nous dire des événements qui ont eu lieu le 9 mai au soir ?

Assis dans le box du premier rang, Scott essuya ses paumes moites sur son pantalon. On était maintenant au sixième jour du procès, et ça se compliquait. L'accusation n'avait pas appelé Kate à la barre des témoins, pour lui éviter une comparution pénible, mais chacun savait que la défense demanderait à entendre la jeune femme. Elle n'avait pas fermé l'œil de la nuit, tant elle était angoissée par cette perspective, et Scott avait eu beau la bercer de paroles apaisantes tout contre lui, dans le grand lit qu'ils partageaient chez Vera, rien n'avait pu atténuer sa nervosité.

Tôt le matin, pourtant, une bonne nouvelle leur était parvenue : son divorce d'avec Thomas Whitehead serait prononcé définitivement la semaine suivante. Mais cela n'avait pas suffi à dissiper la conviction qui taraudait la jeune femme. Elle restait intimement persuadée que, quoi qu'ils fassent, ils perdraient le procès contre son mari. Thomas Whitehead l'avait tellement humiliée qu'elle croyait dur comme fer à son invincibilité en toutes circonstances. Même à présent qu'il se trouvait acculé.

— Madame Whitehead ? fit le juge — un homme dont les yeux intelligents pétillaient derrière ses épaisses lunettes —, en se penchant vers Kate depuis son estrade, visiblement intrigué par son silence prolongé. Pourriez-vous répondre à la question posée, je vous prie ?

Au moins, son ton était courtois, contrairement à celui presque insolent employé par l'avocat de la défense.

— Je… je…, bégaya la jeune femme, les yeux pleins de larmes, les mains tremblantes. Je ne me souviens de rien.

— Pouvez-vous décliner votre identité devant la cour, s'il vous plaît ?

Scott prit la main glacée de Kate dans les siennes, cherchant à lui communiquer un peu de courage, tandis que Carley lui passait un bras amical autour de la taille. Quant à la mère de Kate et au père de Scott, qui s'étaient installés juste derrière elle, ils placèrent chacun une main apaisante sur ses épaules.

La mère de Scott était restée chez Vera pour s'occuper de Taylor, qu'elle considérait comme son petit-fils. En les quittant pour se rendre au tribunal, Kate avait promis à Scott qu'elle essayerait de se concentrer sur la vision positive de son fils dans les bras de sa grand-mère d'adoption, pendant l'audience. Il espérait de toutes ses forces que c'était ce qu'elle faisait en cet instant précis.

— Mon nom est Thomas Whitehead, déclara l'accusé d'une voix qui ne tremblait pas.

Il était très élégant, comme toujours. Et parfaitement sûr de lui. Pourtant, il n'aurait pas dû choisir un costume marron, se dit Scott avec ironie : cette couleur, qui rappelait celle de la boue, était trop à l'image du personnage.

Bonne idée de se focaliser sur des histoires de couleurs ! Comme ça, il ne risquait pas de perdre son sang-froid. Ni de communiquer son énervement à Kate, qui avait déjà assez à faire avec les émotions violentes qui devaient la secouer à la vue de celui qui était encore son mari.

Scott pensa alors à Taylor, en sécurité sous la surveillance affectueuse de sa propre mère. Elle lui laisserait certainement manger trop de sucreries, aujourd'hui — elle était incapable de résister à la fossette qui se creusait sur sa joue lorsqu'il satisfaisait sa gourmandise. Ce qui voulait dire que, ce soir, il serait excité comme une puce. Ce n'était pas une mauvaise chose en soi : toute l'attention de Kate serait accaparée par le petit, et, au moins, elle ne penserait pas à l'issue du procès. Ces derniers temps, les seules fois où il lui arrivait de sourire étaient les moments où elle s'occupait de son fils.

— Monsieur Whitehead, voulez-vous bien raconter à la cour ce qui s'est réellement passé à votre domicile le 9 mai 2005 au soir ? Ce même soir où vous, votre femme et votre fils étiez enfin réunis, reformant la famille qui s'était disloquée lorsque votre épouse avait tragiquement disparu…

— Objection, Votre Honneur ! intervint Amy Black d'une voix forte. Cette précision déborde le cadre du sujet présent.

— Objection retenue ! fit le juge. Tenez-vous-en à votre question, maître.

— Dites-nous ce qui s'est réellement passé ce soir-là, répéta l'avocat de la défense en insistant sur *réellement*.

Comme si tout ce qui avait été dit et prouvé jusqu'à présent par l'accusation était nul et non avenu... Scott sentit son genou se mettre à tressauter nerveusement. Pour ne pas alarmer Kate, il s'obligea à se contrôler. Mais il avait envie de crier à l'imposture.

— Ma femme et moi étions dans notre chambre, en train de faire l'amour..., commença Thomas Whitehead d'une voix émue.

Kate s'étrangla de stupeur. Aussitôt, les quatre personnes qui l'entouraient se mirent à lui tapoter le dos. De son autre main, Scott saisit la bouteille d'eau qu'il avait apportée avec lui, et en dévissa rapidement le bouchon pour la porter aux lèvres exsangues de la jeune femme.

— Il lui arrive de..., poursuivit Thomas en baissant les yeux avec une expression de petit garçon pris en faute. De vouloir se livrer à des... à certains... fantasmes...

— Des fantasmes que vous accomplissez de bonne grâce ?

Haussant les épaules, il releva la tête vers les membres du jury pour leur adresser un regard à la fois contrit et chargé d'une feinte innocence.

— Kate est ma femme. Je l'aime. Les jeux amoureux qu'elle me propose, je les accepte, évidemment.

— Pouvez-vous nous détailler ces fantasmes ?

— Objection, Votre Honneur ! Ça n'a aucun rapport avec...

— Objection rejetée, maître Black ! Asseyez-vous, je vous prie.

— Elle aime que je la traite comme si elle était une..., reprit Thomas d'une voix hésitante, comme s'il regrettait de devoir dévoiler sa vie privée devant la cour. Enfin, vous voyez ce que je veux dire…

— Non, monsieur le sénateur. Expliquez-nous ça plus précisément.

— Je veux dire… comme si elle était méchante. Une vilaine fille. Une femme de mauvaise vie.

Au petit cri plaintif que Kate laissa échapper, plusieurs personnes de l'assistance tournèrent la tête dans sa direction, l'air curieux. Scott lui reprit la main, cherchant désespérément à lui faire sentir qu'elle n'était pas seule pour faire face à ce monstre de Whitehead. Qu'elle ne devait pas accorder trop d'importance à des propos sans aucune valeur. Mais il la sentait trembler de honte et de terreur, tout contre lui.

— Merci de votre franchise, monsieur le sénateur. Désolé d'avoir dû insister.

Le sénateur inclina la tête en signe de compréhension, comme un roi magnanime envers ses sujets.

— Voudriez-vous poursuivre votre récit, monsieur ?

— Notre fils s'est mis à pleurer. Kate était inquiète à son sujet, car c'était sa première nuit dans ce qui devait être sa nouvelle demeure, et qu'il était fatigué. Lorsqu'elle l'a entendu, elle m'a repoussé pour courir s'occuper de lui. Moi aussi, j'avais envie qu'il s'adapte le mieux possible à sa nouvelle vie — et à son père, bien entendu. J'ai donc emboîté le pas à ma femme. Mais quand je suis arrivé sur le palier, elle a glissé sur le plancher ciré et elle a perdu l'équilibre, juste à l'entrée de la chambre du petit. J'ai bien essayé de la rattraper, mais il était trop tard : elle est tombée en arrière et elle s'est cogné la tête contre le mur derrière elle. J'ai voulu l'aider à se relever, mais le choc violent qu'elle avait reçu l'avait ébranlée plus que je ne l'aurais cru. Elle n'a pas semblé nous reconnaître. Je ne l'avais jamais vue dans un état pareil. Elle est devenue comme folle : elle a voulu me frapper. Elle était complètement hystérique. Et, contrairement à ce que j'espérais, ça ne s'est pas arrangé quand je lui ai présenté le bébé dans le but de la calmer. Elle s'est jetée sur moi pour me l'arracher...

— C'est de cette façon qu'elle s'est blessée au visage ?

— J'avais relevé un genou pour permettre au petit de prendre appui dessus, le temps que je le cale plus confortablement dans mes bras. Dans son élan, elle s'est cognée en plein dedans.

— Et que s'est-il passé ensuite ?

— J'ai tenté de l'apaiser, mais je savais que ma priorité absolue était de protéger notre petit garçon. Elle essayait de me faire lâcher prise de toutes les façons imaginables, en s'accrochant à moi comme une furie et en me lançant des paroles affreuses. J'ai paniqué : pour mettre Taylor hors d'atteinte, j'ai ouvert la fenêtre et je l'ai maintenu à l'extérieur. C'était stupide et complètement désespéré, je le reconnais ; mais je ne savais vraiment plus quoi faire face à ce déchaînement de violence...

— Mesdames et messieurs les membres du jury, êtes-vous parvenus à un verdict ?

Au fond de la salle d'audience, là où Kate avait choisi de s'installer pour entendre la conclusion du procès et, le cas échéant, s'éclipser le plus discrètement possible, Scott adressa au ciel la plus fervente prière qu'il eût jamais faite depuis la mort d'Alicia. Si le verdict était en faveur de Whitehead, comme la plupart des gens s'y attendaient — y compris Kate, la presse et lui-même —, la vie serait terriblement difficile pour eux. Ils auraient perdu leur foi dans l'existence. Leur couple et leur avenir s'en ressentiraient forcément : après un tel coup, ils s'attendraient invariablement au pire dans toutes les épreuves qu'ils rencontreraient.

— Oui, Votre Honneur.

Kate et lui connaissaient la vérité. Mais les preuves qu'ils avaient fournies devant la cour n'étaient pas irréfutables, malgré les efforts qu'ils avaient faits pour convaincre le jury. Le problème majeur, c'était que Kate eût complètement occulté ce qui s'était passé le soir où Thomas avait failli les tuer, Taylor et elle. Au moment où les médecins qui la soignaient lui avaient annoncé cette nouvelle, Scott avait été plutôt soulagé pour elle. Mais, à présent, il saisissait toute l'ironie de la situation : si elle ne se souvenait de rien, comment prouver que son fils et elle s'étaient trouvés en danger de mort ? Il n'y avait pas eu d'autre témoin de la scène…

— Accusé, levez-vous !

D'un même mouvement, Whitehead et son avocat se levèrent, arborant une expression sereine, presque amusée.

— Mesdames et messieurs les jurés, en ce qui concerne l'accusation de tentative de meurtre sur la personne de Kate Whitehead, délit de première catégorie, quel est votre verdict ?

— Nous déclarons l'accusé coupable des faits, Votre Honneur.

— En ce qui concerne l'accusation de tentative de meurtre sur la personne de Taylor Whitehead, délit de première catégorie, quel est votre verdict ?

— Nous déclarons l'accusé coupable, Votre Honneur.

Cette fois, ils avaient gagné ! Et sur toute la ligne !

Scott ouvrit les bras pour y accueillir Kate, qui venait d'éclater en sanglots. Il la souleva de terre en la couvrant de baisers, pleurant et riant avec elle. Puis, comme une jeune épousée, il l'emporta au-dehors, dans le soleil radieux de cette belle journée de juin.

La justice avait fini par triompher, et ils allaient pouvoir reconstruire leur vie ensemble, avec Taylor et ceux qui leur étaient proches, sans craindre le lendemain. La belle saison était arrivée — celle de l'été et d'un bonheur sans nuages. Et Scott était certain qu'elle durerait éternellement.

Gazette de San Francisco,
dimanche 21 août 2005, p. 1

UN BEAU MARIAGE : LA STYLISTE ET LE POMPIER

La styliste Kate Tricia McCall — anciennement Kate Whitehead — a épousé hier le millionnaire Scott McCall, pompier professionnel et officier paramédical de son état, en l'église Notre-Dame-de-l'Espérance de San Francisco. Parmi les invités, on comptait une garde d'honneur de pompiers en grand uniforme et pratiquement tous les représentants du monde de la mode en Californie, d'où une affluence record à la cérémonie de mariage. Les témoins étaient si nombreux que l'église n'a pas suffi à les contenir et que la rue était encombrée comme jamais.

La mariée, très élégante dans l'une de ses créations inédites — une robe longue de satin blanc rebrodée de perles et de dentelle exquise —, était l'image même de la perfection et du bonheur. Quant à sa demoiselle d'honneur, Mme Carley Winchester, vêtue elle aussi d'un modèle conçu par la mariée, elle rayonnait si visiblement que l'on murmure qu'elle attendrait un heureux événement, après plusieurs efforts infructueux et une déception de taille

(Mme Winchester et son mari, selon des sources proches de la famille, auraient dû adopter l'enfant de leur sœur et belle-sœur, Leah Montgomery, si celle-ci et le bébé qu'elle portait n'étaient pas décédés tragiquement).

Le reste du cortège comprenait en tout et pour tout Taylor Campbell Whitehead, le petit garçon d'honneur âgé de deux ans, qui souriait de façon adorable en donnant la main au marié, son futur père adoptif. La famille McCall a annoncé à la presse qu'elle prévoyait un voyage de noces à Paris pendant deux semaines complètes. Mme McCall doit en effet présenter sa nouvelle collection de prêt-à-porter dans la capitale mondiale de la mode, et s'apprête à conquérir l'Europe après son succès phénoménal à l'échelle locale et nationale de ce côté-ci de l'Atlantique.

Quant au marié, c'est avec un immense honneur que la ville de San Francisco a accepté le contrat qu'il lui a proposé avec son nouveau service paramédical qui porte le beau nom de « La Pitié des Anges », en hommage à sa femme et son fils. Cette entreprise florissante permettra à l'agglomération de bénéficier de la trentaine d'ambulances flambant neuves et de la centaine d'employés hautement qualifiés qu'elle compte, et de couvrir ainsi les urgences municipales vingt-quatre heures sur vingt-quatre, sept jours sur sept. Nous ne pouvons que nous réjouir d'une telle association, qui va propulser notre belle cité parmi les cinq métropoles les mieux équipées des Etats-Unis.

Un immense merci, donc, à la famille McCall, qui fait rejaillir son prestige et ses compétences mondialement reconnues sur toute l'agglomération de San Francisco, et ce dans tous les domaines.

Gazette de San Francisco,
dimanche 21 août 2005, p. 21, section E

Mort d'un ex-sénateur en prison

Thomas Whitehead, ex-sénateur de Californie, est décédé tôt ce matin dans sa cellule après une altercation tardive avec plusieurs codétenus. On ne connaît pas encore les détails de cette affaire, mais on sait déjà que la seule personne à avoir subi des violences serait le défunt. Apparemment, il aurait succombé à des blessures crâniennes infligées à l'aide d'un objet contondant.

Rappelons que la victime avait été destituée de ses fonctions sénatoriales au mois de juin dernier, après avoir été déclarée coupable de deux tentatives de meurtre de première catégorie sur les personnes de son épouse et de son fils légitime. Il avait été condamné à huit ans de réclusion criminelle à l'issue du procès. Cependant, il avait obtenu le droit de purger sa peine dans une prison spéciale. En attendant le résultat de sa demande d'appel, il avait été incarcéré dans l'établissement pénitentiaire le plus proche, où il a trouvé la mort suite à l'échauffourée décrite plus haut.

La cour d'appel de San Francisco n'avait pas encore rendu son verdict concernant cette demande au moment du décès de l'ex-sénateur, mais on sait qu'elle penchait en faveur de ce dernier. Apparemment, lors du procès, l'un des membres du jury aurait entendu, hors de la salle d'audience, une conversation mentionnant une preuve non présentée dans le cadre de la plaidoirie, car jugée irrecevable par la partie adverse. Cette preuve non avérée ayant fait pencher la décision des jurés du côté de la plaignante, la requête du détenu Whitehead avait été considérée comme totalement justifiée.

Ajoutons que, si la décision de la cour d'appel avait été rendue publique du vivant de Thomas Whitehead, ce dernier aurait très certainement obtenu gain de cause pour inverser la première décision de justice qui le déclarait coupable. En effet, l'accusation avait déclaré qu'elle ne souhaitait pas continuer les poursuites au cas où la demande de l'accusé serait considérée comme recevable. Dans l'état actuel des choses, le défunt aurait donc pu être relâché dès que les conclusions de l'appel auraient été rendues publiques. Ce qui devrait être fait sous peu — mais sans autre résultat qu'une possible réhabilitation posthume, puisque le principal intéressé n'est plus de ce monde.

Remerciements

A Quinnby, Henry J, Maya et Abrahamburger, qui, avec une patience angélique, n'ont jamais cessé de m'apporter leur soutien et leur amour inconditionnel. Si je n'avais eu qu'eux pour m'apprendre la vie, je me serais déjà estimée comblée au-delà de mes espérances.

Merci à Jack Scott, sénateur de Californie, de m'avoir généreusement fait partager une de ses journées types. Merci également à Phil Blake des sapeurs-pompiers de San Diego pour sa collaboration enthousiaste et sa disponibilité sans faille. Grâce à lui, j'ai pu obtenir nombre de réponses aux questions que je me posais sur le quotidien difficile des combattants du feu. Toute erreur ou invraisemblance concernant le métier de pompier relèverait exclusivement de mes propres lacunes.

Enfin, je tiens à adresser mes remerciements sincères à Lynn Kerstan, qui a accepté de me faire visiter sa ville de San Diego, avec un chaleureux et instructif dîner à la fin du parcours qu'elle m'avait préparé. Je voulais aussi citer Jill Limber, qui s'est gentiment dévouée pour vérifier auprès de la caserne la plus proche la couleur des uniformes des pompiers de San Diego. Pour finir, toute ma gratitude à Lisa Kamps, ex-pompier volontaire devenue romancière sentimentale, pour les nombreux détails utiles qu'elle a bien voulu me confier sur la vie quotidienne d'une brigade de sapeurs-pompiers.

elle n'est en effet pas pour la rassurer : malgré les apparences, l'homme pourrait bien n'être qu'un manipulateur machiavélique, prêt à se servir d'elle pour échapper à la prison…

La fille de l'assassin, de Metsy Hingle • N° 262

Tess Burns Abbott avait quatre ans lorsque, un soir, elle a découvert sa mère assassinée dans le salon de sa maison. A côté d'elle, l'arme du crime à la main, se tenait son père Jody…

Vingt-cinq ans ont passé. Confondu par le témoignage de sa fille, Jody Burns a été condamné pour meurtre. Tess, elle, a grandi auprès de ses grands-parents, refusant toujours de revoir son père malgré ses protestations d'innocence. Jusqu'au jour où elle apprend qu'il s'est suicidé en prison, et où une femme se met à la harceler au téléphone. Une femme qui lui répète que Jody Burns a en fait été assassiné, et qu'il était innocent du crime dont Tess l'a toujours cru coupable…

Moi & Emma, d'Elizabeth Flock • N° 263

« Moi, c'est Carrie. Carrie Parker. Enfin, avant, je m'appelais Carrie Culver, mais depuis que maman s'est remariée avec Richard, c'est comme ça : moi et Emma, on s'appelle Parker. Emma, c'est ma petite sœur. A nous voir, on le croirait pas, pourtant. Ses cheveux à elle sont tellement blonds qu'on dirait une balle de coton. Pas comme les miens. Et puis, elle a peur de rien, Emma. Sauf de Richard quand il devient très méchant… »

Récit déchirant et plein de sensibilité, Moi & Emma *conte la vie d'une petite fille confrontée à la violence familiale, et ses efforts désarmants de courage et de volonté pour échapper à cet enfer – jusqu'au drame final, stupéfiant et bouleversant…*

Crime et imposture, de Laura Van Wormer • N° 46 (Réédition)

Ecrivain à succès, Libby Winslow est désignée comme jurée lors du procès d'un fils de bonne famille, James Layton, accusé d'avoir assassiné un top model qui repoussait ses avances. Dans l'enceinte du tribunal, la jeune femme se lie alors d'amitié avec Alexander McCalley, un séduisant architecte retenu lui aussi comme juré dans cette affaire. Au fil des jours pourtant, Libby s'inquiète du comportement de plus en plus agressif de cet homme envers elle. Et lorsqu'elle s'avise que le tribunal aurait tout intérêt à vérifier l'identité de ses recrues, il est déjà trop tard…

COMMANDE... COMMANDE... COMMANDE...

Ces volumes sont disponibles auprès du Service Lectrices dans la limite des stocks. Si vous souhaitez commander certains titres, cochez les livres choisis et indiquez vos coordonnées dans le bon de commande ci-joint.

Chaque volume est vendu au prix de 6,18 €, auquel s'ajoutent 2,40 € par colis pour la participation aux frais de port et d'emballage.

N'envoyez pas d'argent aujourd'hui, une facture accompagnera votre colis.

Renvoyez ce bon à : Service Lectrices HARLEQUIN
CÉDAP / BP 77 - 94232 CACHAN CEDEX.

Mme ❑ Mlle ❑ Si abonnée, n° : ______

NOM ______

Prénom ______

Adresse ______

Code Postal ______ Ville ______

______ Tél. : ______

Adresse e-mail ______

Signature indispensable

Date d'anniversaire ______

Le **Service Lectrices** est à votre écoute au **01.45.82.47.47**
du lundi au jeudi de 9h à 17h et le vendredi de 9h à 15h.

Conformément à la loi Informatique et Libertés du 6 janvier 1978, vous disposez d'un droit d'accès et de rectification aux données personnelles vous concernant.Vos réponses sont indispensables pour mieux vous servir. Par notre intermédiaire, vous pouvez être amené à recevoir des propositions d'autres entreprises. Si vous ne le souhaitez pas, il vous suffit de nous écrire en nous indiquant vos nom, prénom, adresse et si possible votre référence client. Vous recevrez votre commande environ 20 jours après réception de ce bon.

Offre réservée à la France métropolitaine et soumise à acceptation.

Composé et édité par les
éditions Harlequin
Achevé d'imprimer en avril 2006

BUSSIÈRE
GROUPE CPI

à Saint-Amand-Montrond (Cher)
Dépôt légal : mai 2006
N° d'imprimeur : 60528 — N° d'éditeur : 12065

Imprimé en France